Meurtre sur les Falaises

Meurtre sur les Falaises

UNE INTRIGUE DE
DAPHNÉ DU MAURIER

Joanna Challis

Traduit de l'anglais par
Renée Thivierge

A·D·A
éditions

Copyright © 2009 Joanna Challis
Titre original anglais : Murder on the Cliffs
Copyright © 2012 Éditions AdA Inc. pour la traduction française
Cette publication est publiée en accord avec St. Martin's Press, 175 Fifth Avenue, New York, N.Y., 10010
Tous droits réservés. Aucune partie de ce livre ne peut être reproduite sous quelque forme
que ce soit sans la permission écrite de l'éditeur, sauf dans le cas d'une critique littéraire.

Éditeur : François Doucet
Traduction : Renée Thivierge
Révision linguistique : Féminin pluriel
Correction d'épreuves : Suzanne Turcotte, Carine Paradis
Conception de la couverture : Matthieu Fortin
Photo de la couverture : © Thinkstock
Mise en pages : Mathieu C. Dandurand
ISBN papier 978-2-89667-691-0
ISBN PDF numérique 978-2-89683-653-6
ISBN epub 978-2-89683-654-3
Première impression : 2012
Dépôt légal : 2012
Bibliothèque et Archives nationales du Québec
Bibliothèque Nationale du Canada

Éditions AdA Inc.
1385, boul. Lionel-Boulet
Varennes, Québec, Canada, J3X 1P7
Téléphone : 450-929-0296
Télécopieur : 450-929-0220
www.ada-inc.com
info@ada-inc.com

Diffusion
Canada :   Éditions AdA Inc.
France :   D.G. Diffusion
                 Z.I. des Bogues
                 31750 Escalquens — France
                 Téléphone : 05.61.00.09.99
Suisse :   Transat — 23.42.77.40
Belgique :   D.G. Diffusion — 05.61.00.09.99

Imprimé au Canada

Participation de la SODEC.
Nous reconnaissons l'aide financière du gouvernement du Canada par l'entremise du Fonds du livre du
Canada (FLC) pour nos activités d'édition.
Gouvernement du Québec — Programme de crédit d'impôt pour l'édition de livres — Gestion SODEC.

**Catalogage avant publication de Bibliothèque et Archives nationales du Québec
et Bibliothèque et Archives Canada**

Challis, Joanna

   Meurtre sur les falaises
   (Une intrigue de Daphné Du Maurier ; 1)
   Traduction de : Murder on the cliffs.
   ISBN 978-2-89667-691-0

   1. Du Maurier, Daphne, 1907-1989 - Romans, nouvelles, etc. I. Thivierge, Renée, 1942-   . II. Titre.

PR9619.4.C42M8714 2012   823'.92   C2012-941541-3

À Michael O'Regan, mon héros quotidien, et à trois dames qui ont rendu tout cela possible : Kim Lionetti, mon agente et amie, ainsi que Laura Bourgeois et Hope Dellon de St. Martin's. Merci.

Merci aussi à April Hearle pour sa traduction de mots latins.

CHAPITRE UN

La tempête m'avait conduite à Padthaway.

Je n'ai jamais pu résister à l'attrait des sombres nuages tourbillonnants, des feuilles balayées par le vent sur des ruelles pavées, ou d'une vue sur la mer, sa nature rebelle se déchaînant. La mer possède une puissance qui lui est propre, et cette région de Cornwall, un tronçon isolé de falaises rocheuses et de plages inexplorées, m'enchantait en même temps qu'elle me terrifiait.

Je ne mens pas, quand je dis que je me suis sentie poussée à sortir ce jour-là, comme menée vers un certain destin. Alors que je refermais la porte de la maison d'Ewe Sinclaire, j'eus la forte impression que quelque chose m'attendait. Quoi? Je l'ignorais.

Marchant dans le vent, je lui permis de déterminer ma direction. Pointant vers le promontoire sud, le littoral gazonneux formait mon couloir. J'allais de l'avant, hypnotisée par l'océan qui s'élevait en colère, ses vagues hargneuses se déchaînant contre les rochers informes.

J'arrivai rapidement à une anse. Une belle, magnifique et dangereuse anse. La forte pente vers le bas ne me décourageait pas; pas plus que la traître marée montante. Le danger ne me donnait que plus d'énergie.

Le tonnerre grondant agrippa le firmament, et la pluie fine et dense commença à tomber. La bruine se transforma en gouttelettes, et les gouttelettes en pluie battante. Téméraire, je me dirigeai vers ma cible — le plus grand rocher à l'extrémité de l'anse — et je marchai rapidement pour dépasser la marée montante.

Et alors, je l'entendis.

Un hurlement de terreur... juste devant.

Je me précipitai, entrevoyant une fille pas très loin, un corps étendu à ses pieds.

Arrivant sur l'emplacement, je dus combattre la nausée. Une jeune femme gisait là, ses cheveux noirs abondants dispersés sur le sable, les yeux grands ouverts... immobiles, sans vie. Les eaux léchaient son corps, voulant l'attirer dans la mer. Fermant les yeux, je luttai contre une forte envie de partir en courant.

Je plissai les yeux vers ma silencieuse compagne, les embruns salés picotant mes yeux.

— Il faut la déplacer! criai-je. Sinon...

Je fis un geste vers les vagues féroces derrière.

La mince jeune fille, d'environ quinze ans, hocha la tête, frénétique. La dirigeant vers les pieds de la femme, je pris les bras de la morte, et ensemble nous la traînâmes jusqu'à la plage.

La foudre et le tonnerre grondaient sur la mer. Ma compagne se mit de nouveau à crier, poussant ses mains sur ses oreilles.

— Il faut trouver de l'aide.

Je pointai le corps du doigt.

La fille me regardait, une peur nouvelle hantant son visage pâle et mince.

— Quel est ton nom? lui demandai-je, vérifiant pour trouver un signe de vie sur le corps.

Mes tentatives furent vaines, car nulle vie ne circulait dans les veines refroidies; l'anneau de diamant à son doigt rappelant sinistrement qu'elle avait été aimée. Le seul indice concernant l'identité de la femme, vêtue d'une chemise de nuit crème, résidait dans la fille, qui arrivait à peine à retrouver sa voix.

— Lianne, réussit-elle à dire en avalant profondément sa salive. Est-elle... vraiment morte?

— Il semble que oui.

Je frottai mes mains tremblantes pour y enlever le sable mouillé et je m'élançai vers la berge.

Lianne me suivit.

Il fallait trouver un abri contre la tempête qui s'élevait, et rapidement.

Remarquant un hangar à bateaux rouillé et délabré à quelques mètres de là, nous courûmes jusque-là, et une fois sous sa médiocre protection, Lianne et moi nous regardâmes l'une l'autre en haletant. Nous venions de partager une expérience — une expérience horrifiante —, et je sentis le besoin de parler la première.

— La connaissais-tu ?

À voir son expression, je me doutais qu'elle connaissait plutôt bien la victime.

— Ta sœur ? lui demandai-je.

— Non ! arriva le rapide démenti.

Le vent faisait vibrer le toit de tôle. Alors que j'attirais Lianne dans le coin le plus sûr, nos regards se fixèrent vers le toit ; nous espérions, *priions* pour que le vent vicieux se calme. La mer houleuse... la foudre... la pluie, fouettant et sifflant, jouaient leur numéro devant nous.

— Je ne peux pas le croire.

Lianne se mit à frissonner.

— Je ne peux pas croire qu'elle soit morte.

Conjurant l'horreur que je ressentais moi-même, je posai mon bras autour de Lianne.

— Je sais... c'est terrible. Qui est-elle ?

— Ils vont me faire des reproches, je suppose... Ils me mettent toujours tout sur le dos...

— De qui parles-tu ?

— Oh.

Elle écarta une mèche de cheveux poisseux et humides de son visage.

— Eux, à la maison. Ce n'est pas juste. Je ne veux pas y retourner.

Elle frissonna de nouveau, et je l'attirai plus près de moi, lui tapotant doucement le dos.

— Ça va aller, murmurai-je.

Lianne leva des yeux remplis d'espoir vers moi.

— Je le promets, dis-je en souriant, pressant sa main avec douceur.

Dans le silence, nous attendîmes que la tempête se termine. Lorsque les vents finirent par s'apaiser et que le calme habituel revint, je guidai une Lianne encore craintive vers l'extérieur.

— Regarde, c'est terminé.

Lianne hocha la tête, mais quelque chose dans la pâleur de son visage suggérait qu'une nouvelle terreur se soulevait en elle.

Ses yeux étaient fixés sur le corps.

Sentant son désespoir, je lui tendis la main.

— Ne t'inquiète pas. C'est moi qui donnerai les explications. Je m'appelle Daphné.

Le soulagement remplaça un peu de sa frayeur.

— Tu ne vas pas... me laisser ?

— Non, je ne pars pas, mais tu dois me dire qui elle est... la femme sur la plage.

Avalant sa salive, Lianne hocha la tête.

— Elle s'appelle Victoria Bastion. Elle devait épouser mon frère.

— Ton frère ? Que crois-tu qu'il lui soit arrivé ? Pourquoi est-elle vêtue de sa chemise de nuit ?

Lianne se détourna.

— Je ne sais pas. Je ne l'ai jamais aimée. C'était une domestique qui travaillait à la cuisine, tu sais. Elles font des choses bizarres.

Une domestique qui allait épouser le frère de Lianne ? De la façon dont elle l'avait dit, la situation de son frère était bien au-dessus de celle d'une domestique ordinaire. Voulant en savoir plus sur sa famille, je lui posai quelques questions, mais je ne reçus que des réponses monosyllabiques.

— Tu verras, dit Lianne. La maison est de ce côté.

Nous marchâmes un peu, avant qu'elle s'arrête soudainement pour serrer ma main.

— Daphné... c'est un drôle de nom.

— Oui, dus-je en convenir. Je dois avouer que je ne l'aime pas particulièrement.

— Je n'aime pas non plus le mien.

— Mais Lianne est un beau nom.

Un petit sourire se posa sur ses lèvres.

— C'est la première fois que quelqu'un me dit cela. Je te remercie, Daphné.

C'était une fille étrange. Une curieuse innocence l'enveloppait ; on aurait dit une enfant adoptant le personnage d'un saint. Je lui demandai le chemin de sa maison.

Elle leva un sourcil de surprise.

— Tu ne le sais pas ?

— Je suis une étrangère, ici, avouai-je. J'habite avec la vieille nourrice de ma mère, Ewe Sinclaire... dans le village. Peut-être que tu la connais ?

Lianne hocha la tête.

— Je n'ai jamais eu la permission d'aller au village.

— Pourquoi ?

— C'est interdit, se contenta-t-elle de répondre, marchant devant moi.

Nous nous dirigeâmes vers le sud, de l'autre côté de la face de la falaise, et nous atteignîmes une zone que je n'avais pas encore explorée. En ce moment, l'œil de la tempête et son calme trompeur nous entouraient. La pluie avait cessé, se transformant en un léger crachin, et même si une chaleur moite persistait, je me mis à frissonner. Je continuais à voir le visage de la morte.

Descendant une vallée étroite et passant par une succession de collines escarpées, nous avancions laborieusement en silence.

Puis, je la vis.

Reposant sous la montée du prochain promontoire, la très grande dame se tenait devant nous. Un manoir élisabéthain... tentaculaire... sauvage... inoubliable. Une tour de pierre délabrée rampait jusqu'à la falaise d'un côté, son manteau de lierre entrant jusque dans la maison, alors que le soleil du matin valsait dans les centaines de fenêtres vitrées, reflétant la chaleur des tons chauds rouge miel de la brique.

La beauté sacrée de la maison me coupa le souffle, créant chez moi un serrement de cœur, un désir. Je m'imaginais qu'elle m'appelait, m'attirant vers mon destin.

— Allons, dit Lianne, qui avait continué d'avancer.

Mes pieds refusaient de m'obéir.

Lianne tapa les siens, et l'urgence de la situation me revint. J'étais là, perdue dans mon propre petit monde, hypnotisée, alors qu'une femme gisait, morte.

La porte d'entrée surgit devant. J'imaginais qu'elle s'ouvrait uniquement pour moi, et, toujours dans un état second, je faillis entrer en collision avec sa lourde étreinte de chêne pendant que Lianne réussissait à l'ouvrir en la poussant.

Lianne se précipita à l'intérieur en criant.

— Au secours ! Elle est morte !

Un salon clair et spacieux m'accueillit, dominé par un immense escalier recouvert de tapis rouge menant vers différentes ailes lambrissées de la maison. Un grand silence suivit. Dans le fond, une horloge faisait tic-tac. Ce n'était pas un son joyeux ; il était plutôt rempli d'appréhension. Je me retrouvai frissonnant de la tête aux pieds.

— *Qui* appelle ? demanda une voix au-dessus. Laissez-moi passer, Trehearn. Je vais m'occuper de cela moi-même.

Lianne pâlit en entendant la voix.

— Notre lord a-t-il été convoqué ? continua la voix qui s'avançait. Appelez-le immédiatement. J'ai dit « immédiatement » !

Je me tenais à côté de Lianne. Son regard demeurait prisonnier de l'escalier, et en quelques secondes, l'honorable propriétaire de la voix féminine apparut. Grande et majestueuse, avec un visage durci portant des restes de beauté, elle resserra l'attache de sa robe du matin en satin jaune et fronça les sourcils.

— Quelle est cette absurdité que j'entends ? Qui est morte ?

— Nous avons trouvé un corps à l'anse, répondis-je.

Madame la comtesse absorba lentement la nouvelle.

— À l'anse, dites-vous?

Posant une main parée de bijoux sur le bouton doré de l'escalier, elle leva les yeux vers les pas qui s'approchaient. Ses yeux étaient remplis d'un calme froid.

— Nous avons des nouvelles, informa-t-elle l'homme au visage sévère qui descendait l'escalier.

— Qu'est-ce qu'elle a encore fait?

Ignorant son doux grondement amusé, Lianne se précipita dans ses bras.

— Oh, David... David, c'est horrible, horrible! C'est...

De solides bras l'enveloppèrent. Le beau visage de son frère, un homme grand et agile, se tourna vers elle, la partie inférieure de sa mâchoire se plissant pour trouver un sens à ses mots truffés de sanglots.

— Je... je ne sais pas comment te le dire...

Elle frissonna.

— Mais c'est terrible. Vraiment affreux!

Fermant les yeux très fort, elle s'accrochait à l'intérieur du manteau de tweed marron de son frère, comme si elle voulait enfouir à jamais son visage dans ses plis en satin vert.

David était beaucoup plus âgé que sa jeune sœur. Dans la vingtaine avancée, soupçonnai-je. Il prit le visage de Lianne dans ses mains et se mit à rire.

— Ça ne peut pas être si grave que ça. Qu'as-tu fait, aujourd'hui? Tu as perdu un sac à main? Tu as volé un bonbon de monsieur Frankie?

— Non, répondit-elle en hochant la tête, son ton chutant pour ne devenir qu'un chuchotement. C'est bien pire... C'est...

Du regard, elle fit appel à moi.

Ne voulant pas m'introduire avec les mauvaises nouvelles dans cette scène familiale intime, je m'avançai avec hésitation, me souvenant qu'il est parfois préférable d'apprendre quelque chose de tragique de la bouche d'un étranger.

— Je suis nouvelle dans la région. Je me promenais, quand j'ai découvert...

Sentant le regard scrutateur intense de la mère de Lianne, je dirigeai mon regard vers David, car je sentais que les nouvelles lui étaient d'abord destinées.

— Je suis tellement désolée d'être celle devant vous apprendre cette nouvelle, mais Victoria est morte.

— Victoria! dit la comtesse en haletant.

Le visage de David se figea. Il tituba un peu, se stabilisant en saisissant l'une des énormes colonnes de l'escalier. S'effondrant, hébété, il appuya sa tête contre la balustrade. Les massives orbites de ses yeux traumatisés montraient l'incrédulité.

— Elle est... morte?

Il me posait la question pour obtenir une confirmation. Je hochai la tête, lui accordant une compassion amicale.

Madame la comtesse s'affaissa à côté de lui sur les marches, et Lianne la suivit, me laissant debout devant les trois. Quelque part dans l'ombre, j'imaginai une présence qui nous observait, ou peut-être plus qu'une seule paire d'yeux. Des serviteurs curieux, des ménagères trop intéressées...

— Pardonnez-moi.

Madame la comtesse se rappela ma présence.

— Quel était votre nom?

— Daphné. Daphné du Maurier, lui dis-je en ajoutant qu'il était préférable de les laisser, étant donné l'énorme choc.

Elle hocha la tête, semblant vaguement comprendre.

— Oui... c'est préférable. Mais... reviendrez-vous? Il y aura des questions et...

— Bien sûr, promis-je. Je reviendrai demain.

Je fis demi-tour et sortis rapidement, me retournant pour fixer la très grande maison, maintenant enveloppée d'un voile de mystère.

CHAPITRE DEUX

L'humble résidence d'Ewe Sinclaire ne réussissait pas à créer chez moi la même réaction qu'engendrait la mystérieuse maison sur la falaise.

L'espoir de tomber par hasard sur une demeure aussi magnifique était l'une des raisons qui expliquaient mon arrivée dans cette région reculée de Cornwall. J'espérais explorer les archives de l'abbaye et les très grandes maisons, les églises, les villages pittoresques, les vieux manoirs et les auberges médiévales — tout ce qui présentait une valeur ou un intérêt historique. En vérité, mes champs d'intérêt étaient beaucoup trop nombreux pour espérer les étudier durant le cours d'une vie normale de soixante ou quatre-vingts ans, mais j'avais décidé de commencer ici.

Ma famille me croyait folle. Pourquoi renoncerais-je à une saison à Londres pour un séjour à la campagne ? Sans compter qu'il ne s'agissait même pas d'une fête dans un magnifique manoir. Je m'étais déjà rendue à plusieurs événements de ce type, mais à moins que l'invitation comprenne un château, une résidence, un très grand domaine ou tout ce qui pouvait avoir une valeur historique importante, ces événements m'ennuyaient, m'épuisaient et me laissaient totalement insatisfaite.

Quand j'avais lu l'article dans le *Times* qui racontait que l'abbaye solitaire sur la côte de Cornouailles offrait de magnifiques archives datant de l'ère de Charlemagne, je m'étais sentie poussée à la visiter. Et j'insistais pour m'y rendre par moi-même.

Ma mère demeura muette d'horreur à la suggestion.

— Tu vas *manquer* la saison pour faire quoi? Ramper dans de vieux dossiers poussiéreux? Daphné, Daphné, mais comment pourrons-nous t'attraper un mari, alors que tu es toujours en train de fouiner dans des choses anciennes?

Frissonnant, elle leva les yeux au plafond du salon de notre maison de Londres.

— Non. Je demande que tu parles immédiatement à ton père. Cette idée de partir *par toi-même* et de *séjourner dans une auberge*, je ne l'accepte pas. Ce n'est pas bien, et ce n'est pas approprié.

Approprié. Je détestais tenir compte du protocole. Nous étions en 1928! Je voulais crier que nous avions traversé la Grande Guerre et que le monde avait changé. La vie n'avait plus la rigueur victorienne du passé — des explosions de bombes et la mort avaient tué le romantisme de l'Ancien Monde, poussant tout le monde dans une sinistre réalité.

— Maman, Heidi Williams s'est rendue en Crète par elle-même, l'année dernière.

— Mais elle était allée rencontrer des amis, répondit ma mère, désespérée. Tu proposes d'aller faire du camping comme une gitane.

Elle leva la main, marquant la fin de la discussion.

«Discussion», pensai-je, le visage morose, alors que je partais pour aller chercher mon père.

Ce n'était pas une discussion, mais un non catégorique.

Je découvris mon père à l'endroit où il avait l'habitude de se trouver durant cette période de la matinée : dans son étude, préparant des documents pour le théâtre et s'affairant à les déposer dans son sac. Il avait toujours eu un faible pour moi, la rêveuse, la silencieuse aventurière d'âme et d'esprit. J'étais différente de mes sœurs, et il avait senti cette différence, mais non ma mère. Mon père et moi partagions un lien sacré.

Sir Gérald du Maurier, qui adorait le théâtre et toutes ses théâtralités, écouta avec bienveillance mon besoin de m'échapper durant cette saison londonienne particulière.

— Mais Daphné, ma chérie, tu as *vingt et un* ans. Il est temps de te trouver un mari !

— Un mari, répondis-je en m'étouffant, exécrée par l'idée de devenir exclusivement dépendante d'un homme.

— Oui, un mari, continua mon père en me regardant plutôt curieusement. Ne veux-tu pas d'un mari ?

Je pris la chose en considération.

— Non, pas vraiment.

Il leva un sourcil surpris.

— Mais ce n'est pas comme si tu n'avais pas d'admirateurs...

C'était vrai. J'en avais, si l'on considérait les cercles que nous fréquentions et les excellents et influents contacts de mon père. Les « admirateurs » auxquels il faisait référence étaient en majeure partie énormes, excessivement riches, divorcés ou trop imbus d'eux-mêmes pour se préoccuper d'une femme. Ce qu'ils voulaient, c'était une pièce d'exposition, et je n'allais certainement pas devenir le fleuron de n'importe quel homme.

Après une discussion plus avancée, il accepta mon plan, intrigué à l'idée de me voir dégotter quelque chose d'« excitant » à l'abbaye.

— On ne sait jamais...

Il me fit un clin d'œil.

— ... tu pourrais même trouver quelque chose à utiliser dans une pièce de théâtre.

Mon père, acteur et metteur en scène, et un gros ours d'homme, excentrique et attachant, comprenait l'art sous toutes ses formes et ne craignait pas de prendre des risques.

D'une main joviale, il me fit signe de partir. Ma mère se tenait à ses côtés, désapprouvant toujours l'idée. Elle avait tout de même fini par consentir, à condition que j'accepte de séjourner chez Ewe Sinclaire, une de ses anciennes nourrices qui habitait dans un village non loin de l'abbaye.

— C'est une affreuse vieille commère, cette Ewe, m'avertit ma mère, mais je sais que tu seras en sécurité avec elle. Et promets-moi d'écrire, n'est-ce pas? Ton père et moi allons nous inquiéter.

— J'écrirai, maman, promis-je, impatiente de rencontrer cette «affreuse vieille commère».

À mon arrivée, Ewe Sinclaire, une femme forte et vigoureuse avec une énorme poitrine — ressemblant au personnage de madame Jennings dans *Raison et sentiments* de Jane Austen —, arriva en haletant à la porte de la clôture blanche en lattes verticales.

— Eh bien, vous voici, ma chérie!

Elle s'arrêta pour reprendre son souffle et s'éventer.

— J'ai attendu *toute* la journée. Qu'est-ce qui vous a tant retardée?

Je rougis, ne voulant pas lui confier que j'avais bu un verre de cidre au pub local pour absorber l'atmosphère.

— Oh, le trajet en train a été plus long que je le croyais.

Je baissai les yeux. Je ne mentais pas très bien, n'est-ce pas? À voir les petits yeux rusés et pointus comme une dague d'Ewe Sinclaire, des yeux qui dévoraient et captaient tout ce qu'elle voyait, il me faudrait faire des efforts pour corriger cette lacune.

Des cheveux rêches, noir charbon, encadraient les joyeux bourrelets de son visage blanc charnu, où un nez trapu avait trouvé sa place au-dessus de lèvres tremblotantes qui semblaient toujours amusées.

Je l'aimai tout de suite.

— Bienvenue dans ma petite maison, mademoiselle Daphné. Ça alors! Comme vous ressemblez à votre mère, bien qu'elle ait été *vraiment* jolie, Muriel Beaumont. Ce n'est pas pour dire que vous ne l'êtes pas, mais vous êtes différente, d'une façon qui vous appartient.

M'évaluant de nouveau de ses yeux habiles, elle hocha la tête, comme si elle était silencieusement satisfaite de mon apparence. Saisissant mon sac d'un grand mouvement brusque, elle descendit rapidement le chemin.

Le minuscule chemin de pierre était bordé de toutes sortes de végétations envahissantes et fleuries, ainsi que d'arbustes et d'arbres fruitiers de taille moyenne. Je m'arrêtai un moment pour savourer le sauvage abandon, m'attardant dans le sillage tempétueux d'Ewe, voulant apprécier la douce lumière de l'après-midi qui enchantait la petite maison blanchie à la chaux, avec son toit de chaume caractéristique. Un endroit paisible, chaleureux et accueillant, même si une fois que je fus entrée, il m'apparut rempli de défauts.

Enjambant un plancher en bois partiellement brisé juste à l'intérieur de la porte avant, j'entendis un robinet qui dégouttait quelque part et un bruit métallique de casserole plus loin dans la maison.

— Oh, cette *stupide* bouilloire!

Se dandinant jusqu'à la première pièce à sa gauche, Ewe ouvrit la porte d'une puissante poussée.

— Voici votre chambre. Là, c'est le salon et la cuisine. J'ai aussi un petit parloir, dit-elle, et elle hocha la tête, fière, lançant mon sac sur le minuscule lit encadré. Pas beaucoup d'espace, ici, mais d'après ce que j'ai entendu, vous n'avez rien d'une snob, n'est-ce pas?

Son œil vif m'interrogeait.

— Du type studieux, à ce qu'il paraît. Et vous êtes jolie. Ce qui est une bonne chose, car il n'est pas bien pour une fille d'être laide ou ordinaire, comme on dit. Ou n'était-ce pas «affable»? Pourquoi se sert-on de ce mot pour une femme, quand, de toute évidence, il s'applique mieux aux hommes?

Je souris. Je pouvais imaginer les journées à venir... Aucun moyen d'échapper aux divagations des lèvres d'Ewe Sinclair jusqu'à ce qu'elle tombe endormie. Se réveillait-elle aussi en parlant? me demandai-je.

Rôdant devant la porte, après m'avoir ordonné de me laver et de me changer pour prendre le thé avant le souper, elle me demanda pendant combien de temps j'avais l'intention de rester.

— Eh bien, vous pouvez demeurer aussi longtemps que vous le voulez, ou cela peut être bref; c'est comme vous voulez. Je ne *fais* rien de particulier. J'avais l'habitude de faire des trucs, des trucs utiles dans la communauté, mais maintenant je suis pratiquement une...

Elle considéra l'idée.

— ... mouche du coche. Oui, c'est ce que je suis. Tout ce que je fais, c'est me promener et boire du thé toute la journée — m'occupant des affaires des autres, parce qu'elles sont beaucoup plus intéressantes que ma vieille vie monotone.

Avez-vous déjà été mariée ? pensai-je à lui demander, alors que nous prenions le thé dans son minuscule salon où tout était couvert de dentelles : des rideaux de dentelle se balançant devant les vitres sombres des deux fenêtres de la maison, des cadres bordés de dentelle autour des photographies, des napperons de dentelle sur la table à café et sur le mince manteau de cheminée, et des coussins bordés de dentelle sur le sofa bordeaux à trois places, qu'elle confessait être un achat magnifique qu'elle s'était procuré avec les recettes du Manoir Treelorn.

— Avez-vous déjà été mariée, madame Sinclaire ?

J'avais répété la question, car elle semblait avoir dérivé au loin dans un monde qui n'appartenait qu'à elle.

— Oh, que Dieu vous bénisse, ma chérie, gloussa-t-elle. Moi ? Me marier ? Qui se serait marié avec un drôle de canard comme moi ? Quoiqu'il y ait eu un ou deux poissons... mais ils se sont éclipsés au clair de lune. Ils ont épousé d'autres filles. Je suis restée sur la tablette. Non que ça me dérange — j'ai vu trop de mariages *désastreux* pour m'en préoccuper. Si un homme n'était pas assez homme pour prendre le risque avec Ewe Perdita Sinclaire, alors c'était sa faute. Pas la mienne.

Je déposai mon thé, examinant le visage des enfants sur ses photographies.

— Oh, dit-elle, le visage rayonnant. Ce sont les enfants de ma sœur. Des *anges*, n'est-ce pas ? Ils sont comme les miens, et ils viennent me rendre visite de temps en temps. Ma sœur a épousé un bon garçon du

Dorset — il travaille dans une boutique pour hommes, en réalité c'est le gérant —, et ma sœur et lui vivent avec leurs deux anges dans une charmante maison dont ils sont propriétaires en ville.

— Vous avez davantage de famille?

Elle réfléchit, une ombre inhabituellement sérieuse apparaissant dans ses yeux joyeux.

— Oui. Il y en a d'autres. Depuis mes dix-huit ans, j'ai travaillé comme nounou. Dans chaque maison où j'ai servi... chaque enfant que j'ai élevé... ils étaient tous ma famille. C'est ce qui nous arrive, à nous, les nounous. Nous finissons par devenir une partie de la famille. C'est comme ça.

— Mais maintenant, vous êtes à la retraite?

— Une mouche du coche à la retraite, répondit-elle avec un petit gloussement, les yeux dans les fissures de son plafond, mais ce qui m'intéresse, mademoiselle Daphné du Maurier, c'est la vraie raison de votre séjour ici. Vous ne pouvez pas me faire croire qu'une jeune fille aussi jolie et avec d'aussi bonnes relations viendrait s'enterrer ici pour les vacances, sauf si vous avez l'intention de rencontrer un jeune homme.

La question flotta dans l'air, les clins d'œil incessants d'Ewe m'obligeant à grogner.

— Non! Vous découvrirez que je ne suis pas comme les autres. Je suis différente. Mes parents ne peuvent pas croire que je veuille être ici, à fouiller dans les archives d'une ancienne abbaye au lieu de m'occuper à prendre un mari au collet. Un mari! Qui veut d'un homme? Ils s'attendent tous à se faire servir, et j'ai trop de choses à faire pour être prise au piège dans une prison.

— Ha! explosa Ewe. Quand l'amour vous prendra, ma chérie, il vous fera tomber *de très haut*. Remarquez bien ce que je suis en train de vous dire, mais amusez-vous pendant que vous êtes ici, sous mon toit, à déterrer ces archives de l'abbaye qui vous intéressent tellement, mais attention, vous ne savez jamais ce qui vous attend, dans ces régions tranquilles.

J'aurais dû prêter attention.

Le lendemain, je me levai tôt, alors qu'elle dormait encore, et je sortis à l'aveuglette, à la recherche d'un premier aperçu de l'ancienne abbaye.

Je marchai sur la place du village et dans les bois. La forêt luxuriante portait de nouvelles feuilles vertes qui annonçaient le printemps, et l'écorce des arbres exhalait le parfum de la pluie fraîche, dont l'effet rajeunissant excitait l'odorat.

Découvrant un ancien sentier près d'un cyprès géant, j'avançai péniblement à travers les épaisses broussailles et je me dirigeai vers la mer.

Je ne m'attendais pas à ce que la maison d'Ewe soit si proche de la mer. Située en bordure du village, érigée à côté de la place principale, la maison me rappelait celle d'Hansel et Gretel, dans le conte de fées. Elle possédait une aura étrange, et je savais que je serais ravie d'y habiter pendant un certain temps.

Il n'y avait aucun panneau indiquant le chemin vers l'abbaye. J'avais à moitié espéré trouver un vieux morceau de bois cloué à un arbre pour guider mon chemin, mais l'océan rugissant était invitant; souriant, j'abandonnai ma recherche de l'abbaye et je me dirigeai vers les falaises en spirale. Je descendis et descendis, les longues herbes balayées par le vent me chatouillant les jambes, et finalement j'arrivai à la plage.

Il y avait quelque chose de très apaisant, dans une promenade sur la plage avec l'eau qui se ruait sur mes chevilles. Je venais tout juste de sauter dans une vague inattendue, quand j'entendis le cri.

Le cri qui m'avait conduite à Padthaway.

Même si j'avais accompagné Lianne dans cette grande maison et que j'avais livré les mauvaises nouvelles alors que je revenais lentement vers la maison d'Ewe, je me demandais si l'événement avait vraiment eu lieu. On dit que le choc s'empare de vous; hébétée, je me dirigeai vers le village en chancelant, frissonnant au souvenir de ce beau visage reposant dans le silence de la mort.

— On dirait que vous avez vu un fantôme, fit remarquer Ewe, me demandant si je préférais le concombre au jambon ou un œuf pour mes sandwichs de midi.

Je m'assis sur le tabouret dans sa cuisine.

— Quoi? Vous avez trouvé un cadavre?

— Effectivement, c'est ce que j'ai fait, m'entendis-je répondre.

Ricanant joyeusement, elle hocha la tête.

— Votre mère a dit que vous étiez une rêveuse. Chère fille. On n'a pas trouvé de cadavre ici, à Windemere, depuis 1892, quand Ralph Fullerton, un marin, avait été retrouvé échoué dans l'anse. C'était un affreux spectacle. Ballonné comme un poisson-globe !

— Ewe, j'ai vraiment *vu* un cadavre, aujourd'hui.

— Et vous savez, dit Ewe, continuant sa joyeuse lancée, il a empesté l'église pendant une semaine, car c'est là qu'on l'avait charrié avant l'enterrement. Il y a un compte rendu, dans l'abbaye. Vous devriez faire une recherche à ce sujet, si les cadavres vous intéressent.

— Je crois bien que je le ferai.

Je soupirai comme une héroïne de mélodrame, avant de me glisser hors de mon siège et de placer mes mains fermement sur ses épaules.

— Ewe, s'il vous plaît, écoutez-moi. Je ne suis pas en train d'inventer une histoire. Une jeune fille et moi avons trouvé un cadavre, là-bas... le corps d'une femme, échoué sur la plage.

Je fis une pause, mon visage visiblement blanc, sans aucun doute.

Lentement, Ewe sembla comprendre.

— Un cadavre ? Qui ? Quoi ? Où ?

— Près de l'anse.

Frissonnant et me laissant aller au soutien bienvenu de la banquette de cuisine, je résumai ce qui s'était passé et ma brève visite à la grande maison.

— Bonté divine !

Lançant une serviette de table sur son ample cou, Ewe nous conduisit toutes les deux au parloir.

— Ça alors! Ça alors! Voici qui mérite plus qu'une tasse de thé, je crois. Un verre de xérès?

Sans attendre ma réponse, elle vit à ce que je m'installe, me rappelant une grand-mère aimante, et elle alla fouiller dans le petit cabinet de verre, sur le mur opposé, où elle exposait ses plus belles pièces de porcelaine. Elle en retira une carafe de cristal et deux verres polis coordonnés, dans lesquels elle versa la boisson. Nous bûmes en silence.

— Victoria Bastion... murmura Ewe d'un ton méditatif. Noyée, croyez-vous?

J'essayai de me souvenir des détails du corps.

— Elle *semblait* intacte... Elle aurait pu tomber de la falaise et se briser le cou.

— Y avait-il des ecchymoses sur son cou?

— Je n'en ai pas vu. Elle était simplement très belle, même dans la mort. Et ce ne peut être un suicide, car pourquoi aurait-elle abandonné...

Je rougis.

— ... un beau fiancé, une *magnifique* propriété qui lui aurait bientôt appartenue, et...

— Et? demanda Ewe.

— ... eh bien, de grandes perspectives? Imaginez être la maîtresse d'une telle fortune. Elle avait au bout des doigts ce dont la plupart des filles ne peuvent que rêver, ça n'a aucun sens.

— Comment ont-ils réagi, là-bas? Vous avez réussi à glaner quelque chose?

Je hochai la tête avec un léger rire.

— Nous ne sommes pas des détectives, mais ils ont subi un choc, je suppose.

— Authentique ou non authentique ?

— Authentique, supposai-je, pensant à David qui s'était effondré sur les marches avec ses émotions malheureuses et brutes en compagnie de sa mère et de sa sœur.

— Lady Hartley ? Ne lui faites pas confiance. Elle serait heureuse que la fille soit morte. Elle n'aura pas à céder sa place, maintenant, n'est-ce pas ?

C'était vrai, mais cela ne prouvait pas la culpabilité de milady.

Quelque part dans la maison, un coucou sonna. Il semblait morbide d'entendre son pépiement, après la foulée de ces nouvelles.

— Eh bien, vous êtes invitée à retourner là-bas, n'est-ce pas ? Vous êtes un témoin, ils devront vous interroger. Vous devriez rappeler dans la matinée. Sir Edward, hum... oui, il sera convoqué là-bas. C'est notre inspecteur, un semi-retraité... Oh ! Un *vrai* mystère de meurtre ! Qui aurait cru que ça pourrait arriver ici, dans le bon vieux Windemere Lane, où tout est toujours si tranquille ?

CHAPITRE TROIS

Je fus conduite vers une chaise longue de fer forgé, munie de coussins fanés à pompons verts. Une femme d'âge moyen vêtue du bleu marine le plus profond et le plus sévère ordonna :

— Attendez ici, mademoiselle du Maurier. Je vais informer madame la comtesse.

Cette fois-ci, mon entrée dans la grande maison des Padthaway respirait tout à fait la politesse convenable associée à l'aristocratie. La dernière fois, Lianne et moi étions entrées à toute vitesse, nos chaussures portant encore le sable de la plage, nos cheveux hirsutes, et nos lèvres ne sachant pas quoi dire. Comme les mauvaises nouvelles avaient été dispensées et absorbées au cours de la nuit, je m'étais sentie un peu plus à l'aise de suivre la mince et sévère silhouette bleu marine jusqu'à la cour ouverte, en passant devant le salon principal et ensuite vers la droite.

La gouvernante au visage sinistre quitta la pièce, et je m'assis pour profiter de la beauté de la cour. C'était vraiment une grande surface, et je me reposai sur la chaise longue, sous l'un des nombreux treillis arqués regorgeant de jasmin et de glycine. Tout autour, l'eau coulait d'une série de fontaines blanches aux images grecques mythologiques. Les revêtements de sol en pierres sombres serpentaient à travers un dédale de massifs de plantes en pot disposées à des points stratégiques pour créer une harmonie circulaire. L'effet engendrait un circuit de jardin intérieur délicieusement romain et ne ressemblant à rien de ce que j'avais vu auparavant.

Le cliquetis d'un plateau annonça le retour de la gouvernante.

— Ils seront là sous peu, madame.

Madame! Avais-je l'air si vieille? Me servant à même le plateau de thé, je venais tout juste de finir de le verser, lorsque le froissement d'une robe bleue apparut de derrière une statue d'Apollon angoissé.

— Sir Edward, Trehearn?

Madame la comtesse aborda la gouvernante, son œil vif m'ayant détectée.

Madame Trehearn inclina la tête.

— Il est arrivé.

— Et mon fils?

— On l'a appelé, madame. Et aussi mademoiselle Lianne.

— Très bien, Trehearn. Je vous remercie. Ce sera tout.

J'avais souvent été témoin de relations maîtresse-gouvernante, mais ici, c'était différent. Je ne comprenais pas bien la raison de cette impression, mais je me demandai si madame Trehearn ne considérait pas la maison comme son territoire personnel, au-delà des normes prescrites par son poste.

— Merci d'avoir appelé, me dit la comtesse, choisissant la chaise à dossier en face de moi. Ce doit avoir été tout un choc. Ma fille ne s'est pas encore remise de l'horreur de toute cette situation. Vous voyez, nous l'avons vue vivante la nuit dernière, et maintenant elle est...

— Morte.

Faisant son apparition de derrière une autre statue, mademoiselle Lianne Hartley choisit de s'asseoir près de moi, se blottissant un peu contre mon épaule et suppliant avec ses yeux immenses.

— Oh, Daphné. J'étais incapable de dormir ! Et vous ? Comment peut-on dormir, après avoir vu quelque chose d'aussi terrible ?

Je la serrai dans mes bras, voulant la protéger du souvenir de notre découverte traumatisante.

— Nous devons faire de notre mieux. Est-ce que Sir Edward... ?

— C'est le magistrat local, si vous voulez.

Soupirant, Lady Hartley agita la main en signe de refus en réponse à mon offre de lui verser du thé.

— Il aurait dû s'être joint à nous déjà.

Agitée, elle commença à tirer sur un fil isolé sur sa robe de soie bleue, taillée de façon experte. Après une inspection plus minutieuse, il semblait qu'il s'agissait plutôt d'un peignoir. Cela convenait peut-être, puisque c'était le matin après l'événement. Comment les gens se remettaient-ils pour reprendre le cours normal de la vie, lorsque la tragédie frappait ? Je me souvenais de ceux que nous avions perdus à la guerre et de la manière dont nous nous morfondions dans la maison en vêtements de deuil.

— C'est un moment difficile, je ne sais pas quoi dire.

Et je ne le savais pas non plus. Que disait-on ? Était-ce un suicide ou un assassinat, d'*après vous* ?

— Il faudra que Sir Edward trouve des réponses à ces questions, si vous êtes assez bien pour l'obliger. Je lui ai envoyé une note pour Lianne...

— Oh, ça va, si Daphné est ici.

Fixant ses yeux bleus qui cherchaient les miens, j'interprétai son plaidoyer silencieux. C'était elle qui avait trouvé le corps la première, mais elle ne voulait pas parler, peut-être par crainte d'être blâmée. En parler la terrifiait. Pas étonnant, pour une jeune fille de quinze ans.

— Je ne crois pas qu'il y aura beaucoup de questions aujourd'hui, dit Lady Hartley pour nous rassurer toutes les deux.

Lianne me regarda de nouveau, et je me rendis compte que je devais prendre une décision. Pour une raison quelconque, elle ne voulait pas qu'ils sachent que c'était elle qui avait trouvé le corps en premier. Devrais-je dire la vérité ou protéger Lianne de la critique ? Sir Edward, un petit homme replet avec des favoris gris crépus, arriva et réclama la chaise la plus près de Lady Hartley. Lorsqu'il commença son interrogatoire, je décidai de faire un compromis et de dire que j'avais rencontré Lianne alors que j'étais à la recherche de l'abbaye, et que nous avions découvert le corps à l'anse. Je décrivis l'événement en détail, et alors que je glosais, je sentis que quelqu'un d'autre entendait cette histoire, racontée sous le regard intense de Sir Edward.

J'avais raison. David Hartley surgit de l'ombre.

J'avalai mon thé, inquiète. Il y avait quelque chose de tendu, dans le comportement de David, comme une pensée inachevée. Me croyait-il? Ou bien y avait-il une nuance de doute derrière ces yeux gris cyniques?

— Du Maurier, réfléchit Sir Edward, sortant son petit carnet et un stylo. J'ai déjà entendu ce nom. N'êtes-vous pas parente avec Sir Gérald?

— Oui, Sir Edward.

— Et il a coproduit *Peter Pan*?

— Oui.

— Comme c'est extraordinaire!

Lady Hartley rayonnait.

— Nous avons une petite célébrité parmi nous.

— Oh, je ne dirais pas cela, ajoutai-je en rougissant.

— Mais vous l'êtes, ma chère. Sir *Gérald* du Maurier de *Peter Pan*! Nous avons tous entendu parler de lui. Oh, ma chère, vous devez simplement m'appeler Lady Flo...

— Maman!

David s'avança de l'autre bout de la cour.

— Cela n'a pas d'importance. Victoria est morte!

Le thé tiède se coinça dans ma gorge. Il avait semblé tellement calme et posé, un instant plus tôt. Nous restâmes assis, raides sur nos sièges, nous regardant furtivement les uns les autres.

— Je m'en vais là-bas, annonça David, attrapant son manteau. En bas, où elles l'ont trouvée. Mademoiselle du Maurier, me montreriez-vous l'endroit ?

Sir Edward fronça les sourcils.

— Nous irons tous. Ma voiture est dans l'allée.

David serra la mâchoire.

— Non, je préfère marcher.

À demi levée, je regardai Lady Hartley, avant de me hâter vers la porte avant.

La porte était ouverte, et la main de madame Trehearn était posée sur le loquet, comme si elle avait écouté la conversation de la cour et qu'elle s'était empressée d'ouvrir la porte pour Lord David.

— C'est absurde.

Le cri de Lady Hartley retentit jusqu'à l'extérieur.

— La pluie arrive... et il n'y a plus rien à voir.

Alors que je suivais David à grandes enjambées, Lianne me rejoignit, les tentatives de sa mère pour la rappeler demeurant vaines.

Je crus que David allait la renvoyer, mais il ne le fit pas ; il marchait à grands pas devant nous, lui qui souffrait le plus. Il venait de perdre sa fiancée, la femme qu'il envisageait de marier, et ce, dans de terribles circonstances. Aucun raisonnement ou aucune logique ne fonctionnait, dans de tels moments.

Comme la pluie commençait à tomber à verse sur mon visage, je baissai la tête, ayant du mal à suivre ses longues enjambées déterminées. Heureusement, le vent demeurait à l'écart, alors que nous nous dirigions vers le promontoire.

«Un autre chemin secret», pensai-je, imaginant Victoria debout au bord du promontoire.

Lianne me saisit la main.

— Merci, murmura-t-elle.

Elle me faisait penser à un chaton effrayé. De quoi avait-elle peur? Savait-elle quelque chose au sujet de la mort de Victoria? Peut-être avait-elle été témoin du crime... Était-ce la raison pour laquelle elle voulait se servir de moi pour se cacher?

Attendez, je commençais à m'emballer.

Probablement que tout cela se révélerait être une noyade accidentelle. L'été, il se produisait souvent de tels événements. La mariée avait peut-être décidé d'aller se baigner ou de faire une promenade en soirée sur la plage.

Pourtant, pour une raison ou pour une autre, je ne le croyais pas.

CHAPITRE QUATRE

Les embruns écumaient à l'entrée de la mer agitée.

— Où? croassa David. Où? Où l'avez-vous trouvée?

Reprenant mon souffle, je pointai du doigt la sinuosité sous les falaises. L'eau avait recouvert la zone. Voyant la douleur qui se reflétait dans les traits tendus de son visage, je marchai vers l'endroit même, à travers les eaux glacées et agitées, qui trempèrent ma jupe jusqu'à ce qu'elle se colle, humide et lourde, sur mes jambes.

La pluie tombait à verse, et je frissonnais dans le froid.

— Désolé, marmonna David, mais il faut que je voie.

Je hochai la tête, trouvant l'endroit où nous l'avions découverte, faisant des gestes pour indiquer la façon dont elle était étendue et souhaitant être loin de tout cela. Je ne me sentais pas à ma place, à partager son chagrin dans un silence sympathisant.

Il se retourna, et son regard se durcit à la vue de Sir Edward et de Lady Florence debout sous un parapluie en haut de la falaise.

— Zut! Vous auriez pu croire qu'ils m'auraient laissé tranquille. Un homme ne peut-il avoir un moment de paix?

— Eh bien, ils ne descendront probablement pas ici, dis-je.

Et puis, pour combler l'interminable silence entre nous, je demandai :

— Allait-elle souvent nager?

— Elle ne s'est pas noyée.

Il venait de confirmer ce que je soupçonnais : cette fille était solide et saine, une beauté, et si elle avait opté pour un stupide bain de nuit, elle aurait été assez intelligente pour ne pas se mettre en danger.

— Alors, elle...

— Elle est morte, croassa-t-il de nouveau, ressemblant à un petit garçon perdu. Il n'y aura pas de mariage... pas de...

Enfonçant son visage dans ses mains, il tomba à genoux et se mit à sangloter. Entouré des eaux tumultueuses, il formait un tableau tragique.

Je tombai à genoux à ses côtés.

S'étant glissée derrière nous, Lianne s'agenouilla aussi.

— Oh, Davie, murmura-t-elle. C'est tellement affreux. Je suis tellement désolée...

Elle lança ses bras autour du cou de David, mais il les écarta.

Quelle sorte de réconfort oserait-on essayer de lui apporter? Il n'y en avait pas. La mort était la mort. Il fallait la vivre.

Je me levai et entrepris de remonter jusqu'à Sir Edward et Lady Hartley. Lianne suivit, et nous nous blottîmes l'une contre l'autre pour éviter la pluie battante; un effort futile, car nous n'avions pas de parapluie et nos vêtements trempés ne nous fournissaient aucune protection.

Titubant le long du passage sablonneux, je regardai en arrière pour voir David, toujours assis dans la marée, étreignant ses genoux. La vision m'inspira tant que je me sentis coupable. J'étais envahie par un désir irrésistible d'écrire et de capter ce que j'avais vu.

L'observation consciencieuse de Sir Edward avait à peine vacillé, alors que nous atteignions le sommet de la falaise. Son regard sévère restait fixé sur la plage... sur la silhouette solitaire dans le sable.

— Ah, Sir Edward, dit Lady Hartley en hochant la tête. Je l'avais *prévenue* de ne pas aller nager en bas dans l'anse, mais est-ce qu'elle m'a écoutée? Non, ces jeunes se croient invincibles, mais qui peut apprivoiser la marée?

La marée s'épanouissait dans toute son intensité. Obligé de se déplacer, David se leva, traînant mécaniquement ses membres pour remonter par un autre chemin.

— Je suppose qu'il sera inutile de poser des questions aujourd'hui.

Le murmure de Sir Edward resta accroché de façon inquiétante dans les airs.

Réglant son parapluie, Lady Hartley tourna les talons.

— Qui sait où il ira, maintenant. S'il ne refait pas le chemin avec nous, il peut se rendre au pub. C'est un grand choc. Un *grand* choc pour nous... tous.

Elle se dirigea vers la voiture, et Lianne et moi la rejoignîmes, frissonnant et vacillant sous le parapluie noir massif de Sir Edward. Dans la sécurité de l'intérieur de la voiture spacieuse, la pluie fouettait durement contre les fenêtres.

Sir Edward hocha la tête.

— Il va attraper froid. Ce sera sa mort. Je peux à peine voir la route!

— Nous devrions essayer de le trouver.

Tapotant des doigts inquiets sur la poignée de porte, Lianne regardait à travers la glace.

— Il est là! Là-bas!

— Quoi? Le pourchasser à travers les champs? Dans *ceci*? lança Lady Hartley.

— Je ne pense pas que Lord David serait heureux de se faire pourchasser comme un animal, dit Sir Edward, appuyant la protestation de Lady Hartley. C'est un homme en deuil. Il a besoin de pleurer.

Naviguant lentement à travers la pluie, nous atteignîmes bientôt la grande maison.

Sortant de la voiture par moi-même, je me pinçai. Étais-je vraiment tombée par hasard dans cette aventure?

— Mademoiselle du Maurier, appela Sir Edward. Je vous raccompagnerai chez vous. J'ai des questions à vous poser.

Lianne me tira vers le haut de l'escalier menant à la maison.

— Restez avec moi, supplia-t-elle.

Ayant pénétré dans la maison sans un regard en arrière, Lady Hartley avait supposé que j'avais suivi, mais Sir Edward avait un plan différent.

— C'est une enquête sur un meurtre, mademoiselle du Maurier, pressa Sir Edward. Je voudrais vous poser quelques questions.

Lianne ouvrit grand la bouche.

— Un *meurtre*?

Sir Edward l'ignora.

— Mais elle s'est noyée! Elle allait souvent nager la nuit!

— Victoria Bastion ne s'est pas noyée, mademoiselle Hartley. Demandez à votre frère, si vous ne me croyez pas.

— Je le ferai.

Lianne entra dans la maison avec fracas, et je me précipitai sur le siège du passager à côté de Sir Edward. Je n'avais jamais eu l'occasion de rouler un kilomètre avec un policier auparavant, et cette perspective m'excitait énormément. Il ne s'agissait pas ici d'un drame de la scène, mais d'un drame de la vie *réelle*. Quelle avait été la plaisanterie de mon père? «On ne sait jamais. Tu pourrais même trouver quelque chose à utiliser dans une pièce de théâtre.»

Je jetai un coup d'œil pour voir si je ne verrais pas David Hartley — ne voulant pas le laisser seul sous la pluie, non plus que le manoir silencieux.

— Est-ce la plus grande maison dans la région, Sir Edward?

— Oui, une extraordinaire vieille maison, n'est-ce pas?

— C'est magnifique. Depuis combien de temps la famille habite-t-elle à cet endroit?

Je claquais des dents, et Sir Edward semblait désespéré de voir qu'il n'avait pas de châle à m'offrir.

— Depuis des générations, les Hartley ont dirigé Padthaway. Hartley n'est pas un nom de Cornouailles, remarquez bien.

Je l'avais remarqué.

— Ils ont hérité de la succession de leurs cousins Tremayne au XVIe siècle, et ils ont vécu ici depuis.

Il tourna dans le village, ses essuie-glace fendant la pluie.

— Je peux vous conduire aussi loin qu'à la fin de la route, et ensuite nous pourrons chercher refuge dans la maison. Je tiens beaucoup à vous poser des questions, étant donné que vous êtes celle qui a découvert le corps.

Un frémissement chatouilla l'arrière de mon cou.

— Oui, je comprends. Si vous voulez patienter pendant que je me change, je serais heureuse de répondre à toutes vos questions.

Ma voix était si calme qu'elle me trompait moi-même. Je ne me sentais pas calme. De fait, c'était tout à fait le contraire. Je n'aurais pas dû accepter si précipitamment de soutenir Lianne Hartley. Pourquoi devrait-elle craindre d'avoir été la première à trouver le corps, à moins qu'elle sache quelque chose sur le meurtre?

Une affaire de meurtre.

Alors que Sir Edward et moi descendions le chemin boueux, esquivant les minuscules ruisseaux et entrant dans la maison sèche et chaude d'Ewe Sinclaire, mon cœur se mit à palpiter. Je n'étais pas venue ici pour m'impliquer dans un meurtre. Malgré l'amour d'Ewe pour le commérage, son sens du devoir inhérent l'obligerait à informer ma mère avec diligence. Qu'en penseraient mes parents? Ils exigeraient que je revienne immédiatement.

Laissant Sir Edward s'occuper seul de son parapluie mouillé et de son manteau, je présentai à Ewe une image dégoulinante. Elle pivota sur elle-même dans la cuisine, sa poêle à frire volant d'une main à l'autre.

— Ayez pitié de moi! Ne me faites pas peur comme ça!

Déposant la poêle à frire en lieu sûr sur la cuisinière, elle s'enveloppa les hanches de ses mains.

— Un chat noyé, voilà à quoi vous ressemblez. Ne vous ont-ils pas offert de vous raccompagner chez vous? Ces idiots de snobs de Hartl...

— Sir Edward est ici, laissai-je échapper, résumant rapidement le reste. Je dois me changer, et je suis certaine qu'il aimerait une tasse de thé.

— Sir Edward! *Ici*?

Je crus qu'elle ferait une crise cardiaque.

— Oui, murmurai-je. Et je dois vous prier de ne parler à personne de cette affaire. *Pas* même à Mère.

Je m'éloignai en courant, avant même qu'elle ait une chance de répondre ou de se remettre du choc d'avoir le magistrat de la place, un grand personnage, qui descendait dans son humble salon sans préavis.

Mes années passées à me changer rapidement des costumes d'école pour des vêtements ordinaires portaient leurs fruits. En un instant, j'étais vêtue de vêtements secs et frais et je revenais dans le petit salon pour épargner à Ewe Sinclaire d'étouffer Sir Edward de sa fougueuse attention.

Heureusement, la bouilloire la rappela à la cuisine, alors que je m'assoyais en face de lui.

Il s'était déjà préparé en sortant son calepin, prenant un air sévère pendant qu'il relisait ses dernières notes.

— Mademoiselle du Maurier... vous êtes dans la région pour mener des recherches, ou pour des vacances ?

— Les deux, Sir Edward.

— Combien de temps comptez-vous rester ?

— Cela dépend de ce qui m'intéresse ici.

Un froncement de sourcils sévère traversa son visage.

— Puisque vous êtes témoin de cette affaire, je vous demanderais de ne pas quitter le village sans m'en aviser. Me le promettez-vous ?

— Oui.

— Bon. Maintenant, si vous voulez retracer, encore une fois, dans vos propres mots, exactement comment vous êtes tombée sur le cadavre.

Dire la quasi-vérité sous le regard attentif et sympathique d'Ewe, combiné à la façon méthodique avec laquelle Sir Edward notait mes réponses, s'avérait un défi de grande taille. La culpabilité me dévorait. Peut-être que Lianne avait été là longtemps avant mon arrivée ; c'était peut-être même elle qui avait poussé Victoria vers sa mort.

— Avez-vous examiné ou touché le corps, mademoiselle du Maurier ?

J'eus un mouvement de recul, au rappel de ses veines glacées.

— J'ai vérifié sa gorge et son poignet... pour trouver un pouls. Elle était si froide... si froide...

— Avez-vous vu des ecchymoses sur elle ? Quelque chose d'inhabituel ou de suspect ?

Les yeux arrondis d'Ewe demeuraient absorbés sur moi, m'encourageant et me soutenant.

— Allez, ma chérie. Dites simplement tout ce que vous avez vu. N'ayez pas peur.

— Peur, répétai-je.

La bouche de Sir Edward tomba pour montrer sa compassion.

— Il n'est pas facile de voir des cadavres, que ce soit la famille ou des inconnus.

— J'ai vu les deux, pendant la guerre, dis-je en terminant la discussion bouleversante.

— Donc, vous n'avez pas peur des cadavres et de la mort, mademoiselle du Maurier ?

Baissant les yeux, je bouillonnai sous ma peau.

Je n'aimais pas la suggestion se cachant dans le ton de Sir Edward, et il y avait quelque chose chez cet homme lui-même que je n'aimais pas non plus. Un instinct inexpliqué m'avertissait d'une froideur dans son personnage ; peut-être s'agissait-il d'une condition naturelle dans l'exercice de sa profession.

— Je n'ai pas vu d'ecchymoses sur son cou... Peut-être y en avait-il derrière son cou, mais j'ai simplement senti son pouls. Je l'ai déplacée seulement pour protéger son corps de la marée montante. Elle paraissait si paisible... si belle. Cela m'a attristée. Si jeune, avec une telle promesse dans la vie ! Pourquoi... *pourquoi* ?

— Le pourquoi est la réponse à tout mystère, répondit Sir Edward. Je suis en train de traiter tout cela comme une mort suspecte. Comme vous le dites, la jeune fille avait toutes les raisons de vivre. Elle était sur le point d'épouser Lord David — les invitations de mariage avaient toutes été envoyées, et ma femme et moi faisions partie des invités.

Je me souvins de l'anneau à son doigt raide — le diamant étincelant, scintillant dans la lumière du jour.

— Où avez-vous déposé la pauvre fille ? osa demander Ewe. Dans l'église, comme Ralph Fullerton ?

Sir Edward referma la couverture de son calepin.

— Il n'y a aucune morgue, ici, donc l'église doit suffire. C'est le vicaire Nortby qui en a la responsabilité, et j'en tiens la famille Bastion éloignée jusqu'à ce que nous ayons eu le temps de bien examiner le corps. Je vous serais reconnaissant, mesdames, si pour le moment, vous gardiez pour vous ce que vous savez. C'est une petite ville, et on a tendance à parler.

— Oh, vous ne pourrez pas garder tout ceci caché, monsieur E, siffla Ewe. Ce sont les *Hartley*. Ces journalistes descendront de Londres comme des frelons.

— Oui, j'en ai bien peur.

Se levant, Sir Edward secoua son manteau, tout en consultant l'heure sur le coucou d'Ewe.

— Zut! J'aurais dû être à l'église il y a une heure.

Ewe et moi l'accompagnâmes à la porte. Ewe, incapable de résister, lui demanda le verdict probable à ce stade.

— C'est un meurtre, croyez-vous? Ou un suicide? Il ne semble pas qu'elle ait été étranglée, s'il n'y a pas de contusions. Et avec un joli cou blanc comme le sien, on verrait les bleus... Peut-être apparaîtront-ils dans les prochains jours. Vous avez fait venir un expert en cadavres de Londres, Sir Edward? Je ne crois pas que nous en ayons un ici, dans toute la ville, n'est-ce pas?

— C'est lui que j'allais rencontrer, confia Sir Edward, ouvrant son parapluie et s'avançant d'un pas nonchalant sur le chemin. Au revoir, mesdames.

— Eh bien.

Ewe referma la porte derrière lui.

— Quelle histoire! Et vous, un témoin clé. Même si je n'en parle pas à votre mère, elle l'apprendra sûrement, vous savez.

— Je vais leur écrire. S'il vous plaît, Ewe.

— S'il vous plaît, quoi?

— Ne dites pas un mot.

Elle eut un petit rire, son copieux menton roulant un peu.

— Garder les secrets par rapport aux parents, hein ?
Je l'ai déjà fait. Je suis très habile là-dedans.

— Ce sera *notre* secret.

Je lui saisis les mains.

— Dans la lettre, je raconterai seulement qu'un terrible événement s'est produit tôt après mon arrivée. Ils n'ont pas besoin de savoir que je suis impliquée, sinon ils me feront partir rapidement, et je ne peux pas supporter de laisser cet endroit maintenant que je suis ici.

— Windemere Lane, pensai-je à haute voix pour moi-même, une superbe mariée échouée dans l'anse. Oh, quelle inspiration !

— L'inspiration, mon œil, marmonna Ewe. Maintenant, pourquoi ne m'inspirez-vous pas en coupant quelques pommes de terre ?

CHAPITRE CINQ

Comme promis, je m'assis et je composai une lettre à mes parents. Cela apaisa Ewe et la rassura, même si elle me fit part de sa désapprobation concernant ma formulation de l'incident.

— Ils le verront dans les journaux, avertit-elle.

La mort d'une future mariée jeune et belle allait certainement provoquer partout une profonde impression. Que le fiancé soit Lord David Hartley, connu dans toute la ville et à l'étranger depuis son enfance, allait quadrupler cette impression.

J'adorais cette sensation. Je savais que je n'aurais pas dû, mais un festin pour l'imagination m'avait accueillie à Windemere Lane.

Je me souvins bientôt que j'étais en train de chercher l'abbaye, quand j'étais tombée sur le cadavre de Victoria — une abbaye que j'avais depuis abandonnée.

Pour ma deuxième tentative, Ewe m'indiqua le chemin à prendre.

— Vous vous perdrez facilement, dans ces environs, avec cette abondance de petites routes étroites et sinueuses, mais si vous suivez ce que j'ai tracé pour vous, vous trouverez la Grande Dame là-haut, nichée dans ce que nous, enfants, avions l'habitude d'appeler le Bosquet sombre.

— Le « Bosquet sombre », soupirai-je, mâchouillant l'extrémité de mon crayon.

— Il y a des années et des années, des enfants ont été portés disparus, poursuivit Ewe. C'est un lieu ancien et sinistre. Trop silencieux à mon goût, et géré par une bande de nonnes méchantes.

— Nonnes méchantes ?

Je me mis à rire.

— Comment une nonne peut-elle être méchante ?

— De vieux oiseaux pieux. Trop pieux, à mon avis. Elles gardent leurs distances et se croient au-dessus de nous tous, mortels, ici-bas. Oh...

Elle se plissa le nez.

— ... elles ne mettent jamais le pied dans le village. Oh, non. Elles envoient leurs laquais pour chercher leurs fournitures, tout comme elles le faisaient dans l'ancien temps.

Délibérant sur la question d'apporter un parapluie pour mon excursion, je choisis d'être prudente. On ne pouvait jamais prédire la température. Grâce aux mélanges chauds d'Ewe, je n'avais pas contracté de rhume, après avoir suivi David Hartley jusque dans la mer.

— Si Victoria ne s'est pas noyée, comme le dit Lord David, demandai-je à Ewe avant mon départ, alors de quelle manière croyez-vous qu'elle soit morte ?

— Je n'en ai aucune idée, mais je ne ferais pas confiance à une seule parole sortant des lèvres des Hartley. Ils ont un talent pour mentir. C'est inné, comme chez tous les riches. Sir Edward aura fort à faire avec eux.

— Il ne possède peut-être pas ce qu'il faut pour s'occuper de l'affaire.

Ewe haussa les épaules.

— Nous verrons. Eh bien, en sortant de l'abbaye, continuez et ne trouvez pas d'autres cadavres en chemin. Oh...

Elle m'arrêta en déposant quelques sous dans ma main.

— ... pourriez-vous passer à la pharmacie, lorsque vous reviendrez, et prendre mes poudres ? Monsieur Penford saura ce qu'il doit vous remettre.

Je me mis en route pour ma destination, mes pensées remplies de David Hartley. Sa douleur semblait trop réelle pour qu'il soit coupable. Il était tombé sidéré, affaissé sur ses genoux, là-bas, dans les eaux, ne pouvant croire qu'elle était vraiment disparue.

Cette scène tragique s'était produite ici, quelque part dans cette étendue sauvage et désolée, et je mourais d'envie d'écrire à ce sujet dans mon petit cahier de notes — qui n'était pas sans rappeler celui dont se servait Sir Edward. Oserais-je consigner mes propres notes sur le meurtre ?

L'idée malicieuse me séduisait. Pourquoi ne mènerais-je pas ma propre enquête sur cet assassinat? Mon intérêt pour les gens, les personnages potentiels et leurs motivations exigeait que je fasse au moins une tentative. Qu'avais-je à perdre? Personne n'était obligé de savoir.

La promenade d'une heure jusqu'à l'abbaye me donna suffisamment de temps pour absorber l'innocence du début de l'été; les fleurs encore en bourgeons nées d'un printemps tardif, la croissance des arbres à feuilles persistantes, le murmure de la brise du matin à travers les arbres silencieux et leurs branches qui se balançaient en buvant les quelques lueurs du soleil.

«Une belle journée pour un mariage», songeai-je.

Comment était-elle morte? J'essayai de penser à son visage, à la position de son corps dans le sable. Il n'y avait aucune marque définie, aucune trace de strangulation, ni même un regard terrorisé pour indiquer qu'il s'agissait d'un meurtre. Au contraire, son visage paraissait si paisible, si...

Soudain, à travers les arbres, l'abbaye de pierre s'éleva, une pièce à la fois; un monument imposant, gothique, médiéval, à l'écart. Autour d'elle, l'herbe coupée à ras brillait, comme un petit tapis de satin complétant le chef-d'œuvre.

Apercevant une religieuse solitaire qui marchait rapidement sur la pelouse, je m'approchai.

— Bonjour. L'abbaye est-elle ouverte, aujourd'hui? Je suis venue pour examiner les archives et j'ai une lettre d'introduction de monseigneur Rogers.

Il était toujours utile d'avoir des amis de la famille prêts à aider, et après avoir entendu parler de mon intérêt pour l'abbaye, monseigneur Rogers avait bien volontiers écrit une lettre à l'abbesse.

La nonne, une femme à l'air sévère dans la quarantaine, accepta de prendre la lettre que je lui tendais et me guida en silence à l'intérieur de l'abbaye.

Chaque fois que j'entrais dans des lieux anciens et tranquilles, j'éprouvais immédiatement une impression de paix. Je comprenais pourquoi, en cette époque troublée, l'église était devenue pour beaucoup un sanctuaire.

— Attendez ici, m'ordonna la nonne.

J'aperçus un banc à proximité, un parmi une vingtaine, et je m'assis pour contempler l'immense plafond en forme de voûte et pour admirer les courbes cintrées. Assez rapidement, la nonne revint.

— Mademoiselle du Maurier, l'abbesse vous verra maintenant.

Je suivis la nonne dans un sanctuaire intérieur, une salle dépourvue de tout sauf d'un bureau, de deux chaises et d'une sorte de bibliothèque servant de classeur où étaient empilées des notes manuscrites débordant de chemises vétustes.

La mystérieuse nonne referma la porte, et soudain j'imaginai une héroïne sans nom. Pouvait-on écrire tout un livre sans nommer l'héroïne? me demandai-je.

— Monseigneur Rogers est mon cousin. Je suis Dorcas Quinlain. Bienvenue à l'abbaye Rothmarten, Daphné du Maurier, murmura l'abbesse de son bureau en même temps qu'elle lisait ma lettre. Il ne nous arrive pas souvent de recevoir des visiteurs avec des relations célèbres.

Derrière ses habits de nonne brûlait un visage lumineux avec de très beaux yeux, une peau de porcelaine éternellement jeune — ou était-ce une illusion ? — et un esprit serviable.

— Il est rare que nous ouvrions tous les dossiers de l'abbaye à une personne aussi jeune, mais avec une telle recommandation, je serais heureuse de vous montrer ce que Rothmarten a à offrir. Toutefois, dit-elle en s'arrêtant pour m'examiner de près, je dois d'abord vous demander quelles sont vos intentions. Nous possédons de nombreux documents sacrés.

— Ce sont les parchemins de Charlemagne qui m'intéressent le plus, répondis-je. Je tiens à les étudier et peut-être à écrire une thèse sur ce que je découvrirai. J'ai l'intention, si je réussis, de publier mes recherches dans le *London Journal*. Espérons que cet article inspirera de nombreux pèlerinages à Rothmarten et qu'il apportera peut-être aussi une modeste contribution à la conservation des dossiers confiés à l'abbaye.

Ma réponse lui plut.

— Nous avons beaucoup de dossiers intéressants, dans notre bibliothèque, ce que vous pourrez constater, mademoiselle du Maurier. Je suis impressionnée de voir qu'une personne aussi jeune est si intéressée par de tels documents. Je prie avec espoir pour qu'il n'y ait pas de motif ultérieur à votre venue ici.

— Je crains que non, répondis-je en riant pour la rassurer de nouveau. Ma famille me croit folle de vouloir me plonger dans de vieux parchemins au lieu de jouir des délices d'une saison à Londres, et en vérité, abbesse, je suis également ici pour m'échapper.

— Vous échapper? De quoi, mon enfant?

— Du mariage et des hommes.

Elle me rendit mon sourire et me guida vers la bibliothèque, où j'imaginai des nonnes ou des moines travaillant assidûment sur des manuscrits élaborés il y a des siècles passés.

La bibliothèque réquisitionnait une section entière de l'abbaye. Elle était fermée au public par une grille ajourée verrouillée par l'abbesse. Faisant cliqueter la clé, l'abbesse Quinlain m'ouvrit la porte et m'invita à utiliser l'un des pupitres à trois tabourets, comme ceux employés durant l'Âge sombre.

— Les dossiers sont un peu en désordre, commença-t-elle par s'excuser. Sœur Agatha et sœur Sonia étaient en train de les cataloguer... C'est à ce moment qu'on a découvert d'autres manuscrits plus anciens. Vous trouverez tout dans les casiers, et il y a du papier et des crayons dans le tiroir du bureau.

Je la remerciai, promettant de travailler en silence.

— Prenez tout le temps que vous voudrez, dit-elle. Il n'y a pas de réunion fixée aujourd'hui, mais j'aimerais être la première à voir ce que vous découvrirez, ajouta-t-elle. Nous n'avons pas de spécialiste en latin, ici, et Victor Martin, l'auteur de cet article dans le *Times*, est aussi arrivé par voie de recommandation.

— Oh.

Je tentai, sans y réussir, de cacher mon embarras.

— Je ne suis pas une latiniste, mais il semble que je tombe par hasard sur des choses insaisissables pour les autres.

Je rougis, ne sachant pas vraiment si je devais mentionner ou non la découverte du cadavre de Victoria Bastion. Et puis, je décidai que je ferais mieux d'être tout simplement honnête et je partageai ma récente découverte.

L'abbesse Quinlain devint très pâle.

— Avez-vous déjà vu la mort, mon enfant?

— Oui, à une ou deux reprises, mais ceci est très différent... un *meurtre*, croit Sir Edward.

— Sir Edward, dit l'abbesse en grimaçant.

Elle ne dit plus rien, mais je détectai un vague soupçon de désapprobation.

— Quel genre d'homme est Sir Edward, abbesse? demandai-je d'un ton innocent et enfantin. Il... euh... m'a plutôt effrayée.

— Sir Edward...

Elle s'arrêta et soupira.

— ... est un *intimidateur*, il ne faut pas lui faire confiance. Je le connais depuis la petite école. N'ayez pas peur de lui, mademoiselle Daphné. Il a des amis en haut lieu à qui il est redevable, mais j'ai toujours prédit qu'un jour, il finirait par tomber de haut. *Avant la ruine, il y a l'arrogance*, disent les Écritures.

Et sur ces mots, elle me quitta, me laissant méditer sur sa sombre prédiction.

Sir Edward? Indigne de confiance? Je pensai à ses extraordinaires favoris et à son front sévère. On ne connaissait jamais vraiment une personne, n'est-ce pas? On ne pouvait même pas toujours faire confiance à celles qui détenaient des postes d'autorité. S'il avait des amis en *haut lieu*, qui pourrait être plus haut que les Hartley? Et si quelqu'un de la famille avait tué Victoria, choisirait-il de mener l'affaire à leur profit mutuel?

J'avoue que la dénonciation de Sir Edward par l'abbesse avait perturbé ma première journée de recherche dans les archives de l'abbaye. J'avoue aussi que je ne cessais de penser à ce meurtre. Qui ne serait pas obsédé? C'était naturel. C'était la première fois que j'étais impliquée dans une affaire de meurtre, et ce fait m'excitait.

Le beau visage silencieux et rigide de Victoria me hantait, me défiait, me narguait, *espérant* que je puisse trouver un moyen d'«éclairer» la vérité.

— Oh, euh, mademoiselle, avez-vous maintenant terminé avec celui-ci?

Je regardai fixement le visage d'une nonne grincheuse assez vieille pour être ma grand-mère.

— Oh, oui. Et...

Je me levai, prenant mon papier et mon crayon.

— ... je dois partir. J'avais oublié qu'il fallait que j'aille à la pharmacie pour aller chercher quelque chose pour la nounou de ma mère.

— Pharmacie, répéta la nonne, s'évanouissant presque.

Je la stabilisai en lui prenant le bras.

— Tout va bien. Ce ne sont que des médicaments.

— Des médicaments, dit-elle en fronçant les sourcils et en me regardant battre en retraite.

Je poussai un long soupir de soulagement à mon départ de l'abbaye. Voilà un lieu bien primitif dans lequel j'étais entrée. Il semblait étranger au monde, intact et horrifié de tout rappel de la réalité. L'abbaye avait échappé à la Grande Guerre et était demeurée vierge, un monde à part et non pollué.

— Ah, le *somnifère* pour mademoiselle Sinclaire.

À la pharmacie, monsieur Penford eut un air rayonnant en me voyant, caressant sa moustache en une ligne fine et lisse.

Je frissonnai intérieurement. Un mâle désespéré, désespéré pour une femme. Pas moi, jurai-je. Pas moi, jamais.

— Merci infiniment, monsieur Penford, répondis-je, courtoise et correcte. Je ne manquerai pas d'informer mon fiancé de *l'utilité* d'une personne telle que vous, si jamais nous pensons à emménager dans la région.

Là, je l'avais dit. Un pieux mensonge.

Ma mère aurait été furieuse. Une vraie dame ne ment jamais, pas même par désespoir, mais je m'en fichais.

Comme je m'élançais par la porte de la boutique, David Hartley m'arrêta dans mon élan.

— Mademoiselle du Maurier, dit-il, suave, sophistiqué, vêtu de façon experte, et profondément distingué du haut de son cheval.

— Mon seigneur, balbutiai-je, je ne m'attendais pas à vous trouver ici.

— Non ?

Il sourit.

— Oserais-je vous demander où vous vous attendiez à me trouver ?

— Oh, je ne sais pas. Sur une...

Je m'apprêtais à dire «plage isolée», et l'idée ridicule fut instantanément déduite par David Hartley.

— Je vois, dit-il avec froideur, reprenant son air d'indifférence. Je vous dis au revoir, mademoiselle du Maurier.

Il toucha son chapeau et s'éloigna au trot.

— Êtes-vous allée chercher mes poudres ? dit Ewe en se jetant sur moi dès mon retour. Et qu'avez-vous pensé de l'abbaye ? Vous avez rencontré l'abbesse Quinlain au visage de fer ? Qu'a-t-elle dit ? Que s'est-il passé ? Avez-vous découvert quelque chose ?

Je souris malgré moi. Ewe Sinclaire était, en un mot, incorrigible.

Et je l'aimais pour cela.

— Pas de grandes révélations, mais j'ai réussi à voir Lord David sur mon chemin en sortant de la pharmacie, et il était de très mauvaise humeur.

— De très mauvaise humeur ? Quel genre de mauvaise humeur ?

— Je ne sais pas exactement, murmurai-je, mais ce que je sais, c'est que l'abbesse Quinlain n'aime pas Sir Edward. Selon l'abbesse, Sir Edward n'est pas digne de confiance. Plus j'y pense, plus je crois que chacun des Hartley avait une raison pour tuer Victoria. Tout ce qu'il reste à savoir, c'est lequel, et *pourquoi*.

CHAPITRE SIX

— Eh bien, vous avez maintenant la chance de commencer votre enquête.

Ewe sourit, me remettant la note.

— Ça alors, gazouilla-t-elle. Une carte d'invitation *officielle*.

Échangeant les poudres pour la carte, je fis courir mon doigt sur les armoiries imprimées. Jamais, depuis le temps passé à la maison de ma grand-mère, il y a long-temps, n'avais-je vu quelque chose d'aussi rare et d'aussi merveilleux, un rappel d'antan.

> *Mademoiselle du Maurier,*
> *S'il vous plaît, venez nous visiter à la maison entre neuf heures et midi.*
>
> Lady Florence Hartley

— Ce doit être de la papeterie traditionnelle de la maison, fit remarquer Ewe. N'avez-*vous* pas de la chance ?!

De la chance. Je ne me croyais pas chanceuse d'être convoquée pour un interrogatoire sous le couvert d'une agréable tasse de thé, mais j'avais hâte de retourner à Padthaway.

— Sir E y sera-t-il ? demanda Ewe.

— Je ne sais pas. J'imagine qu'il y sera.

— Mieux vaut alors vous habiller. Vous ne pouvez vous présenter dans *cela*.

— Oh, Ewe, la taquinai-je, vous êtes une affreuse snob. Qu'est-ce qui ne va pas, avec ma robe de jardinage et mes bottes ?

J'aimais taquiner Ewe, mais j'exagérais. J'avais fait un petit effort, par respect pour l'abbaye et ses occupants, mais une robe et des bottes n'étaient pas appropriées pour une convocation à la grande maison.

Heureusement, ma mère avait eu la prévoyance d'emballer des vêtements supplémentaires. Je choisis une élégante jupe noire, une ceinture étroite et un chemisier jaune pâle. Le chemisier citron arborait des boutons roses, ajoutant une touche de couleur à un ensemble par ailleurs ordinaire.

Je passai un peigne dans mes cheveux et en épinglai les deux côtés, frisant les extrémités. Je n'étais pas superbe, mais *j'étais* attrayante, même si je détestais mon nez et ma lèvre supérieure mince. J'avais toujours voulu avoir des lèvres comme les actrices de cinéma... remplies de moue et de perfection. *La Grande femme fatale.*

— Charmant, approuva Ewe lorsque je sortis de ma chambre, glissant mes bras dans les manches de mon meilleur manteau noir. C'est dommage que vous deviez vous cacher sous votre manteau. Que ferez-vous, s'ils essaient de le prendre à la porte ?

— Étant donné que je suis une étrangère, cela pourrait être interprété comme présomptueux, si je ne portais que du noir.

— Vous n'avez pas l'intention d'y aller à pied, n'est-ce pas ?

Le visage d'Ewe explosa en une mine renfrognée.

— Tout ira bien.

Je saluai joyeusement, tapotant le parapluie sous mon bras.

Je me frayai un chemin à travers le village et sur la petite route, admirant la vie pittoresque et lente du village. Simplicité. C'est ce qui me plaisait : des myriades de petits chemins bordés de maisons simples entassées les unes sur les autres, de la verdure et des fleurs partout, un vieil homme promenant son chien, l'épicier empilant ses légumes devant sa boutique, une institutrice marchant dans la rue vers le bureau de poste. Devant, le soleil baignait les glorieux contours et le clocher de la vieille église qui pointait vers le ciel. Des structures gothiques comme celles-ci pointillaient chaque coin et recoin de l'Angleterre, et je me réjouissais, car ici, dans Windemere, j'avais trois bâtiments à explorer : l'abbaye, Padthaway et l'église.

En passant devant l'église, je songeai au corps froid qui se trouvait à l'intérieur, attendant d'être enterré. Il avait été examiné par un « expert en cadavres » (je souris à l'expression d'Ewe), et je me demandai si Sir Edward avait l'intention de rendre le verdict quant à la cause du décès à Padthaway aujourd'hui.

Repérant la longue route sinueuse menant à la grande maison, le visage rempli d'angoisse de David Hartley me traversa l'esprit. Tant de gens avaient perdu fiancés, maris, pères et mères, pendant la guerre. On s'attendait à la mort à cause de la guerre, mais pas à la mort par assassinat.

Comme je montais les marches avant de la maison, je remarquai le beau temps et je souhaitai être venue simplement pour visiter la maison, plutôt qu'être ici en tant que témoin dans une mort suspecte. Je n'aimais rien autant que d'explorer de tels trésors, et celui-ci dégageait sa propre personnalité. Mi-manoir, mi-château restauré, la maison dominait le plat sommet de la falaise où elle était posée ; une énorme structure, de vieilles pierres fusionnées avec les nouvelles, des fenêtres au vitrage étincelant, des arches et des tourelles, des ailes du côté ouest et des ailes du côté est construites autour d'une tour centrale dégoulinante de lierre.

Une jeune bonne ouvrit la porte. Avec une petite révérence, elle prit mon parapluie, et au moment où je hochais la tête lorsqu'elle voulut m'enlever mon manteau noir, madame Trehearn apparut à partir du corridor ouest.

— S'il vous plaît, venez au grand salon, mademoiselle du Maurier. Ils vous y attendent.

La suivant à travers l'immense maison, j'avais très envie de compter les couloirs. La maison ressemblait à un musée. Il faudrait plusieurs jours, pour se familiariser avec l'ensemble de ses voies intérieures et de ses pièces.

Un bel ensemble de portes florentines gardait la pièce la plus révérée dans les grandes maisons : le grand salon. Cette pièce était opulente, dotée d'un aménagement de qualité, à partir des peintures à l'huile de Rembrandt montées sur un papier peint aux motifs de roses dorées jusqu'aux armoires remplies d'une infinité d'objets d'art qui étaient sans doute précieux. Des rideaux ondulants bordeaux et or encadraient la fenêtre, et le foyer de marbre portait sa propre sélection d'ornements de jade dans un décor au mobilier de salon français. Au milieu du faste, Lady Hartley se tenait fière près de la fenêtre dans une robe de soie noire, sa main couverte de bijoux posée sur sa hanche.

— Ah, Daphné, dit-elle, me saluant. Asseyez-vous et installez-vous confortablement. Sir Edward est ici, comme vous pouvez le voir.

— Euh, oui.

Sir Edward toussa d'un coin du salon, décidément mal à l'aise.

Tout en prenant le siège le plus rapproché de Lianne dans le fauteuil droit en tissu tapisserie, j'épiai David, qui, glissant ses mains dans ses poches et les ressortant, faisait du surplace dans un coin éloigné de la pièce. Tout son maintien hurlait qu'il était agacé.

— Mademoiselle Daphné.

Le sourire fade de Sir Edward ne réussit pas à s'accorder harmonieusement avec le reste de son visage.

— Je suis certain que *mademoiselle Lianne* a découvert le corps avant vous. Est-ce exact?

À côté de moi, Lianne s'immobilisa. Elle pressa le côté de ma jambe, mais à mon avis, le geste ne servait qu'à la discréditer. Pourquoi tenait-elle tant à ce que j'aie trouvé le corps en même temps qu'elle? Avait-elle assassiné Victoria?

— C'est vrai, dis-je tranquillement, à voix basse, me demandant comment Sir Edward en était arrivé à la conclusion, mais je suis certaine qu'il ne s'était passé que *quelques minutes*…

Je m'arrêtai.

— Alors, pourquoi avez-vous menti et avez-vous dit que vous aviez trouvé le corps exactement au même moment que mademoiselle Hartley?

— Parce que... parce que...

Je regardai le visage apeuré de Lianne.

— Parce que... j'ai dû trébucher sur le corps peu après, et l'horreur d'avoir vu un cadavre et tout…

Je laissai le reste pour interprétation.

Et Sir Edward interpréta.

— Cela se comprend. Un tel choc peut occulter les faits. Merci de votre honnêteté.

Vêtue de mon habit noir dans ce décor de salon français, je me sentais fébrile. J'espérais que Lianne ne me haïsse pas d'avoir dit la vérité. Il était important de dire la vérité, même si nous ne voulions pas le faire, et je priai pour qu'elle comprenne.

Je n'osais pas lui faire face. Je sentais qu'elle était innocente, mais j'avais aussi l'impression qu'elle savait quelque chose sur la mort de Victoria.

Une impression que j'avais de toute façon l'intention d'explorer.

— Merci, mademoiselle du Maurier. Si vous et mademoiselle Hartley voulez bien nous excuser, j'ai d'autres questions pour Lady Florence et Lord David.

CHAPITRE SEPT

— Vite, viens avec moi !

Échappant au regard qui-voit-tout de madame Trehearn, Lianne m'entraîna dans la pièce voisine.

— D'ici, murmura-t-elle, nous pouvons entendre.

— Quoi, espionner ?

— Chut !

La pièce où elle me fit entrer semblait abandonnée, car des draps blancs recouvraient les meubles. Probablement qu'à un moment donné, cette petite antichambre avait servi à contrôler les visiteurs avant de leur permettre d'entrer dans le grand salon. C'était un système pour ceux qui étaient assez prétentieux pour s'en tenir au protocole.

— Est-ce que tu fais cela souvent ?

— Toujours.

Souriant, Lianne colla son oreille sur le mince côté parcheminé de la boiserie, m'invitant à l'imiter.

Je n'étais pas de celles qui feraient des histoires devant une occasion aussi rare... l'occasion d'entendre parler des allées et venues de Lady Florence et Lord David le soir de la disparition de Victoria.

— Quand avez-vous vu mademoiselle Bastion pour la dernière fois ?

— Au souper, répondit Lady Hartley, prudente et directe. Je vous l'ai déjà dit.

— Il est important d'obtenir les faits exacts, réprimanda Sir Edward d'un ton indifférent. Pourquoi croyez-vous que votre fille a menti à propos de la découverte du corps ?

— Elle était terrifiée. Et ce n'est vraiment qu'une enfant, Sir Edward. Elle était complètement affolée, quand elle est revenue en courant pour nous l'apprendre. Si ce n'avait été de mademoiselle du Maurier...

Un silence remarquable s'ensuivit, et j'imaginai Sir Edward en train de griffonner des notes.

— Lord David. Quand avez-vous vu mademoiselle Bastion, votre fiancée, pour la dernière fois ?

— Au dîner, arriva la même réponse.

— Vous, euh... vous n'êtes pas monté à sa chambre ou vous ne lui avez pas souhaité bonne nuit ? Vous avez dit qu'elle avait quitté tôt la table.

— Oui... et non, à votre question.

— Alors, vous êtes resté ici toute la soirée, à Padthaway ?

— Oui. Dans ma chambre.

— Endormi ?

— À quoi voulez-vous en venir avec vos questions, mon ami ? Si vous avez quelque chose à me reprocher, alors accusez-moi !

— David, mon chéri, dit Lady Hartley pour tenter de le calmer. Sir Edward ne fait que son travail.

Ce sage conseil eut l'effet voulu. Après une minute ou deux, Lord David demanda à Sir Edward s'il avait d'autres questions.

— Je sais que c'est difficile pour vous, mon seigneur, mais la mort de la jeune femme a même dérouté notre expert de Londres. Nous sommes toujours incertains de la cause de la mort.

— Quand *serez*-vous sûr? interrompit Lady Hartley sans hésitation. Car il ne peut y avoir autre verdict que celui où elle s'est elle-même donné la mort.

— Suicide, Madame?

— Oui, *suicide*. Ou peut-être une chute idiote des falaises. Ou peut-être qu'elle s'est *noyée*. Comment pourrons-nous savoir ce qui s'est vraiment passé? Votre expert est-il en mesure de le dire, ou non?

— Il étudie la nature et les motifs des ecchymoses. Certaines ne deviennent apparentes qu'après un certain temps.

— Oh, comme c'est intéressant, fit remarquer Lady Hartley.

— C'est *grotesque*, jura Lord David. Des ecchymoses! Je l'ai vue. Il n'y avait pas d'ecchymoses. Elle est morte sans douleur. Je dois croire qu'elle est morte sans douleur.

L'émotion lamentable qui étouffait sa voix cassée m'envoya un frisson dans le dos. Il l'aimait si passionnément, si profondément. Il ne pouvait supporter de l'imaginer morte ou souffrante de n'importe quelle manière.

— Mon seigneur, dit Sir Edward après une longue pause, vous devez envisager la possibilité que votre fiancée ait été assassinée.

Me lançant un regard aux yeux écarquillés, Lianne appuya son oreille plus fort contre le mur.

— Assassinée !

Lady Hartley se mit à rire.

— Oh, s'il vous plaît, ce doit être sa famille qui parle ainsi. La fille n'avait pas d'ennemis ; qui aurait voulu sa mort ?

J'imaginai les grands sourcils de Sir Edward qui se soulevaient alors qu'il se disait : « Et qu'en est-il de vous, madame, et de la perte de votre statut ? »

— Mademoiselle Bastion avait commencé à travailler ici comme domestique, n'est-ce pas ? L'hiver dernier ?

— Vous devrez en confirmer la date avec Trehearn, répondit Lady Hartley d'un ton neutre. C'est elle qui embauche tous les membres du personnel. Je n'ai rien à y voir.

— Combien de personnes employez-vous ici, mon seigneur ?

À travers le panneau, j'imaginai la frustration de David.

— Je n'en ai aucune idée. Une vingtaine ? Madame Trehearn conserve tout dans ses livres. Je veux dire, les faits et gestes du personnel.

Il avait répondu à la question, mais il ne semblait pas que son cœur ait été dans la pièce, dans la conversation ou même, je me hâtai de conclure, dans sa vie présente. Son cœur demeurait enveloppé dans le deuil, sombre et lugubre, et au-delà de la consolation. Pleurer un être si cher... et être accusé...

— Vous deviez vous marier, n'est-ce pas, samedi prochain? Comment vous sentez-vous, mon seigneur?

— Comment je me sens? reprit-il d'un ton amer. Comment je me sens? Dois-je vous dire comment je me sens?

Je fermai les yeux. Je l'imaginai féroce, tout près de Sir Edward, chacun conservant pourtant une distance empreinte de dignité.

— Je...

Il s'arrêta brusquement, ravagé par l'affliction. Un homme qui pleurait et qui ne craignait pas de montrer ses émotions occupait à mon avis un rang élevé au sein de l'élite.

— C'est très bien, mon chéri.

Les manifestations d'affection maternelle de Lady Hartley noyèrent les expressions de douleur de son fils.

— Tu n'es pas obligé de continuer aujourd'hui.

— Aujourd'hui? Demain? La semaine prochaine, le mois prochain? Croyez-vous qu'il y a une différence, pour moi? Victoria est *morte*. Morte!

— Oui, eh bien, nous ne devons pas manquer d'exploiter les faits. Appliquons-les à bon escient.

— Que voulez-vous dire?

— Laissez-nous trouver son meurtrier... continua Sir Edward. Si elle a effectivement été tuée par des moyens infâmes, nous devrions faire de notre mieux pour régler l'affaire.

— Oui, oui, dit-il après réflexion. Vous avez raison. Une enquête *complète*. Oui! Rien de moins que ce qu'elle mérite. Plongez, Sir Edward, *plongez* dans les recoins intérieurs de ce mystère. Résolvez le meurtre. Le crime. Donnez la paix à mon âme, car elle ne reposera jamais jusqu'à ce que je connaisse la vérité.

— Oh, soupirai-je à voix haute sans y penser, alors que Lianne me regardait fixement. Pardonne-moi, lui dis-je. C'est tellement *tragique*. Je ressens la douleur de ton frère et son désespoir. Crois-tu qu'il y a quelque chose que nous puissions faire pour aider?

Lianne réfléchissait, et je notai toutes les émotions troublantes inondant son jeune visage qui semblait si innocent et si naïf.

Elle tendit la main et me la donna dans un accord silencieux.

Une poignée de main solennelle.

Un accord pour trouver le meurtrier.

Je n'avais pas besoin de m'inquiéter pour trouver une occasion de commencer mon enquête, puisqu'il semblait que Lady Hartley s'intéressait particulièrement à moi.

Je savais que c'était uniquement à cause de mon statut de fille de Sir Gérald du Maurier et en raison des illustres contacts de ma famille. Cela se passait parfois ainsi, et qui étais-je pour ne pas en tenir compte ?

Comme je prenais congé, elle m'invita à souper à Padthaway, et j'acceptai avec grâce.

— Une invitation à dîner à Padthaway, roucoula Ewe, comme c'est... *divin* !

Je lui répondis que je ne croyais pas que la divinité constituait un facteur dans l'équation.

— Vous êtes un témoin clé. C'est *vous* qui avez découvert le corps. Et cela vous place en plein milieu de ce drame. Êtes-vous prête à cela ? Ce sera énorme, soulignat-elle de ses yeux perspicaces. Mademoiselle Daphné du Maurier se retrouve au beau milieu d'un scandale, un assassinat dans Windemere Lane. Vous me permettez, n'est-ce pas ?

Elle eut un petit rire, et continua.

— Et, oh, quel scandale ! Une jeune mariée... retrouvée morte sur une plage. Son beau fiancé est incapable d'accepter le fait. Il la pleure, mais est-il vraiment innocent ? Et puis, il y a la sœur, qu'on dit instable. Sans parler de la *mère*. Oh, oui, c'est *elle* qui est le *principal suspect*. Lady Florence Hartley...

— Quelle est son histoire ? demandai-je à Ewe.

Je ne pouvais imaginer Lady Hartley *autrement* qu'aristocratique.

Ewe grogna.

— Lady Florence Stanton, elle était, et elle n'en était pas peu fière. Une fille de comte, de l'argent et son propre titre avec elle. Cela ne les a pas servis beaucoup, avec

Lord Hartley qui jouait. Oh, ma chérie, je me demande comment ils vont gérer tout cela. Impossible de mettre le corps de Victoria Bastion dans le placard! Madame Bastion, la mère de Victoria, sera vraiment enragée, croyez-moi. Elle convoitait ce nouveau rôle pour sa fille, qui allait devenir la future dame du manoir.

— La mère de Victoria.

Je repris les mots presque silencieusement pour moi-même.

— Comme elle doit souffrir...

— Oh, elle doit beaucoup souffrir, perdre tout cet argent. Son avenir était assuré, et elle regardait tout le monde de haut dans le village.

— Victoria était une domestique, n'est-ce pas?

— Pas pour longtemps, plaisanta Ewe. Une trop jolie domestique dans un endroit grandiose comme Padthaway, avec Lord David qui rôdait autour, après ses aventures à l'étranger, désireux de faire de nouvelles découvertes — si vous voyez ce que je veux dire, et si ce n'est pas scandaleux pour vos jeunes et innocentes oreilles.

— J'ai peut-être de jeunes oreilles, répondis-je, mais les actes scandaleux ne les dérangent pas. En fait, c'est assez inspirant pour moi et mon écriture. Oh, oui.

Je soupirai, décidant d'inclure Ewe dans le secret.

— Je suis venue à Windemere Lane au bon moment. Pour une raison.

— Une raison?

Ewe aboya.

— Eh bien, je parierais deux cents que ce sera vous, plutôt que Sir Edward, qui résoudrez l'affaire. Je crois que c'est un de ces Hartley qui l'a fait — *madame la comtesse*, plus que probable, mais Sir E est un inconditionnel de l'ancien et du riche. Il peut sembler être en train d'enquêter, mais il ne les trahira jamais, jamais.

— Même si... ?

Les mots m'avaient manqué, mais Ewe les avait trouvés.

— Même quand il devrait faire son *devoir* et ne pas s'en tenir à *plaire* ou à faire des considérations pour les Hartley ? Hum, c'est une question difficile.

— Alors, il ne devrait pas mener l'affaire légale, dis-je.

— Oh, ça alors, dit Ewe en riant, si j'étais Sir E, je m'inquiéterais à votre sujet.

— Moi ?

— Oui, vous, mademoiselle Daphné du Maurier, sage et réservée, qui veut écrire de grands romans.

Elle s'arrêta.

— Vous êtes venue à Windemere parce que vous vouliez l'aventure, et l'aventure vous a croisée à mi-parcours. Vous vouliez de l'inspiration, eh bien, un vrai cas d'assassinat ne demande plus d'autre inspiration. Je dis cela même si je n'ai jamais essayé d'écrire quelque chose de ma vie, si ce n'est une liste de courses. Les romans sont trop verbeux et requièrent trop d'efforts à mon goût.

Elle avait raison. J'étais tombée au beau milieu du meurtre et du chaos.

Dans Windemere Lane, figurez-vous. J'avais l'intention de faire bouger les choses et de résoudre le mystère de la mort de Victoria Bastion.

C'était devenu ma mission.

Et personne ne pouvait m'arrêter.

CHAPITRE HUIT

Épuisée par les événements de la matinée, je me retirai dans ma chambre.

Durant mes premiers jours ici, j'avais vu un cadavre, j'avais visité une maison qui hantait mon âme comme un amant insaisissable, et j'avais fait une ou deux connaissances bizarres.

Inspirée, je m'étendis sur mon lit pour rêver éveillée et pour noter toutes les réflexions qui me venaient à l'esprit.

J'évoquais une grandiose production comme j'en avais si souvent vu au théâtre — une mort tragique, un meurtre, une maison, un homme, une femme, un mystère.

— Allez, Belle au bois dormant!

Ewe passa son large visage juste au milieu de mon rêve éveillé.

— Nous allons faire appel à Perony Osborn, l'institutrice.

— Quoi?

Je clignai des yeux.

— Institutrice?

Je me souvenais vaguement d'avoir vu une maîtresse d'école qui marchait le long du chemin.

— Pourquoi dois-je y aller? Est-ce l'une de vos amies?

— Non, répondit Ewe, piquée au vif, mais elle est ici depuis près de vingt ans et elle est *pleine* de renseignements. C'est une visite qui pourrait en valoir la peine.

Je ne pouvais m'y opposer, pas plus qu'au clin d'œil entendu d'Ewe. M'arrachant à ma rêverie, je lavai mes cheveux et les coiffai. En un peu moins d'une demi-heure, Ewe et moi traversions la pelouse. J'avais eu l'intention de me reposer tout l'après-midi avant de devoir m'habiller pour la soirée à Padthaway, mais l'enthousiasme d'Ewe me convainquit. Cette affaire de meurtre l'intéressait autant que moi, et elle maintenait catégoriquement que nous devions explorer toutes les possibilités qui s'offraient à nous.

— Comment connaissez-vous mademoiselle Osborn? lui demandai-je, à un cheveu d'atteindre la discrète petite maison en rangée.

— Nous sommes allées à l'école ensemble. Faites attention à vos manières et à votre parler. Elle est terriblement snob avec la langue. Elle a fréquenté une *très grande école de bonnes manières* en Suisse. Pas comme moi. J'ai terminé mes études et j'ai tout de suite pris un poste de nounou. Après avoir servi dans une famille ou deux à l'étranger, Perony est revenue ici pour occuper le poste d'institutrice de la place. Elle a toujours été une fille *de la région*, alors le rôle lui convient. Elle est ici depuis si longtemps qu'elle est immuable. *Et...*

Ewe grimaça, avant de frapper à la porte.

— ... elle a *enseigné* à Victoria Baston. J'ai entendu dire qu'elle a même donné à la fille des leçons particulières, après les heures régulières, pour l'anglais et ainsi de suite.

Le coup retentit.

Un visage tranchant comme un rasoir, appartenant à une mademoiselle Perony Osborn, arriva à la porte. Elle semblait ennuyée d'avoir été interrompue — à faire quoi, je ne pouvais que me le demander.

— Oh, Ewe, je n'attendais personne.

— Eh bien, dit Ewe en entrant d'un air affairé, j'ai apporté des muffins fraîchement cuisinés, alors sors le thé comme une bonne fille.

La pauvre mademoiselle Perony Osborn n'avait pas le choix. Je la regardai se précipiter dans sa minuscule maison, mettant tout en ordre, chaises, coussins, bouilloire...

— Et voici mademoiselle Daphné du Maurier, annonça Ewe de manière grandiose. C'est la fille de *Sir* Gérald du Maurier, oui, *Sir Gérald du Maurier*, qui possède un théâtre à Londres. Peut-être as-tu déjà entendu parler de *Peter Pan*, par exemple ?

C'est alors que Perony Osborn commença à s'intéresser à moi. Ses minces et absurdes sourcils s'élevèrent d'une fraction et ses lèvres minces vibrèrent.

— Mademoiselle du Maurier, s'il vous plaît, assoyez-vous. Je vous apporte du thé.

Elle ne paraissait pas habituée à recevoir des visiteurs, et je levai les sourcils vers Ewe, qui me fit un clin d'œil en retour. Je faisais confiance à sa sagesse supérieure.

Invitées imprévues, nous attendîmes, et j'examinai le petit salon de mademoiselle Perony Osborn. Ce dernier dépourvu de photos de famille, rien ne trahissait sa personnalité, sauf une sélection de livres déposés avec grand respect à l'intérieur du vaisselier.

— Oh, Alexandre Dumas! m'écriai-je, ravie, lorsqu'elle arriva, tenant le plateau de thé. J'aime tellement *Le comte de Monte-Cristo*. Est-ce l'un de vos favoris?

— Mon préféré, c'est *L'Histoire de la décadence et de la chute de l'Empire romain*, répondit mademoiselle Osborn, maussade, tandis qu'elle transportait correctement le plateau de thé dans la «bonne position».

Il y avait trop de choses «correctes» chez cette mademoiselle Perony Osborn, décidai-je.

— Mais certainement, continuai-je, enthousiasmée, *Le comte de Monte-Cristo* dépasse de beaucoup toute thèse déprimante sur l'Empire romain. L'Empire romain, alors qu'il est intensément fascinant, est mort, tandis que Dumas vit en chacun d'entre nous. *Le comte de Monte-Cristo* est une saga épique et une histoire d'amour. Et de tels récits sont éternels.

— Là, vous avez l'âme et le cœur d'une conteuse romantique, dit Ewe. Mademoiselle Daphné aime écrire, tu sais, Perony, des histoires d'amour et de malheur. Elle est venue ici, à Windemere, pour faire des recherches dans les documents de l'abbaye. Pourquoi une jolie jeune fille devrait *s'intéresser* à de telles choses? Cela me dépasse! *Charlemagne*... tout de même, il est mort depuis des siècles!

— Peut-être, mademoiselle Sinclaire, répondit «correctement» mademoiselle Perony, sous-estimes-tu la puissance de Charlemagne et de son héritage.

— Mademoiselle Perony, sifflai-je, avez-vous exploré les archives de l'abbaye? C'est vraiment la raison pour laquelle je suis venue à Windemere. J'ai lu l'article dans le *Times*, et depuis je m'y suis intéressée. La nourrice de ma mère vit ici...

Je souris affectueusement à Ewe.

— ... me voici donc. Malheureusement, je me suis retrouvée au milieu d'une autre grande parodie.

— Ah? dit mademoiselle Perony. Vous voulez dire l'assassinat?

Alors, elle en avait entendu parler, comme je m'y attendais. Les nouvelles voyagent rapidement, dans une petite ville. Surtout des nouvelles de cette nature.

— Alors, vous croyez vraiment que c'est un assassinat? demandai-je, les yeux écarquillés et l'air innocent.

— Tu lui as enseigné, n'est-ce pas? lança Ewe.

— Oh, Vicky Bastion, chantonna-t-elle, on n'avait jamais vu une aussi jolie fille.

— Était-elle jolie, mademoiselle Osborn?

Je rougis.

— Pardonnez-moi d'être directe. Je ne l'ai vue que là-bas... sur la plage. C'était horrible. Je ne peux le décrire, et je ne peux pas m'empêcher de me sentir triste pour la fille et sa famille. Connaissiez-vous bien sa famille?

— Très bien.

Mon aveu ayant littéralement touché mademoiselle Osborn, elle entreprit de nous faire des confidences. Je me doutais qu'elle n'était pas une femme à donner facilement des renseignements à ceux qu'elle ne connaissait pas. J'imaginai que même ses bons amis bénéficiaient peu de sa farouche intimité. Une créature réservée, notre mademoiselle Perony Osborn, et qui avait besoin de temps pour se dégeler et s'ouvrir tout à fait.

— Madame B souffre cruellement. Je l'ai vue dans la rue, après qu'elle eut identifié Victoria. Connan était allé avec elle. Connan est le frère de Victoria, mademoiselle du Maurier.

— Oh, s'il vous plaît, appelez-moi Daphné, insistai-je.

Elle sourit à son tour.

— C'est une bonne chose que madame Bastion ait Connan, Daphné.

— Je dirai que oui, soutint Ewe. Un si *beau* jeune homme... et débrouillard. C'est lui qui aide à souder la famille, depuis le décès de leur père.

— Monsieur Bastion est décédé il y a plusieurs années, dit mademoiselle Osborn, prenant le relais. Dans le commerce maritime, comme beaucoup d'entre nous. Vous devez le comprendre, vous qui venez de Fowey?

Je voyais qu'Ewe Sinclaire avait divulgué ma situation à toute la communauté du village.

— Ma famille possède une maison à Fowey et à Londres.

— Ce sont des gitans!

Ewe me poussa, se servant un autre morceau de gâteau à la lime.

— Ils se baladent d'une place à l'autre. Et maintenant, elle ne veut pas que sa famille sache qu'elle s'est mise dans ce pétrin.

— Non, plaidai-je à mademoiselle Osborn. J'ai l'intention de rester ici et de terminer ce que j'ai commencé. J'ai à peine réussi à avoir un *aperçu* des dossiers de l'abbaye. Il me faudra des *mois*, pour passer à travers ces documents.

— Vous devriez offrir d'aider à les cataloguer, suggéra mademoiselle Perony. Je connais sœur Agatha. C'est l'une de mes cousines. Je pourrais lui demander...

— C'est tellement gentil de votre part, mademoiselle Perony! J'avoue que je ne me sentais pas très à l'aise de fouiller dans ces casiers, avec... est-ce sœur Théodora?... qui me fusillait du regard... et qui surveillait chacun de mes mouvements. Sœur Sonia est charmante... très érudite.

— Oh, ma chère, carillonna Ewe, est-il vraiment si tard?! Nous allons devoir partir sous peu, car ce soir, Daphné doit souper à Padthaway.

La nouvelle dérangea mademoiselle Perony Osborn.

Une pâleur vive se glissa dans ses joues. Était-ce l'inquiétude?

— Les Bastion sont convaincus que Victoria a été assassinée, n'est-ce pas ? murmurai-je. Je veux vous le demander, mademoiselle Perony, car j'ai découvert le corps en compagnie de Lianne Hartley, et la jeune fille s'est prise d'affection pour moi. Étant donné que je serai dans le secteur, je pense que je peux devenir une visiteuse régulière de Padthaway, et comme le dit l'adage, « une femme avertie en vaut deux ».

Mon ouverture et le fait de lui demander son avis accomplirent des merveilles sur mademoiselle Perony.

— Je ne suis pas certaine si je dois vous dire cela, mais comme vous êtes nouvelle dans la région et que vous n'êtes pas consciente de son histoire, à votre place, je serais très prudente.

Elle se leva pour se cambrer le dos, sa petite main posée au centre, dénotant qu'elle endurait une sorte de douleur à cet endroit.

— Je ne peux que vous conseiller...

— Conseiller quoi ? l'exhortai-je. Je vous le demande.

— Les Hartley règnent en maîtres, ici. Leur influence contrôle le village, la vie des citadins, le bétail, et c'est le cas depuis des centaines d'années. Peu de choses ont changé, depuis.

— Voulez-vous dire, m'empressai-je de supposer, que leur richesse et leur importance les empêcheraient d'être associés à un meurtre ?

— Nous ne sommes pas aussi *préhistoriques*, défendit Ewe. Il y a la *loi*, vous savez. Personne ne peut échapper à la loi.

— Mais il y a des gens qui y échappent, dis-je en un souffle.

Et je racontai une histoire que j'avais lue dans un journal à Londres. Exactement le genre auquel mademoiselle Perony Osborn faisait allusion : une riche famille aristocratique, un assassinat, et le meurtrier présumé évitant d'être accusé de crime à cause d'un «manque de preuves suffisantes», même si le jury croyait le contraire.

— Daphné a raison, confirma mademoiselle Perony. Et ces familles ont des amis haut placés.

Elle voulait dire Sir Edward.

Je ne portai pas le nom à son attention.

Mais Ewe le fit.

— J'espère que Sir E restera fidèle à la loi! Il le doit... car madame B n'en restera pas là. Elle appellera les journaux. Sir E doit faire son travail.

— Même si cela signifie de perdre ses privilèges au château de Mor? demanda mademoiselle Perony.

Mes yeux s'arrondirent, et mademoiselle Perony fit un sourire blafard.

— Oui, je peux voir que les châteaux et l'histoire vous intéressent, Daphné.

— Non seulement ils m'intéressent, m'écriai-je, mais ils sont mon amour, ma passion !

— Son inspiration pour l'écriture, traduisit Ewe.

— Autant que les affaires de meurtre? demanda mademoiselle Perony.

Je saisis la nuance de sa question. Elle me voyait me lancer tout droit dans les ennuis, voire dans le danger.

Je compris.

— Je *pense*, dit Ewe, et je *pense* beaucoup, et je ne garde jamais mes réflexions pour moi, comme vous le savez, alors voici ce que je pense aujourd'hui : mademoiselle D obligera Sir E à ne pas relâcher ses efforts, et madame B fera appel aux troupes.

Mademoiselle Perony et moi partageâmes un sourire.

On ne pouvait s'empêcher d'aimer Ewe Sinclaire.

— Quelle est la prochaine étape ? demandai-je.

Nous écoutâmes ses délibérations bourdonnantes.

— Je pense... que nous pouvons compter sur vous, mademoiselle D, pour résoudre tout *cela*.

CHAPITRE NEUF

Ewe et moi retournâmes à la maison, pour trouver un billet glissé sous la porte.

— Tst, tst, tst.

Penchant son volumineux derrière pour ramasser la note, Ewe entra d'un air affairé dans sa maison, lisant la note à voix haute.

— C'est de Sir Edward, annonça-t-elle au passage. Et c'est pour vous.

Je me précipitai à sa suite.

— Si c'est pour *moi*, puis-je l'avoir?

Je tendis la main.

Elle céda à contrecœur, regardant par-dessus mon épaule.

— Il a une écriture soignée, je dois le lui accorder, même si j'ai pu y voir à peine la durée d'un sifflet!

— Il est écrit...

Mademoiselle Daphné,
Ma voiture vous attendra au bout de l'allée
pour vous emmener à Padthaway ce soir.

Vôtre, etc.,
Sir Edward

— Sir Edward… pensai-je voix haute, Sir Edward a-t-il un nom?

Ewe était sur le point de me le dire, lorsque je l'arrêtai.

— Non, non. Je crois que je préfère penser à lui comme à Sir Edward. M'appelle-t-on miss D, maintenant?

Mes taquineries prirent fin lorsqu'Ewe m'obligea à me préoccuper de l'heure, et je sortis en courant en un tourbillon frénétique.

« Que vais-je porter? »

Je réfléchissais à la question éternelle en même temps que je fouillais dans ma collection de vêtements, tombant par hasard sur une robe que ma mère devait y avoir glissée avant que le tout soit emballé. Une robe de soirée rose coquille avec quelques rangées de glands à franges. Parfait!

Pendant que je roulais les côtés de ma chevelure vers le haut dans un style à la mode, posant une épingle dans ma bouche et fixant l'autre dans mes cheveux, je ressentis un sentiment d'excitation. Un souper dans la Grande Maison! Un souper dans un repaire de personnes soupçonnées de meurtre, en position idéale pour observer les événements au moment même où ils se déroulaient. Mon cerveau était rempli de pensées fugaces.

Je ne devrais vraiment pas m'impliquer dans cette affaire.

Je devrais vraiment me concentrer sur les dossiers de l'abbaye, écrire mes conclusions et rentrer chez moi.

Je ne devrais vraiment pas me demander si Lord David aimerait ma robe ou la manière dont j'avais épinglé mes cheveux.

Et je devrais vraiment *me presser*, car n'était-ce pas Sir Edward qui frappait à la porte?

J'avais beaucoup plus l'impression d'un bruit sourd que de coups frappés. J'attrapai mon sac à main et mon manteau, et je glissai mes pieds dans une modeste paire de chaussures à talons hauts. Je n'avais pas de temps pour les bijoux et le maquillage — peut-être un sage dilemme, car la robe n'avait pas besoin de bijoux, et si je faisais l'erreur de trop me maquiller, les gens pourraient en venir à des conclusions erronées. *Lord David venait tout juste de perdre sa future femme.*

Aux yeux de Lady Hartley, j'étais une femme célibataire provenant d'une famille distinguée, et si elle désapprouvait le dernier choix de compagne de son fils, il n'était pas hors de question qu'à moins d'être prudente, elle puisse me voir comme une nouvelle candidate possible pour le poste vacant.

Cette pensée me rendit mal à l'aise, surtout quand Sir Edward commença la conversation en me demandant :

— Vous êtes une jeune dame de l'âge de Victoria, mademoiselle du Maurier. Seriez-vous terrifiée par la perspective d'une telle future belle-mère?

Étonnée, je clignai des yeux. Je n'avais pas prévu une question aussi directe, après une remarque pour la forme sur la météo.

— Il est difficile de répondre. Mademoiselle Bastion et moi sommes des personnes très différentes. Nous venons d'horizons différents, avec nos propres principes.

— La morale ?

Je baissai les yeux. Il était vrai que j'avais été élevée dans une maison plutôt libérale, mais un code moral strict prévalait tout de même. Victoria, jeune et influençable, n'avait peut-être pas vécu selon le même code.

— Croyez-vous que Victoria Bastion aurait été une fille de mœurs légères ? poussa plus loin Sir Edward.

Je redoutais la discussion. Mon instinct me disait oui, mais qu'est-ce que je savais de la jeune fille morte sur la plage ? Qu'est-ce que je connaissais de sa vie privée ? De ses aspirations ? De ses amours et de ses passions ?

— Ma question vous paraît-elle déplacée ?

Sir Edward était en train d'avancer dans l'allée assombrie menant à Padthaway.

— Mais laissez-moi vous rappeler, mademoiselle Daphné. Il s'agit d'une enquête pour meurtre, et il ne faut négliger aucun détail.

— Comment est-elle morte ? demandai-je de la voix la plus faible que je pus trouver, levant les yeux vers les lumières de la grande demeure devant.

Sir Edward fronça les sourcils, alors que nous arrivions.

— Des preuves soutiennent qu'elle n'est pas morte de cause naturelle, mais de telles preuves ne sont pas encore concluantes.

M'occupant d'un bouton ouvert sur mon manteau, j'acceptai le bras de Sir Edward pour m'escorter dans la maison. Il n'avait pas trahi la moindre bribe d'information, et je suppose que je devais l'en respecter. Si j'étais policier, je ne dévoilerais pas mon jeu non plus.

Je tentai de ne pas montrer mon agacement. J'essayai de sourire à la jeune fille qui ouvrait la porte, à la silhouette de madame Trehearn vêtue tout en noir. Je tentai de me comporter comme devait se comporter une convive.

Le soir, la maison respirait l'émerveillement. Même si elle était modérément éclairée, j'imaginais comment elle paraîtrait magnifique si toutes les lumières étaient allumées. Un jour, lorsque j'étais jeune fille, j'avais assisté à un souper dans un manoir de campagne dans le Devonshire, et la vue spectaculaire de la maison inondée de lumière nous avait arrêtées, mes sœurs et moi, au point où mon père avait dû faire claquer ses doigts à deux reprises pour retrouver notre attention. Ces couloirs vides de Padthaway suppliaient d'être remplis de gaieté, de rires et de lumière, pas des sombres répercussions de la mort.

— Nous y voici.

La main d'apparence squelettique de madame Trehearn fit un geste vers la droite.

— Vous trouverez la famille au bout du couloir.

— Ce n'est pas la pièce habituelle, dit Sir Edward, attendant que je m'avance la première. Habituellement, la famille soupe dans la salle de style Queen Anne. Cela ne change normalement pas.

— D'après vous, quelle en est la raison, Sir Edward?

— Honnêtement, je l'ignore. Ce n'est pas la première fois qu'il y a des décès et de mauvais moments...

— Peut-être qu'il s'est produit quelque chose dans la salle Queen Anne?

Il comprit soudain, alors que nous repérions la famille assise à une table ronde en noyer avec le couvert pour cinq.

— Quel dommage que Lady Beatrice soit si malade qu'elle ne puisse se joindre à nous, Sir Edward, s'exclama Lady Hartley.

Elle paraissait à la mode, dans une robe de soirée d'un bleu profond, ses cheveux relevés et des saphirs étincelants pendant de ses oreilles à son cou, et elle tordait l'énorme anneau sur son doigt.

Je fus parcourue d'un frisson en pensant à l'anneau sur la main morte de Victoria.

— Quelle belle robe, Daphné!

Les yeux de Lady Hartley m'évaluaient.

— J'aime beaucoup le nouveau rose. Sir Edward, je suis certaine que le remplacement est adéquat.

— Il me faut une robe rose, comme celle de Daphné, soupira Lianne, posant ses coudes sur la table.

Sa mère lui lança un froncement de sourcils mortel, et elle remit immédiatement ses mains sur ses genoux.

Le souper commença, alors que des plats chauds et froids étaient transportés à la table par deux servantes. Sir Edward attira Lord David, grave et silencieux, dans une conversation sur les questions foncières locales, et Lady Hartley s'aventurait occasionnellement dans la mêlée.

— Le vicaire Nortby doit être remplacé. Il est beaucoup trop vieux. Sourd, même. Je peux à peine entendre ses sermons, le dimanche.

— Non pas que vous alliez régulièrement à l'église, le dimanche, Mère, dit Lord David d'un ton hargneux.

— Bien sûr... j'y vais assez régulièrement, répondit-elle. Qu'en est-il de votre famille, Daphné? Prévoyez-vous d'aller à l'église, pendant que vous êtes ici? Vous séjournez chez Ewe Sinclaire, n'est-ce pas? Pour combien de temps?

— Je n'ai pas fixé de plans, répondis-je en baissant les yeux sur mon assiette pour éviter le regard scrutateur. Je peux rester aussi peu ou aussi longtemps que je le désire.

Je parlai alors de mon intérêt pour l'abbaye Rothmarten.

La mâchoire de Lord David se crispa.

— Vous devez posséder une certaine intelligence, pour pouvoir fouiller dans les reliques de Rothmarten, mademoiselle du Maurier. Peu de femmes de mes connaissances apprécient ce que nous avons ici, dans cette vieille ville endormie de Windemere.

— Elle ne restera pas endormie bien longtemps, dit Lady Hartley d'un ton sérieux. N'est-ce pas, Sir Edward?

— Je crains que non, ma chère dame. Comme je vous l'ai dit, à vous et à Lord David précédemment, il y a...

Son regard vacillait sur Lianne Hartley.

— Ne vous inquiétez pas, si Daphné et moi entendons ce que vous dites.

Lianne leva sa fourchette pour se frapper le front.

— Je veux dire, nous allons entendre parler de toutes les *terribles* nouvelles. N'est-il pas mieux de les entendre maintenant plutôt que plus tard ?

Lord David bondit de la table. Le geste était si inattendu que nous sursautâmes tous.

— Certainement, cela peut attendre *après* le dîner, dit-il avant de quitter bruyamment la pièce, nous laissant nous lorgner les uns les autres.

— Ce qu'il déteste le plus, c'est de se faire soupçonner et surveiller, finit par dire Lady Hartley, rompant le silence. Et je crois que vous avez entendu dire qu'hier après-midi, il est tombé par hasard sur Connan Bastion.

— Non.

Sir Edward essuya son front moite avec sa serviette.

— Et j'ai travaillé très fort pour empêcher cette catastrophe.

— Eh bien, ça n'a pas fonctionné. Connan ne peut rester à l'écart... ni David. D'après ce que j'ai entendu, ils ont tous les deux presque donné une crise cardiaque au vicaire Nortby. Lui et votre type de Londres ont dû les empêcher tous les deux de s'entre-tuer.

— Oh, mon Dieu.

Sir Edward s'essuya le front, cette fois en se servant du mouchoir dans son manteau.

— Plus que «oh, mon Dieu», avertit la comtesse. Ils vont finir par s'entre-tuer. Nortby est accouru ici pour me le dire. «Je ne veux pas d'un autre corps à l'église», a-t-il juré. D'une certaine manière, il faut les éloigner. La réponse est claire. Connan Bastion *doit* quitter le village pour chercher du travail ailleurs.

— Mais sa famille *dépend* de lui, souligna Sir Edward.

Lady Hartley haussa les épaules.

— Je me soucie principalement de mon fils, bien sûr. Dois-je vous rappeler, Sir Edward, que mon fils règne sur le comté? Connan Bastion et ses semblables ne sont que des subalternes. Par conséquent, c'est Connan Bastion qui doit partir.

— Sa mère...

— ... ne sera jamais d'accord. Je sais.

Lady Hartley se versa un verre de vin.

— Mais je suis en position de voir à ce qu'elle finisse par l'être.

Un sourire jubilant apparut sur ses lèvres.

— De la subornation, madame?

Sir Edward rougit.

— Je ne peux pas approuver...

— Oh, gardez votre conscience pour le confessionnal. Elle n'est pas de mise, ici... ni dans le cas de mon fils.

CHAPITRE DIX

Sir Edward et moi revînmes en voiture jusqu'au village.

— Vous seriez sage, mademoiselle Daphné, conseilla-t-il, de ne pas dire un mot de tout cela à personne. Pas même à Ewe Sinclaire, et *surtout* pas à n'importe quel journaliste qui frapperait à votre porte.

Je savais qu'il avait raison, mais je voulais quelque chose de lui, avant d'accepter son plan.

— Je peux être digne de confiance, commençai-je, nouant mes doigts ensemble sur mes genoux. Ma grande ambition, c'est d'écrire des histoires, vous comprenez... et pour écrire des histoires, on doit *vivre* dans le présent, *absorber* l'environnement, étudier les gens et leurs motivations. Alors, Sir Edward, je vous en supplie, si je dois garder le silence, ne pourriez-vous pas partager juste un peu d'information avec moi ? Je vous promets que cela restera entre vous et moi. Ma mère m'a un jour appelée le « mur de briques ». Et c'est ce que je suis, un mur de briques — silencieuse et digne de confiance.

Si j'avais surpris Sir Edward, il ne le montra pas. Il se mit à siffler à voix basse.

— Vous êtes une fille hors du commun, mademoiselle Daphné, si je puis m'exprimer ainsi. Lord David avait raison de louer votre esprit curieux, mais qu'il ait raison dans l'ensemble, cela reste encore à voir.

En entendant mentionner le nom de David, je ressentis une excitation picoter en moi.

— Sa mère est convaincue de son innocence, Sir Edward. En doutez-vous ?

— Sa mère, dit Sir Edward avant de tousser, est la seule véritable dirigeante de ce village et de son comté. Il est vrai qu'elle règne au nom de son fils, mais tout le monde sait que c'est à elle, Lady Florence, que l'on doit obéir.

— Alors, c'est peut-être elle qui l'a fait ?

Sir Edward arrêta la voiture près de la maison d'Ewe Sinclaire. Éteignant les phares, il se tourna vers moi, le coin de sa bouche vers le bas, un peu craintif.

Madame la comtesse avait parlé du vicaire Nortby et de Connan Bastion, mais elle avait également préséance sur Sir Edward, et je n'osais pas me demander sur qui d'autre.

— Vous louez le château de Mor, n'est-ce pas ? Était-ce le château de la famille Hartley ou de la famille de Lady Florence, Sir Edward ?

Son silence me servit de réponse. Il semblait qu'il louait le château de Mor directement de Lady Hartley.

— Est-ce que tout le monde la craint ? murmurai-je, tout en arrangeant mon manteau et mon sac à main pour partir.

— Oui, admit Sir Edward. C'est une force dont on doit tenir compte.

— Même dans une enquête pour meurtre?

— Même dans une enquête pour meurtre.

Je me glissai hors de l'automobile.

— Il est triste, ne croyez-vous pas, que cette fille soit morte, alors que son assassin est bien vivant? J'espère que vous trouverez ce meurtrier!

— Je ne suis pas si certain qu'on puisse prouver le meurtre, admit-il. Lord David est notre principal suspect, mais je crains... oh, mademoiselle du Maurier, je crois que sa mère est *largement* impliquée. C'est peut-être même elle qui a commis le meurtre, mais il se peut que je ne sois jamais en mesure de le prouver. La *preuve*, c'est tout ce qui compte. Il se peut que nous connaissions l'identité d'un coupable, mais *prouver* qu'il l'est, c'est une chose tout autre.

Je lui murmurai «bonne nuit» et refermai la porte de la voiture.

Je montai l'allée faiblement éclairée de la petite maison d'Ewe. Comme je m'y attendais, elle était éveillée.

— Hum, dit-elle en bâillant et en ouvrant la porte, comment ça va? La nourriture était-elle bonne? Quelles nouvelles? Quelles nouvelles de l'assassinat?

Je me mis à rire de voir qu'elle posait des questions sur la nourriture avant l'affaire de meurtre.

— C'est très étrange... commençai-je, et j'entrai pour entreprendre nos délibérations habituelles.

Je suivis *certains* des conseils de Sir Edward.

Je ne racontai pas tout à Ewe Sinclaire, juste *presque* tout.

— *Comme* c'est intéressant! gazouilla-t-elle en veillant sur les œufs pochés pour notre petit déjeuner.

— Les œufs sont faits... et c'est aussi le cas de la comtesse. Je prévois la « fin » de sa domination ici — oh, comme c'est merveilleux!

— Merveilleux?

— Vous ne devriez pas la défendre, mademoiselle D. Elle ne se fait aucun souci pour nous. Elle ne se soucie que d'elle-même, c'est ce qu'elle a toujours fait. C'est sa façon de faire.

— Et ses enfants la suivent aveuglément dans cette voie?

Plissant le nez pendant qu'elle réfléchissait, Ewe réévalua la situation.

— Lord David, je m'en porte garante, a indiqué que ses vues différaient de celles de sa mère, ces derniers temps.

— Ces derniers temps?

— En matière foncière et d'autres trucs semblables.

— Donc, il a exercé son indépendance, et elle...

— Elle n'est pas d'accord.

— Elle n'est pas d'accord? gazouillai-je. Je suis certaine qu'elle *déteste* cela!

— Là, c'est l'écrivaine qui parle, dit Ewe en levant les yeux au ciel. Et je ne suis pas sûre que j'approuve le fait de vous voir vous lancer dans cette affaire tordue. Quel bien pourriez-vous en obtenir?

— Cela me fascine, répondis-je, ce à quoi Ewe répliqua par un long et fort soupir.

J'avais hâte de m'échapper de la maison.

Ses paroles m'accompagnèrent jusqu'à la porte, à travers la barrière de la maison, le long de la petite route. Je me hâtais de me rendre vers la plage. J'irais à l'abbaye ensuite, décidai-je, mais d'abord, une curiosité morbide m'obligeait à revoir la scène du meurtre.

Pendant que je marchais, je m'imaginais être la belle Victoria s'apprêtant à épouser le beau Lord David. Elle devait être enthousiaste de sa chance. Pourquoi s'était-elle glissée à l'extérieur pour une promenade de nuit? N'avait-elle pas envie de dormir? Lui arrivait-il souvent de flâner le long de la plage au clair de lune? Était-elle seule?

Ou peut-être y avait-il une explication plus simple. Suicide. J'avais de la difficulté à le croire. Pourquoi une jeune femme qui avait tout — la beauté, un beau fiancé et une vie remplie devant elle — se serait-elle tuée? Cela n'avait pas de sens.

Alors que je l'imaginais se baladant sur les rivages baignés par le clair de lune, je me souvins d'avoir fait quelque chose de semblable un jour sur une île grecque. Certes, j'avais porté un châle sur ma chemise de nuit et j'avais pris des chaussures, car les pierres étaient coupantes. *Les pierres étaient coupantes.* Victoria ne portait pas de chaussures, quand nous avions trouvé son corps!

Si elle avait décidé de faire une promenade ou qu'elle avait eu l'intention d'aller se baigner en fin de soirée, n'aurait-elle pas enlevé ses chaussures quelque part le long de la plage? Et pourquoi serait-elle allée nager en chemise de nuit?

Pourquoi Lady Hartley avait-elle rapidement souligné l'amour de Victoria pour la natation? Elle n'approuvait pas Victoria Bastion, une ancienne servante de la maison, mais aurait-elle commis un meurtre? Et de quoi Lianne avait-elle peur? Que savait-elle au sujet de la mort de Victoria?

Des images de la fille morte dans sa nuisette de satin crème remplirent mon esprit. Je la voyais là-bas, sur l'escarpement, regardant vers le bas, vers le bas...

Je fermai les yeux.

J'imaginai un agresseur se faufilant derrière elle, la poussant.

Mes pieds prirent le chemin de Padthaway. Une expédition idiote, alors que je n'avais absolument pas affaire à cet endroit. Dommage que je n'avais pas pensé à laisser un gant derrière. Madame Trehearn répondit à la porte.

— Mademoiselle du Maurier.

L'étonnement ombragea très brièvement son visage pierreux.

— Êtes-vous ici pour voir...?

— Mademoiselle Lianne Hartley, répondis-je en souriant. Puis-je entrer?

Je me faufilai à l'intérieur de la maison, car elle ne semblait pas avoir envie de me permettre d'entrer.

Madame Trehearn s'avéra une escorte réticente jusqu'à la chambre de mademoiselle Lianne.

Ses lèvres montrèrent un fort mécontentement, alors qu'elle informait Lianne de mon arrivée.

— Oh, Daphné! Comme c'est merveilleux que tu me rendes visite! Madame Trehearn, dit-elle en riant et en me faisant entrer à l'intérieur de son sanctuaire, a probablement cru que tu étais descendue par la cheminée!

Je lui demandai pourquoi elle pensait ainsi.

— Personne ne nous rend visite, et je dis bien «personne». Tu ne peux pas compter Sir Edward ou le vicaire Nortby comme des visiteurs. Je ne sais pas pourquoi. Lorsque nous sommes en ville, *tout le monde* nous rend visite, mais ici...

Elle dirigea son regard troublé par la fenêtre de sa chambre.

— Je soupçonne que c'est à cause de la mort de papa.

— Ton père? Quand est-il décédé?

— Il y a plusieurs années.

Je hochai la tête. Sa chambre, je l'avais remarqué, faisait face à la vieille tour. Étant la partie la plus haute et la plus reculée de la maison, cette pièce sous les toits convenait à son excentricité — plafonds ouverts avec des poutres de bois, des planchers grinçants, de vieux coffres empilés au hasard dans différents coins, une maison de poupée du XVIIIe siècle, un fauteuil à bascule Thonet, un mobilier victorien pour le thé près des fenêtres à double vitrage et une modeste collection de meubles blancs semi-modernes. Tout cela décorait une vaste zone aux proportions bizarrement inclinées.

Le blanc et la lavande étaient ses couleurs. Elles brillaient partout, de la lavande mouchetée de la courtepointe du lit à l'huile sur toile d'un champ de bruyère sur le mur.

Un minuscule sourire se dessina sur ses lèvres.

— Alors, tu es venue. Je suis contente. As-tu vu maman? Qu'est-ce que maman t'a dit?

— Je ne l'ai pas vue, répondis-je, reconnaissant le contrôle de sa mère sur elle. Exerce-t-elle un contrôle sur tes visiteurs?

— Non!

Lianne se mit à rire.

— Mais Trehearn le fait. N'est-elle pas *vraiment redoutable*? Je l'appelle «Vieux corbeau». Ne crois-tu pas que le titre lui convient?

— Beaucoup, même, dis-je en souriant.

— Tu n'as pas peur d'elle? La plupart des gens la craignent.

— Non. Il en faudrait beaucoup, pour me faire peur.

— Oh, je n'aurais pas trop envie de dire cela, par ici, se hâta-t-elle de m'avertir. Cette maison *engendre* la tragédie. Mon père... Victoria... et tant d'autres.

— D'autres? répétai-je.

— À travers plusieurs années. Windemere est maudite. Nous n'aurons jamais de repos jusqu'à ce que les dossiers de l'abbaye de Rothmarten soient remis à leur véritable lieu de repos.

— Quel est ce lieu de repos?

— Un village isolé en Italie. Je continue à dire à David qu'ils devraient être expédiés là-bas, mais il refuse de le faire. Il pourrait, tu sais, *obliger* l'abbaye à abandonner leur précieux trésor pour le retourner à sa place.

— Ton frère a-t-il vraiment du pouvoir sur Rothmarten ?

Ma question était remplie d'incrédulité.

— Oh, *oui*.

Lianne me regarda fixement comme si j'étais folle.

— Depuis des *siècles*, les Hartley de Padthaway ont toujours eu un rapport de priorité sur Rothmarten. Nous avons vu à leurs besoins financiers et à leur protection. Maintenant, ils n'ont pas besoin d'une protection de type « épée », mais ils ont encore tout de même besoin de protection. Tu devrais parler à David à ce sujet. Quand il grandissait, Rothmarten était sa grande passion. Savais-tu qu'il a fait don de toute une somme pour restaurer ces dossiers que tu as tellement envie d'étudier ?

Mon expérience m'amenait à reconnaître l'importance de l'expression « toute une somme » chez les riches et les titrés. En effet, Lord David Hartley avait apporté de considérables bénéfices à l'abbaye, et je me demandais si l'abbesse Quinlain gardait son association avec la famille Hartley au minimum à cause de cette dette à une famille prestigieuse et influente.

— Ma mère s'intéresse beaucoup à *toi*, indiqua Lianne d'un ton penaud.

— Oh...

Je feignis l'ignorance.

— Pourquoi?

— Elle aime créer des contacts. Et toi, chère Daphné, tu es un contact dans lequel il vaut la peine d'investir. Comme c'est extraordinaire! Je n'ai jamais pensé que quelqu'un qui te ressemble appartienne à une telle famille... une famille aussi *intéressante* pour ma mère.

Pauvre Lianne. Une fois que sa mère apprendrait que je m'étais présentée à la maison de mon propre chef, elle mettrait les contacts à contribution. C'était la façon d'agir de l'aristocratie. Elle semblait avoir totalement méprisé la présence de Victoria, mais elle accueillerait n'importe quelle femme avec des contacts supérieurs dans son cercle intime.

— Crois-tu que ma mère m'aime?

Le visage de Lianne se durcit.

— Parfois, je crois qu'elle me méprise. Tu vois, je n'ai pas la même intelligence que les autres filles. Je suis différente. Je ne pense pas qu'elle aime que je sois différente. Je pense qu'elle aimerait que je sois plus comme... *toi*.

— Moi? Alors, vous y perdriez toutes les deux au change, car je suis *très* différente. C'est ce que dit ma mère. Toutes les familles ont leurs hauts et leurs bas. J'ai déjà attrapé ma mère qui disait des choses sur moi. Dans un sens, je suis le mouton noir. Ma sœur aînée Angela est belle et intelligente, et Jeanne est plus jeune et joyeuse, mais j'ai toujours l'air de faire et de dire la mauvaise chose. Mon père trouve ça drôle, mais pas ma mère. Elle m'a fait passer sur le gril, un jour, parce que j'avais sympathisé avec les Allemands devant tout le monde à table!

Rapidement, un sourire se dessina sur les lèvres de Lianne.

— Alors, tu vois, aucune famille n'est parfaite, et tu es proche de ton frère, n'est-ce pas?

— David.

Son sourire s'adoucit.

— Je ferais n'importe quoi pour lui... *n'importe quoi.*

CHAPITRE ONZE

«Y compris un meurtre ?» aurais-je voulu lui demander. Au lieu de cela, je soupirai.

— J'aurais aimé avoir un frère... un frère tordu comme Branwell Brontë.

— Branwell Brontë, dit Lianne, pensive. Je ne crois pas que je le connais. Habite-t-il à Londres ?

Je me retins de rire.

— Tu n'as jamais entendu parler des sœurs Brontë ? Les *Brontë* ? Les célèbres écrivaines.

Elle hocha la tête, et je sentis son impatience de changer de sujet. C'était une réaction intéressante, une réaction qui indiquait une éducation négligée ou peut-être une réticence à admettre un problème de lecture. Elle se sentait à l'aise en *me* posant des questions, mais quand l'inverse se produisait, elle se raidissait.

— Ta famille est riche ?

— Nous sommes... à l'aise.

— Peut-être que c'est la raison pour laquelle maman t'aime autant. Maintenant que David est libre, maman veut que *tu* l'épouses.

Tout était si simple et absolu dans son esprit. Je la regardais, bouche bée. Comment pouvait-elle écarter Victoria avec si peu de remords ? N'avait-elle aucune délicatesse, aucun sens moral ?

Pas étonnant que sa mère la surveilla étroitement.

— Si c'est la raison pour laquelle ta mère s'intéresse à moi, je ne ferai plus de visite. Ce n'est pas correct de même *songer*...

— Correct ou pas, railla Lianne, réarrangeant quelques morceaux dans sa maison de poupée et m'invitant à l'aider. Cette maison de poupée a été fabriquée à l'époque élisabéthaine, dit-elle avec fierté, me faisant faire la « tournée ».

— J'ai déjà eu une maison de poupée, dis-je, étonnée par le soin particulier qu'elle prenait à tout placer « parfaitement en ordre ».

— Jouais-tu avec la maison de poupée, avec tes sœurs ?

Je hochai la tête.

— J'aurais voulu avoir une sœur. C'est tellement solitaire, ici.

— Tu pourrais aller à l'école, suggérai-je. C'est ce que j'ai fait. J'ai adoré cela.

— Oh, maman ne serait jamais d'accord, et je ne pense pas que je pourrais quitter la maison...

Pendant un moment, elle regarda les murs qui nous entouraient, et elle fit un soupir de reconnaissance.

— J'adore ça, ici. C'est ma maison. Et je n'ai pas besoin d'aller à l'école, parce que Jenny m'enseigne. Tu rencontreras bientôt Jenny, mais pas aujourd'hui. *Aujourd'hui*, je te garde pour moi.

— Je dois me rendre à l'abbaye, dis-je en riant à demi, mais j'adore cette maison, moi aussi.

— Alors, tu dois venir souvent ici. Tu peux venir, pas comme une invitée, mais comme mon amie *particulière*. Je n'ai jamais eu d'amie véritable. Jenny dit que c'est parce que nous sommes si isolés et que maman ne veut pas que je me mêle aux gens de la place. Ils ne sont pas assez bien pour *elle*, mais elle ne peut rien dire sur toi. Tu es notre égale.

Le snobisme était un malheureux fléau. Des dames comme Lady Hartley le cultivaient aussi ardemment que des orchidées.

— Oh, je suis tellement contente que tu sois ici ! s'exclama Lianne en m'embrassant, avant de retourner à sa maison de poupée.

J'avais vu la solitude chez de nombreuses filles, mais jamais autant que chez Lianne Hartley. Certes, elle s'amusait et elle était un peu bizarre, mais sa soif d'amour et d'attention était touchante. Je me demandais auquel de ses parents elle ressemblait le plus — à sa mère ou à son père.

— Je suis ici pour être *ton amie*, dis-je. Nous ferons des trucs ensemble... et *ensemble*, ajoutai-je, baissant la voix jusqu'à un chuchotement complice, nous résoudrons le mystère à propos de Victoria. Ce sera notre petite aventure personnelle.

Une peur réelle étincela dans ses yeux. Mâchouillant l'extrémité de sa manche, elle me dévisageait avec la timidité d'un animal piégé.

— Qu'arrivera-t-il... si cela conduit à quelqu'un de dangereux ? Alors, que feras-tu ?

Je remarquai qu'elle avait dit « que feras-*tu* », non « que ferons-*nous* ». Sentant que quelque chose de significatif se cachait derrière ces humeurs changeantes, je compris que je devais avancer prudemment.

— Je crois que j'essaierai tout simplement de me protéger pendant que je découvre la vérité.

— La vérité, répéta-t-elle.

Allongée sur son lit, elle cala sa main sous son menton pour me regarder.

— Tu es une écrivaine qui aime écrire des histoires et autres choses semblables. Tu devrais savoir quoi faire, dans de telles situations. Tes personnages commettent-ils des meurtres, Daphné ?

— Mes personnages commettent-ils des meurtres ?

Je pris le temps de réfléchir.

— Je suis en train d'écrire ma première histoire, et je suppose qu'il y aura un certain type de meurtre.

— D'après toi, qu'est-ce qui pousse quelqu'un à commettre un meurtre ?

— C'est compliqué, et il y a beaucoup de réponses. Tu as déjà lu les journaux ? Même les bonnes personnes sont poussées à commettre un meurtre.

— Des bonnes personnes, répéta Lianne. Des gens vraiment bons ne font pas de mauvaises choses.

— Oui, ils en font. Lorsqu'ils sont provoqués ou qu'ils souffrent de traumatismes extrêmes dans diverses circonstances, ils deviennent désespérés. Et le désespoir conduit à des problèmes.

— Mais comment les *bonnes* personnes font-elles, pour cacher les corps et s'en tirer à bon compte ? Et ne leur arrive-t-il jamais de se confesser ?

— Cacher les corps dépend du moment, et la confession, eh bien, il peut falloir plusieurs années pour une confession. L'esprit dissimule de nombreux secrets. Tu sais, chez nous, dans ma famille, il nous arrive souvent de faire ce genre de trucs à la maison… Assis, tard dans la nuit, nous discutons des gens, des motivations, nous explorons ce qui se dissimule sous la surface…

— Oh, j'adorerais faire cela !

Son visage devint instantanément morose.

— Mais ici, il n'y a pas de gens intéressants. Et *je n'ai personne* à qui parler. Ils sont tous ennuyeux et vont très tôt au lit. Je voudrais avoir une famille comme la tienne.

— L'endroit où tu te trouves n'est pas important, rétorquai-je. Londres est différent de Fowey, tout comme Padthaway est différent du village. Si tu étais venue chez moi, à Ferryside, tu te serais probablement ennuyée. Ce que nous ne trouvons pas autour de nous, nous devons l'« imaginer ».

— Comme un rêve éveillé ? C'est comme cela que tu trouves des idées pour tes histoires ?

Elle semblait tellement excitée. Je ne pus m'empêcher de me prêter au jeu.

— Oui, effectivement. J'avoue que je suis amoureuse de ta maison et que je rêve souvent de ce que ce pourrait être de vivre ici.

— Vraiment ? L'aimes-tu suffisamment pour commettre un meurtre ?

Lorsque je devins silencieuse, elle poussa un petit rire.

— J'essaie juste de te contrarier. Ce n'est pas ce que je voulais dire, Daphné, vraiment pas. C'est seulement que...

Elle s'interrompit, et je devinai qu'elle pensait à Victoria.

— Je comprends, dis-je avec chaleur, et je lui tendis la main.

— Pas d'explications ? demanda-t-elle, incertaine.

— Pas d'explications.

Ma beauté n'était certainement pas comparable à celle de Victoria Bastion.

Le miroir disait toujours la vérité. Mes cheveux jusqu'aux épaules étaient d'une couleur plutôt banale, mais j'avais un nez mutin, un menton bien formé, des lèvres de forme adéquate, une peau lisse légèrement bronzée et des yeux d'un vert gris décent avec de grands cils sombres. En fin de compte, d'un point de vue d'écrivain, je suppose que je n'étais pas si mal.

Mais Victoria avait été belle, même dans la mort.

— Daphné! Êtes-vous prête?

L'irritabilité d'Ewe Sinclaire surpassait celle de Lady Hartley. J'aurais adoré les voir toutes les deux en guerre.

Une impossibilité, car les Lady Hartley de ce monde ne se mélangeaient pas avec ceux que l'on considérait de plus bas niveau, et Ewe, une ancienne nounou professionnelle, respirait l'étiquette d'ouvrier que détestait madame la comtesse.

— Oh, elle a toujours été obstinée, confia Ewe sur le ton de la confession à sa bonne amie madame Penmark, après m'avoir enfin fait sortir de la maison pour notre visite de l'après-midi à la femme du boulanger.

— Les choses se sont dégradées après que Lord H s'est tiré une balle, dit-elle, empilant une troisième portion de gâteau au carvi dans les précieuses assiettes de porcelaine de madame Penmark. Un *scandale*, je vous dis, et, ma foi, il n'y avait *plus d'argent* pour tenir les grandes fêtes là-bas.

— Des fêtes? répétai-je.

— Oh, les fêtes les plus *extraordinaires* qu'on n'avait jamais vues, poursuivit Ewe, complètement emportée par le souvenir, mais comme je l'ai dit, après que Lord Hartley se fut suicidé, un très grand calme s'abattit sur Padthaway. Plus de grandes fêtes. Aucun visiteur important. Juste… le silence.

— Nous voyons madame Trehearn de temps en temps, dit madame Penmark. Elle aime faire un tour du village tous les dimanches et elle s'arrête à la boulangerie.

— Oh, hum ? Et qu'est-ce que l'extraordinaire madame T achète chez vous, madame P ?

— Elle s'est entichée de mes pâtisseries. Je me sens désolée pour elle. Ainsi ligotée à Padthaway et à Lady Hartley... elle ne pourra jamais s'en échapper.

— Peut-être qu'elle ne veut pas s'échapper, dis-je. Peut-être qu'elle adore son travail et sa place.

La réponse d'Ewe accompagna un soupir lourd et un autre oui à un morceau des pâtisseries sucrées préférées de madame Penmark.

— Vous devez le savoir, Cynthia, puisque vous avez occupé un poste de service avant d'épouser votre bon monsieur Penmark, une femme doit avoir une occupation, et Daphné a raison, madame Trehearn *adore* sa place. Elle prend de grands airs avec nous, tout comme sa maîtresse, madame H, du genre que l'on *déteste*.

— Du genre que l'on déteste ? demandai-je.

— Oh, cette Lady H est une femme de mauvaise vie. Elle couche avec les hommes de son personnel.

— Ah ?

Je levai un sourcil.

— C'est vrai, confirma Ewe. Ridgeway Soames. Je l'ai vu, cet après-midi, de nouveau en route vers la ville.

Ce commentaire tira un soupir chez madame Penmark.

— Ridgeway Soames, le cuisinier, ajouta Ewe pour mon bénéfice. Un paon de luxe comme je n'en ai jamais vu, et embauché par Lady H de Padthaway elle-même. Êtes-vous parvenue à le voir, quand vous étiez là-bas ?

— Non...

Je réfléchis à tout ce que je connaissais de la maison jusqu'ici.

— Je ne me souviens de personne de ce nom.

— Qui a servi le dîner ?

— Des servantes. Une mince et une corpulente.

— Ah, dit madame Penmark en hochant la tête, Betsy et Annie. Ce sont des filles de la place. Des cousines, je crois. En tout cas, elles *servent* à Padthaway avec monsieur Soames.

Ewe fit gronder un rire tonitruant.

— La comtesse aime les jeunes, n'est-ce pas ? Je suppose que c'est son argent qui les attire.

— Elle est encore bien pour son âge, rappela madame Penmark. Si vous ne le saviez pas, vous ne sauriez jamais que Lord David est son fils !

— Vrai, vrai, admit Ewe. Cette pauvre Vicky Bastion. Lady Muck regardait l'union d'un mauvais œil, n'est-ce pas ?

Madame Penmark semblait réticente à commenter.

— La jeune fille est morte.

Ewe chargea sa fourchette avec les dernières miettes de son assiette.

— Une mort fatale, je dirais, car Vicky Bastion était l'une d'entre nous, une *roturière*. Les Bastion sont des gens du village, ils l'ont toujours été, et ils n'ont jamais été assez bien au goût de Lady Florence Hartley, fille de comte.

Ewe se tourna pour me faire un clin d'œil.

— J'ai appris de source sûre que madame B s'imaginait déjà habiter un jour à Padthaway.

— Madame Bastion reste toujours enfermée dans sa chambre, de ce que j'entends, chuchota madame Penmark, manifestement bouleversée par la situation dans son ensemble. On aurait pu penser que Lord David serait déjà allé la visiter. Après tout, elle allait devenir sa belle-mère.

CHAPITRE DOUZE

Les choses se présentent de façon étrange, à Padthaway (note inscrite dans mon journal), et je ne suis pas certaine qu'il soit bon de m'en mêler, mais je ne peux pas m'en empêcher, car je n'ai pas demandé à trouver un cadavre, n'est-ce pas? Je suis donc innocente, je suis une participante involontaire attirée dans cette histoire désagréable. De ce que j'ai glané à ce jour, tout le monde est absolument certain que la famille Hartley est à blâmer et qu'elle ne sera pas punie pour le crime.

Crime.

Mais Victoria a-t-elle vraiment été assassinée?

Et si oui, pourquoi?

Mettant mon journal de côté, je découvris Ewe en train de désherber le jardin.

— Je pars pour le bureau de poste pour expédier une lettre à mes sœurs, dis-je, regardant par-dessus son épaule et tapotant la lettre dans ma main. Ewe, je me demandais... monsieur Soames est-il vraiment l'amoureux de Lady Hartley ?

Ewe réajusta son tablier.

— Je le crois bien. Cela fait partie du métier de cuisinier, si vous me le demandez, et là il se paie la traite, n'est-ce pas ? Il est à son service... mais je suppose qu'elle le paie bien et qu'il peut conduire les automobiles comme les jeunes démons ont l'habitude de le faire.

J'eus soudainement une envie irrésistible de visiter Padthaway à la recherche de ce Ridgeway Soames. Puisque j'étais l'amie de Lianne, je n'avais pas besoin d'invitation. Je pouvais marcher jusque-là et demander à voir le cuisinier — même si c'était le travail de Sir Edward, pas le mien, songeai-je, alors que je dépassais la barrière.

Errant dans le village, j'entendis deux femmes qui parlaient à l'extérieur de l'épicerie.

— ... c'est une affaire épouvantable, et madame B s'est enfermée chez elle.

— Les rideaux sont encore tirés, à la maison des Bastion, fit remarquer l'autre. Hier, madame B avait son chapeau très bas. Connan l'a fait sortir pour prendre un peu d'air frais. C'est une bénédiction pour elle que d'avoir ce garçon.

— Jusqu'à ce que Lord David le chasse de la ville.

— Il n'oserait pas !

— Oh, oui, il le ferait. Ces Hartley ne se soucient pas du tout de nous.

Je m'attardai sur les fruits exposés, ramassant et inspectant un article ou deux. J'ouvrais mes oreilles, pendant que les deux femmes continuaient à jacasser.

— Connan n'est pas du genre à se faire tasser, et, comme nous le savons tous, il adorait Victoria.

Un long soupir s'échappa de ses lèvres.

— Que c'est triste de penser à ces deux-là, qui couraient dans les bois et sautillaient sur le chemin, main dans la main... !

— J'ai essayé de savoir ce qu'en pense mademoiselle Osborn, avoua sa compagne, levant la main soudainement comme un bouclier. Il est impossible d'en sortir quoi que ce soit. Elle a les lèvres scellées comme un poisson dans l'eau !

— Vous semblez passer beaucoup de temps ici, mademoiselle. Puis-je vous servir ?

Je me retrouvai soudainement regardant l'épicier.

— Oh, euh, ces pommes, s'il vous plaît. Et une ou deux oranges.

— C'est mademoiselle Daphné du Maurier, entendis-je une des femmes dire à l'autre, alors que je filais.

— Oh, qui est-elle ?

Je souris. Quelqu'un qui n'avait pas entendu parler de mon célèbre père. Que l'anonymat était délicieux !

Situé au centre du village, le bureau de poste était typique d'une petite ville d'Angleterre : pittoresque, animé, et servi par la même postière depuis des années ; une créature maussade acariâtre, toute mince, les cheveux fins et les yeux durs.

— Oui?

— Je voudrais poster ceci, s'il vous plaît, mademoiselle...?

Elle m'ignora. Timbrant l'enveloppe, elle la déposa dans un bac, et je lui remis l'argent. Je devais paraître aussi désorientée que je l'étais, car un jeune homme à vélo s'arrêta.

— Quelque chose ne va pas, mademoiselle?

Son apparence extraordinaire me laissa sans voix. Il était musclé et de taille moyenne. Les longs cheveux noirs encadraient un visage angélique : un nez court et droit; des lèvres charnues; de grands yeux violets aux cils épais; et un sourire charmant. N'importe quelle fille tomberait à ses genoux, et je devinai tout de suite qu'il devait s'agir de Connan Bastion, le frère de Victoria.

— Vous êtes nouvelle dans la région, n'est-ce pas? Vous êtes en visite, ou juste de passage?

Je ne savais pas quoi dire. Je lui offris plutôt ma main pour qu'il la serre.

— Je suis Daphné du Maurier.

Son visage devint blanc.

— Ah...

— Je suis désolée.

Je baissai les yeux vers la terre sous mes chaussures.

— Moi aussi, dit-il, se préparant à reprendre son vélo.

J'examinai son uniforme de marin, pensant qu'il lui seyait très bien, et je m'informai avec désinvolture sur la dernière prise.

— Ma famille est propriétaire d'une maison à Fowey, lui expliquai-je. Et mon père adore pêcher... quand il en a la chance. Je m'intéresse aussi à la navigation de plaisance.

— Eh bien, mademoiselle Daphné, peut-être qu'un jour, je pourrais vous emmener sur mon bateau. J'en ai un petit que j'utilise quand je ne travaille pas.

Je le remerciai de l'offre et je l'observai, reconnaissante, alors qu'il partait. On ne pouvait le nier : les personnes de belle apparence devancent toujours les autres, dans ce monde, et c'était le cas de Connan, tout comme celui de sa sœur. Ils partageaient les mêmes yeux bleu violet avec des cils épais. J'aurais voulu avoir de tels yeux.

— Tst, tst, fit Ewe plus tard ce jour-là, rayonnante, alors que je m'habillais pour un autre souper à Padthaway. Vous avez *fait bonne impression*. Deux invitations à souper ! Ensuite, Lord David réclamera les deux premières valses.

J'hésitai quant au choix de mentionner à Ewe ma brève rencontre avec Connan, et je décidai finalement de ne pas lui en parler. Il était peu probable qu'il tienne sa promesse de me prendre sur son bateau, et il était aussi assez improbable qu'il cherche à me trouver pendant que je demeurais dans le village.

Mais je ne pouvais pas l'effacer de mon esprit, ni l'étincelle farouche dans ses yeux quand je lui avais confié ma relation avec sa sœur morte. Croyait-il, lui aussi, que David Hartley était un assassin ?

Un David Hartley superbement vêtu nous accueillit à la porte, Sir Edward et moi — un geste de respect envers nous deux.

En chemin vers la maison, l'agitation nerveuse de Sir Edward m'avait fait soupçonner qu'il avait quelque chose d'important à annoncer ce soir et que l'annonce n'était pas tout à fait agréable.

«Madame Bastion est-elle ici?» furent les premiers mots de Sir Edward à David.

— Non, elle n'est pas encore arrivée, dit-il en sortant rapidement une cigarette. Allons-nous rejoindre les autres dans la salle à manger?

Après m'avoir lancé un rapide coup d'œil, il s'avança vers la salle à manger, et Sir Edward m'escorta à sa suite.

Malgré moi, je ressentais de la pitié pour Lord David d'avoir à supporter d'entendre toute nouvelle que Sir Edward avait prévu de livrer. Alors que nous nous dirigions vers la salle à manger, je me demandai si Connan Bastion accompagnerait sa mère ce soir, ou si elle choisirait de venir seule. J'attendis le résultat en silence, alors que nous nous dirigions vers la salle à manger Queen Anne.

La pièce était à la hauteur de son titre majestueux. Large et plutôt impressionnante, avec une table formidable, digne d'un château, elle portait le charme d'antan, avec ses fauteuils bordeaux rembourrés, des rideaux muraux appariés en velours encadrant les portraits de famille d'ancêtres décédés depuis longtemps, et des couverts en argent brillant.

À notre arrivée, les messieurs se levèrent. Sir Edward, à mes côtés, salua la compagnie de sa manière pompeuse. Le vicaire Nortby, dont j'avais tellement entendu parler, était un vieil homme ratatiné aux grotesques dents jaunies et d'une nature incertaine; Lady Hartley était parée de sa splendeur habituelle; et, à mon infinie surprise, une madame Trehearn au visage maussade honorait aussi la table de sa présence. À ses côtés était assise une femme que je n'avais pas encore rencontrée : Jenny, la gouvernante de Lianne, une femme rondelette au joyeux visage. Enfin, on me présenta à un monsieur Ridgeway Soames.

J'étais assise entre Lady Hartley et monsieur Soames, fièrement vêtu, grand, mince et bien habillé, les cheveux noirs, son beau visage rasé à la perfection. Son sang-froid confondait la table.

— Daphné, dis-je en souriant et en lui serrant rapidement la main.

— Ridgeway Soames, dit-il, très débonnaire. Je suis le chef, ici, à Padthaway. J'espère que vous approuvez le menu de ce soir.

— Quel est le menu de ce soir? demandai-je joyeusement en acceptant qu'on verse gracieusement un champagne raffiné dans mon verre.

— Oh, répondit-il, je crois que ce sera un dîner que vous n'oublierez jamais.

Puis, son regard curieux me dévisagea.

— Vous êtes ici en tant que témoin?

— J'aurais souhaité ne pas l'être, avouai-je. Tout ceci est plutôt horrible, mais c'est mon devoir.

— Devoir ? Envers qui ?

Ses yeux sombres semblaient transpercer mon âme.

— Oh, je sens que j'ai un devoir par rapport à l'enquête, étant donné que j'ai trouvé le corps. C'est pourquoi je suis ici.

— Oui, je sais, dit-il, terminant rapidement son verre. Les faits de l'affaire ne peuvent être dissimulés aussi bien que certains pourraient le souhaiter...

Sa voix s'estompa en même temps qu'il jetait un coup d'œil en direction de David Hartley, qui était assis à l'une des extrémités de la table. Sa mère était assise à l'extrémité opposée, près du vicaire Nortby. Lianne, coincée entre son frère et sa gouvernante, me lança un sourire timide. Je redoutais la prochaine et dernière arrivée.

Sir Edward regardait continuellement vers la porte, et bientôt tous les regards suivaient le sien, jusqu'à l'arrivée de la dernière invitée, madame Bastion.

— S'il vous plaît, asseyez-vous, madame Bastion.

Tentant de prendre une voix apaisante et cadencée, Sir Edward lui tira une chaise.

Lady Hartley sonna la cloche, et le plus étrange repas de ma vie commença. Un climat d'attente était suspendu dans l'air par l'annonce imminente de Sir Edward, mais il avait décidé de réserver le moment pour après le dîner.

L'idée me semblait sage. La rougeur du visage de madame Bastion correspondait à la mienne, mais le sien ne portait pas de crèmes ou de couleurs pour la dissimuler. Elle était vêtue d'un noir sévère, ses cheveux grisonnants tirés vers l'arrière. Comment se pouvait-il que cette femme soit la mère de Victoria ? Je m'attendais à une belle femme, non pas à cet épouvantail famélique aux yeux qui foraient chaque personne autour de la table. Je ne comprenais pas pourquoi Connan n'était pas venu soutenir sa mère ! S'il détestait Lord David ou qu'il le soupçonnait de meurtre, pourquoi ne pas montrer sa position ici, maintenant, devant tous les témoins impliqués ?

La mère de Victoria ne cessait de me regarder, et soudain, elle bondit de sa chaise, me pointant du doigt.

— Ce n'est pas elle qui va remplacer ma fille ! Pas maintenant ! Jamais ! Je ne le supporterai pas, je vous le dis ! Ma Vicky a été *assassinée*, oui, *assassinée* ! Quelqu'un ne voulait pas qu'elle soit Lady Hartley, et c'est toute la vérité, je vous le jure !

Elle reprit son siège seulement après la demande insistante de Sir Edward. Le pauvre Sir Edward avait le désagréable devoir de livrer un verdict à l'estimable madame Bastion.

Après une bonne demi-heure, elle agita le doigt vers Lord David.

— Nous prenons un repas grandiose, n'est-ce pas, milord ? Pendant que ma fille est froide, vous êtes assis ici, en train de célébrer !

Ses yeux devinrent des éclats de glace.

— Comment ça va, avec vos produits médicinaux, madame Trehearn ? demanda Jenny, essayant de changer de sujet. Vraiment, je dois avouer que je suis fascinée.

Je levai un sourcil.

— Oh? Avez-vous travaillé avec des médicaments, pendant la guerre?

Madame Trehearn conserva son allure glaciale habituelle.

— Oui, j'étais infirmière.

— Infirmière? Et dans quel hôpital de la Croix-Rouge travailliez-vous?

Madame Trehearn demeura silencieuse, peut-être par crainte d'aggraver la colère de madame Bastion.

Je l'obligeai à me répondre.

— Torquay, peut-être, madame Trehearn? J'ai entendu dire qu'ils avaient formé plusieurs infirmières pour les efforts de guerre.

— Oui, reconnut-elle à travers ses dents serrées.

J'aurais trouvé un moyen d'extraire le maximum d'elle, si Sir Edward n'avait pas choisi ce moment pour se glisser hors de sa chaise.

— Merci à tous d'être venus, commença-t-il d'un ton affreux et monotone. Il est de mon devoir solennel et désagréable de remettre officiellement le certificat de décès de la défunte Victoria Bastion.

Posant une main apaisante sur l'épaule de madame Bastion, il se racla la gorge.

— Madame Bastion, étant le parent le plus proche de la défunte, je déclare qu'il est de mon devoir solennel de vous informer que votre fille est décédée par « mort accidentelle ».

— Accidentelle! s'écria immédiatement madame Bastion.

— Oui, confirma Sir Edward, son ton plus grave qu'un tombeau. Après des enquêtes approfondies et deux examens *détaillés* du corps, le verdict officiel du chef de police est «mort accidentelle».

CHAPITRE TREIZE

— Je n'arrive pas à le croire.

Ewe et moi restâmes éveillées très tard, ce soir-là.

— Il est certain qu'elle va provoquer une tempête, madame B.

— Elle est certainement sortie en colère de la maison, après avoir juré que les Hartley auraient ce qu'ils méritent, dis-je.

— Assez courageuse de se montrer sans son Connan, dit Ewe en hochant la tête. Je me demande s'il était là à épier à travers les fenêtres.

Je fis remarquer à Ewe que l'emplacement de la salle à manger Queen Anne, au second étage, limitait une telle possibilité.

— Ça n'a jamais arrêté Roméo, n'est-ce pas ?

Lorsque nous nous retirâmes finalement pour aller dormir, le sommeil me fuit. La vision de Connan Bastion grimpant aux murs couverts de lierre et se glissant dans la maison sans se faire remarquer jouait continuellement dans mon esprit. Agitée jusqu'à l'aube, j'écoutai les oiseaux se réveiller pendant un moment, avant de me lever et de m'habiller pour une promenade matinale. Il faisait encore noir dehors, le coucou d'Ewe sonnant la sixième heure. Je me glissai hors de la maison et en chancelant, je me frayai un chemin dans les bois.

Une volée d'oiseaux tournait en cercle au-dessus de moi, en direction de la mer. Je me précipitai après eux. Guides fiables, ils me conduisirent à travers les bois inquiétants, vers la lumière du jour qui inondait l'horizon.

Rien, je jurai, ne pourrait être plus beau que le soleil se levant sur la mer de Cornouailles. Des couleurs rayonnantes entraient en collision et éclataient, et tout ce temps, les oiseaux volaient très haut en cercle, leurs cris caractéristiques annonçant le matin.

Me détournant du lever du soleil, je commençai à chercher les chaussures manquantes de Victoria. Je cherchai partout autour du promontoire, revenant à l'endroit où Victoria avait été étendue. Je sentis le sable dur sous mes doigts et je frissonnai. La mort avait été étalée ici.

La formation au-dessus et les falaises abruptes déchiquetées ne donnaient aucun indice. Victoria aurait pu tomber, on aurait pu la pousser, mais ses chaussures ne se trouvaient nulle part.

Je m'assis un moment, permettant à la brise matinale de fouiller dans mes cheveux. Cela rafraîchissait l'esprit et l'âme.

— Victoria, Victoria, murmurai-je dans le vent. Que t'est-il arrivé?

— Daphné?

Une voix perça le calme du début de matinée.

— Daphné! répéta la voix incrédule. Est-ce toi?

Je levai les yeux.

Lianne me faisait signe du haut de la falaise.

— Attends! cria-t-elle. Je vais descendre.

Elle se glissa sur un chemin qui lui semblait très familier. Je me demandais si elle venait souvent à cet endroit.

— Oh, Davie et moi avions souvent l'habitude de venir ici. Davie dit que c'est le meilleur promontoire du pays.

— Crois-tu tout ce que dit ton frère?

Elle ne se formalisa pas, car je tempérai mon commentaire avec un sourire.

Plissant le nez, elle roula des yeux.

— Nooooon. Je ne suis pas stupide. Tout le monde *pense* que je suis stupide.

Apparaissant soudainement abattue, je tentai d'apaiser son humeur en demandant des nouvelles.

— Sir Edward, gémit-elle. Nous avons dû lui donner le petit déjeuner, alors qu'il venait pour parler à Davie au sujet de...

— Oui? l'exhortais-je à continuer. De quoi est-il venu parler à Davie?

— Je ne devrais pas vraiment en parler; c'est *confidentiel*.

— Mais si cela concerne l'assassinat, cela sortira dans les journaux d'une manière ou d'une autre.

Elle fronça les sourcils, ne voulant pas continuer.

Désireuse d'en savoir plus, j'acceptai son invitation à venir prendre le petit déjeuner avec la famille.

— Oh, chic! Nous pourrons peindre et dessiner, et faire tout ce que tu veux. Je n'ai pas souvent d'amis. J'aime avoir de la compagnie.

Nous nous promenâmes à travers la prairie vers la maison, arrachant une fleur ou deux sur le chemin.

— Je sais!

Elle se tordit soudain et se retourna.

— Tu aimes écrire. Lorsque l'abbaye t'ennuie, tu peux venir à Padthaway et écrire. C'est une immense maison calme et c'est parfait pour ce genre de truc. Maman ne s'y opposera pas, ni David.

Je lui dis que je réfléchirais à son invitation extrêmement généreuse.

— On verra bien, dit Lianne en grimaçant. Tu viendras, je sais que tu viendras. Tu ne peux demeurer loin de cette maison très longtemps.

Je me permis un petit sourire. Lianne avait lu dans mes pensées. Comment pourrais-je refuser une invitation dans une grande maison, et dans cette maison en particulier?

— Ce ne sera pas ennuyeux.

Les yeux remplis d'espoir, Lianne essayait de me séduire.

— Il y a beaucoup à explorer. D'abord, la vieille tour. J'ai découvert sa pièce secrète, aimerais-tu la voir?

La mention d'une pièce secrète et d'une ancienne tour m'amena à m'imaginer à l'intérieur de la maison, explorant ses chemins intérieurs, ses chambres interdites, et démêlant son appel mystérieux. Pour élucider le mystère de la mort de Victoria, j'avais très envie de tout savoir sur cette demeure et ses secrets.

À notre arrivée, la maison nous accueillit dans le silence.

— Tu as tellement de chance, murmurai-je à Lianne, de demeurer dans un tel endroit. Je suis plutôt jalouse, tu sais.

Elle souleva une épaule.

— C'est parfois triste et solitaire. Quand Papa était vivant, c'était différent, mais tout a changé.

Je me demandai pourquoi les choses avaient changé. Y avait-il quelque mystère rattaché à la mort du défunt Lord Hartley?

On ne pouvait écarter les nombreux doutes qui planaient sur le personnage de Lady Florence Hartley, fille d'un comte.

Il est étonnant de voir à quel point les membres de l'aristocratie se croient au-dessus de toute culpabilité criminelle. Je l'avais constaté à plusieurs reprises, dans de nombreux cas différents. Les affaires sensationnelles intriguaient aussi mon père, et il nous arrivait souvent de nous asseoir jusqu'à tard dans la nuit afin de discuter les faits que nous avions à notre disposition.

Je supprimai la forte envie de téléphoner à mon père, mais il me faudrait bientôt appeler à la maison, car ma mère était portée à s'inquiéter, et si je n'apaisais pas ses craintes, ils pourraient se trimballer jusqu'à la porte d'Ewe pour me ramener à Londres. Il fallait à tout prix retarder cette éventualité.

Lianne insista pour que j'utilise son boudoir pour me rafraîchir avant le petit déjeuner. C'est ce que je fis, usant libéralement de toutes les poudres et crèmes exposées. Les Hartley étaient *très* riches, mais étaient-ils capables d'acheter un verdict?

J'écartai de telles pensées de mon esprit, car j'étais ici en tant qu'invitée et amie de Lianne.

Pendant que je me pomponnais, j'avais l'impression d'être entrée dans les pages d'un roman de Jane Austen, ou dans une œuvre de madame Gaskell, qui aimait écrire des histoires de meurtre sombres et gothiques remplies de mystère et de vengeance.

— Daphné? Ça va, là-dedans?

— Oh, oui.

Je me hâtai, me pinçant les joues pour les colorer.

— Je suis prête. Crois-tu que le petit déjeuner est déjà prêt?

— Oui, dit-elle, m'examinant d'un regard curieux de la tête aux pieds. J'ai envoyé une note à madame Trehearn pour tout préparer tôt. Maman est une lève-tard. La plupart du temps, elle prend son petit déjeuner dans sa chambre. Davie aime manger tôt. Si nous descendons maintenant, nous pourrions le rattraper.

— Peut-être qu'il ne souhaite pas qu'on l'interrompe? dis-je en descendant le grand escalier.

— Voyons voir.

Son sourire malicieux envoya une vague nerveuse à travers moi. Je devais avouer que je voyais en David Hartley une sorte de héros romantique désespéré.

— Bonjour, mademoiselle du Maurier!

Lorsque Lianne et moi entrâmes dans la salle du petit déjeuner, Lord David se leva brusquement de sa chaise.

— Quel plaisir de vous recevoir ici, à notre table!

— Vous êtes très gentil, mon seigneur, répondis-je en acceptant un siège.

— Il y a toutes sortes de plats chauds et froids, conseilla-t-il. Et du café ou du thé? Lequel préférez-vous?

— Du café, s'il vous plaît, répondis-je en souriant.

Il transmit la commande à une madame Trehearn au visage de pierre.

— J'ai rencontré Daphné pendant ma promenade de ce matin.

Lianne commença la conversation, tout en m'orientant vers la corbeille à pain.

— Vous vous levez tôt, mademoiselle Daphné? dit David.

— S'il vous plaît, simplement Daphné, mon seigneur.

— Alors, s'il vous plaît, simplement David, Daphné...

Nous échangeâmes un regard.

— Oui, continuai-je en souriant, j'aime beaucoup la marche, et, comme votre sœur, c'est une règle pour moi de me lever tôt.

— Une règle? demanda-t-il.

— C'est tout simplement une routine. J'aime me lever tôt en même temps que les oiseaux... et le soleil. Il y a quelque chose de sacré, le matin.

— Je ne pourrais être plus d'accord avec vous.

Sa réponse solennelle et réfléchie me le rendit sympathique. Il était difficile de penser à lui comme à un meurtrier. Je détectai de la douleur et du chagrin gravés dans les plis tendus de son visage, et j'espérai qu'il avait aimé et adoré Victoria.

Les paroles de David se répétaient dans ma tête. *Je ne pourrais être plus d'accord avec vous.*

— Vous froncez les sourcils ? Le café n'est pas bon ?

— Oh.

J'arrêtai de remuer le lait dans mon café.

— Pardonnez-moi. Il m'arrive parfois de corriger la grammaire dans ma tête. Je crains que ce soit une très mauvaise habitude.

Il rit.

— On dirait mon ancien professeur d'anglais au collège d'Eton, le professeur Brasic. Diablement strict sur la grammaire. Aviez-vous des professeurs semblables ?

Ainsi commença un amical tête-à-tête sur notre éducation et sur nos expériences, Lianne écoutant et posant des douzaines de questions. Même si l'école à l'extérieur ne la concernait pas, elle voulait entendre tout ce que son frère et moi avions à dire sur la question.

— J'ai rencontré mademoiselle Perony, l'institutrice de la place, finis-je par dire. C'est un personnage très intéressant.

Lord David s'étouffa avec son café.

— Oh, elle ne nous aime pas, se moqua Lianne. Maman dit que c'est une intellectuelle.

Il était certain que Lady Hartley verrait la droite et directe miss Perony comme une intellectuelle. Qu'est-ce qu'elle n'aimait pas? Que mademoiselle Perony ait la capacité de leur parler comme à des égaux? Qu'elle ne craignait pas de perdre son poste, malgré l'influence des Hartley?

— Mademoiselle Perony...

David toussa

— ... est une femme instruite, et sa cousine, je crois, est à l'abbaye. Peut-être vous en a-t-elle parlé?

— Oui, elle l'a fait. Je dois la rencontrer demain.

— Mais Davie est un bien meilleur guide, dit doucement Lianne en souriant à son frère.

Elle me regarda avec enthousiasme.

— Nous pourrions en faire une journée, n'est-ce pas, Davie? Emmène Daphné à l'abbaye, et tu pourras lui montrer les documents. La vieille Quinlain ne peut te le refuser.

Lord David y réfléchit.

— Très bien, dit-il en souriant, je peux venir vous chercher à dix heures, Daphné.

CHAPITRE QUATORZE

Le verdict officiel fut diligemment colporté au village par Ewe Sinclaire et par d'autres.

— Mort *accidentelle*, entendis-je rapporter les vieux marchands de ragots. Oh, *oui*. Et nous savons tous qui s'en sort, dans cette histoire, n'est-ce pas? Les Hartley. On ne sait pas lequel est coupable. Je gagerais mon argent sur madame la comtesse, mais on ne sait jamais. Il y a cette sœur bizarre, mademoiselle Lianne; elle aurait pu pousser cette pauvre Vicky par-dessus le bord des falaises et la conduire à sa mort...

Prête à tirer le maximum des mauvaises langues, je m'installai dans une position stratégique à l'extérieur de la boulangerie et je soupirai.

— Oh, c'est trop *horrible*. Je ne peux pas le supporter!

Je m'éloignai, et, comme je l'avais prévu, une des dames du village se lança à ma poursuite.

— Oh, mademoiselle, attendez, je vous en prie!

J'attendis... d'un air vexé, feignant la réticence.

— Je vous ai entendue. Oui, c'est horrible. C'est *tout à fait* horrible. Et je sais ce que vous ressentez. Chère Vicky. Je la connaissais, quand elle était bébé, et je connaissais aussi Lord David. J'étais sa nounou, avant que Jenny n'entre à leur service, vous savez, alors je les connais tous les deux. C'est une *terrible* tragédie, mais je ne peux pas croire que mon David est coupable, absolument pas. Pour ce qui est de Vicky, eh bien, c'était une enfant secrète. Elle gardait beaucoup de secrets de ses parents et d'autres. Je me demande souvent...

Je regardai cette créature avec un émerveillement absolu.

— Quel est votre nom? m'entendis-je demander.

«Rebecca Shaw» fut la réponse.

— *Madame* Rebecca Shaw. J'ai abandonné le travail de nounou il y a longtemps.

— Et vous habitez ici, maintenant? À Windemere Lane? À Cornwall?

— Oh, mademoiselle, tant de questions!

— Je suis désolée.

J'avalai ma salive.

— Je ne devrais pas être aussi intéressée, sauf...

— Sauf que vous avez trouvé le corps et les Hartley vous veulent de leur côté?

Ce résumé succinct envoya un frisson dans mes veines.

— Eh bien, si vous me demandez mon opinion, et ce n'est pas ce que vous faites, je vous dirai de fuir les Hartley. C'est juste des problèmes. De gros problèmes.

— Quel genre de problèmes ?

— Ha, dit madame Rebecca Shaw en rougissant, je ne suis pas placée pour parler. Mon mari me couperait la tête, s'il m'entendait parler en mal des Hartley. Il travaille dans une mine dont ils sont propriétaires, vous savez. Il est ce qu'ils appellent un « superviseur ».

— Ah, dis-je, compatissante. Ce travail implique des responsabilités... et une certaine loyauté.

— Oh, oui, convint madame Shaw, toujours prête à parler. Je dis souvent à Mick qu'il est dommage que nous soyons ainsi coincés ici avec des gens comme eux. Je préférerais servir ailleurs, sans être attachée à un gros nuage noir, vous comprenez. Je crois...

Un passant interrompit son dernier commentaire, et, complètement désespérée, je regardai la silhouette de madame Shaw qui s'éloignait.

— Il vous faut juste être prudente, mademoiselle !

Comme le cri me parvenait, je me doutai que je ne reverrais jamais madame Rebecca Shaw.

Oh, oui, en effet, les Hartley régnaient sur tout ce qui vivait dans ce village et dans les environs. Exactement comme à l'époque médiévale, tout comme nous l'avait raconté mademoiselle Perony.

Je passai la matinée les yeux fixés sur le tic-tac et les aiguilles du coucou, sonnant neuf heures trente, puis dix heures moins quart, puis dix heures, puis dix heures quinze. Et toujours pas de note d'annulation, ni de David Hartley venant me chercher pour notre excursion à l'abbaye.

— Il ne viendra pas, dit Ewe, après avoir observé mes trop fréquents et trop frénétiques coups d'œil vers l'horloge.

Je commençai à faire les cent pas.

— Quelque chose l'a retardé.

— Sa future épouse morte.

Ewe tordit son doigt vers moi.

— On ne peut lui faire confiance. « Mort accidentelle », disent-ils. Je pense qu'ils se sont trompés et qu'un corps ne ment pas.

Un corps ne ment pas.

Tout l'après-midi, je pensai à ces mots. Terrible grammaire, bien sûr. Un corps ne ment pas ; il n'a pas besoin de mentir.

À quatorze heures trente, une note arriva.

Chère mademoiselle du Maurier,
Je m'excuse d'avoir négligé de venir vous chercher à dix heures ce matin. Un visiteur inattendu est responsable de cet empêchement.
Peut-être pourrions-nous reporter notre excursion à un autre jour ?

David Hartley

— Il a une très belle écriture, ce Davie.

Ewe ne put s'empêcher de lire la note une douzaine de fois et de propulser les mots entre ses lèvres continuellement.

— Un visiteur inattendu... cela serait-il lié au meurtre ?

— Ce n'est plus un meurtre, maintenant. Nous devons croire qu'il s'agit d'un accident.

— Oh, vous êtes déjà en train de défendre les Hartley, n'est-ce pas ? Prudence, ma chère. Prudence. La prudence n'a jamais tué qui que ce soit.

— Il arrive que des accidents se produisent. Vous ne pouvez pas nier ce fait.

— Bof !

Ewe semblait vexée, et je lui demandai ce qu'elle savait de Rebecca Shaw.

— Becky Shaw, dit Ewe, songeuse. Elle a épousé Michael Shaw. Un bon homme, bon travaillant. Elle était la nounou à la maison, avant l'arrivée de Jenny Pollock.

— Elle m'a avertie d'être prudente et m'a dit que les Hartley représentaient de gros problèmes.

Ewe fit claquer sa langue.

— Je vous ai dit la même chose, mais vous êtes incapable de vous en empêcher.

— C'est la même chose pour vous, rétorquai-je. Nous voulons toutes les deux savoir ce qui lui est réellement arrivé. C'est naturel. Eh bien, maintenant que le mystère de ce matin est résolu, je pars. J'irai à l'abbaye de toute façon, avec ou sans David Hartley. À plus tard.

Je partis en faisant une grimace espiègle ; l'attitude sévère d'Ewe me poursuivit tout au long de ma fuite dans les bois. Je savais que je devrais tenir compte de son conseil. Elle connaissait ce village et les Hartley mieux que moi, et c'était pour mon bien qu'elle me donnait ces avertissements. Nous comprenions toutes les deux qu'il était dangereux de trop s'impliquer et de trop s'approcher de ce fameux scandale.

Je m'arrêtai pour penser à téléphoner à mon père, mais l'abbaye m'attirait, et les parchemins égarés de Charlemagne l'emportèrent.

Je trouvai difficile de me concentrer et de travailler autour de sœur Agatha et de sœur Sonia, frustrées dans leurs tentatives de mettre de l'ordre dans les documents. Tout en les observant, je leur donnai quelques suggestions qui furent entendues par l'abbesse Dorcas Quinlain.

— Vous portez-vous volontaire pour nous aider, mademoiselle du Maurier? Si oui, je suis certaine que sœur Agatha et sœur Sonia l'apprécieraient énormément.

Sœur Agatha, si peu semblable à sa cousine raffinée, Perony Osborn, s'essuya le front de sa main.

— Oh, oui, s'il vous plaît! Je n'arrive pas à comprendre la moitié de ces documents.

Sœur Sonia répondit par l'affirmative à l'abbesse, hochant la tête, soulagée de voir que je pourrais leur servir de guide.

J'interrogeai l'abbesse à propos de son refus d'employer un chercheur adéquat.

— Oh, Lord David a dit qu'il allait le faire. Il aime le travail, comme vous.

— Il était censé m'emmener pour une visite privée, aujourd'hui, murmurai-je, mais il est arrivé quelque chose d'inattendu. Un visiteur.

— Alors, vous n'en avez pas entendu parler?

À ma grande surprise, l'abbesse m'escorta jusque dans son bureau et ferma la porte.

— Entendu parler de quoi?

— La cause de la mort de Victoria. C'est du poison. Cela pourrait changer le verdict.

Je remarquai son accent sur le mot «pourrait».

— Comment le savez-vous?

Elle soupira.

— C'est Lord David lui-même qui m'en a informée. Il a téléphoné pour dire que vous arriviez et pour que nous vous aidions en son absence.

Je voulais connaître la profondeur de leur relation.

— Vous êtes son amie?

— Je ne dirais pas exactement «amie». Nous partageons un amour pour l'abbaye, pour la préservation de sa culture et son histoire, et Lord David a été très généreux... beaucoup plus généreux que son père ne l'a jamais été.

— Vous n'aimiez pas son père?

— Aimer? Quels termes curieux vous utilisez, mon enfant! Cet homme était une bête.

— Mais du poison? Du poison?

Ma question curieuse fit écho dans le silence de la salle.

— Quel genre de poison, le savez-vous?

L'abbesse haussa les épaules.

— Quelque chose de commun appelé «ricine».

Peut-être que Victoria s'adonnait parfois à la consommation de certaines drogues? Peut-être prenait-elle aussi des poudres pour dormir? Comment sait-on la différence entre les médicaments et les poudres?

— Cela changera sûrement tout. Imaginez ce que ressentira la mère. Du poison! Même si ce n'était qu'un accident.

— Improbable, m'entendis-je murmurer à voix basse, pendant que l'abbesse m'observait dans un silence de pierre. Croyez-vous que Sir Edward poursuivra son enquête?

— Il le faudra. On doit suivre le protocole prévu.

Je pensai que je ferais mieux de téléphoner à mon père avant qu'il n'en entende parler. Je me rendis au bureau de poste pour faire l'appel.

— Bonjour, papa? C'est Daphné.

— Ma fille chérie. Comment est le climat, là-bas?

Je jetai un coup d'œil à l'extérieur.

— Sinistre, comme d'habitude.

— Tu n'as trouvé aucune « maison sinistre », là-bas, ma chérie?

J'hésitai.

— Daphné?

Les familles et les amis proches ont une aptitude naturelle pour soutirer de l'information par la cajolerie.

— Oui.

En quelques minutes, il en sut autant que moi. Je ne laissai de côté qu'un ou deux petits trucs, rien d'important, et surtout des éléments concernant David Hartley et ses liens avec l'abbaye Rothmarten.

— Je ne suis pas certain de vouloir que tu restes là, ma chérie. Ce n'est probablement pas tellement sécuritaire — avec un meurtrier en cavale. Et quand ta mère découvrira...

— Papa, elle lit rarement les journaux.

— C'est vrai, mais les femmes ont une façon de tout connaître sur les scandales. Qui était donc cette fille ? Tu as dit qu'elle était sur le point d'épouser le grand seigneur du comté ?

— C'était une fille d'une famille locale de basse classe. Elle était servante à la maison ; c'est ainsi qu'elle a rencontré David Hartley.

— Ooohh, je vois.

J'avais entendu l'avertissement dans la voix de mon père.

— Je sais ce que tu vas dire.

Je soupirai.

— Et je te promets de faire attention.

Je lui parlai des travaux de l'abbaye.

— C'est tout simplement parfait. Si je les aide à cataloguer les documents, je pourrai vraiment explorer ce que je suis venue chercher ici.

— Dans quel but ?

Je ne pus m'empêcher de réprimer un léger rire espiègle.

— Trouver des parchemins perdus et écrire un article sensationnel pour les journaux.

Mon père se mit à rire.

— Rien comme un bon esprit de concurrence, ma fille. Quoi que tu trouves et écrives, par contre...

Sa voix prit un ton de mise en garde.

— ... montre-le d'abord à l'abbesse.

— Bien sûr! J'espère aussi que les journaux paieront grassement et que l'argent pourra servir à la restauration de l'abbaye.

— Il te faudrait écrire un livre, alors, ma chérie.

— Peut-être le ferai-je, un jour.

Je souris.

— Il y a tellement d'inspiration, ici.

Alors que je lui disais au revoir, j'eus une sensation désagréable dans mon dos.

Je me retournai.

La porte du bureau de poste claqua, des cloches annonçant un brusque départ.

Je regardai dehors et je jetai un coup d'œil sur la route, à gauche et à droite. Je ne pus voir personne.

Mais je savais que quelqu'un m'avait épiée.

CHAPITRE QUINZE

Une note décousue m'attendait au cottage d'Ewe.

> *Très chère Daphné !*
> *Imaginez ! Du poison ! Oh, cela commence à être*
> *très intéressant, n'est-ce pas ? Je dois répandre la*
> *nouvelle.*
>
> *Oh, et pourriez-vous être un amour et laver la*
> *vaisselle ?*
>
> *À bientôt.*
> E

Laver la vaisselle ? Il y avait des années que je ne m'étais pas acquittée d'une tâche aussi servile. Levant les sourcils, je retroussai mes manches et j'imaginai comment ce pourrait être fait. Je songeai aux brefs moments où j'avais observé les servantes dans les cuisines de nos maisons. Certainement, ce ne devrait pas être si difficile.

Faisant bouillir l'eau, j'empilai la vaisselle sale dans l'évier et je trouvai le bouchon. Fouillant à travers les armoires désordonnées et désorganisées d'Ewe, je découvris un genre de «poudre à laver»; haussant les épaules, je saupoudrai la poudre dans l'eau. Cela formait de la mousse et des bulles et semblait le bon produit à utiliser. Ajoutant une brosse et un tampon à récurer au mélange, je réussis, et je dois avouer que je terminai la tâche plutôt joyeusement, pendant que j'analysais la tournure des événements.

Du poison! Maintenant, le verdict allait devoir se changer en meurtre ou en suicide.

Même si Victoria ne semblait pas avoir eu de raisons de se suicider, que savait-on vraiment des pressions, des combats et des secrets des autres?

— Regardez ça!

L'entrée houleuse d'Ewe était remplie de son penchant naturel pour le drame.

— C'est du poison! C'est un meurtre!

Enlevant son chapeau, son écharpe et ses gants, elle leva les yeux au plafond.

— Ce qui ne manquera certainement pas de renverser madame la comtesse de son trône, croyez-moi. Nous savons tous que l'un d'eux à la maison a tué la fille. Assez sournois de leur part d'avoir mélangé du poison à sa nourriture...

— Était-ce dans sa nourriture?

— On a trouvé des doses de ricine dans son corps. Cela provient de la graine de ricin, vous savez. Bien rusé d'avoir employé cela. Et comment croyez-vous que cela est arrivé dans son corps, si elle n'en a pas mangé?

— Peut-être un empoisonnement accidentel, fis-je remarquer. C'est déjà arrivé... Vous vous souvenez de cette jeune mère à Devon ? J'ai oublié le nom de la plante, une espèce commune ; elle l'avait près de son lit, dans sa chambre. Une nuit, elle ne pouvait plus respirer, et le lendemain matin, on l'a retrouvée morte.

— Mais attendez.

Retenant son souffle, Ewe posa une main sur son cœur.

— Vous n'avez pas entendu le pire.

Elle fit une pause, comme elle avait la fâcheuse habitude de le faire, et elle cligna des yeux.

— Je suppose que l'abbesse n'a rien dit, même si elle était au courant.

Ma patience était à bout.

— Au courant de quoi, Ewe ?

— Victoria était enceinte de trois mois.

— Un bébé !

— Oh, oui, un bébé, dit Ewe, hochant la tête. Ils voulaient que tout demeure confidentiel. Ils s'y sont bien fait prendre. Pire — la manière dont c'est sorti maintenant. Je suppose qu'ils auraient célébré le mariage et qu'après, il aurait suffi de prétendre que le bébé arrive plus tôt. Hé ! Si vous me demandez mon avis, on ferait tout, pour étouffer un scandale.

J'ouvris la bouche et je regardai Ewe, foudroyée.

— *Maintenant*, il y a un bon motif de meurtre. Lord Davie croit que l'enfant est de lui, puis il découvre qu'il ne l'est pas, et il la tue.

Je digérai lentement son résumé.

— N'aurait-il pas été plus facile d'annuler le mariage, s'il avait découvert que l'enfant n'était pas le sien? Pourquoi la tuer?

— Pas si elle l'a menacé de chantage.

— Du chantage? Quel stratagème complexe êtes-vous en train d'imaginer, maintenant?

— Il ne s'agit pas de stratagème complexe, murmura Ewe, mais je peux vous dire, ma chère enfant, que ces Hartley sont depuis longtemps plongés dans des histoires malhonnêtes.

— Quel genre d'histoires?

Prenant soudainement un air modeste, elle ferma brièvement les yeux.

— Ce ne sont pas des choses que j'aime à raconter, mais puisque vous êtes pratiquement de la *famille*, j'en mentionnerai quelques-unes. De la contrebande, par exemple.

Une longue pause s'ensuivit.

— De l'extorsion. De la fraude. Hum, et aussi, le vieux Lord Hartley était un très mauvais type. Et madame aux grands airs, peuh! C'est l'apprentie du diable.

— Apprentie du diable, répétai-je ensuite pour moi-même, contemplative.

Dépouillée de sa situation de pouvoir et de prestige, la comtesse Hartley aurait assassiné sa belle-fille enceinte, pour ensuite essayer de faire passer le crime pour un suicide ?

Je frémis en pensant à Victoria cherchant frénétiquement à sauver sa vie. Ce soir-là, la marée était haute, et on sait que la marée pouvait sans avertissement surprendre même les marins les plus vaillants.

Alors que je ruminais les faits de l'affaire, la prochaine invitation pour la maison des Hartley arriva par la main enfantine de Lianne Hartley.

Dafné,
J'espère que c'est ainsi que tu épelles ton nom.
Moi et mon frère voulons t'inviter à prendre le thé à la maison.
S'il te plaît, arrive à 3.

Lianne Hartley

— Voilà, une preuve, fit remarquer Ewe avant que je quitte la maison. Vous ne voyez pas les Bastion tolérer de visiteurs, n'est-ce pas ? Ni faire des invitations pour le thé l'après-midi. Est-ce que cela signifie qu'ils sont coupables ?

J'enfilai mes gants.

— Ou engourdis par le...

Le quoi ? Je ne pouvais même pas trouver un mot pour le décrire. L'horreur ? La tragédie ? Le meurtre ?

Clair et simple, et pourtant, d'après ce que j'avais entendu, le verdict n'avait pas été modifié, et personne n'avait été accusé du supposé crime.

Ewe me suivit jusqu'à la porte, sur le chemin du jardin, à la porte du cottage et plus loin dans la ruelle.

— Eh bien, soyez prudente, alors. Il y a des gens qui ne sont jamais revenus de cet endroit ; et cette madame T, Trehearn, aucun de nous ne l'aime ou ne lui fait confiance. Avant, elle était des nôtres. Maintenant, elle se croit trop bonne pour se lier avec les gens d'ici.

— Je serai prudente, lui promis-je.

Je lui donnai un baiser sur la joue et je me mis joyeusement en route.

— Lianne Hartley a besoin d'une amie, et étant donné que je suis impliquée dans cette affaire, que je l'aie voulu ou non, je dois y aller.

La promenade vers Padthaway me remplit d'une crainte nerveuse.

La maison mourait d'envie de livrer ses secrets. Elle avait grandement besoin d'une amie, de quelqu'un qui la comprenait.

J'aimais croire que je comprenais ces maisons anciennes. Je me plaisais aussi à croire que je connaissais beaucoup de choses sur la vie, sur les gens et leurs émotions, mais vraiment j'étais innocente. J'avais l'impression que ce temps passé à Windemere Lane allait m'enseigner une ou deux choses importantes.

Je souris, prenant plaisir à la glorieuse côte de Cornouailles. Je choisis de faire une promenade à travers les bois jusqu'à la mer pour respirer l'air salin, avec un sens du danger qui avait mûri. L'océan avait toujours été capricieux ; personne ne pourrait jamais le lire, pas même le plus grand pêcheur ou capitaine de voilier. Modifiable et illisible, la mer ressemblait à Victoria Bastion, une simple fille de la campagne qui avait transcendé son monde pour devenir une victime complexe.

Victime. Peut-être avais-je tort de la qualifier ainsi, car elle avait fait la grande vie et vécu de fortes émotions, passant d'une classe sociale à une autre, adoptant de nouveaux amis et explorant de nouvelles frontières.

Je tournai vers le chemin qui menait à Padthaway et je me demandai quel type d'accueil m'attendait.

La grande maison apparut. Je marchai jusqu'à son silence imposant et austère, et je sonnai hardiment.

— Ah, mademoiselle du Maurier, dit madame Trehearn en m'accueillant. Madame la comtesse vous recevra maintenant. Laissez votre manteau ici, si vous le voulez.

Convoquée dès mon arrivée pour rencontrer Lady Hartley. La convocation entraînerait-elle des désagréments ? Quoi qu'il en soit, je redoutais le moment où on me laisserait seule en présence de Lady Hartley.

— Les chambres de la comtesse sont situées dans l'aile ouest, m'informa madame Trehearn.

Je la suivis le long du couloir lambrissé étrangement calme et ensoleillé qui menait vers la mer.

— C'est la partie la plus ancienne de la maison, expliqua madame Trehearn. L'aile a été incendiée pendant la guerre civile, mais le feu n'a jamais atteint la partie ouest. Elle est demeurée largement intacte, telle qu'elle était en 1558.

— Qu'en est-il de la tour ? demandai-je, m'arrêtant pour admirer la vue depuis l'une des gracieuses fenêtres cintrées.

— La tour est en ruine.

Madame Trehearn fit le signe de la croix sur sa poitrine.

— Une ruine *maudite*. Par ici, maintenant.

Nous grimpâmes un large escalier menant à deux magnifiques portes de bronze. D'au moins deux fois ma taille, elles s'élevaient jusqu'à l'arête du plafond cathédrale qui se voûtait au-dessus. Décorées d'une impressionnante fresque de motif biblique, les portes arboraient une paire de poignées énormes ornées d'un lion d'or, pour compléter le tableau.

Les longs doigts osseux de madame Trehearn s'étalèrent sur la poignée de la porte.

— Elles sont d'origine mauresque...

— Je vous remercie, madame T. Je prendrai le relais à partir d'ici.

Lord David était debout dans la noirceur du couloir opposé, nous observant d'un air détaché. Quelque chose dans son approche suggérait qu'il avait attendu notre arrivée.

J'aurais pleuré de soulagement.

Surprise, madame Trehearn fronça les sourcils.

— Mon seigneur ! Mais madame la comtesse a dit...

— *Je* suis le maître, ici, répondit-il avec froideur.

Madame Trehearn hocha rapidement la tête et partit.

— Je vous présente mes excuses pour l'intrusion, mademoiselle du Maurier, dit Lord David en souriant, mais j'aimerais vous parler.

Il aimerait me parler?

Mon cœur se mit à tonner dans ma poitrine. Il y avait chez lui un magnétisme que je trouvais d'un charme irrésistible. Par l'expression de son regard et sa façon de parler si cultivée et si raffinée, même dans le chagrin, je pouvais constater qu'il était d'ailleurs conscient de ce pouvoir. Je me mis à examiner les ombres autour de ses yeux, causées par les nuits blanches.

Un sourire insaisissable mouilla ses lèvres.

— Me permettrez-vous de vous montrer un peu la maison, Daphné?

— J'en serais ravie, répondis-je, acceptant son bras.

M'attirant loin des portes mauresques, il me guida lentement le long du corridor sud. Sa proximité, sa proximité très *vivante*, ainsi que le fait qu'il pourrait très bien être un meurtrier, triplait mon habileté intuitive, et des sonnettes d'alarme résonnaient sans cesse dans ma tête.

— Je voulais vous montrer la bibliothèque, commença-t-il, sa voix basse et résonnante dans le silence.

Je réussis à hocher la tête.

— Nous pourrons parler seuls, là-bas.

Parler seuls? De quoi? Respectant son besoin d'intimité, je tentai de maîtriser ma curiosité. Je songeai à madame Trehearn en train de se précipiter pour faire rapport à Lady Hartley.

Entrant dans une vaste salle présentant de splendides peintures, Lord David fit la grimace.

— Pouvez-vous reconnaître le Gainsborough?

— Oui, murmurai-je, incapable de résister à m'enticher de la peinture. Qui est-elle?

— *La mariée bienfaisante*, l'appelons-nous. Mon père l'a gagnée à une table de jeu à Monte-Carlo. Elle nous est provenue d'un riche comte italien... Il devait s'agir d'une aïeule.

— Elle est magnifique, soufflai-je. Voyez comment la lumière l'enveloppe dans la balançoire de jardin. C'est une belle peinture, mon seigneur.

J'avalai ma salive, intensément inconfortable en sa compagnie.

— S'il vous plaît, appelez-moi David.

S'éloignant de moi, il fit signe pour que nous nous dirigions vers la salle suivante.

Je retins mon souffle et hochai la tête.

— Traditionnellement, ces salles appartiennent au maître de la maison...

— Il s'agit donc de votre aile, mon seigneur?

— J'espère, un jour. Les autres parties sont fermées, jusqu'à la restauration. La bibliothèque est la dernière pièce que mon père a restaurée.

Je compris pourquoi il était fier de sa bibliothèque. Comme si nous entrions dans un jardin secret, les modestes portes doubles s'ouvrirent, pour révéler une pièce circulaire d'une merveilleuse dynamique. De hauts plafonds, trois niveaux de livres, un escalier de fer forgé en spirale menant aux rangées supérieures, des coins de lecture près de fenêtres en vitrail de style Camelot, un mobilier médiéval et un énorme tigre empaillé.

Horrifiée, je reculai.

— Est-ce un vrai tigre?

— Un autre des lots que mon père a gagnés au jeu.

Indiquant que nous devrions nous asseoir à la grande table de noyer où étaient empilés des livres et des journaux, il me regarda tout droit dans les yeux.

— Vous devez vous demander pourquoi je voulais vous voir avant ma mère. J'ignore ce qu'elle est en train de planifier, mais elle projette quelque chose qui vous concerne.

— Moi?

— Ma mère a ordonné à Lianne de vous inviter aujourd'hui. Elle ne s'intéresse jamais à des gens sans qu'il y ait une raison, et vous êtes issue d'une famille notable. Voulez-vous écouter mes conseils et demeurer sur vos gardes?

— Euh, oui, je le ferai, mon seigneur.

— C'est David...

Il sourit.

— ... et je suis heureux que vous ayez accepté notre invitation. Lianne a besoin d'une amie.

— Est-elle...?

— Folle?

Un léger sourire quitta ses lèvres, et je fus captivée par le charme de sa voix langoureuse.

— Je ne crois pas. Un peu bizarre, peut-être, mais nous avons tous nos moments de bizarrerie, n'êtes-vous pas d'accord?

J'étais d'accord.

— S'il vous plaît, considérez cette maison comme la vôtre. Vous êtes libre d'aller où bon vous semble, mais soyez prudente dans ces pièces. Des accidents s'y sont déjà produits.

Sentant qu'il était temps que je parte, je lui demandai s'il avait autre chose à me dire. Il hocha la tête, mais lorsque je me levai, je vis sa main remuer très légèrement.

— Il y a autre chose... Merci pour ce que vous avez fait à la plage. Je ne pouvais pas supporter l'idée qu'elle soit prise par la mer. Vous l'avez sauvée et vous l'avez ramenée en sécurité. Merci... Daphné.

Il se retourna pour cacher son émotion, et je me dépêchai de retourner à la chambre de Lady Hartley. Mon cœur battait la chamade. J'adorais cette maison... le mystère... les gens, et même l'air de la tragédie. Je ne voulais pas la quitter.

Ouvrant les portes mauresques en faisant levier, j'entrai dans la chambre qui était probablement la plus belle que j'avais vue de toute ma vie. Donnant sur l'ouest et offrant une vue sur la mer, des fenêtres pleine grandeur étaient encadrées de cascades de rideaux blancs transparents. Une brise animée faisait bruisser les rideaux tourbillonnants, qui clapotaient contre des planchers de bois où deux tapis de Turquie multicolores étaient étendus. Un lit à baldaquin massif, également drapé de blanc pur, dominait la chambre. Deux arcades décoratives formaient des entrées vers d'autres pièces. De l'une d'elles arriva Lady Hartley.

— Ah, vous êtes là. Venez avec moi.

Emmenée à travers l'arcade droite, je me retrouvai dans une antichambre confortable. Au-delà des fauteuils et d'une cheminée, il y avait encore une autre porte.

« Asseyez-vous » fut l'ordre émis.

Serrant toujours mon sac contre moi, j'obéis, tout en examinant une publicité de robe de mariée dans un magazine de mode ouvert sur la table basse circulaire en marbre.

— Nous n'en aurons plus besoin, maintenant.

Lady Hartley referma le magazine, se détendant dans l'un des fauteuils.

— Alors, vous êtes la fille de Gérald... Comme c'est intéressant ! Que fait votre père, ces jours-ci ?

M'attendant à cette question, je lui fis un bref compte rendu de ses affaires. Lord David avait raison. Elle avait un plan me concernant. Ou plutôt, elle avait un plan engageant mon père, sa gloire et ses relations. J'avais auparavant rencontré beaucoup de gens comme elle, et je reconnus la lueur spéculative qui étincelait dans ses yeux.

— Vous voulez une tasse de thé ? Croyez-vous que votre famille, votre père, vous rejoindra ici ?

Je refusai le thé.

— Je ne pourrais vous dire, madame. Mon père fait toutes choses de façon inattendue. C'est sa façon de vivre.

— Fascinant, fascinant.

Alors qu'elle jetait un coup d'œil autour de la chambre, une expression de tristesse apparut sur son visage.

— Nous ne recevons pas beaucoup de visiteurs, dans ce coin retiré. Et maintenant, avec la morosité actuelle qui nous entoure, je crains que nous ne soyons devenus des parias.

— Des parias, madame?

— Oh, appelez-moi Florence, ou Flo, si vous le désirez, ou Lady Flo, si vous vous sentez plus à l'aise. Oui, des parias. Nous sommes trop souvent seuls. C'est triste. Vous voyez, il faut de l'argent, pour la restauration. David est catégorique, mais parfois, je désirerais vivement avoir la compagnie d'êtres vivants — n'importe quelle compagnie, en fait.

Ses yeux cherchèrent les miens.

— Ma fille s'est entichée de vous. D'habitude, elle ne se préoccupe de personne. Peut-être que je pourrais vous demander une faveur. Voulez-vous inviter votre famille pendant un certain temps? N'importe lequel d'entre eux est le bienvenu ici, et la maison est suffisamment grande... Nous avions l'habitude de donner tellement de fêtes! Peut-être qu'ils accepteraient de venir, une fin de semaine.

Comme je ne répondais pas immédiatement, elle gazouilla rapidement :

— Je laisse cela à votre discrétion, car peut-être voulez-vous d'abord passer du temps avec ma fille. Il y a près d'un an qu'elle avait invité une amie à lui rendre visite. La pauvre fille n'aime pas beaucoup de gens, vous savez. Vous, Daphné, vous êtes *spéciale*.

— Merci, madame, répondis-je. J'aime beaucoup la compagnie de mademoiselle Lianne et je suis heureuse de lui rendre visite.

Lady Hartley hocha la tête, soudainement sérieuse.

— Oh, vous pouvez lui rendre visite comme vous le voulez. Vous découvrirez que Lianne est très bizarre. Vous ne devez pas croire que nous lui ressemblons tous. Je crains que Lianne n'ait hérité de certaines des bizarreries de son père.

— Que voulez-vous dire, madame ?

— Oh, il oubliait des choses. Son esprit vagabondait… et il était extravagant. Lianne, je le crains, lui ressemble. Vous ne devez pas faire attention à ce qu'elle dit.

— Non ?

— Non.

Lady Hartley me regarda tout droit dans les yeux.

— Je dois vous avertir, Lianne est exactement comme son père. Une menteuse consommée.

CHAPITRE SEIZE

Quittant la chambre de Lady Hartley, je m'arrêtai près des immenses portes.

La zone baignait dans une sérénité inhabituelle rappelant une époque révolue : le bruit de l'océan oscillant le long du couloir de style cloître ; les odeurs de moisi vieilli s'élevant des lambris ; les portraits silencieux et les statues qui jetaient des regards à ceux qui s'introduisaient illégalement en bas...

L'histoire octroyait un caractère d'enchantement à cette demeure. Fermant les yeux, j'imaginai des générations précédentes, chacune parée des costumes de leur époque — leurs vies, leurs amours, leurs secrets, leurs tragédies. Une maison, je le crois fermement, n'est jamais complète sans un passé.

Me complaisant dans ce merveilleux environnement, je retournai dans les pièces de la maison contre lesquelles David m'avait prévenue. Il avait dit que j'étais libre de m'y aventurer seule, et je pensais que j'avais un peu de temps avant que Lianne ou madame Trehearn ne remarquent mon absence.

Portant des chaussures légères, accompagnée seulement du léger craquement des planchers, j'aboutis près d'une petite alcôve entourée de chambres, certaines aménagées, certaines vides, certaines verrouillées. Remarquant des draps blancs poussiéreux, des boîtes fermées et des planches, j'entrai dans la section fermée, qui était en attente de rénovations et remplie de tentations interdites.

Je me trouvais à la base de la tour. La tour *maudite*. La structure circulaire de pierre montait haut, de ses paliers jaillissaient des planchers à moitié pourris, et un vent en altitude tournoyait en un cri sinistre. Je songeai que même s'il était dangereux, ce lieu était superbe et inspirant, et le danger ne faisait que le rendre encore plus intéressant.

Apercevant un passage à travers un escalier adjacent, j'enjambai le cordon d'interdiction.

— Que fais-tu ? Ne sais-tu pas que c'est dangereux, ici ?

Déconcertée, je m'arrêtai.

En voyant Lianne froncer les sourcils, je compris la raison de son humeur maussade. Elle avait voulu me faire visiter elle-même la maison.

— Viens, Daphné. Allons dans ma chambre.

Alors que la porte claquait sur ladite chambre, je m'effondrai sur son lit et je poussai un long soupir de soulagement. Lianne était une fille adorable, mais tellement épuisante. Était-elle folle ? Qui pourrait le dire ?

Inspirée, je restai là, fixant le plafond d'un air absent. Elle fit de même. Ensemble, nous nous allongeâmes, le regard fixe, laissant aller notre imagination, libres de penser à tout ce qui s'infiltrait dans nos cerveaux, libres de rêver éveillées, libres de faire tout ce que nous dictaient nos humeurs.

Comme Lianne quittait soudainement la chambre, ma rêverie se dirigea vers le corps sur la plage... Victoria.

La jeune fille morte, la beauté destinée à devenir la maîtresse de la maison. Quels secrets avait-elle emportés dans la mort? Encerclant son nom dans ma mémoire, je griffonnai mentalement un grand point d'interrogation juste à côté. Quelque part dans les profondeurs de mon esprit, une nouvelle idée émergeait pour un futur roman : une héroïne timide, la maîtresse décédée d'une grande maison, un mystère...

Un bruit derrière la porte mit fin à mes fantasmes indulgents, et, agacée par l'interruption inattendue, je me déplaçai lentement vers les voix qui s'élevaient.

Madame Trehearn se tenait devant la porte, les poings sur les hanches, se disputant avec une Lianne au visage rouge.

— Trehearn ! *Faites ce que je vous dis.* C'est déjà arrangé. Elle va passer la nuit à Padthaway.

Passer la nuit à Padthaway !

— Allez, mademoiselle Lianne, nous ne devons pas faire de scènes devant nos invités.

Madame Trehearn s'adoucit.

— Vous pourriez effaroucher mademoiselle Daphné.

Lianne s'arrêta pour réfléchir, et je perçus chez madame Trehearn une résistance que je remarquais pour la première fois. Elle avait montré sa grande expérience à traiter avec Lianne, même si elle avait finalement perdu la bataille.

— Vieux dragon.

Lianne leva les yeux au ciel, fermant la porte de sa chambre sur Trehearn, et écartant toutes mes protestations pour expliquer pourquoi je ne pouvais pas rester pour la nuit.

— Elle agit toujours ainsi, quand des invités viennent demeurer ici; elle les installe en bas ou dans une chambre où elle peut les «surveiller». Elle ne fait confiance à personne.

J'appris que madame Trehearn était arrivée à la maison il y a plusieurs années comme gouvernante pour les enfants. De gouvernante à maîtresse de maison... ce n'était pas une élévation mineure dans la hiérarchie, et je me demandai ce que madame Trehearn pensait vraiment de Victoria.

Deux hommes arrivèrent à la porte, trimbalant un lit de fortune pour la chambre de mademoiselle Lianne. Mon refus fut de nouveau ignoré, et alors que je pensais à la profusion de splendides chambres en bas, j'aurais souhaité que madame Trehearn *eût* gagné, même si elle avait l'intention de m'espionner.

La différence entre les deux hommes était saisissante. Je n'avais pas l'intention de les fixer, mais je n'arrivais pas à m'en empêcher. L'un, manifestement le jardinier, était vêtu d'une combinaison, avait des cheveux grisonnants en bataille et des yeux hagards. L'autre portait des vêtements sophistiqués, avait des cheveux noirs, et arborait la confiance qui accompagne une apparence tape-à-l'œil et une nature arrogante.

— Ben, le jardinier, et, bien sûr, tu te souviens de Soames, le cuisinier au souper ? dit Lianne d'un air malicieux, amusée par mes regards fixes. Soames, dit Lianne en faisant la grimace, alors qu'elle se levait en me tirant avec elle, nous aimerions que vous nous apportiez une théière de thé frais et des scones aux confitures.

Soames baissa la tête.

— Oui, mademoiselle Lianne.

— Oh, et un peu de crème, aussi.

— Certainement, répondit-il d'un ton jovial en hochant la tête dans ma direction. Bienvenue, mademoiselle du Maurier. Prenez-vous du lait dans votre thé ?

— Euh, non, répondis-je en souriant.

Après leur départ, j'exprimai que je n'avais jamais vu de cuisinier à l'apparence aussi joviale.

— C'est maman qui l'a trouvé... Il a une haute estime de lui-même.

Pourquoi ? Aspirait-il à devenir le seigneur du château en épousant la dame que tout le village méprisait ?

Cette maisonnée recelait vraiment un curieux mélange. Une atmosphère sombre et profondément méfiante prévalait, et tout semblait avoir une fausse tonalité. Pouvait-on, n'importe où ailleurs, trouver des servantes qui épousaient des seigneurs et des gouvernantes qui devenaient maîtresses de maison ? Pourquoi la famille demeurait-elle aussi isolée ?

Le mot « culpabilité » était inscrit à côté des scones frais et des confitures de fraises qui arrivaient.

Je n'oublierai jamais cette nuit à Padthaway, moi, une étrangère prenant le repas du soir avec une famille en deuil et peut-être remplie de culpabilité.

L'étrangeté de la situation, la beauté envoûtante de la maison et les lumières tranquilles qui éclairaient faible-ment me poussèrent plus avant dans son labyrinthe de mystique.

En voyant une femme de ménage épousseter un vase, j'avais demandé où se trouvait la salle à manger.

— Je vous y conduis, mademoiselle.

Reconnaissante, je la suivis le long du labyrinthe où avait été posée une nouvelle moquette, admirant les peintures et les particularités du décor ancien.

La magnificence ne faisait qu'augmenter, alors que nous atteignions un ensemble de portes entrebâillées.

Lord David ouvrit la porte.

Introduite dans la salle opulente animée par une surconsommation de meubles dorés français, d'amples rideaux de velours bordeaux ainsi qu'un centre de table argenté d'une hauteur et d'une proportion ambitieuses, je présentai mes excuses.

Lady Hartley n'en fit pas grand cas.

— Asseyez-vous, Daphné. Ici, à côté de moi.

Me soumettant à ses directives, je dissimulai un léger sourire devant l'adhésion de l'aristocratie au protocole. Lady Hartley et moi occupions une extrémité de la table, tandis que Lord David et Lianne étaient assis à l'extrême opposé. Nous pouvions à peine nous voir les uns les autres, à travers l'exposition florale tentaculaire.

Je n'aurais pas dû m'inquiéter de mon apparence et du choix d'une tenue convenant à un deuil, car Lady Hartley chatoyait dans un ensemble de satin pourpre avec un collier de perles — tenue bizarre, songeai-je, pour une occasion solennelle.

Nous commençâmes par la soupe, et j'avais très envie d'entendre de la musique, ou toute autre chose que le tic-tac de l'horloge au-dessus du foyer de marbre. Ayant déjà subi d'innombrables heures à entendre Lady Hartley parler de mes relations influentes, je ressentis un grand soulagement lorsque Lord David intervint en donnant un bref compte rendu de l'histoire de la maison.

Entendre sa voix me berçait d'un fantasme onirique. Si jamais une voix pouvait séduire, celle de David Hartley le faisait sans préambule, intention ou stratégie. Comment avait-il pu accepter la mort de sa femme et de son enfant avec une telle maîtrise ? C'était tout ce à quoi je pouvais penser. L'avait-il pleurée ? L'avait-il aimée ? L'avait-il tuée ?

— Les funérailles, commença Lady Hartley après que les serviteurs eurent rapporté les plats, tandis que la phrase inattendue envoyait ma fourchette valser jusqu'à l'autre côté de la table, sont organisées pour le dimanche. Le vicaire Nortby a fait creuser un emplacement pour Victoria dans le...

— Non.

David frappa du poing sur la table.

— Elle ira dans la crypte.

Lady Hartley posa calmement sa main sur la table.

— La crypte familiale, mon chéri? Quel endroit sombre. Je crois qu'elle préférerait se retrouver avec ses gens...

Un rire caustique s'échappa des lèvres de David.

— *Tu préférerais* qu'elle se retrouve avec ses gens. C'est ce que tu voulais depuis le début, n'est-ce pas, Mère? Que chaque personne soit gardée dans le descriptif de son poste... même si cette personne eût maintenant été ma femme.

Lançant sa serviette sur la table, il partit brusquement.

L'horloge continuait son tic-tac.

Je tendis la main pour prendre une autre gorgée de vin. Je n'avais pas vraiment réfléchi sur les répercussions d'une soirée à Padthaway durant une période aussi catastrophique. Au lieu de me prêter au jeu de Lianne, j'aurais dû retourner à la maison d'Ewe. Je ne pouvais qu'imaginer ce qui m'attendait, Ewe voulant savoir comment je me portais dans un nid d'assassins présumés.

La pièce se rafraîchit soudainement. Je cherchai quelque chose pour m'envelopper, mais je n'avais rien apporté, et je ne réussissais pas à arrêter le frisson rampant le long de ma colonne vertébrale.

— S'il vous plaît, excusez le déchaînement de mon fils, Daphné, murmura Lady Hartley. Dans un mois, il en aura terminé, croyez-moi. Je connais mon fils, et il ne l'a jamais *vraiment* aimée. Oh, elle avait ses charmes. Même de la beauté, mais de l'intelligence ou des bonnes manières ? Non, non, non.

Des bonnes manières, de l'intelligence et de la beauté. J'emportai ces mots pendant ma première nuit dans le château sur la falaise. Je sentais les frémissements d'une nouvelle idée, une histoire impliquant une femme de bonnes manières, intelligente et belle.

CHAPITRE DIX-SEPT

Je me réveillai tôt le lendemain.

J'avais hâte de continuer mon exploration de la maison.

Lianne me regardait, alors que j'étais assise à sa commode. Fouillant dans la trousse de toilette qu'Ewe m'avait envoyée pour mon séjour, elle se comportait comme une jeune sœur, curieuse et impertinente.

Prenant mes houppettes, examinant les bijoux, les parfums et les accessoires pour les cheveux... pauvre fille, elle voulait désespérément avoir une amie.

Il semblait qu'elle n'avait pas été amie avec Victoria.

La complexité de la victime m'intriguait. Comment une fille de cuisine qui était aussi de la place avait-elle pu piéger le seigneur de la maison ? Où avaient-ils passé du temps ensemble ? Comment leur aventure avait-elle commencé, et comment avait-elle évolué vers un engagement sérieux ?

L'isolement avait probablement aidé à rendre tout cela possible. J'en connaissais peu sur les faits et gestes de Lord David, mais il ne semblait pas être le genre d'homme à monter à Londres toutes les fins de semaines ou à inviter ses amis à de grandes fêtes à sa maison.

Qui étaient ses amis? La famille poursuivait-elle de quelconques relations sociales? S'ils manquaient d'argent, combien coûtait un petit souper? Ou un déjeuner sur la terrasse?

Je m'approchai de la fenêtre, pour avoir une meilleure vue sur les jardins qui menaient à la mer. Les jardins étaient formés d'une étroite bande d'un arrangement sublime et de couleurs rayonnantes mêlées à une série de statues de poissons en pierres, pittoresques et charmantes, comme ce qu'utilisaient les Romains dans les cercles de gladiateurs pour compter les tours de piste. Un groupe de chaises de campagne usées paraissaient malheureusement négligées. Je mentionnai à Lianne que c'était dommage.

Elle ne vint pas me rejoindre à la fenêtre.

— Il y avait de grandes fêtes, à cet endroit; à l'époque. L'été, tout particulièrement. Une multitude de gens descendaient de Londres, et il y avait de la musique, de la danse et du champagne toute la nuit. Les serviteurs se faufilaient jusqu'à la cabane du jardinier pour regarder.

— Pourquoi ne s'en sert-on plus, maintenant?

— C'est vraiment simple. C'est là que mon père s'est tiré une balle.

L'ancien Lord Hartley, le menteur consommé. Je me souvenais de ce que Lady Hartley m'avait dit de lui et de sa fille.

Pourquoi s'était-il suicidé ? J'avais envie de poser la question, mais la prudence me dictait de ne pas continuer à parler d'un sujet sans doute désagréable pour Lianne. Elle avait perdu son père ; j'ignore ce que j'aurais fait, si j'avais perdu le mien.

J'avais l'impression que la mort de Lord Hartley avait eu lieu il y a longtemps, alors Lianne ne l'avait peut-être jamais connu. De la façon dont Lady Hartley faisait froidement référence à son mari décédé, il était clair que le mariage avait été problématique, mais quel mariage ne l'était pas ?

Sa mort avait-elle représenté le déclin de la fortune familiale ? J'essayai de penser aux répercussions scandaleuses d'un suicide sur un domaine privé. Lord Terrence Hartley n'était pas un être insignifiant, même s'il avait acheté son titre, et il devait y avoir quelque part un article de journal qui parlait de sa mort.

Le matin, la maison était différente. La lumière guidait nos pas dans les escaliers à moquette où l'on n'avait pas à se méfier des ombres nocturnes. J'adorais la salle du petit déjeuner ; une véranda fermée où un côté de fenêtres faisait face à la longue allée avant, alors que des portes françaises à l'opposé donnaient sur la cour intérieure. Je buvais la douceur de ce lieu baigné de lumière, entouré de verts, de rouges, de jaunes et de roses apaisants de la nature, voulant ne plus jamais repartir.

Lianne et moi déjeunâmes seules; Lord David s'était levé à six heures pour sa course quotidienne, puis il avait pris son petit déjeuner seul dans son cabinet ou dans sa bibliothèque. Lady Hartley s'aventurait rarement hors de ses chambres avant dix heures.

— Et Victoria?

Je posai des questions sur son rituel matinal.

Lianne me jeta un coup d'œil sournois.

— Elle aimait prendre son thé avec du pain grillé dans la cour, servi par Soames.

La façon dont elle dit «servi par Soames» me fit lever un sourcil. Victoria avait travaillé sous les ordres de Soames jusqu'à ce qu'elle devienne la fiancée du seigneur de la maison. Voilà une abondance d'événements intéressants.

— Où ta mère a-t-elle trouvé ce Soames?

— Pendant l'une de ses croisières. Elle l'a soudoyé pour qu'il vienne ici.

— Soudoyé?

— Soames aime la vie de prestige. Avant le bateau de croisière, il avait travaillé pour une duchesse à Londres, et avant cela, dans la maison d'un peintre célèbre à Paris.

Je lui demandai de quel peintre il s'agissait, pensant que je pourrais le connaître étant donné que j'avais fait une partie importante de mes études à Paris.

Lianne laissa tomber sa cuiller.

— *Tu as étudié à Paris?* C'était comment?

— Difficile et agréable. Les Français sont très stricts, mais j'ai vite appris leurs manières et je suis devenue un peu Parisienne.

Un sourire se dissimula dans les coins de ma bouche.

— Et les Français sont des experts en charme. Je suppose que c'est là que ton monsieur Soames a appris son métier ?

— Soames, dit Lianne en reniflant. Je ne le trouve pas si beau *ni* si charmant. Je ne sais pas ce qu'elles lui trouvent. C'est juste un cuisinier.

Un cuisinier *exalté*. J'attribuai le « elles » à Victoria, à Lady Hartley et aux autres femmes du quartier.

— Je trouve bizarre qu'un homme comme lui travaille ici, alors que c'est si…

— Isolé ? railla Lianne. Oh, ne t'inquiète pas pour lui. Il trouve *amplement* de distractions par lui-même.

Un sous-entendu moqueur traînait dans sa voix.

— Aujourd'hui, je te montrerai toute la maison, promit Lianne, même les quartiers *interdits*, mais nous devrons choisir le bon moment. Il y a des yeux partout, ici.

— Madame Trehearn ?

— Entre autres.

Oui, j'avais aussi eu cette impression. On avait le pressentiment d'être observé à chaque seconde, que chaque mouvement était calculé, pesé et jugé.

Les patrouilles fréquentes de madame Trehearn trahissaient son obsession pour la maison. Même lorsque Lianne et moi quittâmes la chambre, je m'attendais presque à voir ses jupes voler en tournant un coin ou à croiser son regard d'acier à un tournant.

— Madame Trehearn a mentionné quelque chose voulant que la tour soit maudite ?

— Oui.

Lianne sautilla vers l'avant.

— C'est la partie la plus intéressante de la maison.

Elle s'arrêta pour sourire.

— Tu nous crois bizarres, n'est-ce pas? Morbides? Contrairement à tes amis chics de la ville?

— Je suis prédisposée aux choses morbides, rétorquai-je. À des degrés variés, nous sommes tous fascinés par la légende, la superstition et...

— La mort?

Elle fit la grimace, enjambant un cordon limitatif dans le couloir.

— Ça sera superbe, quand tout cela sera arrangé, mais d'une certaine manière, je préfère les choses telles qu'elles sont maintenant.

Moi aussi. Transportée, je m'avançai vers la base de l'escalier en spirale, prête à escalader cette ruine splendide. Je m'imaginais être la princesse Élizabeth, une captive de la tour...

— Pas par là, ne fais pas la sotte.

Lianne me tira en arrière avec une telle force que je chancelai.

— C'est dangereux.

Le danger hantait cette maison comme une maladie. Comme c'était excitant! Cette maison fournissait plus qu'un riche canevas pour mon livre. J'avais un vrai mystère à résoudre, un endroit à explorer, des personnages à décortiquer, et quelque part pendant mon séjour ici, j'espérais écrire quelque chose qui soit digne d'être publié, quelque chose que tante Billy, ma plus sévère critique, approuverait.

Rendue au coin, Lianne fouilla les lambris avec ses doigts. Jetant un coup d'œil pour voir s'il n'y avait pas d'intrus ou de madame Trehearn en train de patrouiller, elle appuya sur un bouton légèrement ancré dans le bois, et le panneau s'ouvrit en craquant.

Une porte secrète.

— J'adore cet endroit !

— Chut !

Elle m'attira à l'intérieur.

— Il ne faut pas que quelqu'un nous voie. La dernière fois qu'une femme de ménage s'est aventurée de ce côté, elle est tombée.

Plissant les yeux, j'élevai mon regard vers la faible lumière devant.

— Elle est morte ?

— Pas elle, mais d'autres, oui.

— D'autres ? Combien d'autres ? dus-je demander.

— Oh, une ou deux personnes, répondit Lianne, son ton curieusement ambivalent. On n'est pas censés être au courant. Seulement la famille. Ça leur apprendra à passer leur temps à espionner. Ils pensent que mon frère n'est pas sérieux par rapport au danger des pièces anciennes, alors ils ne tiennent pas compte de l'avertissement.

— La malédiction ?

— Le premier seigneur avait emprisonné un moine dans la tour. Il l'y avait enfermé et l'y avait laissé pourrir — ses os reposent quelque part autour d'ici; mais avant de mourir, il avait maudit le lieu et il avait rayé le mur avec ces mots : «*Cavete intus serpentem est.*» C'est du latin, et cela signifie : «Méfiez-vous, il y a un serpent en ces murs.» Apparemment, c'était son propre cousin qui l'avait jeté ici, alors je suppose que l'avertissement est clair.

Cavete intus serpentem est.

Comme c'était profond! Le serpent se cachant sous la surface, le Judas inconnu, faisait souvent partie de sa propre famille ou de ses relations intimes. Le Judas avait peut-être assassiné son cousin érudit pour cette maison.

Oui, les gens tuaient pour de l'argent et des maisons. De fait, les testaments et les héritages ont toujours compliqué les choses, ont déchiré les familles, et les ont incitées au désespoir et à la violence. Réfléchissant, je me demandais ce que je ferais, si je me trouvais devant la même tentation.

Le sujet m'intriguait. Qu'est-ce qui portait quelqu'un à tuer? Cela dépendait du caractère, de l'émotion, une profonde motivation dissimulée sous la surface, une émotion qui, lorsqu'elle était allumée, s'avérait fatale. De tels éléments avaient-ils conduit Victoria à sa mort?

— Victoria est-elle déjà venue ici?

— Oui.

Lianne leva les yeux au ciel.

— David lui a montré cet endroit. Une fois, je les ai suivis. J'entendais son rire dans l'escalier.

Je souris. Quelle idée magnifique pour un rendez-vous romantique : explorer une vieille maison avec ses couloirs sombres, des salles interminables et des jardins enchanteurs !

Conquérant l'escalier qui montait en spirale, nous atteignîmes le palier de la tourelle. Après la tour, les fenêtres gothiques à lattes et le parapet ouvert à partir de la chambre de Lianne, l'intérieur n'était pas décevant. Me tenant maintenant prête pour ma propre exploration, je m'approchai du cordon rouge vif.

— C'est tout ce qui reste de l'ancien château, chuchota Lianne, caressant la pierre de ses doigts. C'est la prochaine partie à être démolie.

Lianne regarda par-dessus le bord.

— C'est dangereux de reconstruire, mais Davie est déterminé. Il veut que cela redevienne comme avant : la grande chambre de la cour d'un seigneur.

Une chambre de style médiéval. Je réprimai un soupir. Comme cet homme faisait vibrer mon âme !

— Viens voir le plus haut palier.

Lianne s'élança vers l'avant.

— Il est terminé.

Le palier supérieur s'avérait être une autre salle circulaire, transformée en une retraite des temps modernes. La lumière provenant des fenêtres en forme de dôme éclairait des lits de jour paisibles longeant les murs, mais c'est le centre de la pièce qui m'attira : un jardin exotique offrant des herbes et des fleurs rares. Je m'arrêtai pour sentir une orchidée rose et blanche de forme inhabituelle.

— Attention!

Lianne m'arracha brusquement.

— Certaines sont toxiques. Tu pourrais avoir une réaction.

Ici se dissimulait une abondance de poisons. Reculant à une distance sécuritaire, je mentionnai en passant le poison qu'on avait trouvé dans le corps de Victoria.

— Oh, la police est venue ici pour vérifier, dit-elle en haussant les épaules. Ils n'ont rien trouvé, pas même chez madame T, et elle a de *tout*.

— Oh? Où?

— Dans la serre. Trehearn se sert de ses plantes pour ses médicaments et les vend à la population locale. Ils viennent à elle en se plaignant de toutes sortes de maux.

Il semblait que j'avais mal jugé la glaciale madame Trehearn. Une personnalité très diversifiée, d'une profondeur cachée, une femme qui tenait à son travail avant tout.

— Ta mère le permet, sans un prix?

— Oh, elles partagent l'argent, répondit Lianne, qui ne sembla pas s'inquiéter de ma question impolie.

Je continuai donc.

— Et ta mère et madame Trehearn sont des amies spéciales?

Examinant une petite plante verte à une distance prudente, Lianne grogna.

— Des amies! Parfois, j'ai l'impression qu'elles se détestent, mais leur relation est étrange. Mère compte sur elle. Elle dit qu'elle ne peut se passer de ses «talents».

— Des talents ? Ces talents-là incluent-ils le meurtre ?

J'avais dit cela à moitié en plaisantant, à moitié d'un sérieux mortel.

— Non, ne fais pas la sotte, c'est le tonique pour dormir qu'elle prépare pour maman.

Des toniques pour dormir. Hum, j'avais donc eu ma réponse, et pourtant je n'étais pas satisfaite. Quelque chose dans la façon dont Lianne avait prononcé « talents » me portait à croire qu'il se cachait davantage sous les talents de madame Trehearn pour les plantes, les poisons, etc. Si elle savait que la police allait venir, toute trace de poison aurait disparu.

Et madame Trehearn soupçonnait-elle, comme moi, un membre de la famille ? Ayant involontairement fourni le poison, avant de découvrir qu'il manquait, avait-elle alors dissimulé des preuves pour à la fois se protéger et protéger ses employeurs ?

CHAPITRE DIX-HUIT

J'acceptai de demeurer à Padthaway avec Lianne jusqu'à quatorze heures.

— Quatorze heures! Mais nous n'avons fait que la moitié de la maison, et j'ai tellement de choses à te montrer. Tu peux rester encore ce soir. La vieille Ewe Sinclaire ne s'y opposera pas. Nous pouvons lui envoyer une note...

— Non, dis-je fermement. J'habite à la maison de madame Sinclaire.

Je n'ajoutai pas que *mes parents ne me permettraient jamais de rester sous le toit de meurtriers présumés pour un séjour prolongé.* Saint-Christophe! On parlerait dans les journaux de toute femme en âge de se marier en résidence ici, et ils supposeraient...

J'avalai ma salive. Même si c'était injuste et sans aucun fondement, ils supposeraient que Lord David et moi...

— Allons voir Jenny.

Alors que j'étais entraînée à travers le foyer, je demandai où elle habitait.

Lianne fit un petit rire nerveux.

— Ici, bien sûr. J'adore Jenny.

Son doux sourire indiquait la profondeur de leur relation, et je compris. Les enfants des ménages d'aristocrates étaient souvent confiés à des nounous, des infirmières, des institutrices ou des pensionnats. J'avais eu de la chance, avec ma propre famille. Peut-être parce qu'ils tâtaient tellement des arts de la scène, le monde de la littérature et celui de la politique, avec toutes ses activités sociales, s'étaient ouverts à moi.

Jenny Pollock, je l'appris en me rendant aux quartiers de la servante, était tout à fait le genre d'employée qui faisait partie des meubles. Elle avait commencé comme bonne d'enfants à la naissance de Lord David et avait été promue au rang de chef des nurses au fil des ans. Elle ne s'était jamais mariée, et ses «bébés» avaient été tout pour elle; cela se refléta dans son visage, lorsqu'elle salua Lianne.

C'était une femme corpulente, d'environ quarante ans, d'apparence agréable, avec des joues roses et une mentalité joyeuse. Abandonnant sa chaise à bascule et son tricot, elle nous entraîna dans son salon douillet avec vue sur une partie du jardin et alla mettre la bouilloire sur le feu.

— Alors, c'est vous, la fille du Maurier.

Jenny revint dans le salon en se dandinant, faisant bouffer les coussins et voyant à ce que la nouvelle invitée soit confortable et se sente bienvenue.

— Très sympa d'être venue voir ma Lili... Sale affaire que tout cela. Un meurtre, pensent-ils.

Continuant à bavarder, elle disparut pour verser notre thé.

— Pauvre fille. Je suis contente que le vieil imbécile d'inspecteur ne lâche pas le morceau. Quelqu'un l'a zigouillée, je vous le dis. Une aussi jolie jeune fille, faite pour épouser mon David. Je vous le demande. Qui se serait suicidé, quand il lui restait tant de choses à vivre ? Un bébé, imaginez !

Exprimant un choc et une indignation teintés d'une grande tristesse, Jenny revint bientôt avec un plateau de thé et des biscuits épicés au citron qu'elle avait elle-même cuisinés.

— Au début, à son arrivée, je ne l'ai pas aimée. Ce type de jolies filles, je les appelle des « joueuses ». Et Vicky était cruelle avec ma Lili, après qu'elle eut attiré l'attention de mon Davie. Je l'ai averti, mais il ne m'a pas écoutée. Il était follement amoureux. Puis, Vicky est venue me voir pour que je l'appuie, mais je connaissais son jeu, et elle n'avait pas aimé que j'avertisse le garçon.

— Je peux bien l'imaginer, répondis-je, captant le sourire de dédain de Lianne de l'autre côté de la pièce.

Je me demandai quelle était la part de vérité dans l'évaluation de Jenny. Victoria était-elle vraiment cruelle envers Lianne ? Ou peut-être que dans l'exercice de son nouveau rôle, la fermeté de Victoria n'était pas attirante pour Lianne et qu'une telle fermeté aurait pu passer pour de la cruauté aux yeux de Jenny. Les servantes le sauraient. Il faudrait que je pose des questions à ces filles, quand je les reverrais.

Fronçant les sourcils, Jenny Pollock reprit son fauteuil à bascule, thé à la main.

— Quand j'ai vu que David était sérieux, j'ai dit à Lili d'être gentille avec elle. Vicky a continué à venir ici. Elle souhaitait que je l'approuve. Ou c'était David qui le voulait. Je me suis vite aperçue que son seul objectif était d'attirer l'attention. C'est ce que font souvent les jolies filles. Elle savait qu'elle devrait livrer un dur combat pour obtenir l'approbation de la comtesse.

— Elle l'a fait délibérément, dit Lianne, grignotant son biscuit. Pour arriver à moi. C'était une joueuse, comme tu l'as dit. Elle prenait plaisir à causer des ennuis.

« La jeune sœur remplie de ressentiment », songeai-je.

Même si je n'avais pas eu de frère, je reconnaissais le dilemme de Lianne. Un frère bien-aimé plus âgé ainsi qu'une petite amie détestée qui mobilisait son affection et son temps, et qui *l'affichait*.

Jenny soupira.

— Je veux juste que tous mes bébés soient heureux. Quand j'ai su qu'il était sérieux avec Vicky...

Elle baissa la voix pour insister.

— ... je lui ai ouvert mon cœur. Après tout, c'était vraiment une fille gentille, derrière tout cela, et elle a vraiment *essayé*, avec ma Lili...

— Mais c'est seulement parce que tu lui avais dit de le faire, l'interrompit Lianne. Elle aurait continué à me tourmenter, si David ne t'avait pas aimée comme il le fait.

Lianne se tourna vers moi, son sourire s'adoucissant à la mention de son frère.

— Jenny est plus qu'une nurse, pour nous. C'est une véritable maman. C'est elle qui séchait nos larmes et qui restait avec nous, quand nous étions malades. Ma *vraie* mère ne l'aurait jamais fait.

Une plainte commune à de nombreux foyers d'aristocrates. Les enfants étaient voulus pour les apparences, pour que le nom de la famille se perpétue; les parents adoptaient également un code, un code de non-affection dans certains cas, et je plaignais Lianne et David, mais toute la chaleur et la sécurité dont ils avaient manqué avec leurs parents, ils les avaient certainement obtenues grâce à Jenny.

— Donc, vous croyez qu'il est possible que Victoria ait été assassinée, madame Pollock?

Jenny rougit.

— Je ne suis pas « madame », et je m'appelle Jenny. Un meurtre... oui, je dis que c'en est un.

— Mais *qui*? Et *pourquoi*?

Les lèvres de Jenny se scellèrent.

— Ce n'est pas quelque chose que j'aime à dire, mais j'ai mes soupçons.

— Elle croit que c'est maman, laissa échapper Lianne.

Jenny exprima une inquiétude naturelle, maternelle.

— Tout ce que je souhaite, c'est que ça n'aille pas mal pour mon Davie. Il n'a pas besoin de ce stress, ce pauvre garçon.

— Mais comment est-ce que ça pourrait aller mal pour lui, à moins que ce soit lui, le meurtrier? Pourquoi voudrait-il tuer sa femme et son propre enfant?

— Il y a des gens qui le haïssent et qui diront n'importe quoi. Par exemple, ce Connan Bastion, le frère de Vicky. Il cherchait toujours à obtenir plus d'argent, et quand Lord David a mis son pied à terre, Connan n'a pas aimé cela. Et alors, sa sœur est trouvée morte. Non, non, non, mon Davie est innocent. Je mettrais ma vie là-dessus. Ce sont les autres, en qui je n'ai pas trop confiance.

— Les autres?

— Madame la comtesse, madame T et Soames. Je ne peux vraiment dire ce que fait ou pense ce Soames, et je n'aime pas ça. Non plus que j'aimais la façon dont ils étaient amis, lui et Victoria.

Je souris à la très bavarde Jenny et je lui dis combien elle me rappelait Ewe Sinclaire.

— Je ne connais pas Ewe — il faut dire que je suis confinée à la maison —, mais j'ai entendu parler d'elle. Oh, dit-elle en me tapotant la main, je suis tellement heureuse que vous soyez venue me rendre visite! Il faut que vous reveniez pour prendre plusieurs tasses de thé avec moi, d'accord?

Je lui promis de le faire.

— Elle est charmante, dis-je à Lianne en sortant, mais comment peut-elle rester ici, si elle et ta mère ne s'entendent pas?

— Oh, elles se tolèrent l'une l'autre, et Jenny est ici depuis si longtemps que Mère ne se débarrasserait jamais d'elle. De toute façon, Davie ne le lui permettrait pas. Je suppose que tu as entendu dire que Mère ne s'entend pas avec beaucoup de gens, seulement avec ceux qu'elle veut impressionner.

Je trouvais intéressant de voir qu'une femme si profondément consciente de sa propre importance avait épousé quelqu'un qui ne lui allait pas à la cheville. C'était une fille de comte qui s'était mariée à un lord obscur qui ne possédait qu'une seule maison. Même si après avoir visité la maison, je comprenais l'attrait. Si on pouvait en juger par les enfants, Lord Hartley avait dû présenter une image superbe à l'impressionnable jeune débutante désormais maîtresse de la maison.

Madame Trehearn nous convoqua pour le déjeuner. Avec un visage si froid et si indéchiffrable, elle paraissait la sorte de personne à préparer des mixtures empoisonnées pendant les heures sombres de la nuit.

On nous orienta vers le salon vert, une charmante pièce claire et spacieuse du territoire de Lady Hartley. Elle était décorée avec goût d'une table ovale, de rideaux et de meubles de style victorien, dans un tourbillon aux couleurs crème et vert sauge.

Un papier peint vert lierre recouvrait les murs, la nuance délicate assortie aux divans jumeaux perchés sous trois aquarelles représentant des paysages.

— C'est moi qui les ai peints, dit Lady Hartley d'un air rayonnant. Je considère que c'est une réussite exceptionnelle. Peignez-vous, Daphné ?

— Non, j'écris.

— Oh, comme c'est *intéressant* ! Vous trouverez beaucoup ici pour vous distraire l'esprit, n'est-ce pas ?

David a mentionné votre passion pour les dossiers de l'abbaye.

La façon dont elle avait prononcé le mot « passion » me fit monter le rouge au visage, la rougeur s'intensifiant alors que ses yeux longs et fins m'évaluaient, ses lèvres suspendues en une sorte d'amusement intime. Je perçus en cet instant la dureté d'une meurtrière, et cela donnait certainement plus de poids aux soupçons de Jenny.

J'adorais la pièce et la table circulaire installée pour le déjeuner, avec sa nappe d'un blanc immaculé et son argenterie étincelante. Je remarquai que la table était mise pour quatre, et j'espérais que cela signifiait que David se joindrait à nous. Cette probabilité suscita un court battement de cœur, et pour le faire taire, j'errai à travers la pièce pour examiner la table de photographies.

— Mon père, le défunt comte.

Lady Hartley s'était avancée à mes côtés, désignant le premier cadre argenté.

— David a hérité de sa taille.

Elle avait raison. Le défunt compte se tenait à l'extérieur de son manoir en tenue de chasse, ses traits fiers et accentués reflétant ceux de la comtesse.

— Et voici ma mère…

Je hochai poliment la tête devant l'alignement de sa famille, ne voyant aucune ressemblance avec Lianne et David, jusqu'à ce que nous parvenions enfin à la photographie que je voulais voir : feu Lord Hartley. Le fou qui s'était tiré.

C'était une photo de mariage : Lady Hartley, la magnifique jeune mariée rayonnante, hautaine et distante, un David à ses côtés.

Mon cœur s'arrêta de battre.

— Oui, sourit Lady Hartley. La ressemblance est étonnante, n'est-ce pas ?

Après un examen plus minutieux, je découvris quelques différences mineures. Le père de David avait un menton plus fort, des yeux plus petits et une légère fente au centre de son menton. Examinant la photo juste à côté, une photographie récente de David et de Lianne, je comparai les ressemblances.

Lianne avait hérité des yeux de son père et un peu de son expression.

— J'espère qu'elle ne vous ennuie pas avec l'histoire de la famille, mademoiselle du Maurier, flotta une voix derrière nous.

L'entrée décontractée de Lord David ainsi que la grâce de sa posture et de sa tenue de ville me laissèrent un peu hébétée. Je ne savais pas quoi faire de lui, ou quoi en penser. Devais-je le considérer comme une connaissance, un ami ou un meurtrier ? Aurais-je même dû être ici, en train de converser avec ces personnes ? Je me le demandais.

Tremblante, je déposai rapidement la photographie, lissant ma jupe, soudainement consciente de mes cheveux et de mon apparence dans ma tenue de jour et ma blouse d'un mauve indéfinissable.

— Vous devez être affamés.

Lady Hartley nous orienta vers la table en faisant sonner la cloche.

Je m'assis dans un état second, ne sentant pas la moindre faim.

— Je n'en reviens pas de la ressemblance entre vous et votre père, mon seigneur, commençai-je, essayant d'entreprendre une conversation normale.

Jetant un coup d'œil sur la photo, son visage tourna au gris, et ses lèvres se serrèrent.

Je me réprimandai en silence. Je n'aurais pas dû mentionner son père.

— Où est la photo de Victoria?

— Je l'ai déplacée, répondit Lady Hartley, demandant à la servante de remplir trois verres de vin pour nous et un jus pour Lianne.

Attendant le départ de la servante, David fronça les sourcils.

— Tu n'avais pas le droit de faire cela.

Haussant les épaules, Lady Hartley tendit la main pour prendre son verre. Je l'imitai, sentant la tension entre eux.

— Pourquoi la garder à cet endroit? Pourquoi te tourmenter?

— Elle doit reprendre sa place, Mère, et tu le sais.

— Oh.

Lady Hartley avala son vin.

— Je la remettrai si tu insistes, mais je ne vois pas...

— Arrêtez, s'il vous plaît, supplia Lianne. Vous rendez Daphné mal à l'aise.

Je me sentais inconfortable à l'extrême. Pour améliorer la situation, je sirotai un peu de vin, et Lianne me posa des questions sur l'entreprise de théâtre de mon père. Pendant le service et jusqu'à la fin du repas, je babillai, aidée par le vin blanc pétillant, révélant le secret de la prochaine pièce de papa puisque je ne savais pas quoi dire d'autre. Le théâtre était un sujet sécuritaire, et il semblait calmer toutes les tensions.

Mais alors, un effet secondaire désagréable me menaça. La situation me rappelait un incident dans mon passé où j'étais allée en vacances avec Fernande, ma professeure de français et amie très chère, et où elle avait volontairement rempli mon verre à plusieurs reprises pour que je puisse apprendre une leçon. Violemment malade cette nuit-là et le jour suivant, j'avais certainement appris ma leçon, et me sentant grisée pour une seconde fois, je reconnaissais tous les signes d'alerte familiers.

Après mon troisième verre, mon estomac commença à gargouiller. Le mélange de nervosité et de vin constituait une combinaison néfaste, et je jetai un coup d'œil autour de moi, cherchant frénétiquement une porte de sortie.

— J'ai une soudaine envie de me dégourdir les jambes, dit David, quittant son siège. Voulez-vous m'accompagner pour une promenade à l'extérieur, mademoiselle du Maurier?

— Oh, oui.

Je bondis sur mes pieds, remarquant du coin de l'œil que Lady Hartley tapotait la main de Lianne pour qu'elle nous laisse sortir seuls.

— Mais je dois être de retour à quatorze heures.

— Quatorze heures, vous y serez, promit-il.

— Merci, murmurai-je une fois à l'extérieur de la pièce, me précipitant pour prendre de l'air frais. Une minute de plus, et...

— Je sais, dit David en me serrant la main. Comment vont l'estomac et la tête ?

— Maintenant, ça va, répondis-je en souriant, mais le vin était bon.

— Oui, il l'était, et je vous remercie. J'ignore comment nous nous y prenons, parfois. De quoi d'autre peut-on parler que de... ?

Sa voix se brisa, et le silence nous accompagna pendant le reste du trajet. Ça ne me dérangeait pas. Ma tête qui tournait exigeait que je me contente de me concentrer sur la marche et sur le contrôle de mon estomac qui gargouillait, afin de ne pas me livrer à une autre scène embarrassante devant David.

Rassemblant une force de volonté dont je ne me croyais pas capable, je finis par arriver au petit jardin labyrinthe à l'arrière de la véranda, où David me conduisit rapidement vers un siège. M'observant en train de m'agripper à l'extrémité du banc, un léger sourire sur ses lèvres, il se joignit à moi, une expression d'inquiétude sur son visage.

— Aimeriez-vous prendre un peu d'eau ?

Je fis signe que oui, et il partit. Je songeai au fait qu'il était particulièrement gentil et prévenant, et à la chance que Victoria avait eue d'avoir décroché un homme aussi admirable. En dépit, osai-je ajouter, du fardeau d'une belle-mère comme Lady Hartley.

Alors que j'étais quelque peu avivée par l'air frais et l'eau, Lord David insista pour me conduire chez moi en voiture, et je cédai.

Il amena la voiture devant la façade de la maison, et j'aperçus le visage glacial de madame Trehearn qui nous regardait.

Je frissonnai.

— N'ayez pas peur de la vieille madame T, plaisanta David alors que nous suivions l'allée circulaire et franchissions les portes. Elle fait partie des meubles, ici, tout comme Jenny. Vous avez rencontré Jenny ? Vous lui avez parlé ?

— Oui, mon seigneur.

Il leva le doigt vers moi.

— C'est David. Et nous aimons beaucoup notre Jenny, c'est pourquoi elle est toujours là — en partie ayant le rôle de nurse de Lianne, en partie vivant avec la famille, mais pourtant elle ne fait pas partie de la famille. Vous comprenez ?

Je lui répondis que je comprenais. Nous avions eu de nombreuses nurses et gouvernantes auprès desquelles nous avions grandi, pendant nos années d'enfance.

— Peut-être pensez-vous que ma sœur est trop vieille pour avoir une nurse, mais Lianne est fragile. Aussi, elle cherche tellement désespérément une amie que parfois, elle devient un peu trop empressée, et je ne voudrais pas que vous finissiez par la détester.

— Mais non. Mes sœurs et moi avons des personnalités très différentes, et pourtant nous nous entendons.

Il sourit.

— Votre père semble très intéressant. J'essaie de l'imaginer dans son costume du *Fantôme de l'Opéra*.

— Oui, dis-je en riant. Il se fait une habitude de nous surprendre.

Nous nous engageâmes sur le chemin du village, et je grinçai des dents en voyant madame Penmark, la femme du boulanger, qui me reconnaissait dans la voiture de Lord David. Oh! Qu'allait-elle faire maintenant de cette information? J'avais des craintes.

La chose ne sembla pas déranger Lord David. Il me conduisit le plus loin possible, me souhaitant bonne chance, et il m'invita à remettre notre visite de l'abbaye de Rothmarten. Il me posa des questions sur mes intentions au sujet de l'abbaye, et je lui répondis avec honnêteté.

Il hocha la tête d'un air sérieux.

— Vous devez me permettre de vous aider. Il y a là-bas des parchemins perdus, vous savez, cachés quelque part. Je pense que la vieille Dorcas sait où ils se trouvent, ou du moins leur proximité, mais elle craint que s'ils tombent entre de mauvaises mains, ils disparaissent ou soient retirés de l'abbaye. Vous comprenez, l'abbaye s'était fait confier ces dossiers, apportés à Cornwall par les croisés.

Je n'aurais pas voulu que le trajet se termine.

— Merci, mon seigneur.

Il ouvrit la porte.

— C'est David, souvenez-vous.

CHAPITRE DIX-NEUF

Me glissant hors du lit le lendemain matin, je me lavai et passai en revue ma garde-robe pour trouver quelque chose de convenable à porter lors de notre excursion à l'abbaye. Je voulais faire bonne impression. Choisissant une robe bleue simple et élégante, j'ajoutai un médaillon d'argent que mon père m'avait offert et j'épinglai mes cheveux des deux côtés. Je n'avais pas le temps de mettre des bigoudis ou de colorer mes lèvres, et d'ailleurs, dans les circonstances, j'avais l'impression qu'il était un peu trop tôt pour les colorer. Je ne voulais pas que l'on croie que je faisais un effort particulier pour David.

Lianne arriva à la porte pour me chercher.

— Oh, allô, chère, carillonna Ewe, sortant la tête d'un coin.

Vêtue avec élégance, Lianne répondit au salut d'un bref signe de tête. Je suppose qu'elle considérait Ewe d'une position inférieure et qu'elle suivait l'exemple donné par sa mère. Il ne fallait pas s'associer avec de vulgaires villageois.

Je me sentais un peu bizarre de faire une excursion d'une journée, alors que la mort, le meurtre et le soupçon occupaient toute la ville.

— Bonjour, dit David. Je dois m'arrêter à la ferme Goring en chemin, si cela ne vous dérange pas.

Je haussai les épaules obligeamment.

— Comment va vraiment ton frère? demandai-je à Lianne lorsqu'il sortit de la voiture.

Elle baissa les yeux, et ses lèvres se mirent à trembler.

— Je l'ai vu s'essuyer les yeux, ce matin. Ils étaient rouges. Pauvre Davie. Je ne l'ai jamais aimée, mais il allait l'épouser et avoir un bébé avec elle.

— As-tu déjà rencontré la mère de Victoria?

— Elle est venue une ou deux fois à la maison.

Plissant le nez, Lianne tentait d'imiter la façon dont j'avais épinglé la barrette dans mes cheveux.

— Je l'avais vue arriver en voiture, portant son costume du dimanche avec son chapeau de velours un peu ridicule. Elle était venue prouver quelque chose.

— Victoria le lui avait demandé?

— Oui, c'était un plan entre elles. Oh, je ne peux y arriver!

Enlevant le charmant peigne émaillé fleuri de sa main, j'accomplis la tâche.

— Quel genre de plan?

— Victoria l'a emmenée dans le *salon*, la pièce où Mère a l'habitude de se rendre pour donner à Soames la liste de menus pour la journée.

Je ne voyais pas le rapport.

— Elle l'a emmenée là, continua Lianne, les yeux écarquillés, *sachant* que maman y serait assise entre dix heures et onze heures. Mère préfère rencontrer ses visiteurs du matin dans le salon. Victoria était au courant de cela aussi.

C'est ce que j'avais cru percevoir. Victoria avait exercé sa nouvelle autorité et établi un précédent pour l'avenir.

— Alors, que s'est-il passé?

— Je n'ai rien vu, mais j'en ai entendu parler par la suite.

— Par madame Trehearn?

— Non, de la cuisine.

La cuisine. J'aurais dû m'y attendre. Existait-il un meilleur endroit pour apprendre les commérages de la maison?

David revint, et à en juger par l'expression sur son visage, il n'était pas trop heureux. Quelque chose l'avait bouleversé à l'intérieur de la ferme Goring.

« Quelque chose à faire avec Victoria? », me demandai-je.

Les Bastion habitaient tout près de cette ferme, en périphérie du village. J'avais aperçu la maison en chemin. Les rideaux étaient toujours tirés, sans aucun indice de vie, le jardin négligé, la maison et ses habitants en deuil, coupés du monde.

En tant que mère, madame Bastion combattrait les Hartley, mais qu'en était-il de son fils, Connan? Je brûlais d'envie de poser des questions à Lianne à son sujet.

L'abbesse nous attendait et nous invita d'abord à son bureau.

— Les parchemins perdus, la taquina David. Certainement que les mains de mademoiselle du Maurier sont assez sûres pour rassembler et livrer leur exposé.

Je pouvais voir que les parchemins perdus avaient constitué une question litigieuse entre eux depuis un certain temps.

— Comme je vous l'ai déjà dit, mon seigneur, les parchemins ne sont pas destinés à la consommation publique. Et vous en connaissez la raison.

— Les chasseurs de trésors, dit Lord David en me souriant. Dissimulée dans toutes les bêtises philosophiques se trouve la promesse de richesses et de cartes.

— Si cela finit par se savoir, poursuivit l'abbesse, la paix de ces lieux pourrait être anéantie. La famille Hartley est protectrice, tout comme je le suis, et, mon seigneur, malgré les tentatives continues de votre mère pour les consulter « un seul instant », je ne peux pas les livrer à n'importe quelles mains, sûres ou non.

— Je comprends tout à fait, répondis-je, et si j'étais à votre place, j'agirais de la même manière. Le leurre de la cupidité génère les ennuis et la mort.

Alors que je prononçais ces mots, je songeai à Lady Hartley. Une femme cupide.

Je jetai soudain un coup d'œil vers Lord David. Jusqu'à ce que la question du décès de Victoria soit réglée, lui non plus n'était pas en sécurité. Jenny Pollock le croyait, et elle en avait parlé.

— Lord Davie a ses ennemis…

Un ennemi désespéré pourrait monter une machination pour le faire accuser de meurtre.

Ceux qui le connaissaient juraient de son innocence.

Mais ceux qui le haïssaient avaient-ils fomenté un complot pour qu'il soit accusé de meurtre ?

Plus tard, alors que je flânais dans le village, je tombai sur la maison des Bastion. Dans la minuscule maison, les rideaux demeuraient tirés.

J'eus envie de présenter mes condoléances et je marchai jusqu'à la porte d'entrée.

Mais je perdis le courage de frapper.

Au lieu de cela, je composai une note.

Je n'en parlai pas à Ewe, car j'avais mes réserves. Qui étais-je, après tout, sauf une étrangère dans la ville, pour envoyer une carte de condoléances ?

Mais *j'avais* découvert le corps en compagnie de Lianne, me rappelai-je, bousillant le cinquième brouillon et m'attaquant au texte suivant :

25 septembre 1921

Chère madame Bastion (et famille),
Je tiens à exprimer mes plus sincères condoléances pour le décès inattendu de votre fille Victoria.

Comme vous le savez, je suis une étrangère dans la région et je regrette de vous avoir causé de la douleur par mon implication imprévue.

Je revoyais la mère de Victoria, son visage ratatiné de corbeau, le doigt tourné vers moi, qui criait : « Ce n'est pas elle qui va remplacer ma fille ! Pas maintenant ! Jamais ! Ma Vicky a été assassinée ! Quelqu'un ne voulait pas qu'elle soit Lady Hartley. »

Je brûlais d'envie de parler moi-même à madame Bastion, uniquement pour obtenir des indices, me justifiai-je, laissant tomber l'enveloppe scellée dans la boîte aux lettres des Bastion. Madame Bastion me détestait, parce qu'elle craignait que je remplace sa fille. Je me demandai ce qu'en pensait Connan.

— Même s'il existe des ressentiments, dis-je à Ewe et à madame Penmark devant une théière de thé frais, David Hartley honorera sa parole et continuera d'employer Connan. Il travaille donc sur un des bateaux des Hartley ?

— C'est ce qu'il fait depuis qu'il a abandonné l'école, dit madame Penmark en hochant la tête. Un garçon habile de ses mains, mais son cerveau ne fonctionne pas trop bien.

— Beau et bête, renchérit Ewe. Dans cette famille, c'était Victoria, le cerveau. Elle était la seule à avoir terminé ses études.

— Vous oubliez les jeunes, corrigea madame Penmark. Ils passent leur temps à manquer l'école, mais il est encore trop tôt pour juger.

J'imaginais les journées de madame Bastion, isolée avec ses enfants, dépendant entièrement du salaire de Connan. Quelle bénédiction, quel rêve cela avait dû être, lorsque sa fille avait annoncé ses fiançailles avec Lord David! Madame Bastion avait dû penser qu'elle était en sécurité pour l'avenir.

— Les Bastion louent-ils leur maison des Hartley?

— Non, un bail privé. Tims est le propriétaire.

Ewe fouilla les vastes ressources de sa mémoire.

— Ils sont parents, d'une certaine façon. Je crois que le loyer est «réduit».

— Savez-vous si madame Bastion aspirait à emménager à Padthaway?

— Ça ne fait aucun doute! cria madame Penmark. Et Sa Seigneurie n'aurait pas pu endurer ça! La femme d'un pêcheur de basse classe et ses marmots courant partout dans le manoir. Oh, non, non, non. C'est elle qui l'a fait, estima-t-elle, car si notre Vicky était enceinte, elle aurait voulu que sa mère reste avec elle pour aider à élever le môme — *l'héritier* des Hartley, quand même —, et une femme a des moyens pour tourner la tête de son mari.

— Lord David, la guerre entre la mère et la femme, dit Ewe avant de siffler. Je ne l'envie pas. Je suppose que tout ça est terminé, maintenant qu'elle est morte.

Ces dernières paroles firent circuler en moi un frisson sinistre. Comme c'était commode pour Lady Hartley que Victoria soit morte au moment où c'était arrivé, *avant* le mariage. Sûrement qu'elle n'aurait pas tué son propre petit-fils.

— Il n'y a aucune raison de soupçonner que Victoria portait l'enfant de quelqu'un d'autre, n'est-ce pas?

J'avais osé ce soir-là poser l'impensable question à Ewe.

Vidant l'eau des légumes bouillis, Ewe leva les épaules.

— Il y en avait beaucoup qui lui couraient après, vous n'avez qu'à demander à mademoiselle Osborn. Ici et en ville, d'après ce que j'ai entendu dire. Aussi, elle avait travaillé dans un cabaret chic. Et je ne vous ai rien dit, mais je parie qu'à un moment donné, il s'est passé des choses entre monsieur Soames et Vicky Bastion. Sinon, comment aurait-elle pu obtenir cet emploi?

— Oui, Jenny Pollock a dit qu'elle n'aimait pas la façon dont ils étaient «très proches».

— Eh bien, une chose est certaine. Il n'aurait pas aimé qu'elle le laisse tomber pour Lord David.

«Non», convins-je silencieusement, me rappelant Sir Edward qui m'avait demandé si je croyais que Victoria était une fille aux «mœurs légères».

Je continuai à réfléchir, pensant que Victoria et moi étions deux filles du même âge avec des conditions de vie différentes et que les temps avaient changé depuis la Grande Guerre. Nous ne vivions plus à l'époque victorienne, où tout était condamné, et les fiancés profitaient souvent de relations sexuelles avant le mariage. Publiquement, ce ne semblait pas être le cas, et pourtant j'avais connu au moins deux couples qui se rencontraient discrètement dans la ville avant le jour du mariage.

— La chambre de Victoria dans la maison murmurai-je à voix basse. Près de celle de Lord David ? Se faufilait-elle dans sa chambre, la nuit ?

— Qu'est-ce que vous êtes en train de marmonner ?

Ewe surgit de sa chambre, à la recherche de ses lunettes de lecture. L'aidant à chercher, je les découvris traînant de façon précaire sous un coussin.

— C'est une bonne chose que personne ne se soit assis dessus, dis-je en souriant.

Et je lui demandai si elle avait eu des visiteurs aujourd'hui.

— Pas aujourd'hui, répondit-elle d'un ton mysté-rieux, mais il y en aura un dimanche. Un visiteur *spécial*.

— Oh ? Qui ?

— Vous devrez attendre et voir, n'est-ce pas ? dit Ewe sur un ton taquin. J'avais samedi en tête, mais c'est le jour de l'enterrement, alors j'ai changé la date.

— Et notre visiteur est conscient de ce changement ?

— En effet, il l'est. Et votre père approuverait ce visiteur.

— Oh, non.

Je levai les yeux au ciel.

— Ne me dites pas que vous avez invité Timothy Carathers ! Je ne peux pas le supporter. Je ne serai pas ici. J'irai à Padthaway.

— Pas lui.

Ewe me fit le plus profond des froncements de sour-cils en désapprobation.

— Quoiqu'il vous conviendrait bien. Le plus riche du comté, à part...

Elle fit traîner ses mots.

— Le plus riche du comté, à part Lord David Hartley, dis-je, finissant ce qu'elle était en train de dire. Le Lord David Hartley soupçonné d'avoir assassiné sa future femme.

— Celui-là même.

Ewe hocha la tête.

— Et ne l'oubliez jamais.

Plus facile à dire qu'à faire.

Je n'eus aucun scrupule à employer la phrase dans mon journal.

J'essayais de m'imaginer à la place de Sir Edward, comme inspecteur de police. Est-ce que je blêmirais, devant la vue horrible des corps ? Quel genre de méthodes employait-il, pour attraper un meurtrier ?

— Oh, il est très capable.

Je tombai sur mademoiselle Perony, alors qu'elle se rendait à l'école pour sa classe du matin.

— *Plus* que capable, rappela-t-elle, et j'ai maintenant une grande confiance qu'il résoudra cette terrible, terrible affaire. Il faut qu'il réussisse, parce que nous sommes tous en train d'observer et d'attendre le bon dénouement.

Je notai qu'elle n'avait pas utilisé les mots « meurtre » ou « mystère ».

— Je suis contente que nous soyons tombées ainsi l'une sur l'autre, Daphné. Cela m'épargne une visite, car j'ai un message pour vous de madame Bastion.

— Oh ? Je ne m'attendais pas…

— Pas plus que moi quand elle me l'a dit, avoua mademoiselle Perony. Elle aimerait que vous lui rendiez visite demain après-midi.

Demain, c'était la veille des funérailles.

— Oui… c'est la veille des funérailles. Peut-être pourriez-vous l'aider d'une certaine manière ?

Oui, je rougis. Peut-être, mais comment ?

— Au revoir, Daphné.

— Au revoir, mademoiselle Perony.

J'avais dû ajouter le « mademoiselle », car une maîtresse d'école l'exigeait — par habitude, je suppose.

— Toute personne a une habitude, me dis-je à moi-même pendant ma promenade matinale. Les victimes et les meurtriers.

Je me baladai loin dans les collines du village, passant devant la vieille église où les funérailles auraient lieu le samedi. J'imaginai un vicaire Nortby éreinté par la préparation de la cérémonie. Avait-il des objections secrètes à célébrer un service pour une mère célibataire ? La publicité liée à l'événement le rendait-elle nerveux ? Il était certain que cameramen, journalistes et policiers fourmilleraient dans la ville.

La lumière du petit matin scintillait sur l'horizon, à travers une mer éblouissante, et en quelques minutes, mes pieds entraient dans les terres de Padthaway. J'avais l'intention de me glisser dans les jardins de la maison — si possible, sans qu'on m'aperçoive. Abandonnant le sentier, j'optai pour la direction inverse, vers le sud, en territoire inexploré. Il existait peu de choses que j'aimais plus que mes promenades tôt le matin ou tard le soir, seule, où je pouvais faire plaisir à mes sens et rêver autant que je le désirais.

Passant devant la barrière vers les jardins établis de Padthaway, je vis un chien renifler dans les buissons — une grande bête poilue de chien! Ravie, j'allai jouer avec lui.

— Comment t'appelles-tu? Fred? Rufus?

— C'est Jasper.

Une grosse tête surgit des buissons, et je reconnus Ben, le jardinier, qui avait apporté mon lit de fortune dans la chambre de Lianne en compagnie de Soames.

Ses yeux fixèrent les miens, vides, immobiles.

— C'est Jasper, répéta-t-il.

— Ah, Jasper.

Je me penchai pour caresser le chien, le frottant bien sur le ventre avant de jouer avec ses oreilles.

— J'ai déjà eu un chien nommé Jock. On dirait que Jasper a besoin d'un bain, par contre.

Ben me regarda fixement, ses yeux fous essayant de me reconnaître.

— Je vous ai déjà vue avant.

— Dans la chambre de mademoiselle Lianne, lui rappelai-je. Vous m'avez apporté le lit. Mon nom est Daphné. Et vous?

Il ne semblait pas comprendre ce que je disais, et même quand je lui dis au revoir, il continua à me fixer, comme s'il était fait de bois, sans vie.

— Quel homme étrange ! fis-je remarquer au vent, songeant que c'était bien de la part de Lord Davie de le garder.

Le vieux cinglé de Ben semblait avoir vécu toute sa vie à Padthaway, et les jardins étaient sa vie, son domaine.

Après avoir croisé Ben, je me glissai à travers la barrière arrière pour étreindre l'enchantement de Cornwall : sa côte, ses fleurs sauvages bourgeonnant le long de sections déchiquetées.

— Ho ! On se calme, mon garçon !

Stupéfaite, je fis face à l'intrus soudainement apparu au galop.

Homme et cheval. Tenant fermement les rênes, Lord David était en train de stabiliser sa bête noire musclée qui s'ébrouait.

— Ah, bonjour ! Désolé, nous ne vous avions pas vue.

— Moi non plus, réussis-je à répondre, la gorge serrée à la crainte d'une collision potentiellement mortelle.

J'aurais pu être piétinée par ces puissantes pattes.

— Montez-vous à cheval, Daphné ?

Je répondis que oui.

— Donc, vous ne craignez pas les chevaux ?

— Certainement pas.

Pour le prouver, je calmai la bête, qui respirait rapidement, avec quelques paroles de mon cru.

Il sourit.

— Vous êtes privilégiée. Il vous aime. Préférez-vous la marche à l'équitation ?

— Oui, répondis-je, cela requiert moins d'efforts.

Il descendit de son cheval.

— Puis-je marcher avec vous pendant un moment ?

Je fis signe que oui. Je ne semblais pas pouvoir faire autre chose.

— Je suis si heureux que nous nous soyons rencontrés ainsi, murmura-t-il. Ici... sur la côte... rien n'a d'importance. C'est la leçon la plus importante que nous pouvons apprendre dans la vie : rien n'a d'importance.

Pas même un meurtre ?

— Et Victoria ?

Ce n'était pas ce que j'avais voulu dire, mais la question avait fusé de mes lèvres.

— Je suis désolée, murmurai-je en baissant les yeux au sol. C'était une question irréfléchie de ma part, mais je me soucie tellement de vous et de Lianne. Je peux seulement imaginer comment tout cela doit être terrible.

Le vent fouettait à travers ses cheveux, et il hocha la tête, son visage tendu et indéchiffrable.

Je me réprimandai mentalement pour mon commentaire indélicat.

Nous marchâmes ensemble, dans un silence amical, humant l'air frais, savourant le paysage capricieux, et écoutant les cris des mouettes au-dessus de nous et l'écho du vent qui faisait rage sur le promontoire verdoyant. Aucun endroit sur terre n'était tout à fait comme ici, songeai-je, et je pressentais que mon avenir se jouait ici même, quelque part au milieu de cette campagne sauvage et primitive.

— Mademoiselle du Maurier, Daphné, je dois vous demander une faveur.

Nous nous arrêtâmes à quelques mètres au bord de la falaise. Je frissonnai, regardant au loin, voyant l'image de Victoria dévalant vers sa mort. Avait-elle été poussée ou avait-elle sauté ? Ou aucun de ces scénarios ? Quelqu'un l'avait-il déposée sur la plage en dessous pour camoufler la cause de la mort ?

— Daphné ?

La voix basse de Lord David m'envoya une fois de plus des frissons dans le dos.

— Daphné... mademoiselle du Maurier. Si quelque chose devait m'arriver, je voudrais que vous soyez l'amie de Lianne, quelqu'un vers qui elle pourrait se tourner durant des périodes difficiles. Je sais que c'est une grande faveur à vous demander, et vous pouvez trouver ma requête étrange, étant donné que nous nous connaissons depuis peu, mais je vous fais confiance.

— Oh... oh, balbutiai-je, oui, bien sûr, je ferai comme vous me le demandez, mais ce n'est pas une faveur.

— C'est gentil à vous de le dire. C'est une fille difficile, mais c'est ma sœur, et on ne peut pas toujours compter sur ma mère pour veiller à ses intérêts.

— Elle n'est pas seule. Elle a Jenny... et moi, comme amie, si elle le veut. Je vous en donne ma parole.

Il me remercia, et je crus entrevoir un sens de soulagement profond qui scintillait sur son visage. Craignait-il
le lendemain? Craignait-il d'être accusé du meurtre et
emmené après les funérailles?

Je l'observai, alors qu'il remontait sur son cheval et
s'éloignait.

CHAPITRE VINGT

— Que sait-on vraiment de la ricine ?

— Celui qui a examiné le corps doit certainement connaître une chose ou deux, dit Ewe en haussant les épaules.

À mesure que la journée avançait, elle devenait de plus en plus sarcastique.

— Vous n'êtes pas nerveuse, au sujet de ce visiteur important que vous recevez dimanche ?

Offensée, elle attrapa brusquement les serviettes de table spéciales qu'elle avait lavées et repassées et qui se trouvaient maintenant en processus de pliage.

— Est-ce que j'ai l'air d'être nerveuse ?

— Oui !

Je me mis à rire en lui prenant les serviettes.

— Permettez-moi de vous montrer. Voici quelque chose que j'ai appris quand j'étais jeune et qui en valait la peine. Non pas que j'avais le *choix*, car ma mère nous y avait obligées. Elle souhaitait infiniment que nous devenions un jour de très grandes hôtesses.

Pendant que je pliais les serviettes et que je les disposais sur la table déjà préparée pour le dimanche, je lui racontai que j'avais rencontré David Hartley par hasard pendant ma promenade.

— Oh, ma chérie! Ça n'augure rien de bon.

J'examinai le visage déconfit d'Ewe. Elle avait pris la place de parent en l'absence de mes parents et elle ne croyait pas qu'il était sage pour moi de m'associer trop étroitement avec la famille Hartley. Je ne le croyais pas non plus, d'ailleurs, si je voulais être vraiment objective.

— Eh bien? Qu'a-t-il dit? Qu'a-t-il fait?

— Il n'a rien *fait*. Il a marché un peu avec moi... et il m'a demandé que s'il devait lui arriver quelque chose, je traite Lianne avec gentillesse, comme une amie.

Ewe réfléchit.

— Alors, il croit qu'il sera pendu pour cela.

— Pendu pour quoi? Ce n'est pas lui qui l'a tuée. Je crois qu'on lui a fait un coup monté. Un coup monté par un ennemi, quelqu'un qui avait des comptes à régler, pour ainsi dire.

— Moi aussi, je gagerais qu'il ne l'a pas fait.

S'enfonçant dans son fauteuil le plus confortable du salon, Ewe réfléchit à la situation désastreuse de Lord David.

— Je veux dire, c'est le suspect évident. Tout le monde croira qu'il doit être le coupable. J'ai vécu toute ma vie dans ce village, je connais très bien les Hartley, et David

n'est pas un assassin. Non, non, non, il y a un acte crimi-
nel, ici. Quelqu'un essaie de « se venger ». Et je pense…

Je me dressai sur le bord de mon siège.

— Vous pensez ?

Elle se tourna tout à coup vers moi.

— Je pense… que vous ne devriez pas vous mêler à
tout cela. Je m'inquiète pour vous. Je suis censée prendre
soin de vous, pendant que vous êtes ici, sous mon toit.
Je *m'inquiète*.

— Je sais que vous vous inquiétez.

Je l'embrassai sur la joue.

— Mais s'il vous plaît, faites-moi un peu confiance.
J'ai l'intention de résoudre ce mystère, *avec* ou sans votre
aide.

Ewe me fit face en levant le doigt.

— Vous croyez que vous irez au fond de l'affaire
avant Sir Edward, n'est-ce pas ? Vous croyez que vous
avez quelque chose qu'il ne possède pas ?

— En effet, rétorquai-je. J'ai une « connaissance
intime des gens ».

— Connaissance intime des gens !

Elle soupira.

— Ce n'est rien, et pourtant c'est tout, dis-je pour
me défendre. Je ne prétends pas tout connaître sur le
monde et ses rouages, mais je connais les gens. Je les
étudie. Je veux écrire des romans. Comment croyez-
vous que je puisse le faire sans les étudier, eux et leurs
motivations ? Ne le voyez-vous pas, chère Ewe ? Je ferais
la meilleure inspectrice.

Je le proclamai sans réfléchir, et sans regret. Je disais la vérité.

Et Ewe le savait.

— Eh bien, concéda-t-elle, soyez seulement prudente, avec les Hartley. Si vous avez raison, et si *quelqu'un* veut leur nuire, à eux et à Lord David, vous êtes en danger. En *grave* danger, souligna-t-elle, en particulier si vous continuez et que vous découvrez des choses que vous ne devriez pas découvrir.

— Que je ne devrais pas, répétai-je. Et si je ne le dois pas, qui d'autre devrait le faire?

Ewe médita sur ce sujet, et je me retins. Je ne lui racontai pas mon rendez-vous avec madame Bastion. J'aurais tellement voulu lui en parler, mais je me souvenais que si je désirais vraiment faire enquête, je ne pouvais retransmettre tous les détails à des amis. Je découvrais que tout ce sujet des corps, du mystère et de l'assassinat constituait une fascinante étude de motivation. Tout était pur prétexte à mes futurs romans.

Je me présentai donc à la porte de madame Bastion, en tant que témoin et spectatrice.

— Bonjour.

Un petit garçon de pas plus de quatre ans répondit à la porte.

— Je suis Daphné, dis-je, lui serrant la main.

— Je suis Petroc, dit-il fièrement, serrant la mienne en retour. Et maman a dit de vous emmener dans la cour, alors je vais le faire.

«La cour, songeai-je, que c'est inhabituel!»

Haussant les épaules, je suivis ce petit garçon aux cheveux noirs jusque dans la cour, un petit jardin clos apprécié par ceux qui possédaient des maisons simples et qui désiraient tirer le meilleur parti d'un jardin.

Madame Bastion était déjà assise dans l'un des fauteuils de rotin à bascule, un verre de cidre de bière à sa droite, me dévisageant intensément quand j'entrai.

— C'est vous qui avez trouvé ma fille.

— Oui, murmurai-je, enlevant la poussière sur un siège.

— Comment l'avez-vous trouvée? Je veux le savoir!

Je vis l'angoisse sur son visage, alors que je décrivais exactement comment j'étais tombée par hasard sur Victoria en cette matinée fatidique. Je lui dis à quel point j'avais trouvé que Victoria était belle et qu'il était injuste que, si jeune, elle ait dû périr dans d'aussi affreuses circonstances.

— Injuste, oui, dit la mère. Ce n'était pas un accident. Elle est morte! *Morte!*

Levant les épaules, madame Bastion tourna son regard accusateur vers les innocentes plantes de la cour.

— J'ignore qui d'entre vous l'a fait, mais je ne me reposerai pas tant que quelqu'un n'aura pas payé. Quelqu'un *doit* payer.

Elle était assise là, inanimée, vidée de toute fibre morale, alors que sa magnifique fille languissait plus bas, même pas dans une fosse.

— Oh, c'est trop lourd à porter! dit-elle. *Vous* l'avez trouvée, mais moi, je l'ai *portée*. Il y a une différence. Je suis sa mère, celle qui lui a donné la vie. Vous comprenez?

— Je comprends parfaitement, répondis-je avec une confiance teintée d'autorité.

C'était la seule chose à faire, même si je n'avais aucune expérience. Je n'avais jamais porté d'enfant, pour le voir grandir, rien que pour apprendre sa mort bien trop précoce.

— Vous...

Elle me montra du doigt.

— ... vous! Voyez à ce qu'on lui rende justice.

Troublée par une telle émotion débridée, je hochai la tête.

— Je le ferai, promis-je. Tout ce qu'il faudra, je ferai de mon mieux. Vous comprenez?

Elle hocha la tête, se balançant sur sa chaise.

— Ma pauvre fille a été assassinée, je vous le dis. Je ne sais pas par qui ni pour quelle raison, mais je le sais, tout simplement. Tout comme la vie a été engendrée de mon corps au sien, je le sais.

Je lui serrai la main.

— Je jure d'amener le meurtrier devant la justice.

Elle sourit, son visage sombre et décharné.

— Vous le ferez, mademoiselle du Maurier.

En quittant la maison des Bastion, j'aperçus Connan Bastion qui arrivait en sifflant, sa casquette baissée sur son visage. Il était revenu tôt de la pêche, semblait-il. Il tourna dans l'allée de sa maison. Il ne m'avait pas vue.

— Connan, dis-je.

— Quoi, hein ?

Le sac en bandoulière sur son épaule droite glissa sur le sol, alors qu'il se tournait rapidement vers moi.

— Désolée de vous surprendre. Je suis venue rendre visite à votre mère.

Il fronça les sourcils à cette nouvelle, ses yeux violets accusateurs et prudents.

— Pourquoi ?

Je rougis.

— Pour... offrir mes condoléances et mon aide, si vous en avez besoin.

— Si vous en avez besoin ? Vous êtes des leurs. Pire encore, une de leurs amies.

Alors, il avait entendu parler de mes visites à Padthaway, et du fait que j'avais été vue en voiture en compagnie de David et Lianne Hartley.

— Je suis l'amie de tout le monde. Je n'aime pas avoir d'ennemis. Et vous ?

La question le prit au dépourvu.

— Surtout ceux qui possèdent des terres et des entreprises d'expédition, ajoutai-je.

Donnant un coup de pied pour enlever la saleté sous ses chaussures, il croisa les bras.

— Vous venez à peine d'arriver ici. Vous ne connaissez rien des Hartley. Ils ont tué ma sœur.

Ses doigts se courbèrent en un poing serré.

— Et aussi, ils l'ont fait lâchement. L'empoisonner comme si elle était un animal dont il fallait se débarrasser.

— Saviez-vous que votre sœur était enceinte ?

Son visage se rembrunit.

Je pris la réponse pour un non.

— Nous avons partagé tellement de choses, mais elle ne m'en a jamais parlé. Elle aurait dû le faire. Je l'aurais sauvée.

— Comment? osai-je demander.

Il se mit à rire, mais ce n'était pas un son agréable. Le son de l'angoisse, de la douleur et d'une ironie hystérique.

— Lady Hartley. Elle espérait que le mariage soit annulé, jusqu'au jour même de sa mort. Vicky a dit qu'elle *avait peur* d'elle. *Peur* de la mère.

Je lui marquai ma sympathie en déplaçant l'un de mes pieds sur l'autre, plongée dans mes pensées.

Je me demandais si en retour, je devais partager quelque chose avec lui, et je décidai que oui.

— Sir Edward...

— Lui! Les Hartley le *possèdent*, lui aussi. Ils possèdent tout!

— Corps et âmes, repris-je. Sir Edward m'a demandé si Lady Hartley me faisait peur aussi. Je ne l'ai rencontrée qu'une ou deux fois, mais je vois bien que c'est une femme qui en impose.

— Impose! C'est une...

Je fermai les yeux devant les jurons qui sortaient de sa bouche.

— Désolé, marmonna-t-il. Je suis un marin et je m'exprime comme un marin.

— Ne vous excusez pas. J'agirais de la même façon, si j'étais vous. Je ne peux même pas commencer à penser qu'une de mes sœurs soit trouvée ainsi juste avant son mariage. Croyez-vous vraiment que Lady Hartley soit capable de commettre un tel crime? Si publiquement? Si ouvertement?

Connan leva un sourcil nerveux.

— Elle s'en est tirée, avant. Qui l'arrêterait, cette fois?

— «Elle s'en est tirée, avant», voilà ce qu'il a dit. Qu'a-t-il voulu dire? Qui est mort de façon suspecte au cours des vingt dernières années? Pouvez-vous penser à quelqu'un?

— Son mari, laissa échapper Ewe.

— Lord Hartley! Le père...

— Une balle dans la tête. Suicide. Je n'y ai pas cru, à l'époque, et je n'y crois toujours pas.

— Quelqu'un d'autre?

— Hum! Lady la Hautaine s'est toujours mis le nez où elle ne le devait pas.

— Peut-être qu'au fil des ans, elle a acquis des complices en étant impliquée dans ces trucs interdits. Peut-être que c'est ainsi qu'elle a acheté le poison.

— Madame T. Elle n'est pas innocente; mais peu importe ce qu'ils ont fait et la façon dont ils s'y sont pris, ils ont bien dissimulé les choses.

— Sir Edward a besoin de preuves, pour accuser, dis-je à voix haute. Trouver du poison dans son corps n'est pas suffisant pour une condamnation.

— Un reçu pour l'achat de poison serait une preuve, mais vous ne trouverez pas cette chose qui traîne n'importe où. Il faudrait une armée, pour fouiller cette maison.

Fouiller la maison, je me demandai si Sir Edward et ses gens avaient déjà réussi à le faire. Il voulait probablement procéder à une fouille complète, après les funérailles. La chambre de Victoria avait sûrement déjà été passée au peigne fin. Je brûlais de me rendre à Padthaway pour examiner sa chambre. Il devait y avoir des indices. Les indices que seule une femme sans doute pourrait trouver, comme des lettres cachées à l'intérieur de poupées. Je doutais que Sir Edward et ses hommes soient doués de la perspicacité nécessaire pour regarder dans de tels endroits.

Je n'avais vu qu'une petite partie de la maison. Je devais terminer la tournée, et c'était une excuse suffisante pour une visite en fin d'après-midi. Alors que je me dirigeais vers la maison, je gardai l'œil sur l'heure, consciente du pâle soleil qui se précipitait vers l'horizon. Des vagues teintées de blanc se dressaient, clapotant, se ruant contre la nuit qui venait. Je marchais vite, déterminée à arriver à une heure respectable.

À ma grande surprise, personne ne répondit à la porte, lorsque je sonnai.

Laissant échapper une bouffée d'air à l'idée d'avoir marché tout ce trajet pour rien, je me retournai pour partir ; mais alors, j'essayai le loquet de la porte.

Elle s'ouvrit en grinçant légèrement.

Prise au dépourvu, j'entrai sur la pointe des pieds. Traversant le salon, je me glissai jusqu'à l'escalier, me crispant au moindre bruit.

— Lianne ? Madame Trehearn ? Y a-t-il quelqu'un, à la maison ?

Le silence de la maison m'accueillit. Soulagée, je montai au deuxième étage et j'avançai d'un pas désinvolte jusqu'au milieu du couloir, quand une paire de servantes bavardant à l'extérieur d'une chambre attira mon attention.

— Le secret est sorti, maintenant. On ne doit plus s'inquiéter.

Elles baissèrent la voix pour murmurer autre chose, et je me penchai vers l'avant, tendant l'oreille.

— As-tu entendu quelque chose ? Je crois qu'il y a quelqu'un.

Le cœur battant, je me précipitai dans l'escalier, je me retournai et je fis semblant de monter de nouveau.

— Oh !

La femme de chambre plus âgée rougit.

— Désolée, mademoiselle. Nous ne vous avions pas vue. Si vous cherchez mademoiselle Lianne, elle est sortie.

— Je n'aurais pas dû entrer, lui répondis-je, mais la porte était entrebâillée. C'est Betsy, n'est-ce pas ?

— Betsy et Annie, mademoiselle. Nous sommes des cousines.

Annie sourit pour me souhaiter la bienvenue.

— Pardonnez-moi, murmurai-je, mais je vous ai entendues parler de Lord David. Comment s'en sort-il, vraiment ?

— Pauvre Lord Davie, soupira Annie. Je ne sais pas comment il s'en sortira, maintenant... après tout cela.

— Il réussira. Ils réussissent toujours.

Je rejoignis les deux, alors qu'elles étaient s'affairaient à l'époussetage.

— Donc, personne n'avait la moindre idée que Victoria était enceinte?

Baissant les yeux, Annie rougit.

— Je le savais, mais…

— Chut! gronda Betsy. Qu'est-ce que je t'ai dit?

Annie semblait suffisamment réprimandée.

— Mademoiselle Daphné, Annie parle trop. Je l'ai avertie à ce sujet. Il est préférable de garder le silence, à moins d'être certain de quelque chose, et maintenant que le secret est sorti, cela n'a plus d'importance.

— Qu'est-ce qui n'a plus d'importance? Avez-vous vu ou entendu quelque chose, Annie, à propos de Victoria?

Fronçant les sourcils vers moi, Betsy hocha la tête vers sa cousine.

Annie baissa les yeux.

— Oh, s'il vous plaît.

Je posai ma main sur le bras de Betsy.

— Vous pouvez me faire confiance. Je ne dirai rien. Comme je viens d'arriver, je ne sais rien, et tout cela… me dépasse.

— C'est exactement cela, haleta Betsy. Je savais dès le jour de son arrivée qu'elle ferait des problèmes… Elle avait l'œil sur Lord Davie — personne d'autre. Elle est tombée enceinte, mais je ne suis pas certaine que Lord Davie soit le père.

— Pourquoi dites-vous cela?

Betsy hésitait, mais j'insistai, les assurant de mon silence complet.

— C'est quelque chose qu'Annie a entendu la nuit avant la mort de Victoria. Il y avait une grosse querelle. Allez, Annie, dis-lui ce que tu as entendu.

Abandonnant son plumeau, Annie s'appuya sur la balustrade et murmura dans mon oreille.

— Elle a demandé une tasse de thé, alors je suis allée dans sa chambre, et je les ai entendus se quereller, elle et Lord David. Je ne savais pas quoi faire, alors j'ai déposé la tasse de thé sur le plancher. Oh, la dispute était si terrible que les planchers en tremblaient.

— Nous n'avons pas besoin des douleurs de l'enfantement, Annie.

Betsy leva les yeux au ciel.

— Qu'est-ce que tu as entendu Victoria dire à Lord David?

La gorge serrée, pétrifiée d'être prise par madame Trehearn, Annie me serra la main.

— Je l'ai entendue... Victoria... a dit à Lord David : «Comment sais-tu que tu n'es pas le père de mon enfant?»

CHAPITRE VINGT ET UN

Le jour des funérailles arriva.

Ewe et moi étions à l'extérieur de la boulangerie, en train de regarder les voitures qui arrivaient et troublaient la paix.

— Ça me rappelle la guerre, dit un vieil homme à proximité.

Je lui demandai s'il avait servi pendant la guerre.

— Oui.

Il hocha la tête.

— Et je n'aime pas les voir. Ces voitures de luxe noires. Elles sont maléfiques.

— Ils restent tous à l'auberge.

Madame Penmark avait parlé à partir de la fenêtre de la boutique.

— Ça pourrait être bon pour les affaires.

Elle voulait parler de l'effet sensationnel du meurtre, qui faisait accourir les visiteurs curieux dans cette ville.

Ewe et moi en parlâmes sur le chemin du retour.

— Nous ne voulons pas être mis en vedette à cause d'un meurtre !

— Vous ne pouvez l'empêcher, Ewe. Vous y êtes déjà. Regardez devant vous.

Un journaliste se tenait sur un terrain boisé, installant son appareil photo.

— De vrais sauvages. Ils vont vous prendre en photo aussi, si vous ne vous méfiez pas.

Oui, je le craignais. Je redoutais qu'on prenne ma photo et que ma mère me reconnaisse. Mon père avait autorisé mon séjour ici, à la condition que je sois très prudente, mais si ma mère apprenait la vérité, ça chaufferait.

Je désespérais de savoir ce que je porterais. Je n'avais pas apporté de vêtements pouvant convenir, étant donné que je n'avais pas envisagé de devoir assister à des funérailles ; j'étais simplement venue avec l'objectif de passer des vacances dans le calme. Je me mis à rire, car à cause de cette histoire de Padthaway, ces vacances s'étaient avérées les moins tranquilles de mon existence, à un point que je n'aurais jamais pu imaginer, dans ce vieux Cornwall ensommeillé.

— J'ai une jupe noire, informai-je Ewe, l'aidant à organiser la table pour son déjeuner festif du lendemain. Avez-vous un manteau noir que je peux emprunter ? Le mien est d'une nuance trop grise.

— Il y a pas mal de nuances de gris, par ici, n'est-ce pas ?

Elle plissa les yeux en me regardant.

— J'ai entendu dire que vous êtes allée à la maison des Bastion. On vous a vue en train de parler à Connan Bastion.

Elle paraissait être blessée par le fait que je lui avais caché ce secret. Je réparai les dégâts en lui racontant ma conversation avec Annie et Betsy, les femmes de chambre.

Ewe dut s'asseoir pour réfléchir aux dernières nouvelles.

— Elle l'a sans doute dit pour le vexer. Je ne peux toujours pas y croire… au sujet du bébé.

Elle s'arrêta au-dessus d'une cuillerée de porridge chaud.

— Et qu'est-ce que Connan Bastion avait à dire, pour sa part, hein ?

— Pas grand-chose, répondis-je sans mentir.

Ewe m'examina de ses yeux pénétrants.

— C'est un beau garçon, ma chérie. Sauvage, comme sa sœur. Il n'est pas de votre classe.

Pas de ma classe. Je chantonnai l'expression, pendant que je m'habillais pour l'enterrement dans la tenue noire la plus élégante que j'avais pu trouver. Épinglant la moitié de mes cheveux, j'optai pour à peine un soupçon de brillant sur mes lèvres et je pinçai mes joues pour les colorer.

— Décente, dit Ewe, gazouillant son approbation. Vous disparaîtrez dans la foule.

— Ce qui est exactement mon intention. J'ai l'intention d'observer tous les visages et toutes les émotions, pas vous ?

Je vis qu'elle y avait pensé.

— Je me demande ce qui va arriver.

Il semblait que tout le village profitait du suspense. En attente, curieux de savoir, tous les visages portaient leurs propres points d'interrogation.

Cela devint encore plus évident lorsque nous nous avançâmes vers la vieille église. À plusieurs reprises, j'étais passée en marchant devant l'église, curieuse d'y entrer. Il semblait bizarre que je doive y entrer maintenant pour assister à des funérailles.

— Le vicaire sera dans tous ses états. Il fera une crise cardiaque, devant tout ce monde.

J'avais pitié du vicaire Nortby. Ce n'était pas une position enviable que de se retrouver ainsi exposé, au milieu d'une pléthore de voitures brillantes alignées à travers le champ, parmi des cameramen et des reporters se précipitant avec leur équipement, pendant que les enfants du village reluquaient le spectacle.

Je pensai que personne ne s'était attendu à une participation aussi énorme, et je gardai la tête baissée, craignant que quelqu'un me reconnaisse. Depuis la crème de la crème de la société aux gens du village dans leur meilleur habit du dimanche, un groupe important soutenait la famille Bastion.

— Les gens du commun contre les nobles, murmurai-je à Ewe, alors qu'elle nous poussait vers la minuscule église.

Pourrait-elle contenir un tel groupe ? Je pris un instant pour admirer la pierre sombre usée, l'élégant clocher et l'architecture gothique, tout en étant entraînée à travers une grêle de photographes en action.

— Mademoiselle du Maurier!

Je me tapis.

— Mademoiselle du Maurier!

Je n'avais pas d'autre choix que de me retourner et de sourire au journaliste avide qui me scrutait des yeux.

— Quelle est votre opinion sur l'assassinat?

Son compagnon photographe prenait déjà des photographies.

Je gémis. Juste ce dont j'avais besoin. Ma photo dans les journaux! Avoir tenu ma main à mi-hauteur pour cacher mon visage ne les avait aucunement dissuadés.

— Le *meurtre*, souffla le journaliste. D'après madame Bastion, c'*est* un meurtre.

Mon père m'avait appris que la meilleure défense contre les médias était de les éviter. Je me mordis la langue (même si j'étais fortement tentée de remarquer que l'enquête était toujours «ouverte»), et je me collai aux talons d'Ewe pour trouver le premier banc de côté.

Le vicaire Nortby transpirait, devant la chaire. Comme tout le monde, il attendait la famille Hartley, le premier banc laissé vacant, comme c'était la coutume.

L'atmosphère à l'intérieur de l'église correspondait au caractère sombre de l'occasion. Des murmures guindés, des visages sérieux, des sourcils levés et des yeux arrondis remplissaient la pièce. La communauté était divisée; ceux de la classe inférieure assis d'un côté et ceux de la classe supérieure de l'autre.

Dans la deuxième rangée à l'avant, madame Bastion demeurait impassible. Son fils Connan tenait son bras autour d'elle pour la soutenir. La fille la plus âgée après Victoria, une jeune fille de dix ans environ, s'occupait des petits enfants.

«La petite sœur de Victoria», songeai-je.

Je me demandais ce qu'elle savait de la vie de sa sœur. Probablement rien. Il m'arrivait peu de confier mes pensées les plus intimes à ma sœur aînée, Angela, et certainement pas à ma sœur cadette, Jeanne. Cela me fit me demander pourquoi les femmes préfèrent en dissimuler autant. La fierté? La peur des reproches? La crainte de l'ingérence?

Le vicaire Nortby s'apprêtait à parler.

Tous les yeux se tournèrent vers la porte où Lady Hartley, David et Lianne firent une entrée remarquable. Lady Hartley, son bras passé dans celui de son fils, le guidant vers le banc avant, se trouvait à mille lieues de madame Bastion et des gens de son espèce.

J'examinai le visage de madame Bastion. Il affichait un silence glacial, mais la mâchoire de Connan tremblait de colère.

Tout le long du service qui suivit, le bon curé s'épongeant le front à intervalles réguliers, je continuai à fixer mon regard sur la rayonnante Victoria. Allongée là, dans son cercueil, à demi cachée du monde et à demi exposée, tout en blanc, elle était rayonnante, fantomatique, et belle.

Le service prit fin.

David dirigea les pleureuses à l'emplacement de la tombe où Victoria fut placée dans la crypte familiale. La désapprobation de Lady Hartley était toujours évidente, affichée par la ligne tendue de sa bouche.

Le rituel de fermeture de la crypte réveilla l'émotivité de la mère. S'élançant à travers la pelouse bien entretenue, madame Bastion bredouilla le cri angoissé de l'éplorée.

— C'est un meurtre! Un meurtre, je vous le dis! *Vous* l'avez tuée!

Elle regardait David.

Il pâlit visiblement, une sympathie hésitante inondant son visage tendu. Tendant un bras vers elle, il tenta de la consoler avec compassion.

Elle le repoussa, ne se laissant pas amadouer.

— Non, ce n'était pas un accident. L'un de vous l'a fait! L'un de vous a tué mon bébé! *Vous!*

Elle accusait la mère, Lady Hartley.

— Oui, vous! Vous avez tué ma fille.

Lady Hartley grogna son indignation, son mépris.

— Ne soyez pas absurde, femme. Je n'ai pas tué votre fille.

Madame Bastion partit en sanglotant, réconfortée par la lueur de protection dans l'œil de son fils, regardant toujours Lord David, Lianne et surtout Lady Hartley.

Les journalistes, excitables, valsèrent au rythme de cette musique visuelle, photographiant, gribouillant, enregistrant toutes les nuances de l'explosion de sensations.

Après un peu de persuasion, la foule de partisans de madame Bastion réussit à l'éloigner du cimetière et à la ramener à sa maison. Regardant fixement la famille et les amis tristes et perplexes, je savais au-delà de tout doute qu'eux aussi soupçonnaient un meurtre.

Soupirant, Lianne arriva près de moi et me poussa du coude.

— Dieu merci, c'est terminé.

— Viens avec moi, carillonna Lianne, m'éloignant du cimetière vers le champ ouvert de lavande.

— Pour quoi faire?

Je l'arrêtai.

Elle haussa les épaules.

— Juste parce que je le veux et que nous avons peu de temps.

«Peu de temps pour quoi?» aurais-je voulu demander, mais je la laissai me conduire vers un siège au milieu de l'herbe oscillante.

— Ouf!

Elle s'éventait.

— Comme c'est stressant! Et le pauvre Davie! Et maman! Je me sentais désolée pour eux.

Je remarquai qu'elle avait employé «maman» à cette occasion au lieu de «Mère».

— Ce n'est pas maman qui l'a fait. Davie non plus. C'est Victoria qui l'a fait. Elle voulait mourir. Elle avait si peur que David découvre tout.

— Découvre tout? demandai-je, essayant de paraître désinvolte et rejetant l'envie de secouer les épaules de la jeune fille.

— Oh, dit-elle en riant. À propos de...

Elle s'arrêta, rougissant, et abaissant ses longs cils foncés sur ses yeux vers une herbe oscillante.

— ... sa vie secrète.

— La vie secrète de Victoria?

Elle hocha la tête.

Je fis de même.

— J'ai pensé qu'elle en avait peut-être une. Elle était si magnifique.

Le visage de Lianne se durcit instantanément.

— C'était une pute! Elle méritait de mourir!

Elle s'enfuit, et je restai là, témoin des émotions d'une enfant; mais était-elle vraiment une enfant? Était-elle — je détestais envisager la chose — capable d'un meurtre?

— Absolument.

— Absolument?

— Absolument que mademoiselle Lianne pourrait faire n'importe quoi et que sa mère, son frère ou Jenny Pollock la couvriraient. Elle est née *folle*, et elle a été gâtée dès son premier souffle. Croyez-vous qu'elle pourrait être loin d'un meurtre? Ils l'enferment toute la journée dans cette grande maison, avec seulement la douce Jenny Pollock pour la surveiller. Oh, oui, mademoiselle Lianne est capable d'un meurtre.

— Je ne peux pas le croire, répétai-je.

Pourtant, je remettais en question mes propres paroles.

Ce que j'avais vu aujourd'hui dans le visage de cette enfant avait confirmé mes pires soupçons. Oui, une enfant pouvait et pourrait commettre un tel crime. Bien sûr, il fallait le prouver.

L'escalade de soupçons généra deux veillées funèbres séparées : celle qui avait lieu à Padthaway, et l'autre à la maison des Bastion, dans le village. M'attendant à entendre toutes les nouvelles recueillies par Ewe dans la matinée, je choisis de me promener au milieu des ébats de la grande société, une affaire organisée de main de maître remplissant la gracieuse cour intérieure du splendide manoir empreint de dignité.

Madame Trehearn et monsieur Soames s'étaient surpassés, leurs prouesses mises en évidence par le bon fonctionnement de la réception, le choix judicieux des rafraîchissements et l'attention particulière accordée aux invités.

Heureusement, je ne connaissais personne de ce décor londonien. Les Hartley devaient se mêler à des cercles différents, car je ne reconnaissais aucun visage. Une bonne chose, car cela correspondait à mon objectif. Je voulais observer et surveiller l'événement.

Avec Lianne disposée à bavarder avec deux filles de son âge, je me pinçai les lèvres et je me transformai en chasseresse. Scrutant l'espace pour trouver la proie convenable, je découvris un homme d'une trentaine d'années, réservé, arborant des taches de rousseur, qui sourit à mon approche zigzagante.

— Chose affreuse que tout cela, dit-il en hochant sa tête châtaine. J'aurais cru que le vieux Davie aurait épousé une héritière américaine, et non une simple fille du pays. La famille a besoin de l'argent, vous savez. Les choses n'ont pas été fameuses, depuis que le vieux fou s'est tiré. Certains disent que la famille est maudite.

Je ne m'étais pas attendue à une victoire aussi facile.

— Étiez-vous là, quand c'est arrivé, monsieur...?

— Cameron. Bruce Cameron. Et vous êtes...?

Je lui dis mon nom.

Une étincelle de reconnaissance scintilla dans ses yeux.

— Ah, je connais votre père, je crois.

— Oui, la plupart le connaissent.

Je souris, et je revins au sujet en cause.

— Vous connaissez la famille depuis longtemps, monsieur Cameron?

— Depuis des années, répondit-il, enthousiaste, s'arrêtant pour prendre une pâtisserie sur une assiette de passage. David et moi sommes allés ensemble à Oxford. Je suis venu ici souvent pour passer les vacances. C'était une époque fantastique et amusante.

— Quand la famille avait de l'argent, lui rappelai-je, baissant la voix. Comment l'ont-ils perdu, si cela ne vous dérange pas que je vous le demande? Lord David a mentionné quelque chose à propos des habitudes de jeu de son père?

— Oui...

Il rougit.

— ... il a perdu pas mal. Ils ont fini par devoir vendre les maisons en ville. C'était celles-là ou cette maison-ci, et David n'aurait jamais renoncé à Padthaway. Quoi qu'il en soit, par la suite, la famille s'y est enterrée, vivant aussi tranquille que des moines. Je suppose qu'ils n'avaient pas le choix.

— Quand est-ce arrivé?

Monsieur Cameron hésita, et je me rendis compte que j'avais atteint le point où l'on doit partager un peu de soi-même si l'on veut obtenir la confiance. Choisissant d'être honnête, je lui racontai comment j'étais arrivée ici pour des vacances tranquilles et que j'étais tombée par hasard sur cet événement catastrophique.

Il semblait être au courant.

— Les journaux, dit-il avec un petit rire. Ils ont mentionné qu'une mademoiselle Daphné du Maurier et une mademoiselle Lianne Hartley avaient découvert le corps. Dites-moi, dit-il, baissant la voix, ce doit avoir été horrible.

— Ce l'était, lui confirmai-je, frissonnant au souvenir.

Monsieur Cameron se mit maintenant à réfléchir, sa méfiance précédente disparue.

— C'était tout de suite après que le bonhomme se soit tiré une balle. Pauvre Davie. Il a dû faire face à cela et ensuite prendre le gouvernail des responsabilités familiales. Terriblement difficile, pour un adolescent de seize ans. Il a bien réussi, quoique je me demande...

— S'il est heureux?

Une ombre passa sur le visage de monsieur Cameron, l'expression de son regard dissimulée sous ses lunettes.

— Hum... Il s'est lui-même retiré de toute vie publique, vous savez. Je m'inquiète à son sujet. Bonne chose que vous soyez dans le paysage, mademoiselle du Maurier, vous pourriez ranimer un peu les choses. J'ai entendu dire que mademoiselle Lianne et Lady Hartley vous tiennent en haute estime.

Je rougis profondément.

— Oh, ne vous laissez pas déstabiliser, dit-il en guise de conseil amical. Mademoiselle Lianne a besoin d'une amie, et Lady Hartley, eh bien, pardonnez-moi de vous le dire, mademoiselle du Maurier, mais vous seriez une bien meilleure candidate que Victoria Bastion pour être la maîtresse de cette maison.

Quelque chose dans la courbure de ses lèvres suggérait une lecture négative de Victoria. Je décidai de tester cette perception.

— Vous ne croyez pas que c'était la bonne fille pour lui?

— Non, je ne le crois pas.

Jouant l'innocente, j'examinai avec attention son visage.

— Que voulez-vous dire?

Combattant l'instinct de ne rien dévoiler, mais perdant le combat, il se pencha pour murmurer à mon oreille.

— Entre vous et moi, mademoiselle du Maurier, j'ai vu sa *future* à Londres, dans un endroit que je ne peux qualifier de respectable. Je n'oublie jamais un visage, surtout un visage aussi magnifique que le sien, ajouta monsieur Cameron d'un ton significatif, et... elle n'était pas seule.

CHAPITRE VINGT-DEUX

Ewe n'avait jamais entendu parler d'un monsieur Cameron.

— Un type de Londres, grogna-t-elle. Pas assez bon pour du monde comme nous, et mademoiselle Victoria côtoyait pas mal de ces gens-là, mais une fois qu'elle a eu attiré l'attention de Lord David, il fallait qu'elle le garde, si vous me déchiffrez.

— Il y a des moments où je ne suis pas capable de vous déchiffrer, Ewe. Vous êtes une femme remplie de secrets.

Ses joues potelées s'illuminèrent.

— Les Hartley se tiennent avec des gens de Londres, mais Lord David, pas tellement, vous savez. C'est un homme de la terre, le meilleur des propriétaires.

— Il est aussi le propriétaire de la maison de Sir Edward, fis-je remarquer. Où est ce château de Mor? Je suis impatiente de le voir.

— Vous ne le verrez qu'après mon déjeuner. Oh, ma chère! Comment tout cela vous semble-t-il?

Je me retournai pour examiner l'attirail de l'organisation du déjeuner. Les serviettes étaient pliées, les services de couverts et le décor de table dépoussiérés et placés, et les chaises disposées ; la petite maison d'Ewe brillait de la cave au grenier, et je le lui dis.

— Vous savez, mon père passait son temps à parler de vos pâtés. Il disait : « La vieille Ewe Sinclair fait les *meilleurs* pâtés de Cornouailles. Si jamais tu la rencontres, Daph, tu l'adoreras. C'est aussi une bonne observatrice des gens. »

— Observatrice des gens !

Vexée, Ewe m'entraîna à la cuisine pour me montrer sa fameuse fournée de pâtés nouvellement cuits.

— Tout semble parfait, l'assurai-je. Voulez-vous que je vérifie de nouveau la table et que je voie si les rideaux sont dépoussiérés ?

— Oui, oui, dit-elle en hochant la tête.

Je me rendis plutôt à la fenêtre, jetant un rapide coup d'œil rapide à la table et aux rideaux.

— La question essentielle, murmurai-je à voix haute, c'est de découvrir qui a tué Victoria, et pourquoi.

Je n'avais pas oublié mon serment à madame Bastion. Je ferais de mon mieux pour trouver le meurtrier de Victoria. Je ne comprenais pas ce coup du sort qui m'avait envoyée à Cornwall à ce moment précis, qui m'avait fait tomber par hasard sur une belle future mariée morte, et qui m'avait portée ensuite à découvrir sa vie secrète, mais peu importe, je finirais par connaître la cause de sa mort.

Des hommes comme Sir Edward et ses associés de Londres considéraient la résolution d'un meurtre comme une entreprise commerciale, et dans une certaine mesure, c'en était une, mais il ne fallait pas oublier l'aspect humain; une vie perdue, une famille en deuil, un meurtrier en liberté.

Je me rappelai qu'il était possible qu'elle se soit suicidée.

— Le commerce de la mort, murmurai-je, glissant mes doigts dans les fins rideaux de dentelle d'Ewe.

— Qu'avez-vous dit? cria Ewe de l'autre pièce. Y a-t-il quelqu'un d'arrivé?

— Pas encore. Qu'est-ce qui vous rend si nerveuse?

Enlevant son tablier, elle appuya sur les côtés bouclés de ses cheveux.

— De nouvelles personnes arrivent, aujourd'hui.

Me faisant un clin d'œil, elle fouetta une sorte de mélange crémeux.

— Des gens chics, pour rivaliser avec l'offrande de la journée d'hier.

J'adorai la façon qu'avait Ewe d'interpréter la journée précédente. *L'offrande de la journée d'hier.* Adorable.

— Avez-vous déjà vu des gens aussi snobs! Des nez de Pégase, perchés plus haut dans les airs qu'un cerf-volant. La pauvre madame B a passé un dur moment, mais elle n'en a pas encore fini, avec eux. Elle planifie quelque chose. Peut-être, ajouta Ewe, ses yeux arrondis comme des soucoupes, un meurtre de *vengeance*.

Elle parlait de la veillée funéraire au village, celle qui avait eu lieu à la maison de madame Bastion. J'aurais aimé assister aux deux.

— Et vous êtes sûre qu'il n'est rien arrivé d'autre ? Madame Bastion a-t-elle parlé de David ou de sa mère ?

Émergeant de derrière le poêle de la cuisine, Ewe arborait sa nouvelle robe bleue au collet amidonné.

— Est-ce que je parais comme il faut ?

Je l'assurai que oui.

Apaisée, elle marcha vers la fenêtre.

— Pouvez-vous voir aux fleurs pour moi, mademoiselle Snoopy Socks ? Merci, vous êtes une bonne fille. Non, madame B n'a prononcé aucun nom. Connan a tenu sa langue, lui aussi. Il avait les lèvres serrées, mais il était en colère. Il bouillonnait par en dedans.

— Ils ne louent pas leur maison des Hartley. Ils sont indépendants, à part le travail de Connan pour la compagnie maritime. S'il était aussi proche de Victoria que le dit mademoiselle Perony, je suis certaine que Connan sait quelque chose.

— Enceinte ! Non pas que je sois surprise. Elle avait toujours eu l'air de ça. Elle se rendait si souvent à Londres. C'est probablement de cette manière qu'elle a accroché Lord Davie. Une simple fille de la campagne ne peut apprendre ces trucs ici. Il a fallu qu'elle apprenne ça en ville. Oh, oui, je l'avais vue revenir, un jour, en voiture avec Lord D. Elle souriait comme une chatte et elle portait une blouse rose que sa mère lui avait confectionnée pour Noël. On ne peut en faire croire à la vieille Ewe. Ce jour-là, je me suis dit : « Cette fille, c'est des embêtements en perspective. »

Des embêtements, oui, mais qui mérite de se faire assassiner ?

— Et après cela, elle est enceinte! Ça explique le mariage «en vitesse». Est-ce que Lady la Hautaine était au courant?

— Je ne crois pas, répondis-je. D'après ce que j'ai pu comprendre, Lady Hartley semblait aussi scandalisée que les autres. De toute évidence, la mère de Victoria ne le savait pas non plus.

Ewe hocha la tête.

— Madame B ne le savait pas.

— Si Connan était au courant, je me demande s'il en avait parlé à la police.

Voyant la crainte sur le visage d'Ewe, je suivis son regard.

— Quoi? Qu'est-ce que c'est?

— Ils sont là. Nos premiers invités.

— Oh. Je m'occupe de la porte.

Elle hocha la tête et s'enfuit vers la cuisine, me laissant surveiller la porte. J'adorais observer les arrivées. Quand j'étais enfant, j'avais l'habitude de me cacher derrière le rideau, à l'arrivée des visiteurs; apparemment, je ne m'étais pas débarrassée de l'habitude.

Mais cette fois-ci, une paire d'yeux sombres, curieux et amusés me surprirent à regarder furtivement à travers les rideaux de dentelle, et je me retirai en vitesse.

Les yeux appartenaient à un homme un peu plus âgé que moi, de taille moyenne, portant des pantalons beiges de style décontracté et un pull crème attaché autour de son cou. Il semblait revenir tout juste du club de tennis, et je songeai que c'était de très mauvais goût étant donné l'invitation *officielle* d'Ewe.

— Daphné! appela Ewe. Allez à la porte.

Oh, non, horreur des horreurs. C'était déjà fâcheux d'avoir été prise à regarder par la fenêtre, c'était encore pire de devoir répondre à la porte et d'affronter les conséquences.

Adoptant une attitude nonchalante, j'ouvris la porte, prête à minimiser l'incident.

Un petit sourire en coin me salua.

— Brown. Thomas Brown. Et vous devez être la dame au rideau? La dame au rideau a-t-elle un nom?

Je me rendis compte que debout au milieu de la porte, je lui interdisais inconsciemment d'entrer. Quelque chose dans ses manières me contrariait.

— Monsieur Brown. Bienvenue. Arrivez-vous tout juste du travail?

— Du travail?

— Au club de tennis.

— Ah, sourit-il en retirant le chandail autour de son cou. Mademoiselle Sinclaire a de la chance d'avoir une gouvernante aussi perspicace.

— Gouvernante!

Je reculai, furieuse.

— Je ne suis pas la gouvernante.

— Et je ne suis pas *caddie* de tennis. Alors, allons-nous faire une trêve?

Sans attendre de réponse, il passa devant moi, et j'espérai qu'Ewe n'avait pas entendu un mot de cette conversation. Elle serait furieuse de mon comportement, car je soupçonnais qu'il était l'un de ses invités spéciaux et je n'avais pas rempli mon obligation de lui souhaiter la bienvenue. Trottinant après monsieur Brown, je sentis que je devrais lui présenter mes excuses, et je commençai à former les mots quand il déposa son chandail sur mon bras.

— Pouvez-vous voir à cela, mademoiselle… ?

— Du Maurier, bouillonnai-je, cherchant à lancer son chandail sur le portemanteau dépoussiéré et luisant d'Ewe.

Je ne pouvais dire pourquoi il m'agaçait ; je venais tout juste de le rencontrer. Peut-être était-ce la façon dont il était entré — oui, c'était cela. Il n'était pas prétentieux, mais un curieux mélange d'assurance l'enveloppait.

Le timbre retentit de nouveau. Heureuse d'ignorer l'aimable monsieur Brown qui essayait son charme sur Ewe, j'accueillis les autres invités.

En fin de compte, il y avait trois messieurs, bien que j'hésite à appeler monsieur Brown un monsieur compte tenu de sa tenue décontractée, et cinq dames, sans compter Ewe et moi-même. Je fus ravie de voir mademoiselle Perony parmi les autres dames, deux jeunes filles célibataires de l'endroit dans la vingtaine avancée qui étaient venues accompagnées de leurs parents. Ainsi, Ewe avait sa table parfaite de dix, et étant donné qu'elle y avait mis de grands efforts, j'enlevai le béat monsieur Brown de mon esprit pour jouer le rôle d'invitée gracieuse.

Au cours du repas, nous parlâmes de peu d'autre chose que de la mort. «La mort mystérieuse», comme la nommaient les journaux ; et pour cette ville endormie de Cornouailles, l'intérêt surpassait la menace germanique dans un rapport de dix pour un.

— C'est dans tous les journaux, lança l'une des filles, faisant battre de nouveau ses cils vers monsieur Brown. Est-il possible que ce qu'ils disent soit vrai? Est-ce *possible* qu'il s'agisse d'un meurtre?

— Bien sûr que c'est possible, carillonna Ewe, adorant toutes les formes de commérages. Tout le village en est convaincu. Je sais que vous êtes tous nouveaux ici, alors n'hésitez pas, s'il vous plaît, à poser n'importe quelle question. Nous ne sommes pas du genre à dissimuler des choses, n'est-ce pas, ma chère Daphné?

— Certainement pas, ajoutai-je au chœur, consciente du regard appuyé de monsieur Brown sur moi.

Monsieur Brown me demanda de lui passer le sel. Je le fis à contrecœur, car c'était la troisième fois qu'il me demandait de lui passer quelque chose. Ce fut d'abord le plat de pommes de terre, puis le plateau de viandes, et enfin le sel. Et quoi d'autre?

— Et le poivre aussi, s'il vous plaît.

Gémissant en mon for intérieur, j'envisageai de lui lancer le poivre, mais je me retins, sentant le regard pénétrant d'Ewe qui inspectait la manière dont je traitais son invité spécial. Comme madame Trehearn, elle ne manquait pas grand-chose, mais alors que la première le dissimulait, c'était tout le contraire avec Ewe.

Ayant peut-être détecté la tension entre nous et étant déterminée à la rediriger, l'une des dames s'attacha à monsieur Brown.

— Oh, monsieur Brown, quelle est votre opinion sur toute cette affaire?

— L'accusation d'une mère n'est pas une preuve.

— Mais le bébé secret! Madame Bastion est en droit de soupçonner les Hartley. S'ils ne croyaient pas que sa fille était assez bonne...

— Les disparités sociales ne sont pas un motif de meurtre, répondit monsieur Brown d'un ton neutre. N'êtes-vous pas d'accord, mademoiselle du Maurier?

Ayant épuisé les éléments disposés sur la table que je pouvais lui passer, il m'avait maintenant prise au lasso et attirée dans la discussion.

— Oh, je l'ignore, dis-je en acceptant le défi. Si quelqu'un éprouve de forts sentiments par rapport à une question, ce pourrait être une raison suffisante pour qu'il commette un meurtre.

— Lord David ou Lady Hartley?

Ses yeux vert foncé fixèrent les miens.

Folle de rage devant sa volonté de me faire mordre à l'hameçon dans le but que je passe pour une imbécile, je me contentai de hausser les épaules.

— Le verdict est le verdict.

— Quelle est votre opinion, mademoiselle du Maurier? Vous devriez avoir *une idée*, puisque vous êtes une invitée régulière à Padthaway.

— Vous êtes invitée à cet endroit? s'écria la jeune fille assise à côté de monsieur Brown.

— Oui, à *Padthaway*, dit Ewe, profitant de l'occasion pour émailler la conversation de noms connus, en tant qu'*invitée*. Elle y a même passé une nuit.

— C'est vrai, dit la mère des filles en hochant la tête. On l'a mentionné dans les journaux. Une mademoiselle du Maurier a découvert le corps en compagnie de mademoiselle Hartley.

Là, il m'avait vraiment aiguillonnée. J'avais voulu demeurer un peu incognito à ce déjeuner pour évaluer les pensées et les réactions de tout le monde sans avoir à livrer les miennes.

— Cette mort est étrange. Je crois que quelque chose ou quelqu'un l'a poussée à quitter la maison et à se rendre vers les falaises, cette nuit-là.

— Un homme dans une voiture pouvait être *quelque chose* et *quelqu'un*, suggéra monsieur Brown.

— *Si* on l'a *emmenée* là-bas, ajoutai-je en lui lançant un regard cinglant, en voiture ou à pied, où sont ses chaussures ?

Un court silence remplit la table.

— Excellente réflexion, saluèrent les pères des filles.

— En voilà, une fille intelligente, dit fièrement Ewe, commençant à discourir sur mes réalisations.

— S'il vous plaît, suppliai-je, vous me mettez dans l'embarras.

Ayant appris qui était mon père, la famille me regardait différemment. Quant à monsieur Brown, je ne réussis pas à le déchiffrer. Rien ne parut dans son visage, pendant qu'il écoutait Ewe vanter les vertus de mon existence, mais à la fin, il bâilla légèrement, ce qui poussa Ewe à débarrasser la table pour apporter le café et le gâteau.

L'intermède me fournissait l'excuse parfaite pour m'échapper, alors je fis signe à Ewe de s'asseoir, lui offrant de faire tout le travail.

— Je vais vous aider, dit monsieur Brown.

Après s'être levé, une assiette à la main, il ne me donna aucune chance de refuser.

À l'évier de cuisine, je lui pris le plat de service.

— Ce n'est pas nécessaire, monsieur Brown. *Asseyez-vous.*

— J'ai la nette impression qu'on ne veut pas de moi ici, dit monsieur Brown en faisant un clin d'œil à Ewe. Savez-vous ce que je pense?

— Je ne suis pas intéressée par vos observations, monsieur Brown.

Un léger sourire assaillit ses lèvres.

— De fait, je parlais à mademoiselle...

— Mademoiselle Je-ne-peux-me-souvenir-de-son-nom? Oh.

Je m'enfuis, pour sauver ma fierté autant que pour aller chercher les dernières assiettes.

— Je *crois* que, dit monsieur Brown suffisamment fort pour que je l'entende, notre fin limier aime sa coquille.

— Je n'ai aucune raison de me cacher, répliquai-je à mon retour.

— Je n'ai déduit aucune raison. C'est vous qui l'avez fait, mademoiselle du Maurier.

En effet, je l'avais fait; il me sembla avoir mal jugé monsieur Brown. Son degré d'intelligence s'élevait bien plus haut que ce que supposait ma première hypothèse à son sujet.

— Daphné aime aussi jouer au tennis, dit malicieusement Ewe en même temps qu'elle circulait, un gâteau à la main, prenant plaisir au combat qui se livrait entre nous. Monsieur Brown, s'il vous plaît, apportez la crème. Daphné, le couteau.

Exécutant les tâches qui nous avaient été assignées, nous retournâmes à la table, où je croisai le regard hostile de la fille assise à côté de monsieur Brown. Comprenant sa frustration quant au fait que j'avais distrait monsieur Brown, même si je ne m'intéressais nullement à lui, je lui lançai un sourire rassurant. J'étais quand même tentée de lui lancer «Oh, quel charmant couple vous faites!» et de voir comment monsieur Brown récupérerait la situation.

— Parlant de chocs, dit Ewe, ses yeux brillants rivés sur le gâteau devant elle, quelqu'un a-t-il vu Soames à l'enterrement? Il n'a rien dit aux journalistes, et, pour un aigle comme Soames, c'est curieux.

— Peut-être que Lord David lui a demandé de ne pas parler aux journaux? suggéra monsieur Brown en reprenant son siège. Il a le droit de le faire, en tant que patron.

— Lord David n'aurait jamais essayé de contrôler ses employés, dis-je en croisant le regard de monsieur Brown à l'autre bout de la table.

— Eh bien, Victoria était une vadrouilleuse, dit Ewe. Elle a souvent été vue en voiture, et rarement seule. Elle avait beaucoup d'amis masculins, celle-là.

«Comment sais-tu que tu n'es pas le père de mon enfant?»

La phrase me sauta au visage, suivie par le lent murmure de monsieur Cameron.

«Je l'ai vue dans un endroit que je ne peux qualifier de respectable.»

— Cette Victoria est certainement un mystère, supposa monsieur Brown, faisant écho à mes propres pensées silencieuses.

Le thé et le gâteau apportèrent une conclusion triomphale au fin dîner d'Ewe, et tous récupérèrent sacs et manteaux pour partir. Monsieur Brown s'attardait derrière, à la grande détresse de la fille qui l'avait rapidement invité pour le souper. Il refusa poliment, mentionnant qu'il avait un autre rendez-vous important.

— Un autre rendez-vous? osai-je demander en leur disant au revoir à côté d'une Ewe diablement fière.

— Oui, dit monsieur Brown en souriant, prenant son chandail et baisant la main d'Ewe en guise d'adieu, un important voyage de pêche avec mon oncle.

CHAPITRE VINGT-TROIS

Il continua à marcher sans regarder en arrière.

— Qui est-il ? m'entendis-je dire à voix haute. Que fait-il ?

— Je ne sais pas grand-chose à son sujet, avoua Ewe. Il n'est évidemment pas de la ville. Son oncle habite dans les environs, mais il était trop malade pour venir, alors monsieur Brown a pris sa place.

— Donc, il n'a fait que se pointer. Comme c'est grossier !

— Oh, non, me corrigea Ewe, il est passé après les funérailles.

— Il assistait aux funérailles ?

— Oui, c'est là que je l'ai rencontré.

— Il semblait tout savoir à mon sujet ; par exemple, il était au courant que j'habitais ici, avec vous.

Ewe haussa les épaules.

— Eh bien, je ne lui ai jamais parlé de vous.

En retournant vers la maison, je me posais des questions au sujet de monsieur Brown. Il avait un oncle ici, il avait assisté aux funérailles, mais que faisait-il dans la vie ? Je n'étais pas tout à fait sûre de ce monsieur Brown.

Lasse des affaires de la journée, je songeai à visiter Padthaway au lieu du château de Mor, pour rendre visite à mademoiselle Lianne et lui offrir la compagnie d'une amie. Lord David ne m'avait-il pas lui-même demandé cette faveur ? Et ce n'était pas une corvée. J'aimais beaucoup la jeune fille, même si elle était un peu gâtée, ce qui n'était pas entièrement sa faute. Si elle avait prouvé être un peu égarée, on pouvait en mettre la faute sur le mauvais sang qui coulait dans ses veines.

Je trouvai Lianne seule dans le salon en train de faire sa sieste du dimanche après-midi.

Madame Trehearn s'affairait dans la pièce et me demanda si je voulais une cafetière de café frais.

— Oui, s'il vous plaît, dis-je en souriant. Ce serait très agréable.

Elle partit, me laissant déconcertée par son visage sans expression. J'avais très envie d'en savoir plus sur ses expériences avec Victoria — la fille de cuisine qui était sortie des rangs pour devenir la future maîtresse de la maison, une femme qui aurait eu le pouvoir de congédier madame Trehearn si cela lui avait plu.

Sentant que Lianne était de bonne humeur, je me décidai à lui demander de me parler des derniers jours de Victoria à la maison.

— Cette dernière semaine, elle était hargneuse. J'aurais dû savoir qu'il se passait quelque chose, mais j'ai pensé qu'elle était tout simplement elle-même. Maintenant, certaines choses commencent à avoir du sens.

— Quel genre de choses? lui demandai-je.

— Oh, juste des petits trucs, comme trouver à redire sur les servantes, et fulminer contre les pauvres Annie et Betsy quand elles ont laissé accidentellement tomber la boîte venant de Londres et qui contenait sa robe. Elle les avait accusées de l'avoir fait volontairement.

Ceci suscita mon intérêt. Victoria semblait convaincue que tout le monde était contre elle.

— La robe de mariée avait-elle été endommagée?

— Non! Elle est toujours accrochée dans sa chambre. Je t'y emmènerai, quand je pourrai voler la clé de madame T. Elle ne l'a récupérée que ce matin de Sir Edward.

Il n'y avait donc qu'une seule clé pour la chambre de Victoria, et Sir Edward avait terminé son enquête.

— Cette nuit-là, elle avait bu plus que d'habitude. Je me souviens que David avait essayé de lui enlever la bouteille, mais elle avait continué à boire.

— Pourquoi? Était-elle contrariée?

Elle n'eut pas le temps de répondre.

Lady Hartley descendit en trombe l'escalier au bras de David, et ils passèrent devant l'endroit où nous étions assises. Les deux étaient vêtus de façon impeccable en un noir austère. Ils se glissèrent dans la première Bentley polie qui bourdonnait en les attendant dans l'allée.

— Où vont-ils? murmurai-je.

Lianne semblait aussi surprise que moi.

— Je l'ignore. Ils m'excluent toujours. Je suis seulement « l'enfant ».

— Tu n'es pas juste une enfant, dis-je pour la défendre. Tu es mon amie. Et j'aime être ton amie.

Son visage s'illumina de bonheur.

— Merci, Daphné. Moi aussi, je t'aime beaucoup.

— J'adore ta robe, lançai-je, enthousiaste.

Elle portait une robe en dentelle rose attachée avec un nœud soigné à l'arrière.

— C'est Jenny qui a confectionné le nœud.

Elle était devenue toute rayonnante, quand je lui avais dit comment elle paraissait belle.

— Jenny a du talent, pour faire des nœuds.

— Est-ce une nouvelle robe ? L'as-tu demandée à ta mère ?

Trouvant une place pour son petit sac rose et ses gants, Lianne me fit face avec coquetterie.

— Je n'ai pas besoin de la permission de ma mère. Je suis une adulte. C'est tellement horrible, murmura Lianne, alors que nous sortions pour profiter d'un peu de soleil. Je savais qu'elle avait été malade un matin, mais j'ai tout simplement pensé qu'elle avait bu trop de vin. Victoria aimait le vin.

— Pas le champagne ?

Lianne hocha la tête.

— Mère préfère le champagne. Victoria aimait le vin rouge. Elle en buvait beaucoup. Elle disait que cela la « détendait ».

264

— Oh? Devenait-elle joyeuse, avec de la difficulté à articuler?

Lianne réfléchit.

— Il lui arrivait parfois de devenir un peu fantasque, mais c'était rare. Et pourtant, le soir où elle a disparu, elle avait bu.

— Elle avait bu quoi?

J'insistai.

— Qu'est-ce qu'elle avait bu?

— Oh, je ne sais pas. Beaucoup, je suppose. Beaucoup de ce qu'elle n'aurait pas dû boire... si elle portait un enfant.

— Sa consommation d'alcool affectait-elle ton frère? Comment réagissait-il?

Ma question lui fit soulever un sourcil comme si elle était sérieusement préoccupée. Peut-être que je n'aurais pas dû la lui poser.

Madame Trehearn choisit ce moment pour faire son entrée et demander si j'avais besoin d'autre café. Je refusai sur un ton distant, et Lianne se mit à frémir derrière la chaise. Lorsqu'elle disparut, je levai un sourcil.

— Alors, tu as peur d'elle, n'est-ce pas?

— Non, je n'ai pas peur d'elle! répondit-elle, sur la défensive.

— Tu ne la crains pas et en même temps tu la crains, me repris-je, puis je hochai la tête. C'est facile à comprendre. *Trois* de nos gouvernantes me faisaient peur. Ce sont des créatures effrayantes, tu ne crois pas?

Lianne se mit à rire.

— *Toi*, tu avais peur, Daphné? Mais je croyais que rien ne te faisait peur.

— Oh, la mort sans cause naturelle m'effraie vraiment. Et toi?

— De quoi parles-tu?

— C'est la mort causée par une intention meurtrière, expliquai-je. C'est très désagréable. Et très lâche.

— Lâche, dit-elle, pensive. Le meurtre nous rend forts, n'est-ce pas?

Sa question me troubla. Je la fixai sans la voir pendant un certain temps. Aurait-elle vraiment pu assassiner Victoria? Je me posais la question.

Je me dirigeai vers l'abbaye Rothmarten sous la pluie. C'était stupide de ma part, puisque le vent soufflait de côté; lorsque j'atteignis les terrains de l'abbaye, ma jupe trempée collait très désagréablement à mes jambes. Balayée par le vent, j'entrai dans l'abbaye dans une rafale de pluie. Pas précisément l'entrée gracieuse que je souhaitais faire, alors que je fus surprise de me retrouver en présence de David, Sir Edward et l'abbesse.

Les trois restèrent bouche bée, les sourcils levés à l'unisson.

— Vous avez fait tout ce chemin à pieds sous la pluie, mademoiselle du Maurier? demanda Lord David, inquiet.

— Venez ici! s'écria l'abbesse. Vous allez attraper un coup de froid.

Je cédai, consciente d'avoir interrompu une réunion privée entre les trois.

— J'espère que je ne vous ai pas dérangés, commençai-je, acceptant les vêtements de rechange que l'abbesse me tendait.

Enlevant mes vêtements mouillés, elle m'aida à enfiler les vêtements secs.

— Nous étions simplement en train de discuter de la sécurité de l'abbaye.

Je me doutais qu'un sujet fort différent les occupait.

— Victoria est-elle déjà venue ici?

— À une occasion, répondit l'abbesse, sur ses gardes. Elle est venue avec Lord David.

Elle se retourna et partit, me laissant terminer de m'habiller avant de revenir dans ma nouvelle tenue. Sir Edward avait disparu, mais je trouvai Lord David dans un coin avec sœur Agatha, et ses lèvres se retroussèrent en un sourire lorsqu'il me vit.

— Est-ce confortable?

— Mieux que des vêtements mouillés, répondis-je, remarquant son visage pâle et tiré.

Il avait probablement passé plusieurs nuits blanches.

Retournant à la section où j'avais travaillé sous la supervision de sœur Agatha, je commençai à l'endroit où j'étais rendue, ne sachant pas si je devais dire quelque chose à Lord David ou non. Que dit-on, deux jours après les funérailles?

« Les journaux n'ont pas été tendres », avait dit mon père, jetant encore plus de doute sur la capacité de Sir

Edward d'enquêter sur son propriétaire. Sir Edward affichait un air sombre, et je me demandai s'il serait remplacé.

Demeurant concentré sur la tâche à accomplir, Lord David était silencieux; ceci en soi aidait au processus de deuil. Je vis une ou deux religieuses s'arrêter et hocher la tête avec bienveillance. Aucune d'entre elles ne montrait le moindre doute quant à son innocence.

«Victoria, quels sont les secrets que tu dissimules?», demandais-je aux boîtes poussiéreuses.

— Pauvre petit gars, gazouilla sœur Sonia à côté de moi. Ce ne serait pas juste qu'il soit pendu à cause de cette femme aux mœurs légères.

Les mots étaient sortis brusquement, et sœur Sonia, s'apercevant de son erreur, couvrit sa bouche de sa main.

— Pardonnez-moi. Je ferai pénitence — dire du mal des morts.

Elle tenta de filer, mais je la retins.

— Pourquoi dites-vous que c'est une femme aux mœurs légères?

Elle rougit.

Je la suppliai de nouveau.

— Très bien, soupira-t-elle. Si vous devez le savoir, elle a été engendrée par une femme aux mœurs légères. Madame Bastion n'était pas madame Bastion, quand elle a eu ses deux premiers enfants. Oh, non! C'étaient les enfants de son riche cousin, et c'est pourquoi elle lui loue la maison. Monsieur Bastion, il est arrivé plus tard. Juste un bon vieux marin, et le père des plus petits, mais les deux aînés...

Elle se pencha avec hésitation pour murmurer dans mon oreille.

— Ce sont des bâtards… et des dangereux. Oh, Sainte Marie et Joseph.

L'abbesse se dirigeait droit vers nous.

— Je n'aurais pas dû parler.

— Je *prie* pour que sœur Sonia ne soit pas en train de vous régaler avec de fausses histoires, mademoiselle Daphné, dit l'abbesse en s'adressant à moi et en jetant un coup d'œil mortifié en direction de la pauvre sœur Sonia.

— Oh, non, en fait, dis-je en m'efforçant de dissiper certaines des craintes de sœur Sonia, elle s'inquiétait du fait que je doive quitter Windemere Lane plus tôt que prévu.

Mon stratagème avait fonctionné. Levant un sourcil, l'abbesse m'interrogea sur mes plans.

— Mes plans, répétai-je assez fort pour que Lord David entende à distance, ne sont pas encore fixés.

— Jusqu'à ce que je vous donne la permission de mettre à jour des détails de notre trésor, plaisanta l'abbesse.

— Que vous le fassiez ou non, lui répondis-je, c'est peu important. Je suis venue à Windemere Lane pour rendre visite à la vieille nourrice de ma mère… et pour passer des vacances. Tout ce que je fais ici, c'est de l'extra.

— De l'extra. Voudriez-vous m'accompagner, mademoiselle du Maurier ?

Commandée par l'abbesse, je n'avais pas d'autre choix que d'accepter, laissant dans mon sillage une sœur Sonia stupéfaite.

— Je ne voulais pas dire quoi que ce soit là-bas, dit-elle après avoir refermé les portes de son bureau privé, mais vous êtes dans une position unique, mademoiselle du Maurier.

— Oh? Comment cela?

— *Vous* êtes maintenant utile dans cette histoire, puisque vous avez découvert le corps. Lord David est innocent, je vous le dis. Je le *connais*. Je ne sais pas ce qui s'est passé avec Victoria. Lady Hartley ne doit pas être écartée comme suspecte, et suspecte, elle doit l'être plus que Lord David. Je connais ce garçon depuis son enfance, et il n'a pas le cœur d'un meurtrier...

— Mais Lady Hartley l'a?

Elle ne répondit pas. Elle ne le voulait pas, mais son silence répondait pour elle.

— Remplaceront-ils Sir Edward? demandai-je, après avoir hoché la tête.

— Je l'ignore, répondit-elle en un murmure aigu. Il y a quelqu'un à Londres qui ne veut pas que cette affaire soit conclue et enterrée. *Quelqu'un* cherche à avoir la tête de Lord David. Si vous me donniez la Bible maintenant, je jurerais sur elle. Je jurerais que quelqu'un veut que Lord David soit mort et enterré aux côtés de sa femme.

Ses paroles firent courir un frisson le long de ma colonne vertébrale.

— Vous avez dit que je me trouvais dans une position unique. Comment croyez-vous que je puisse aider?

— Restez près de Padthaway, articula-t-elle silencieusement comme si elle était en transe. Pour Lady Hartley et mademoiselle Lianne, en particulier. On ne peut faire confiance à aucune d'elles.

— Mademoiselle Lianne! m'écriai-je, mais elle n'est qu'une enfant.

— Une enfant, c'en est peut-être une, prononça-t-elle d'un ton irrévocable, mais c'est la fille d'un homme fou, et le mauvais sang finit toujours par faire surface.

CHAPITRE VINGT-QUATRE

« Restez près de Padthaway. »

En vérité, cela ne me dérangeait pas. J'adorais la vieille maison, et n'importe quel prétexte pour la visiter était un plaisir. Deux femmes m'avaient maintenant confié la mission de résoudre le mystère, madame Bastion et l'abbesse de l'abbaye de Rothmarten.

Je comprenais leur désespoir. L'abbesse Quinlain, pour préserver son abbaye et les archives sacrées conservées par David ; madame Bastion, pour l'honneur de sa défunte fille, pour l'injustice commise et pour s'être fait dérober, à elle et à ses jeunes enfants, un avenir sécuritaire et confortable.

Je me rendis donc une fois de plus à Padthaway, pour me faire informer par une glaciale madame Trehearn que la famille était sortie pour la journée — souhaitais-je laisser une carte ? Je répondis que je n'avais pas de carte imprimée à laisser et que je n'en écrirais certainement pas une. Alors que nous nous tenions là dans toute cette déroute, Jenny Pollock passa par hasard et brava le mécontentement de madame Trehearn en m'invitant à prendre le thé avec elle.

Madame Trehearn ne pouvait guère refuser, puisque Jenny Pollock et elle jouissaient du même statut privilégié.

Je me retrouvai donc dans le salon de Jenny Pollock, prenant plaisir à savourer une théière de thé bien frais et à commérer au sujet des funérailles.

— Comme c'est épouvantable pour Davie...! Mon cœur *a saigné* pour lui, qui était obligé de s'asseoir là, d'écouter toutes les accusations, et qui a tout supporté comme un saint! Je ne m'aventure jamais en ville. Jamais, mais je suis allée à l'église pour lui. Je me suis assise à l'arrière, la tête couverte d'un voile. Vous ne m'avez probablement pas vue.

— Non, je ne vous ai pas vue. Vous devez être tous soulagés de voir que tout est maintenant terminé.

— Eh bien, ce n'est pas terminé. Pas avant qu'ils trouvent la meurtrière.

Elle plissa les yeux. Jenny espéra que je n'avais pas entendu ce qu'elle venait de dire, mais je l'avais effectivement entendu.

— Oh, ne faites pas attention à moi, mademoiselle Daphné. Mes lèvres parlent toujours trop vite; ça a toujours été comme ça et ça m'a causé des ennuis.

— Alors, vous avez peur des ennuis, maintenant? Si vous me parliez de ce que vous savez?

Elle me regarda sans dire un mot.

— Ce que je sais?

— Au sujet de la mort de Victoria. De sa vie secrète.

Jenny semblait effrayée.

— Je ne sais *rien*, vraiment rien. Elle est arrivée ici pour travailler dans la cuisine, sous les ordres de Soames. Maintenant, si vous êtes une demoiselle futée et que vous êtes en train de fouiller pour savoir ce qui lui est arrivé, Soames est celui à qui il faut poser des questions. Allez-y.

Elle m'avait maintenant aiguillonnée vers lui, et, après avoir terminé ma tasse de thé, j'acceptai. J'irais à la cuisine sous le prétexte d'aller chercher d'autre thé et je verrais ce qui en sortirait.

Par chance, je trouvai monsieur Soames seul dans la cuisine, en train de ranger ce qui paraissait avoir nécessité beaucoup d'efforts.

— Un grand déjeuner? demandai-je.

Gardant la tête baissée, il fit signe que oui. Il n'avait pas envie de parler, et son expression restait tendue et fermée. J'aurais dû m'en tenir là, commander mon thé et partir, mais quelque chose en moi me poussait à parler.

— J'ai entendu dire que vous avez travaillé à Paris. J'ai fréquenté une école d'arts d'agrément, là-bas. Pour qui travailliez-vous? Lianne a dit que c'était pour un célèbre peintre.

M'efforçant de paraître le plus décontractée possible, je remarquai qu'il serrait les lèvres, lorsque je lui posais des questions. Aujourd'hui, il n'était pas le Soames raffiné. Quelque chose le tracassait, et je me doutais que c'était lié à Victoria.

Déposant sa poêle à frire, il se retrancha en mode occupé.

— Ah, Paris! N'est-ce pas merveilleux?

Je l'observai qui s'affairait en préparant mon thé, sa nervosité augmentant de minute en minute.

En me remettant mon thé, il s'aperçut qu'il avait oublié le lait.

— Pardonnez-moi, mademoiselle du Maurier, mes pensées étaient ailleurs.

— Je crois que je comprends, murmurai-je, acceptant le petit pot de lait de sa main. Victoria a travaillé dans votre cuisine, n'est-ce pas? Bien sûr, vous êtes bouleversé. Toute la maison l'est.

Contre toute attente, il s'esclaffa à ces mots, et je levai un léger sourcil inquisiteur. Détestant me servir de ces tactiques, je pressai doucement ma main sur son bras.

— Pendant combien de temps a-t-elle travaillé pour vous?

— Pas longtemps. Une année, tout au plus.

— Elle voulait devenir cuisinière?

— Elle, une cuisinière!? Non, elle était venue ici pour...

— Pour...?

Silence.

— Pour trouver une vie meilleure?

Infiniment mal à l'aise, monsieur Soames s'éloigna de ma main, se réfugiant dans ses casseroles. Me souvenant de son expression au moment où Sir Edward avait prononcé le verdict et les nouvelles qui l'accompagnaient, je lui fis un signe de tête pour lui exprimer ma sympathie.

— Connaissiez-vous sa mère?

— Non. Je ne connaissais personne de sa famille.

Le déni brutal, suivi par une démonstration rapide de réorganisation des verres à vin et un appel pour de l'aide, me chassa de ma chaise. Il ne semblait pas sage de faire des pressions sur monsieur Soames.

Le quittant pour réfléchir sur la rencontre, je transportai le reste de mon thé dans le salon. Comme je m'y attendais, je bus mon thé en silence et je me recroquevillai sur un des canapés en attendant mademoiselle Lianne.

Et mademoiselle Lianne arriva bientôt à toute vitesse de son pas lourd pour me voir.

— Oh, le plus *ennuyeux* goûter! Mère était ailleurs. Madame Beechley a dû lui poser trois fois la même question.

Il semblait que l'esprit de tout le monde était ailleurs.

— Penses-tu que la menace de madame Bastion l'inquiète? Je veux dire, aux funérailles.

L'expression mordante de Lianne disait: «Je ne crois pas.»

— Elle s'est disputée avec Davie, juste après les funérailles… Je les ai entendus, dans le jardin. Il était question d'argent. Ils passent leur temps à se quereller pour de l'argent.

Oui, l'argent était la cause de nombreuses perturbations familiales, mais dans le cas de cette querelle, si peu de temps après l'enterrement, je sentais une signification particulière. Certes, on pourrait parler de ces questions un peu plus tard.

— As-tu entendu autre chose ?

Se plissant le nez, elle réfléchit.

— David a dit quelque chose comme : «Je ne permettrai pas qu'on salisse son nom encore plus. »

David soupçonnait-il sa mère d'avoir noirci la réputation de sa bien-aimée ?

— Alors, que veux-tu faire, maintenant ?

Enthousiaste, Lianne me présenta plusieurs options. Je les écoutai toutes.

— Je crois que j'aimerais demeurer ici, dans la maison. Peut-être pourrions-nous passer la journée avec Jenny ?

Son nez se retroussa.

— Nous pouvons aller la voir un autre jour.

— Mais tu aimes passer du temps avec elle, lui rappelai-je, et c'est une bonne chose d'aller rendre visite à quelqu'un qui est seul. Pourquoi ne s'aventure-t-elle jamais dans le village ? N'a-t-elle pas d'amis ? Craint-elle de rencontrer quelqu'un là-bas ?

Je pouvais voir que l'idée n'en était jamais venue à Lianne.

— Peur de quelqu'un ? Je ne crois pas que Jenny ait peur de quelqu'un ou de quelque chose.

Tandis qu'elle m'escortait à travers la maison vers le salon de Jenny, je tentai d'orienter Lianne vers l'affaire de meurtre. J'avais envie d'explorer la fameuse serre de madame Trehearn et la chambre de Victoria. J'étais certaine de trouver quelque chose que la police n'avait pas vu. De mes lectures de romans policiers, je me souvenais qu'un minuscule indice de la plus infime importance pouvait conduire à la réponse.

Je disposais déjà d'un ou deux indices. L'absence des chaussures de Victoria demeurait mon indice principal. Avaient-elles été cachées quelque part, ou le meurtrier s'en était-il débarrassé? Ou bien étaient-elles tout simplement rangées dans sa garde-robe? Était-elle tombée, ou avait-elle été poussée ou déposée sur les falaises, dans sa chemise de nuit, empoisonnée par une dose mortelle de ricine?

Pour la deuxième fois ce jour-là, je me retrouvai dans les quartiers de Jenny. C'était comme un havre estival qui s'épanouissait. Lianne et moi écoutâmes son récit de la veillée funéraire à la maison des Bastion.

— C'est Soames qui m'a emmenée. J'ai pu voir madame Bastion. C'était triste. Beaucoup de hurlements, de sanglots et de trucs semblables. Je suppose qu'il y avait des années que j'avais vu les villageois, mais ma vie est ici, maintenant. On m'a prise pour une grande snob, quand j'ai cessé d'aller au village. À l'époque, mes amis étaient tous jaloux que j'aie obtenu un si bon emploi à Padthaway. C'est une grande maison, vous savez, et quand Becky Shaw s'est mariée, ils auraient pu aller se chercher une nounou sophistiquée de Londres.

— J'ai rencontré Rebecca Shaw...

— Oh? Et qu'avez-vous pensé d'elle?

— Un peu nerveuse. S'est-il passé quelque chose, ici, à Padthaway, qui lui a fait peur ? Elle ne voulait pas en parler.

Bien sûr, je ne lui mentionnai pas que Rebecca Shaw m'avait mise en garde contre les Hartley.

— Je ne pourrais pas le dire.

Jenny leva les mains en l'air.

— Mais pour revenir aux funérailles, B n'est pas bien, n'est-ce pas ? Elle est absolument certaine que sa fille a été assassinée, mais je pense que cela concerne plus le bébé. Le bébé, le bébé, répéta-t-elle. Je n'avais aucune idée...

Non plus que personne d'autre, sauf Lord David et peut-être le frère de Victoria, du moins d'après les apparences.

— Le vicaire Nortby a eu des problèmes avec ce fait, n'est-ce pas ? Eux, les prêtres, ne connaissent pas grand-chose de la vie. Comment s'est passé le repas d'Ewe, hier, en passant ? Vous avez rencontré de nouvelles personnes ?

Je leur parlai de monsieur Brown.

— Je ne le connais pas, dit Jenny en reniflant, mais j'ai entendu parler des autres qui y sont allés. C'est Betsy... elle me raconte tous les potins. Impossible de vivre sans ces potins.

— Vous devriez venir, la prochaine fois, lui dis-je. Je crois que vous vous entendriez à merveille, vous et Ewe.

— On pourrait en faire des belles ! dit Jenny en se mettant à rire, puis son visage s'assombrit. J'ai vu mon garçon, ce matin, mon Davie. Il ne va pas bien. Ça m'inquiète.

— Peut-être que c'est seulement le choc.

— Oui, le choc, convient Jenny. Perdre son bébé et tout.

Nous partageâmes un repas simple avec Jenny, et je me sentis beaucoup plus à l'aise que lorsque j'étais assise à la table des Hartley. Je redoutais presque la prochaine invitation à souper, et j'en parlai à Jenny.

— Oui, Lady la Hautaine a l'œil sur vous. Oups.

Elle s'interrompit, jetant un coup d'œil vers Lianne.

— Vous l'avez déjà appelée comme ça avant, dit Lianne de son perchoir près de la fenêtre, alors qu'elle travaillait à un casse-tête, donc ce n'est pas nécessaire de chuchoter. De toute façon, cela ne me dérange pas.

Je me déplaçai de ma chaise pour observer ses progrès, mais Jenny me fit signe de ne pas le faire.

— Laissez-la faire son puzzle, murmura-t-elle. C'est bon pour son esprit.

— C'est dommage qu'elle n'ait pas d'autres amis, lui dis-je.

— C'est à cause de la *maladie*, dit Jenny à voix basse. Ils croient qu'elle est plus en sécurité avec moi, et je vous avoue que j'ai poussé pour que ce soit ainsi. Je ne veux pas que ma fille sorte dans le monde et se fasse blesser. Au moins, ici, je peux avoir l'œil sur elle.

— Mais elle n'est pas vraiment folle, n'est-ce pas ?

Jenny s'arrêta pour réfléchir.

— Je ne crois pas. Je crois qu'elle a d'autres problèmes, des problèmes d'apprentissage.

Baissant encore plus la voix, elle ajouta :

— Elle a de la difficulté à lire et à écrire, mais elle continue d'essayer, et c'est ce qui est important.

— Peut-être que je pourrais l'aider, proposai-je. Pendant que je suis ici, dans la région.

— Bien.

Jenny me serra la main.

— Vous êtes tout simplement une bénédiction déguisée, n'est-ce pas ? Et si jolie et si intelligente, aussi. Pas étonnant que madame la comtesse se soit entichée de vous.

CHAPITRE VINGT-CINQ

Je quittai Padthaway à quinze heures, me donnant deux bonnes heures pour escalader les falaises et chercher des indices, puisqu'Ewe ne comptait pas sur mon retour avant dix-sept heures.

Une brise d'après-midi fouettait le promontoire. Je tirai mon cardigan contre moi, examinant le ciel gris. Il allait bientôt pleuvoir, de lourds nuages se précisant et se rassemblant en une formation menaçante. Une mer déchaînée clapotait contre le rivage, et je suivis la route le long du sommet des falaises, jusqu'à l'endroit d'où était tombée Victoria.

Alors que j'atteignais le site, à la recherche de chaussures jetées ou d'indices manqués par la police, je l'aperçus. Seul, debout sur le rocher protubérant, le col de son grand manteau levé, le visage caché sous le bord de son chapeau. Il était en train de regarder au-delà de la crête, dangereusement près du bord.

— Faites attention ! lui criai-je.

Surpris, Connan Bastion pivota sur ses talons, reprenant son équilibre juste avant mon arrivée.

— Oh, c'est vous.

Le vent ayant attrapé son chapeau, il le jeta à la mer.

— Mademoiselle Daphné, je ne suis pas sur le point de me tuer.

— J'espère bien que non, lui dis-je en m'approchant. Vous avez tellement de raisons de vivre.

— Raisons de vivre.

Hochant la tête, il se mit à rire, ses boucles foncées enveloppant les contours de son magnifique visage.

— Quelles sont ces raisons, d'après vous?

— Votre famille.

— Ma famille, dit-il en riant. Ha! Que savez-vous de ma famille?

Je m'aventurai :

— Que vous êtes proches. Je sais que vous feriez n'importe quoi pour soutenir votre mère, et je sais que vous étiez proche de votre sœur Victoria.

— C'était ma seule *vraie* sœur, cracha-t-il. Nous étions les seuls à avoir le même père. Le cousin chic de la ville, me dit ma mère. C'est pourquoi nous louons *sa* maison.

— L'avez-vous déjà rencontré?

— Rencontré, dit-il en crachant de nouveau. Bien sûr que je l'ai rencontré! C'est mon père, n'est-ce pas? Même s'il a une femme et cinq enfants en plus de ça. Il ne s'intéresse pas vraiment à nous. Il se contente de payer, comme cela se doit, ayant laissé maman seule avec nous deux.

— Ensuite, votre beau-père est arrivé, monsieur Bastion.

— Bastion.

Il leva les yeux au ciel.

— Ce n'est pas mon vrai nom. En définitive, je n'ai pas de vrai nom, n'est-ce pas? Étant donné que mon propre père ne me reconnaîtrait pas comme son fils. Je devrais m'appeler Connan Wright. Oui, monsieur Wright, je vous en prie.

— Votre beau-père était bon avec vous, Connan?

Comme un animal sauvage, il regarda vers la mer.

— Ouais, c'était un brave homme. Il m'a appris le commerce de la pêche. Il m'a *obtenu* un emploi pour une compagnie dont les Hartley sont propriétaires!

— Est-ce que ça vous dérangeait, avant que Victoria rencontre Lord David?

— Me déranger? répéta-t-il. Je suppose que non. Ensuite, Vicky a eu un emploi *là-haut*. Je l'avais prévenue. Je l'avais prévenue dès le début, mais croyez-vous qu'elle m'a écouté? Non.

Je hochai la tête en signe de sympathie.

— Il est rare que les filles écoutent les sages conseils des frères et des pères. Je le sais, parce que j'aurais dû écouter mon père, à un moment donné — il s'agissait d'un garçon —, mais maintenant je le ferais. Je m'aperçois maintenant que ce qu'ils disent, c'est souvent pour notre bien.

Il hocha profondément la tête, et je soupçonnai qu'il avait bu au pub de la place depuis l'heure du déjeuner.

— Vous croyez que votre sœur a été assassinée, n'est-ce pas ? Mais ce qui vous inquiète, c'est que vous ne pouvez pas le prouver.

Il leva la main.

— Comment le pourrais-je ? Comment puis-je aller à l'encontre de l'homme qui me paie ? Dites-le-moi !

— Mais vous l'avez déjà fait, n'est-ce pas ? Vous avez dit à la police ce que vous croyiez, vos soupçons ? Connan, Victoria *vous* a-t-elle dit qu'elle était enceinte ?

— Ouais, elle me l'avait dit. À lui et à moi, elle l'avait dit.

— À personne d'autre ? A-t-elle nommé le père de l'enfant ? Ce doit être l'enfant de Lord David !

— Peut-être, dit-il en haussant les épaules. Et comme je connais Vicky, elle n'aurait pas risqué ses chances de devenir une lady, si vous voyez ce que je veux dire. Donc, il devait être de Hartley, même s'il y en avait pas mal qui lui couraient après. Il y en a toujours eu, depuis l'école. J'ai dû donner pas mal de coups de poing, dans mon temps, je peux vous le dire.

— Vous n'avez jamais essayé de frapper Lord David ?

Il me lança un coup d'œil navré.

— Je suppose que non. Pourtant, vous devez avoir voulu le faire. Je veux dire, qu'avez-vous pensé, quand elle vous a dit qu'elle sortait avec lui ?

— Je l'avais prévenue, dit-il après une longue pause, incertain de pouvoir me faire confiance.

— Vous pouvez me faire confiance, l'assurai-je.

— Je l'avais avertie de ne pas se tenir avec des gens comme eux. Ils l'utiliseraient et ils la recracheraient comme un corps étranger, mais elle ne m'a pas écouté. Puis, elle m'a dit qu'elle était enceinte, qu'elle était fiancée! Fiancée à Hartley! J'ai ri, et elle m'a giflé. Puis, je me suis rendu compte qu'elle ne plaisantait pas. Qu'elle *allait* vraiment l'épouser.

— Qu'est-ce qui vous a convaincu?

— Elle m'a montré la bague. La bague à *diamant*.

Son visage pâlit.

— Vous auriez dû la voir sur son doigt.

Je hochai la tête, encore incertaine de son état d'esprit actuel et de ses intentions. Examinant son profil plus avant, les paupières lourdes et les yeux bordés de rouge indiquaient une dure nuit, ou deux, passée à boire. Les joues pincées et la mâchoire d'acier serrée suggéraient la colère et une frustration très proche du désespoir.

— C'est vous qui avez trouvé le corps, n'est-ce pas? De quoi avait-elle l'air?

Assaillie par une profonde tristesse et m'approchant du bord de la falaise, je cherchai pour voir l'emplacement sablonneux dessous, frissonnant au souvenir de la future jeune mariée étendue là-bas.

— Elle avait l'air superbe... presque paisible.

— Elle était jolie, Vicky. La plus belle fille des environs.

Une douleur profonde résonnait dans sa voix, et je les imaginai tous les deux, enfants, courant main dans la main à travers les champs, en plein air. Deux enfants sans père, trouvant du réconfort l'un dans l'autre.

— Connan, dis-je avec douceur, j'ai rencontré un monsieur Cameron, à l'enterrement. Était-ce un ami de Victoria?

Ses lèvres se durcirent, quand il entendit le nom.

— Un grand garçon aux cheveux auburn. Il loue un appartement à Londres.

— Un ami! cracha Connan. Il s'est juste servi d'elle, comme les autres. Je l'avais avertie de ne pas prendre cet emploi à Londres. Je l'avais avertie de ne pas aller au cabaret, mais m'a-t-elle écouté?

— Pourquoi pensez-vous qu'elle l'a fait? Elle ne s'était jamais intégrée à la vie du village, n'est-ce pas?

Il hocha la tête.

— Elle voulait s'élever au-dessus des autres, elle voulait se joindre à cette classe.

Il me décocha un coup d'œil.

— *Votre classe.*

— Oui, ma classe, et c'est peut-être une bonne chose que je sois venue ici dans un tel moment.

Je me penchai vers lui pour murmurer à son oreille.

— Je peux pénétrer à l'intérieur de Padthaway. Je peux trouver le meurtrier de votre sœur et le livrer, lui, elle ou eux, à la justice.

Je sentis qu'il aimait ce que je disais, et je me posai des questions sur la sagesse de mes imprudentes paroles. Connan ne se moqua pas de ma suggestion, car il savait, tout comme moi, que ceux de la classe supérieure évitent trop souvent la justice.

— Que pensez-vous de monsieur Brown? Magnifique, n'est-ce pas?

Je ne partageais pas l'enthousiasme d'Ewe.

— Je l'ai trouvé arrogant.

— Eh bien, il vous a trouvée tout à fait charmante, car je l'ai vu ce matin même. Il est venu rendre visite à son oncle, un autre homme *charmant*, quoiqu'un peu reclus. Je l'invite régulièrement à mes déjeuners, et un jour, il acceptera.

Nous nous assîmes devant notre simple repas du soir, un ragoût de viande et de légumes qu'Ewe avait fait mijoter toute la journée.

— Je ne savais pas si vous alliez rester dans la grande maison. Les gens de Londres sont-ils partis?

— Presque tous. Lianne et moi avons passé la journée avec Jenny Pollock. Elle est adorable. Vous souvenez-vous d'elle un peu?

Ewe remonta dans ses souvenirs.

— Je l'ai vue une ou deux fois. C'était une jolie fille, Jenny. Avez-vous vu Lady Hartley? Ou Lord David?

— Non, mais je soupçonne que je pourrai les voir mercredi. J'ai été invitée pour le déjeuner.

— Oh, vous avez été invitée?

Je rougis au ton rempli de sous-entendus d'Ewe et je changeai rapidement de sujet.

— Vous savez, Bastion n'est pas le nom réel de Connan et de Victoria. Ce n'est pas bien de se faire déposséder de son identité.

— Et maintenant que les funérailles sont terminées, la vraie vie peut recommencer, termina Ewe.

«Mais quel genre de vie?» me demandai-je.

Malgré l'enquête en cours, Lord David avait prévu de se marier, de devenir un mari et un père. Et au grand dam de Lady Hartley, Victoria allait bientôt devenir la maîtresse de la maison.

Pensant à cette dernière, j'observai de près Lady Hartley lors du déjeuner du mercredi dans le salon vert. Elle avait depuis remis la photo présentant David et Victoria ensemble, l'heureux couple fiancé, et je ne pus résister à la regarder avant l'arrivée de Lord David.

La photographie avait été prise sur la véranda. Victoria se tenait dans un fauteuil avec David debout derrière elle, la main posée sur son épaule. Elle portait une robe cintrée blanche, un collier de perles lavande à son cou, sa beauté soulignée par la simplicité de sa tenue. Ses doigts touchaient la main de David à l'endroit où il touchait son épaule, sa bague de fiançailles large et scintillante. Je frémis, me rappelant où j'avais vu la bague la dernière fois — sur son doigt mort.

— C'est tellement agréable de retrouver sa maison pour soi, annonça Lady Hartley, ruisselant de bijoux et ne correspondant certainement pas à l'image d'une belle-mère et d'une future grand-mère en deuil.

Alors qu'elle se détendait, examinant fièrement ses peintures, le calme sinistre de Lady Hartley derrière son masque royal me fit frissonner. Elle avait l'air d'une mère en adoration devant son fils, lorsque celui-ci entra, jetant un rapide coup d'œil vers la photographie qui avait repris sa place.

Le déjeuner commença et se passa assez bien. Lianne était heureuse de ma présence. Évitant tout ce qui avait rapport aux funérailles ou à l'enquête, nous parlâmes de banalités, de nos dernières vacances, des pièces de théâtre et des spectacles auxquels nous avions assisté, des commentaires obligatoires et sans danger dans les circonstances. À la fin du repas, je me sentais épuisée, et je craignais que Lady Hartley me demande de rester pour le thé.

Au lieu de cela, Lianne suggéra que nous nous rendions à la bibliothèque. Rien ne me faisait plus plaisir que de m'attarder parmi les livres, et j'avais hâte de me complaire au sein de la splendide collection.

Une heure s'était facilement écoulée, avant que Lianne commence à s'ennuyer et exige que nous fassions autre chose. Je lui dis que je n'en avais pas envie et que je resterais avec les livres, à moins qu'elle veuille que je parte. Ne voulant pas troubler notre amitié, elle haussa les épaules avec bonhomie, me laissant seule pour prendre le temps d'explorer.

Je commençai par une section de la bibliothèque, progressant lentement à la section suivante lorsque je remarquai que Lord David était entré dans la pièce.

J'admirai son rituel évident, alors qu'il se tenait à mi-hauteur de l'échelle, se concentrant sur la lecture d'un livre et ignorant totalement que quelqu'un d'autre occupait la pièce.

— Bonjour.

Le livre s'envola, de même que Lord David, surpris par mon interruption. Retrouvant son équilibre, il effectua une descente rapide, démontrant une prouesse gracieuse et athlétique.

— Pardonnez-moi, lui dis-je en souriant, vous avez probablement eu la même idée que moi, et me voici maladroite dans votre retraite privée.

Je pivotai sur mes talons.

— Ne partez pas.

Ma main était posée sur la porte, mais je n'avais aucunement l'intention de partir.

— Oui ?

— S'il vous plaît, restez.

Brossant sa veste, il alla chercher le livre sur le plancher.

— Je vous accorde un permis spécial pour faire des bévues, Daphné du Maurier.

Un sourire presque rempli de remords accompagna ce commentaire, et une bouffée de chaleur se délogea et se fraya un chemin dans ma gorge. Me raidissant contre la magistrale masculinité contenue devant moi qui ornait l'un de mes décors préférés, une salle remplie de livres, je fis un signe vers le livre qu'il cachait derrière son dos.

— Oh, ce n'est rien, dit-il, se hâtant de le pousser sous des papiers sur son bureau.

L'avais-je imaginé, ou une rougeur était apparue sur son visage ? Quelle sorte de rougeur ? Peut-être de l'embarras, ou de la culpabilité ? Pourquoi dissimuler un livre ?

Immédiatement curieuse, je flânai dans la pièce, inspectant un titre bizarre çà et là, adorant la richesse et l'étendue du choix.

— C'est une belle sélection...

Il hocha la tête, levant à son tour un sourcil curieux.

— Je croyais que vous, les dames, aimiez faire une sieste avant le souper.

— Il m'arrive rarement de faire une sieste avant le souper, mais paraît-il que je rêve beaucoup éveillée. Je suis fréquemment coupable du crime, surtout à des moments inopportuns; du moins, c'est ce que ma mère me dit.

Un petit gloussement amusé s'échappa de ses lèvres, et il se détendit, souriant.

— Alors vous n'êtes pas seule, car je suis coupable du même crime. La rêverie est une remarquable évasion, n'est-ce pas?

Le livre que j'avais choisi glissa entre mes doigts. Je me penchai pour le récupérer en même temps que Lord David, nos mains se heurtant sur l'épine.

Sa main demeura sur la mienne. À bout de souffle, je levai les yeux vers son visage souriant.

— C'est un bon livre...

— Est-ce vrai...?

Je ne reconnus même pas le son de ma propre voix. Il était tellement près, trop près, sa main posée sur le bout de mes doigts, raffermissant son emprise alors qu'il m'aidait à me redresser.

Le livre tomba entre nous. Riant, nous nous esquivâmes de nouveau pour le ramasser, et cette fois, à mon intense mortification, nos fronts se touchèrent. Les bras de David se tendirent pour me stabiliser, et j'avalai ma salive, perturbée et pourtant excitée par notre proximité.

Aucun d'entre nous ne se préoccupa du livre. Lentement, je me retrouvai entraînée dans le cercle de ses bras, à demi effrayée et à demi enivrée, totalement incapable d'éviter la pression de ses lèvres sur les miennes — douce d'abord, puis plus profonde, prouvant qu'il était un homme de grande force et de passion.

M'avertissant moi-même que je devais me méfier de cet homme, je reculai lentement, mon visage chaud et silencieux témoignant que son baiser avait été une réussite.

Pour mettre de l'espace entre nous, je reculai pour trouver un livre, n'importe quel livre.

— Pardonnez-moi cet écart de conduite, dit-il.

— Non, ce n'est rien, murmurai-je, cherchant désespérément un livre.

Sentant la soudaine maladresse entre nous, il fit signe vers le mur arrière.

— Vous pourriez trouver quelque chose d'intéressant là-bas.

Il avait deviné juste. Choisissant un livre sur l'époque des Vikings dans la section historique, je le feuilletai, essayant de forcer les battements de mon cœur à ralentir. Mes relations avec les hommes avaient été rares — quelques baisers volés, entre autres, à mon cousin Geoffrey —, mais ce baiser m'effrayait par son intensité.

— Vous pourriez aussi feuilleter ceux-ci.

Allant trouver quelques titres, il me remit la pile, ses yeux cherchant les miens.

Je ne réussis même pas à voir les titres.

— Merci, murmurai-je. Vous êtes très gentil.

— Gentil, répéta-t-il, regardant au loin. On m'a donné beaucoup de noms, dernièrement, mais pas celui de gentil. Je *vous* remercie, Daphné. Vous me permettez de croire en la vie.

Je levai les yeux vers lui, le héros perdu, torturé et incertain de savoir comment poursuivre sa vie à la suite de cette tragédie.

M'évadant dans mon propre coin de la pièce, j'essayai de me concentrer sur le livre d'histoire, les hommes vikings dans leurs casques se brouillant devant mes yeux. Pourquoi, pourquoi m'avait-il embrassée? Pourquoi voulait-il dissimuler le livre qu'il avait poussé sous les papiers plus tôt? Était-ce pour cette raison qu'il m'avait embrassée, dans l'espoir de détourner mon attention?

Je refusai de quitter la salle avant d'avoir découvert son secret. Je continuai à me concentrer sur les Vikings, jusqu'à ce que mon occasion en or se présente en la personne de madame Trehearn.

— Mon seigneur.

Elle recula d'étonnement, lorsqu'elle me vit.

— Madame votre mère veut vous dire un mot.

— Elle a cette habitude, répondit-il, irrité.

Lord David partit directement, à contrecœur, mais comme madame Trehearn se tenait là, tenant la porte ouverte, il la franchit sans regarder en arrière. Après m'avoir lancé un coup d'œil perçant qui voulait dire «Que faites-vous ici?», madame Trehearn referma la porte.

Je sentis un soulagement aigu déferler sur moi. Désormais seule, je fouillai rapidement sur le bureau de Lord David, à la recherche du livre qu'il avait caché, passant ses papiers au crible, réprimant toute honte de fouiller dans ses affaires personnelles.

Puis, je la trouvai.

Une lettre... cachée à l'intérieur d'un livre de poésie, une lettre qui commençait par :

Mon David chéri...

CHAPITRE VINGT-SIX

Mon David chéri,

Comment peux-tu me dire des choses aussi abominables ? Je t'appartiendrai toujours. Je sais ce que
l'on dit de moi… S'il te plaît, n'en crois rien. Ce n'est
pas vrai, je te le dis. Je t'aime.

Il est curieux de voir comment notre passé nous
rattrape. Nous avons tous des secrets, et je ne fais
pas exception. Un jour, j'avouerai tout, mais sache
maintenant que mon cœur n'appartient qu'à toi, et
que toi seul es le père de mon enfant.

Je sais que nous avons eu une terrible dispute
tout à l'heure, mais j'ai hâte à samedi. Je marcherai
fière à ton bras, la nouvelle madame David Hartley.

Ta fidèle,
Victoria

Comme une enfant désobéissante, je levai furtivement les yeux; la frénétique madame Trehearn aurait
pu entrer brusquement et me prendre en flagrant délit.

J'avais l'impression d'être une criminelle — voler la lettre privée de quelqu'un —, mais pourquoi Lord David l'avait-il cachée à cet endroit ? Croyait-il que les serviteurs fouillaient son bureau ? Pire, soupçonnait-il Lianne ou sa propre mère de fureter dans ses affaires privées ? D'après ce que je savais des deux, j'aurais caché, moi aussi, la lettre privée à l'intérieur d'un livre, que j'aurais placé bien haut sur les étagères.

Relisant les mots, je me demandai si David avait gardé la lettre parce qu'il aimait Victoria ou parce qu'il se sentait coupable de l'avoir assassinée. Je ne voyais rien dans la lettre, sauf une protestation d'amour de Victoria pour son homme, et l'assurance qu'il était le père de son enfant. Elle disait qu'elle avait hâte de marcher fièrement à son bras, la nouvelle madame David Hartley. Ses paroles écartaient définitivement la thèse du suicide, car c'étaient les mots d'une femme qui avait l'intention de vivre, de se marier et d'avoir son enfant, indépendamment des rumeurs, des préjugés, et même de l'opposition de la famille.

— Donc, ce n'est pas un suicide, murmurai-je. À moins que quelque chose se soit produit entre l'écriture de cette lettre et la nuit de sa mort.

Replaçant la lettre où elle se trouvait pour la mettre en sécurité, je partis à la recherche de Lianne. Elle serait en colère contre moi d'avoir passé trop de temps à lire, après m'avoir invitée ici comme son amie particulière.

Cherchant Betsy ou Annie pour me guider, car je refusais de chercher madame Trehearn pour m'informer sur mon chemin, je me promenai dans la maison, me demandant où se trouvait la chambre de Victoria. Je commençai par le couloir menant à la mer, et je me dirigeais vers l'aile ouest interdite quand Lianne me découvrit.

Elle n'était pas seule. Son frère se tenait près d'elle, et les deux me regardaient avec une intense curiosité que je trouvai inquiétante.

— Nous avons pensé que tu t'étais perdue, n'est-ce pas, Davie ?

Les yeux de Lord David, interrogateurs, me fixaient.

— À quelle heure dois-tu rentrer ? dit Lianne en sautillant vers moi.

Je consultai ma montre-bracelet.

— Pour le souper.

— Alors, nous avons du temps pour une visite des donjons, si vous le désirez, dit Lord David en souriant. À moins que vous n'ayez d'autre lecture importante à faire ?

J'avais envie de rentrer sous terre. Non seulement il soupçonnait, mais il *savait* que j'avais lu la lettre.

— Une visite des donjons, ce serait charmant, répondis-je.

— Excellent.

Un léger sourire flotta sur ses lèvres. Alors qu'il retirait une lampe de poche de sa poche intérieure, son sourire s'intensifia, et je détournai les yeux.

— Ces donjons étaient fonctionnels, à une certaine époque, divaguait Lianne avec enthousiasme en sautillant vers l'avant, et on les utilisait pour la *torture*. Je me demande si on s'en était servi pour le moine dans la tour. Il reste encore des chaînes, tu sais, et probablement des *squelettes*, même si je n'en ai pas encore trouvé.

— Tu sembles déçue, lui dis-je, m'interrogeant sur sa fascination pour la mort.

Elle avait un penchant particulier pour les instruments de torture et pour la mort. Y avait-il un rapport avec son père, qui s'était tiré une balle ? L'enfant avait-elle été témoin de l'événement ?

Je me sentais naturellement désolée pour David et Lianne. La nuit du suicide de leur père, leur vie avait été irrémédiablement transformée. David, un garçon de seize ans, avait été poussé plus tôt que prévu dans la situation d'un homme, tandis que Lianne, une enfant de six ans, avait été abandonnée à la garde de sa nounou.

Alors que nous entrions dans l'aile ouest, l'air venteux de la mer frôlait les poils sur ma peau, et je me sentais étrangement nerveuse. Qui d'autre que cette maison connaissait les secrets enfouis dans ses replis anciens ? S'arrêtant à l'extérieur des portes mauresques, David frappa et nous ouvrit la porte.

— Le chemin vers le donjon est par ici.

— Votre mère sera-t-elle mécontente de cette intrusion ?

— À cette période de la journée, ma mère prend habituellement son thé dans la cour.

Je remarquai le ton incisif qu'il employait lorsqu'il parlait de sa mère.

C'était la même chose pour Lianne, et je pensai : « Quelle étrange relation tendue existe entre les trois ! »

N'y avait-il jamais eu de gaieté et de bonheur, dans cette maisonnée ?

La magnifique salle me surprit une fois de plus, sa beauté envoûtante attisant les feux de mon imagination. Une telle chambre exigeait une belle héroïne, un sombre héros ainsi qu'un obscur et riche mystère.

La porte vers les cachots se dressait au bout de l'antichambre. Alors que nous explorions le labyrinthe rempli de toiles d'araignée et de poussière, un sombre et mystérieux passage s'illumina devant, rendu visible seulement par la lampe de poche de David.

— Autrefois, les contrebandiers évitaient la garde côtière en utilisant des grottes, dit David, mais un jour, un capitaine a refusé d'abandonner. Traquant les criminels, il a transpercé l'équipage, avant de poursuivre l'organisateur, mon arrière-arrière-arrière-grand-père, Lord Aiden, mais Lord Aiden s'est servi de son privilège d'aristocrate et a ainsi esquivé la punition, qui, à l'époque, était la pendaison.

Pendant qu'il parlait, je pris conscience que tout comme le propriétaire précédent, Lord David pourrait échapper à la punition, utilisant le « privilège d'aristocrate », lui aussi.

— Tout ne s'arrête pas ici.

Le sourire de Lianne paraissait sinistre, dans l'obscurité.

— Non, continua David, car le capitaine Saunders a refusé d'abandonner. Considérant qu'il s'agissait d'une atteinte à sa réputation, il a infiltré la maison une nuit et il a transpercé Lord Aiden dans son sommeil. Personne n'a plus jamais revu Saunders, mais il a laissé son sabre comme sinistre rappel. Le sabre décore maintenant la galerie à côté du portrait de sa victime.

Je hochai la tête, et je contournai prudemment les pierres qui formaient la route vers l'océan. Lianne marchait devant, vers la mer, sans peur.

— Votre sœur n'a jamais peur?

— Avez-vous peur, Daphné?

Le murmure insaisissable dériva dans mes oreilles.

— Peur de quoi?

J'avalai ma salive.

— Je sais que vous avez lu la lettre.

Je ne savais plus où regarder.

Lianne me faisait signe, et je lui rendis automatiquement son geste.

— J'ignore de quoi vous parlez.

— Mais vous le savez. Vous êtes curieuse, ce qui est naturel. Je sais aussi que vous êtes allée chez les Bastion. C'était gentil de votre part. Pour offrir vos services.

Maintenant, j'avais vraiment peur.

— Cela ne me dérange pas, dit-il en riant, et il me tourna pour que je lui fasse face. Je ne fais que plaisanter avec vous, et si vous avez lu cette lettre, cette lettre que je cache à tous les autres…

— Mais pourquoi? La police est-elle au courant?

— Non, répondit-il doucement. Peut-être aurais-je dû la leur montrer, mais vous devez comprendre; je voulais que quelque chose demeure *privé* entre nous. Pouvez-vous imaginer ce que cela m'a fait, à moi, *comme homme*, son futur *mari*, de savoir que je n'avais pas été capable de la protéger lorsque c'était important ? Pouvez-vous vous rendre compte, juste un moment, comment tout cela me torture jour après jour ?

Examinant chaque pli de son visage, je lus la justesse de sa déclaration.

— Je ne peux pas imaginer comment je me sentirais dans la même situation, murmurai-je. Je crois que j'en deviendrais folle.

— C'est ce que ça me fait, à *moi*.

Passant une main dans ses cheveux, il sortit pour aider Lianne à traverser jusqu'à l'autre côté des rochers.

Je regardai vers la mer, aimant son bourdonnement dans mes oreilles. Je suivis les pas de Lianne vers la vue sur le rocher escarpé.

— Comme c'est splendide ! Jamais je n'oublierai cet endroit.

— Méfie-toi des marées de nuits sans lune, cria Lianne. Lorsque la mort attend ceux qui le méritent.

— Le message énigmatique du capitaine Saunders, interpréta David, nous ramenant toutes les deux en sécurité. Il l'avait laissé sur une note, sur la poitrine transpercée de Lord Aiden.

— Charmant, dis-je en souriant, frissonnant à l'intérieur.

Quelque chose par rapport à cet endroit donnait des frissons. En quelque sorte, la mort et le danger enveloppaient la maison ; son passé, son présent et son futur inéluctablement liés.

Serais-je, moi aussi, à la merci de son lamentable sort ?

David me proposa de me conduire à la maison.

J'acceptai qu'il me reconduise jusqu'au village, parce que je voulais faire un appel téléphonique à mon père en fin d'après-midi. L'appel était aussi mon excuse ; après la visite du cachot, je voulais sortir le plus tôt possible pour réfléchir.

David, un homme soupçonné d'avoir tué sa fiancée, m'avait embrassée.

— Oui, du poison, dis-je à mon père. De la ricine, en as-tu déjà entendu parler ?

— Oui. Et Daphné, ma chérie, je crois qu'il est temps pour toi de revenir à la maison. Ta mère est en train de devenir folle. Elle a lu les journaux.

— Oh, s'il te plaît. Pas encore, pas quand je suis si proche.

— Proche de quoi ? Ton rôle est terminé. Tu as découvert le corps et tu l'as signalé. Je ne veux pas que tu te mêles encore plus de cette affaire. C'est dangereux. Je ne suis pas sûr de ce Lord David. Il est peut-être innocent, comme tu le dis, mais qui sait ? Comment va l'enquête ?

Comme cela ressemblait à mon père d'aller tout droit aux faits !

— Toujours en cours. Depuis qu'ils ont découvert ce poison, le verdict de « mort accidentelle » a été renversé. Sir Edward...

Je toussai.

— ... semble s'en occuper.

— Daphné, carillonna la voix de mon père. Tu me ressembles, alors inutile de faire semblant. Tu veux toi-même résoudre cette affaire, n'est-ce pas ?

— Oui, avouai-je, craignant ce qu'il dirait ensuite.

— Je n'aime pas ça. Je n'aime pas ça du tout.

— Je sais, mais tu vas devoir le supporter, parce que je ne vais pas revenir avant que tout soit terminé. J'en suis incapable. La mer, l'air, le mystère, tout cela fait maintenant partie de moi... et j'aime sincèrement Ewe. Elle m'amuse. Elle est pire que nous. Tu devrais l'entendre. Elle ne parle de rien d'autre que de l'«affaire de meurtre».

— Mais que dire de ces visites à Padthaway ? Les Hartley sont riches et dangereux, du moins c'est ce que j'ai lu. Un meurtre n'est pas un problème, pour eux.

— Je sais.

Et je partageai avec lui quelques-unes de mes pensées intimes sur Lady Hartley.

— Elle est tout simplement inhumaine. Il y a quelque chose de bizarre, dans tout cela. D'entre tous ces gens, je dirais que c'est *elle* qui a assassiné Victoria. Réfléchis, papa. Si elle est la fille d'un comte, habituée à être la maîtresse de la maison, et qu'une simple *rotu-rière* — oh, non, presque une *prostituée* du village —, celle qui servait comme cuisinière dans sa maison, aspirait à l'affection de son fils unique... et que ce fils était d'*accord* pour l'épouser...

— D'accord, répéta mon père, tu présentes un point intéressant. Il a *accepté* de l'épouser parce qu'elle était enceinte. Crois-tu qu'il l'aurait épousée, si elle ne l'avait pas été ?

Ce qu'avait dit mon père était sensé. J'y réfléchis, alors que je me dirigeais en flânant vers la maison, encore sous le choc de la visite mouvementée à Padthaway. Oh, comme mon imagination montait en flèche ! J'avais hâte d'arriver à mon journal, où je prendrais des notes pour un roman. Oh, oui, j'avais à l'esprit un roman aux proportions vivantes, et chaque page remplie de ces événements.

— Je te remercie, Padthaway, dis-je tard dans la soirée, couchée sur mon lit. Je sais maintenant, avec votre aide, que je peux vraiment écrire un roman. Une histoire qui mérite d'être publiée. Une histoire faite pour le monde.

Et je commençai à griffonner sérieusement des ébauches de personnages, des motivations, un décor, une très grande maison ancienne donnant sur la mer, un roman policier, et un amour mort.

Excitée, j'eus d'abord du mal à dormir. Je rêvais de ce futur livre. Je savais que ce serait spécial. Je savais qu'il allait se vendre, si quelqu'un le publiait.

J'en rêvai...

Je rêvai d'une phrase d'ouverture...

J'ai rêvé de Manderley...

CHAPITRE VINGT-SEPT

Le lendemain, intensément inspirée, je me rendis au château de Mor, à la résidence de Sir Edward.

Perché sur la colline et surplombant une vallée verdoyante, le château paraissait splendide. C'était l'endroit parfait pour s'asseoir, écrire et rêver.

— Vous êtes ici pour présenter votre rapport à la société des détectives ?

Absorbée dans mes réflexions en mâchant mon crayon, je n'avais pas vu monsieur Brown s'approcher sur la pelouse.

— Vous devriez avoir appris à ne pas approcher les dames à pas de loup.

— Je vous ai fait signe, de l'autre côté.

Sans se soucier de mon regard furieux et glacial, il eut ensuite l'audace de regarder par-dessus mon épaule.

— Belle écriture.

Fermant mon journal, je le cachai sous ma jambe et je fis à monsieur Brown mon meilleur sourire mondain.

— Bonne journée, monsieur Brown. Je vois que vous n'êtes pas habillé pour le tennis, aujourd'hui ?

— Je m'en vais pêcher, dit-il en souriant, laissant tomber sa canne et sa boîte à leurres et se trouvant une place sur l'herbe à côté de moi. Tout comme vous, vraiment. Qu'est-ce que vous pêchez ? Laissez-moi deviner... Est-ce une pièce *exclusive* concernant l'abbaye, ou un rapport d'enquête privée non autorisée ?

Je le foudroyai à nouveau du regard. L'homme était bien trop arrogant. Pour qui se prenait-il, un duc ?

— J'ignore de quoi vous parlez, monsieur Brown, répondis-je avec douceur. Je n'ai besoin de pêcher dans *aucune* eau.

— Alors, qu'est-ce qui vous retient, la prestigieuse mondaine, dans les modestes collines de Cornwall ?

— Prestigieuse mondaine, répondis-je, n'ayant jamais entendu que l'on me décrive de cette façon.

Habituellement, de telles descriptions étaient utilisées pour parler de ma sœur Angela.

— Ai-je tort ? Me corrigerez-vous ? Ne vous délectez-vous pas du meurtre pour les histoires que vous écrivez ?

Je ne pouvais croire son audace. Comment osait-il, un étranger, *mettre en doute* ma motivation pour demeurer à Cornwall ? En lui lançant mon meilleur mauvais œil, je lui répondis que je n'aimais pas ses commentaires et que je jugeais inopportun, dans les circonstances, de banaliser une mort locale. Il écoutait tout avec une sombre sobriété, hochant la tête ici et là, et je compris qu'Ewe devait lui avoir parlé de mes aspirations d'écrivaine.

Ses yeux brillaient comme un feu nouvellement allumé.

— Vous ne m'aimez pas beaucoup, n'est-ce pas, mademoiselle du Maurier?

Il s'agissait d'une affirmation, et non d'une question. Au moins, songeai-je, monsieur Brown était doté d'une intelligence perceptive, et si ce qu'il venait de me dire ne m'avait pas autant agacée, je lui aurais peut-être parlé de la lettre que j'avais trouvée à Padthaway ou demandé son avis sur madame Trehearn. Je voulais savoir s'il était au courant de son travail pendant la guerre et de son penchant pour les toniques préparés dans la serre de Padthaway.

— Réellement, que *faites-vous*, monsieur Brown, à part attaquer les dames dans les collines?

— Les collines sauvages isolées, répondit-il, sont parfaites pour les rendez-vous secrets.

— Alors, je ne vous garderai pas un instant de plus, dis-je en souriant.

Me levant, je me préparai à partir.

Son bras se leva pour m'arrêter, une expression amusée s'attardant sur ce qu'Ewe Sinclaire croyait être «de très fines pommettes».

— Mais n'êtes-vous pas en train d'oublier quelque chose?

Je levai un sourcil las.

— Votre journal?

Tapotant le livre sur son genou, il chercha à regarder à l'intérieur. Furieuse, je réussis à le lui arracher brusquement.

— Comment osez-vous!? Vous êtes très mal élevé. Bonjour, monsieur!

— Où allez-vous, maintenant? me cria-t-il. À l'abbaye Rothmarten? Pour en déterrer les secrets?

M'arrêtant, je pivotai sur moi-même pour le voir incliner son chapeau et s'en aller en sifflant avec une démarche nonchalante, sa canne rebondissant sur son épaule. Spontanément, je ne pus résister à le regarder s'éloigner en se pavanant. L'homme se comportait comme un capitaine de navire autoritaire. En vérité, il était probablement à peine plus qu'un *caddie* de club de tennis, habitant dans un taudis quelque part, et je me sentis intensément irritable de voir qu'il s'était éloigné sans que je puisse découvrir quoi que ce soit à son sujet, alors qu'il semblait tout savoir sur moi.

Comment peux-tu me dire des choses aussi abominables? Je t'appartiendrai toujours. Je sais ce que l'on dit de moi... S'il te plaît, n'en crois rien. Ce n'est pas vrai, je te le dis. Je t'aime.

J'écrivis les mots dans mon journal comme je me les rappelais.

— Deux personnes sont venues vous voir, ce matin, me dit Ewe à mon retour. Sir Edward et mademoiselle Lianne Hartley. Elle semblait contrariée d'entendre que vous n'étiez pas ici.

— Oui, probablement.

Les attentions mielleuses d'une adolescente m'ennuyaient.

— Et vous êtes invitée demain, gazouilla Ewe, pour un *tour de voiture à la campagne* avec les Hartley.

— Oh. Que voulait Sir Edward ? A-t-il laissé une note ?

— Non. Poser d'autres questions, je pense. Je ne sais pas ce qu'il a à faire avec vous. Votre rôle est terminé, tout comme l'a dit votre père. Et si vous écoutiez la vieille Ewe, vous ne devriez pas trop être vue avec Lord David.

Quoiqu'amical et servi avec une bonne intention, l'avertissement me contrariait.

— Pourquoi ne devrais-je pas passer du temps à Padthaway ? Il n'a pas été arrêté.

— Mais l'affaire n'est pas encore conclue, rappela Ewe. Et j'ai la responsabilité et le *devoir* de protéger votre réputation, quand vous êtes sous mon toit.

Je soupirai.

— Que croyez-vous que je devrais faire, alors ? Décliner l'invitation de demain ?

Je la regardai avec méfiance.

— Monsieur Brown est-il venu ici ?

Les joues d'Ewe se colorèrent.

— Il m'a acheté des fleurs et m'a remerciée pour le déjeuner.

— Et sans aucun doute vous a-t-il communiqué ses réserves au sujet de mon association avec les Hartley ?

Ewe ne pouvait pas le nier. Elle n'avait pas le visage pour mentir.

— Eh bien, j'y vais, annonçai-je, me rendant dans ma chambre. Et ce que les autres disent ne me dérange pas.

— Ça vous dérangera, si on prend une photographie de vous avec eux, cria Ewe.

Peut-être aurais-je dû faire attention, mais la belle journée et l'attrait du trajet dans une voiture somptueuse le long de la côte de Cornouailles étaient trop pour que je résiste. Après mes conversations avec Connan Bastion et madame Bastion, je ne craignais plus d'être vue en ville avec les Hartley. J'avais l'intention de tenir la promesse que je leur avais faite à tous les deux et de découvrir la vérité, peu importe où cela mènerait.

Ils me prirent en face du bureau de poste. Du coin de l'œil, je vis la tête de madame Penmark sortir de la vitrine de la boulangerie et regarder en levant ses sourcils, alors que je montais dans la voiture.

Lord David conduisait, et Lady Hartley était assise à côté de lui, à l'avant. Je leur dis bonjour, alors que je prenais un siège à côté de Lianne. En un temps record, nous sortions du village, passant devant plusieurs villageois curieux en chemin.

— Nous allons déjeuner à St. Mawes, dit Lady Hartley, ajustant ses gants de conduite. Dans un endroit appelé Stall's. Y êtes-vous déjà allée, Daphné ?

— Non, répondis-je. Qu'est-ce que c'est ?

— Un hôtel de villégiature en bordure de mer, répondit Lord David, m'examinant dans le rétroviseur. J'oserais dire que vous aimerez l'endroit. C'était autrefois la maison d'une comtesse russe. Fin de l'époque géorgienne, avec quelques touches de style gothique victorien. Votre forme préférée d'architecture, je crois ?

Je hochai la tête, m'émerveillant de sa capacité à agir naturellement après notre baiser dans la bibliothèque. Puis, je me souvins de tous les baisers volés que j'avais partagés avec Geoffrey. Lui aussi avait agi de la même façon cavalière, et je me demandai si tous les hommes suivaient le même code.

Heureusement, le paysage usurpa mes interrogations préoccupantes. C'était une journée d'été de Cornouailles, immobile et parfaite. Le ciel bleu se profilait au-dessus de prairies à découvert, enflammées de pavots rouges et jaunes, de mauves roses, de trèfles blancs et de mille-feuilles, une belle harmonie de couleurs.

— Stall's offre les meilleures boutiques et la meilleure glace.

S'accrochant à moi, Lianne tira sur ma manche avec une joie enfantine.

J'avais décidé de porter une robe, un choix judicieux compte tenu de la chaude journée. J'avais eu peu de temps pour coiffer mes cheveux ; d'un autre côté, on ne peut jamais rester coiffée, lorsque l'on roule à ciel ouvert. Je remarquai que le chapeau de Lady Hartley préservait son image soignée. David ne portait pas de chapeau, ses lunettes de soleil protégeant ses yeux et empêchant de révéler ses émotions.

Inhalant l'air frais et doux, je fermai les yeux et laissai le vent assaillir mes cheveux. Il y avait longtemps que j'avais roulé dans cette partie de la région côtière, la péninsule de Roseland, et j'étais déterminée à profiter de chaque minute du voyage.

En chemin vers le village pittoresque de Portloe, situé sur le haut d'une falaise, où nous nous arrêtâmes pour prendre du thé et des scones frais, je m'immergeai dans la beauté et l'histoire du lieu. Chaque village avait quelque chose de différent à offrir, comme Veryan, avec ses chaumières circulaires et les yeux écarquillés de ses habitants.

— La forme circulaire est censée protéger le village du mal.

David s'approcha de moi à un moment où nous attendions Lady Hartley et Lianne.

— J'espère que vous ne croyez pas que je suis maléfique, mademoiselle du Maurier.

Il avait utilisé mon nom de famille, croyais-je, afin d'établir de la distance et de la formalité entre nous. Voulant soutenir cette sagesse, mais légèrement déçue par elle, je hochai la tête.

— Personne n'est vraiment mauvais.

— Alors, vous me pardonnez...

— Vous pardonner? repris-je.

— Me pardonnez-vous, murmura-t-il, de vous avoir fait des reproches, l'autre jour?

Il ne parla pas du baiser.

— C'est purement ma faute. Je ne devrais pas lire les lettres d'autres personnes.

— Puis-je vous demander...? commença-t-il, perdant confiance à mi-chemin.

— Oui? l'incitai-je.

— Puis-je vous demander... votre avis? Devrais-je la remettre à Sir Edward?

Je ne savais pas quoi répondre. La lettre ne l'incriminait en aucune façon, mais elle parlait d'une querelle, elle faisait émerger des doutes, des doutes concernant la filiation de l'enfant. Était-ce un motif possible de meurtre?

— Vous devriez au moins la *montrer* à Sir Edward, lui conseillai-je. Car si quelqu'un la découvrait plus tard, ce pourrait ne pas être...

— Bon pour moi? termina-t-il en souriant. Et le baiser? Me pardonnez-vous cela aussi, Daphné?

Je sentis de la chaleur monter sur mon visage, d'autant plus que Lady Hartley et Lianne se trouvaient à quelques mètres seulement.

— Ce n'est pas important. Oublions-le, et soyons amis.

Je lui tendis la main.

Il la serra, un minuscule sourire en coin apparaissant aux commissures de ses lèvres.

Je crois que nous appréciions tous deux le chemin vers Stall's comme une chance de dissiper le malaise de notre tête-à-tête, et la visite de St. Mawes Castle s'avérait une excellente diversion.

Le manoir de Stall's était embusqué de l'autre côté de la ville, avec une vue sur le petit port rempli de bateaux. Jadis employé comme une résidence privée et maintenant comme un hôtel d'élite et un cabaret, il respirait une histoire qui lui appartenait en propre. La brochette de voitures de luxe devant le manoir donnait un avant-goût de sa popularité.

Je redoutais de rencontrer quelqu'un que je connaissais, mais la chance jouait en ma faveur, et, après un déjeuner somptueux entouré d'un réseau intrigant d'éblouissants clients de l'hôtel, nous passâmes un après-midi sur la terrasse, à siroter de la limonade rose et à dévorer des glaces maison. La tranquillité de la vue splendide du bord de mer avec tous ses petits bateaux semblait une fin parfaite pour une journée parfaite.

— Il me semble qu'il y a longtemps que j'ai passé une journée aussi charmante, dis-je à Lord David, lorsque Lady Hartley et Lianne disparurent pour saluer de vieux amis de la famille.

— Moi aussi, murmura-t-il.

Par la ligne de sa bouche, je sentais que quelque chose le troublait.

— Daphné, vous ne pensez pas que je l'ai fait, n'est-ce pas ?

— Fait quoi ? murmurai-je, ma voix rauque trahissant une réticence à permettre à quoi que ce soit de gâcher la journée.

— Que je l'aie tuée.

Je frissonnai, voyant le visage de Victoria flotter entre nous.

— Je... je ne sais pas, balbutiai-je, alarmée par son visage d'un sérieux mortel. Êtes-vous du genre meur-trier, mon seigneur ?

— Je ne sais pas. Le suis-je?

Je crois qu'il avait posé la question pour me tester.

— Pourquoi me demandez-vous cela?

Les commissures de ses lèvres se soulevèrent légèrement.

— Tout le monde semble le croire. Vous n'avez qu'à lire les journaux.

Sa froideur moqueuse dissimulait une âme profondément torturée.

Je le remarquai, et je cherchai à sympathiser par un sourire encourageant.

— Oui, mais il faut comprendre que les journaux excellent dans le sensationnalisme, et vous n'êtes pas exactement un moins que rien, n'est-ce pas? Ne vous inquiétez pas. Je suis certaine qu'on aura tout oublié dans un mois.

Tout oublié dans un mois. Quelle stupidité m'avait poussée à dire une chose si irréfléchie?

La brise se rafraîchit soudainement.

— Lord David!

Surpris, nous nous tournâmes tous les deux vers l'œil brillant d'un photographe, alors qu'il prenait une photographie de nous, debout côte à côte sur la terrasse.

— Merci, mon seigneur.

Le photographe avide s'inclina, s'éloignant en courant avec sa dernière proie.

— Bon Dieu!

Proférant un juron de plus entre ses dents, David nous guida de nouveau vers les autres.

— On aurait pu croire qu'ils en ont eu assez, n'est-ce pas?

— Il faut qu'ils vendent leurs journaux, dis-je. Et je suppose qu'ils doivent gagner leur vie.

— Oui, convint-il. Je suppose que oui.

CHAPITRE VINGT-HUIT

— Il a reçu une voiture en cadeau de la part de la comtesse. Oh, oui, oh, oui.

Je clignai des yeux vers les yeux en forme de soucoupe d'Ewe Sinclaire.

— J'espère que vous avez aussi passé une belle journée ?

— Ne jouez pas au plus fin avec moi, mademoiselle. J'ai mon idée, et aujourd'hui, j'ai failli trotter jusqu'au bureau de poste pour appeler votre père.

Laissant tomber mes affaires dans ma chambre, je me tournai avec lassitude pour lui faire face.

— Et qu'est-ce qui vous a arrêtée ?

— J'ai découvert que c'est Lady Hartley qui a offert cette voiture sophistiquée à notre Soames — un boni. Pour quel service ? On peut seulement l'imaginer, car j'ai entendu dire que Lady H lui donne des instructions *privées* pour le menu chaque matin dans le salon. Avez-vous été témoin de quelque chose, pendant que vous étiez là-bas ? D'après moi, il vaudrait la peine qu'on fasse des recherches sur ce Soames. C'est *lui* qui a embauché Victoria, souvenez-vous. *Lui*, l'amant de Lady H, le cuisinier!

Même si elle semblait divaguer, son discours paraissait tout à fait sensé.

— Bien sûr, marmonnai-je. Bien sûr!

— Bien sûr, quoi?

Un bras posé sur sa hanche généreuse tandis qu'elle brassait une quelconque mixture sur le poêle, Ewe attendit la révélation.

— Alors, qu'est-ce qu'on fait, ensuite?

— Je me rendrai à Padthaway. Je trouverai une raison *quelconque* pour aller à la cuisine et parler à Soames. Ridgeway Soames, dis-je, contemplative, un nom plutôt étrange, pour quelqu'un de Cornouailles. Quelle est sa famille?

— Aucune idée.

Ewe haussa les épaules.

— Un malin, ce Soames. Je ne serais pas du tout surprise, si lui et Victoria avaient, vous savez...

— Une aventure? répondis-je, réfléchissant à voix haute. Ewe.

Je me levai rapidement pour l'embrasser sur la joue.

— Vous êtes incroyable! Bien sûr, oui, bien sûr, il y avait quelque chose entre lui et Victoria. Sinon, pourquoi l'aurait-il embauchée?

— Hum...

Ewe leva les yeux au ciel.

— Il ne vous est pas venu à l'idée de considérer un joli visage dans votre analyse, n'est-ce pas?

— Je ne suis pas du tout intelligente, me défendis-je, mais vous avez raison, Ewe. Il ne faut pas simplement s'arrêter à un joli visage. Et si au début, c'était tout ce qui comptait, cela s'est terminé tout à fait différemment. Il faut que je parle à Connan.

— Connan Bastion ?

Je hochai la tête, toujours plongée dans mes pensées.

— Où travaille-t-il ? Êtes-vous au courant, Ewe ?

Elle avoua qu'elle connaissait le nom et l'emplacement de la compagnie maritime où travaillait Connan Bastion, et dont les Hartley étaient propriétaires.

— C'est à une bonne distance, m'avertit-elle. Impossible de s'y rendre à pied.

Je saisis mon manteau et mon sac.

— Ni par train, m'assaillit le cri d'Ewe. Il n'y en a pas. Les gars s'y rendent avec le bateau de la compagnie.

Défaite, je m'effondrai sur mon lit en soupirant.

On pouvait compter sur le manque de transport local pour contrecarrer mes efforts de recherche !

— Connaissez-vous un moyen de s'y rendre ? criai-je.

— Eh bien !

Ewe, les yeux écarquillés, tourna le coin, une cuillère en bois enrobée de sauce dans la main.

— Vous pourriez demander à monsieur Brown. Il dispose d'une voiture, vous savez. Et il suffit d'un appel téléphonique.

— Je ne vais pas le lui demander, dis-je fièrement. Qui est-il, de toute façon ? A-t-il une profession ?

— Je crois que c'est un gentleman, soupira Ewe d'un air romantique, ou il est dans l'armée. Je ne sais pas ce qu'il fait, mais il ne *travaille* pas, pour gagner sa vie. Il a des moyens. Je le sais. Et c'est une bien meilleure prise, pourrais-je ajouter, que votre chic Lord David. Je veux dire, continua Ewe, si vous êtes vraiment sérieuse à propos de cet assassinat et tout le reste, un petit appel ne fera aucun mal, n'est-ce pas?

Alors, contre mon gré, je téléphonai à monsieur Brown.

Et peu après, il arriva.

— Êtes-vous certaine, demanda-t-il, au volant de sa petite voiture quelconque si différente des voitures raffinées des Hartley, que vous ne vous faites pas payer, pour enquêter sur cette sordide affaire?

— Sordide affaire? Monsieur Brown, la seule partie sordide dans toute cette affaire, c'est l'absence de réponse.

— Une réponse?

— Une réponse à l'éternelle question : «Qui a tué Victoria, et pourquoi?»

— Alors, vous croyez qu'elle a été assassinée?

— Je l'ignore. C'était une jeune fille aux nombreux secrets.

— Oui, je sais, murmura-t-il. Votre monsieur Cameron, qui a dit qu'il vous a parlé aux funérailles, a sous-entendu qu'il l'avait aperçue dans quelques cabarets de Londres. Pas le genre de cabarets que fréquentent les dames respectables.

— Poursuivait-elle Lord David, pensez-vous?

Je ne pouvais pas croire que je posais une question qui me tenait tellement à cœur à cet étranger arrogant.

— Peut-être, arriva la réponse attendue. Elle devait occuper un emploi là-bas, à un moment donné.

— À Londres, vous voulez dire?

Il hocha la tête, faisant entrer avec précaution sa petite voiture bruyante dans les docks où travaillait Connan Bastion.

— Qu'avez-vous l'intention de demander au frère de Victoria? Voulez-vous que j'attende?

— Oui, s'il vous plaît, lui dis-je en lui lançant un sourire reconnaissant. Connan est à l'aise avec moi.

— Bien sûr, dit monsieur Brown dans un souffle. Vous êtes une belle jeune fille, ou peut-être ne vous en rendez-vous pas compte?

Rougissant, je quittai la voiture, à la recherche de Connan. Malgré la faveur d'un tour de voiture, je n'aimais toujours pas monsieur Brown et je détestais ne pas avoir d'autre choix que de dépendre de lui. Et je n'avais pas aimé ce qu'insinuait le ton de sa voix.

Une série de sifflets me conduisit au bateau en attente. À bord, Connan m'aperçut et déserta rapidement son poste.

— Qu'est-ce que vous faites ici?

Une bonne question, et je n'avais pas l'intention de lui faire perdre son temps.

— J'ai passé la nuit éveillée à réfléchir. S'il vous plaît, Connan, dites-moi, Victoria allait-elle souvent à Londres?

Travaillait-elle là-bas ? Connaissait-elle un quelconque monsieur ? Un monsieur Cameron ou un autre ? A-t-elle parlé de quelqu'un ?

Puis, à voix basse, je lui parlai de la lettre.

— Vous voyez, pour qu'elle puisse écrire au sujet de doutes pouvant briser un mariage, il devait y avoir un autre prétendant dans sa vie. Un ami de Victoria, peut-être ? Pourquoi Lord David s'inquiétait-il de ne pas être le père de son enfant ?

Se mordant les lèvres, Connan déplaça ses pieds d'un côté à l'autre.

— Vous *connaissez* quelqu'un, un autre homme, insistai-je.

Il continua à bouger ses pieds.

— Je savais qu'elle allait en ville, mais elle ne m'a jamais dit quoi que ce soit.

— Il est possible que cet autre homme l'ait tuée, Connan. Par dépit ou par vengeance.

Serrant sa tête entre ses mains, il pleurait des larmes de colère, les larmes brillant sur les bords de ses magnifiques yeux violets, qui ressemblaient tellement à ceux de Victoria.

— Elle s'inquiétait que quelqu'un veuille la tuer. Elle me l'a dit, la veille, une semaine avant.

— De qui avait-elle peur ? Lady Hartley ? Lord David ? Un autre homme ?

— Elle a dit : « Quelqu'un ne veut pas que je sois maîtresse de Padthaway, et je ne suis pas certaine de vouloir l'être non plus. C'est trop dangereux. »

— Elle a dit cela ? « C'est trop dangereux » ?

Je m'arrêtai pour réfléchir.

— Dangereux parce qu'elle pouvait être corrompue ? En devenant la femme d'un homme riche ?

Connan rougit.

— Ce n'était pas moi ! J'ai demandé un peu ici et là, mais ce n'était que de la menue monnaie, pour un homme comme Lord David.

— Et alors, il vous a refusé, n'est-ce pas ? Victoria était-elle au courant ?

— Je le lui ai dit.

— Quelle a été sa réaction ?

— Furieuse. Elle a dit qu'elle lui parlerait, et qu'il essayait seulement de la protéger. La protéger ! La protéger de son propre *frère*, je vous le dis ! Eh bien, à la fin, il n'a pas été capable de le faire, n'est-ce pas ? La protéger. Elle est morte, et elle ne reviendra plus.

Quelque chose au sujet de cette dernière phrase s'accrochait à mon esprit. « Elle ne reviendra plus. » Cela me rappelait ce vieux fou de Ben, le jardinier de Padthaway, aux étranges yeux ronds et vides.

Une sirène résonna à partir du quai.

— C'est mon contremaître. Je dois retourner travailler.

Je l'accompagnai sur une partie du chemin.

— Comment êtes-vous venue ici ?

Je lus le soupçon dans ses yeux.

— C'est un monsieur Brown qui m'a conduite. Vous le connaissez ? Il vient à Windemere pour rendre visite à son oncle.

— Ouais, je le connais. Je ne veux pas qu'il soit au courant de mes affaires. Ça m'a déjà causé assez d'ennuis au travail.

— Je vous assure que je ne dirai pas un mot. *Nos* discussions restent privées, et si vous pensez à quelqu'un que Victoria a pu craindre, même si c'est la *plus petite* chose qui vous vient à l'esprit, un indice peut-être, vous viendrez me voir, n'est-ce pas?

— Ouais, parfait, mademoiselle Daphné.

— Comment l'avez-vous trouvé? Utile?

J'évitai la question.

Monsieur Brown arrêta la voiture.

— Nous avions une entente, monsieur Brown, lui dis-je. Vous avez accepté de me conduire sans poser de questions.

Je vis que les muscles de sa mâchoire inférieure se contractaient.

— J'ai fait une promesse à Connan, et si je ne peux garder ma parole, je crains qu'il ne s'enfuie et refuse de révéler ce qu'il sait à qui que ce soit.

Nous passâmes le reste du trajet jusqu'à la maison à discuter du prix à gagner, si l'un de nous s'avérait avoir raison au sujet de ses soupçons. Je regrettais la perte de mon indépendance, mais je remerciai monsieur Brown, ayant confiance que mon ton cordial paraisse sincère.

— Si jamais vous avez de nouveau besoin de moi, dit-il en souriant, en ce qui concerne Sir Edward ou l'abbaye, faites-le-moi savoir.

Il démarra, et je me demandai s'il était l'un de ces chasseurs de trésors dont m'avait prévenue l'abbesse. Je m'inquiétais qu'il traque l'abbaye pendant la nuit, afin de trouver une façon d'entrer, avec l'intention de voler les parchemins pour les vendre à l'un des musées qui les voulaient si désespérément. Étant donné que l'abbesse et la famille Hartley avaient un rôle davantage de « gardiens » que de propriétaires, ils ne pourraient rien faire, une fois que les parchemins sortiraient de leurs mains.

Je pensai que j'aurais mieux fait de mettre Lord David en garde au sujet de monsieur Brown. Si ce faisant, j'éprouvai le moindre soupçon de culpabilité, je le supprimai. Monsieur Brown m'avait simplement rendu un service. Je ne lui devais rien, et les Hartley passaient en premier.

Betsy répondit à la porte.

— Oh, mademoiselle ! Je ne sais pas où est mademoiselle Lianne, ni Lord David. Je *sais* que Lady H se dirige vers la serre. Je l'ai vue, et si vous passez par là, vous l'attraperez à temps.

Je me précipitai dans la direction indiquée. Je n'aurais pas pu mieux planifier moi-même. J'allais enfin voir la serre, où madame Trehearn préparait ses toniques infâmes.

— Lady Florence, appelai-je.

La comtesse s'arrêta.

— Daphné, *ma chérie*. Comme il est agréable que vous nous rendiez visite !

Je fis signe vers la petite plante sous son bras.

— Puis-je vous accompagner? Je serais ravie de voir la serre.

— Ce serait un plaisir, Daphné.

Nous serpentâmes à travers le dédale luxuriant de la serre. L'entrée, partiellement rattachée à l'extrémité sud de la véranda et entourée par la nature verte et sauvage, se dissimulait sous un porche chargé de glycine à l'arrière de la maison. J'adorai la sensation à l'intérieur, la lumière, les spasmes de couleur, le reflet de la fenêtre propre en verre blanc, et les arômes, doux, piquants et mortels.

La ricine provient du ricin commun, et alors que je rôdais derrière Lady Hartley à travers le labyrinthe, je ne vis aucune preuve de quoi que ce soit qui fut lié de loin au poison qui avait tué Victoria.

— Je suis très heureuse que vous ayez décidé de visiter Windemere Lane, Daphné. C'est tellement agréable d'avoir une personne de qualité, quelqu'un qui *comprend* nos façons.

— Nos façons ou vos façons, Lady Hartley? dis-je silencieusement.

Réfléchissant sur ses propres paroles, elle sourit, un air rêveur dans ses yeux longs et minces.

— Je suppose que vous me croyez insensible… comme la méchante sorcière, si j'ose dire, mais je ne cache pas ce que je suis. Je n'ai jamais pensé que Victoria était la bonne personne pour mon fils, et le temps le prouvera.

— Prouvera quoi, madame la comtesse?

Elle s'arrêta près d'une orchidée délicate.

— Prouvera que j'avais raison, au sujet de cette fille. Elle s'était arrangée pour piéger David — pour s'élever au-dessus de ses origines misérables. Probablement qu'elle avait tout planifié avec sa mère ; malgré tout ce qu'ils disent, tous ces roturiers ne désirent qu'une seule chose.

— Et quelle est cette chose ?

Elle eut l'air surpris.

— Mais, d'être l'un d'entre nous, bien sûr. J'ai en tête de vous demander une grande faveur, Daphné. Il s'agit d'une toute petite chose, peut-être, mais cela saura satisfaire mon petit problème.

Je soulevai un sourcil caustique.

— Voyez-vous, je crains que l'éducation de Lianne ait été quelque peu négligée, et Jenny a dit que vous aviez offert de lui enseigner une chose ou deux pendant que vous êtes ici en vacances. Elle bénéficierait grandement d'une personne de votre calibre, et je vous en serais éternellement reconnaissante.

— J'adorerais le faire, Lady Florence.

— Parfait.

Elle se frotta les mains comme si elle s'était débarrassée d'un irritant.

— Je sais que la chose à faire serait d'envoyer l'enfant à l'école, comme vous l'avez fait, mais Lianne a ce petit problème.

J'aurais pu saisir l'occasion pour demander plus d'information sur les problèmes dont Lianne avait hérité de son malheureux père, défunt mari de Lady Hartley, si madame Trehearn n'avait pas alors choisi ce moment précis pour envahir notre intimité.

Je frissonnai. Cette femme poussait qui que ce soit à se mettre immédiatement sur ses gardes, et je pensai qu'elle pourrait un jour faire un magnifique personnage sinistre pour un livre. Une gouvernante qui donnait la chair de poule, qui ne souriait pas, et dont la robe noire parcourait les couloirs sombres de la maison.

Je fis un effort pour être courtoise envers madame Trehearn. Son visage glacial semblait effrayant, alors qu'elle s'éloignait pour tailler ses plants, ses yeux noirs regardant intensément ses victimes florales sans méfiance.

— Le tonique que vous me préparez pour dormir, dit Lady Hartley, j'aimerais que vous en prépariez pour le père de notre chère Daphné. Un homme si occupé — je suis certaine qu'il l'appréciera.

« Chère Daphné », une autre façon de m'élever. Oserais-je céder à la vanité et m'y complaire ?

Lady Hartley continuait à jacasser à mon sujet.

— J'aimerais tellement que Daphné invite sa famille ici. Savez-vous que son père se fait inviter à dîner par le premier ministre ? Oui, à dîner, Trehearn. Incroyable, n'est-ce pas ?

N'ayant pas à répondre, madame Trehearn continua à couper sa petite plante, pendant que je faisais un autre tour de la pièce, éternuant ici et là.

— Les serres sont dangereuses, pour certains, dit madame Trehearn en me tendant un mouchoir. Vous devriez être prudente, mademoiselle du Maurier.

Ses yeux noirs devinrent plus intenses.

« Est-ce un avertissement de sa part ? » me demandai-je.

CHAPITRE VINGT-NEUF

Pour ma première leçon avec Lianne, je proposai un pique-nique et j'invitai Jenny Pollock à nous accompagner.

Jenny était ravie.

— Vous voulez qu'une vieille chose comme moi se tienne avec vous ?

Des couleurs s'épanouirent sur ses joues potelées.

— Je ne suis pas allée pique-niquer depuis des années !

J'aimais beaucoup Jenny, et j'avais un double motif pour l'inviter. Je voulais en apprendre davantage sur le père de David et de Lianne.

Nous descendîmes pour voir Soames à propos de la nourriture. Alors que Lianne bavardait avec excitation, il suivait mes instructions, et je pensai que ce décor naturel et détendu constituait le moment idéal pour lui demander comment il était devenu cuisinier à Padthaway.

Son expression de suffisance m'en dit plus que je ne voulais en savoir.

— Lady Hartley m'a dérobé à Sir Edmund Hillary.

L'accent qu'il avait mis sur le mot «dérobé» me hérissa.

— Y a-t-il autre chose que vous vouliez me demander, mademoiselle Daphné?

Je n'aimais pas la façon dont ses yeux défiaient les miens, jugeant ma motivation pour venir à Padthaway.

— Vous voulez me poser des questions à propos de Victoria?

Je regardai de côté pour chercher Lianne, mais elle était déjà partie, emportant notre panier à provisions et appelant pour que je me dépêche.

— Cette affaire n'est pas urgente, n'est-ce pas? Nous savons tous que Sir Edward n'arrêtera pas Lord David. Il n'en a pas le courage.

Un autre coup d'éperon sur la réputation de Sir Edward.

— Connaissiez-vous quelqu'un de sa famille? Celle de Victoria? Est-ce ainsi qu'elle est venue travailler ici?

Croisant les bras, Soames sourit.

— Vous n'avez peur de rien, n'est-ce pas? Croyez-vous que la découverte du corps vous donne une permission spéciale de mener votre propre enquête?

— Eh bien, oui, répondis-je tout simplement. Je crois que oui.

Et je répétai ma question.

— Non, je ne connaissais personne de sa famille, répondit-il rapidement.

Me tournant le dos, il recommença à empiler des assiettes dans la cuisine.

— Alors, bonjour, monsieur Soames.

Je sortis, levant un sourcil en songeant à sa réaction rapide, qui indiquait qu'il connaissait peut-être effectivement sa famille; sinon, comment serait-elle venue travailler à Padthaway? Je me demandai si Sir Edward avait eu plus de succès, avec Soames. C'était un type malin, l'assistant personnel de Lady Hartley, son chauffeur, son chef et son amant. La description lui donnait du pouvoir, ici, à Padthaway, mais avait-il le pouvoir d'assassiner quelqu'un? Il aurait pu être un ex-amant jaloux de Victoria, ou tout simplement un homme qui s'intéressait à elle et qui s'était fait rejeter au profit du riche Lord David.

Il était difficile de se concentrer sur la leçon que j'avais prévue pour Lianne. Dehors, lorsque le précieux soleil m'invita, je souhaitai presque être venue ici seule pour m'étendre sur ma couverture sur l'herbe et lire confortablement.

Un bon livre, j'en avais un, et m'installant dans un pâturage herbeux surplombant la mer, je tirai le livre, tandis que Jenny étendait la couverture.

— En tant que gouvernante nouvellement décrétée, dis-je en taquinant Lianne dans mon meilleur ton de maîtresse d'école, j'aimerais que tu lises, s'il te plaît, le premier chapitre.

Elle me regarda fixement avec horreur.

— Je... je ne peux pas.

— Que veux-tu dire, tu ne peux pas?

Son regard effrayé se posa sur Jenny, avant qu'elle ne parte en trombe; elle était redevenue l'enfant maussade.

Jenny arrêta de faire tourner la fleur sauvage dans sa main.

— Ce n'est pas quelqu'un qui lit, ma Lili. Trehearn a essayé de l'en obliger, à un moment donné, et aussi mademoiselle Perony, mais les mots se mêlent dans sa tête. Lady la Hautaine ne vous a-t-elle pas parlé de son problème de lecture?

— Non, mais maintenant que j'y pense, je suppose qu'elle y a fait allusion.

Jenny hocha la tête, reprenant sa place sur la couverture. Je lui emboîtai le pas, consternée par cette révélation.

— A-t-elle besoin de lunettes?

— Ils ont essayé de lui en faire porter. Elle en a piétiné trois paires, disant que ce n'était pas à cause de sa vision.

Jenny soupira.

— Je ne sais vraiment pas. La pauvre enfant a traversé tant de choses.

Je posai des questions au sujet du père de Lianne.

— À un moment donné, Lady Hartley a fait venir un chic médecin de Londres, après que Sa Seigneurie se soit tiré une balle. L'idiot de médecin a dit que l'enfant souffrait de maladie mentale, comme son père, parce qu'elle avait menti en disant qu'elle l'avait vu poser un revolver sur sa tête. Lady H s'en est lavé les mains, et Lili est devenue l'étiquette qu'on lui avait posée.

«Une menteuse consommée, comme son père.» Sentant que Jenny désapprouvait fortement le manque d'instinct maternel de Lady Hartley, je souris.

— Pauvre Lianne. Elle a de la chance de vous avoir.

Une douceur ombragea les yeux de Jenny.

— Je suis juste un parasite, comme ils le disent, mais je ne pourrais pas supporter de quitter cet endroit... ou mes deux chatons.

L'infirmière parasite. Elle avait vécu pour ses «enfants», et comme paiement, on lui permettait de rester dans la maison, où sa place était garantie pour toujours parce qu'elle savait s'occuper de Lianne.

— Alors, le père de Lianne était fou?

Jenny hocha farouchement la tête.

— Il n'était pas fou, ou s'il l'était, c'était *elle* qui l'avait rendu ainsi. Comme si *cette femme* s'était déjà souciée de quiconque, sauf d'elle-même.

Cette femme. Lady Hartley avait utilisé un terme équivalent, pour décrire Victoria. Je songeai aux femmes de la maison. Lady Hartley et Victoria. Jenny et Lady Hartley. Lady Hartley et madame Trehearn. Elles semblaient toutes se détester les unes les autres, et pourtant elles cohabitaient. Jenny à cause de Lianne, madame Trehearn parce qu'elle occupait une fonction non liée à l'entretien ménager, et Victoria... Victoria...

Lianne revint, à bout de souffle.

— Je suis allée à la crique.

Ses yeux étaient inhabituellement brillants, et je frissonnai, tandis que Jenny commençait à disposer le repas.

— As-tu froid, Daph?

Elle me regardait maintenant comme une petite fille, avec une innocente incrédulité.

— J'ai apporté un châle. Le veux-tu?

— Non, je vais bien, répondis-je avec un sourire. Tu n'as pas vu de chaussures, là-bas, n'est-ce pas?

— Des chaussures?

Un froncement de sourcils creusa son front.

— Les chaussures de qui?

— De Victoria.

Je jetai un coup d'œil vers la mer, pensive.

— Il est assez logique que si elle allait à pied à minuit, même dans sa chemise de nuit, elle ait dû porter des chaussures. Ou du moins, les prendre avec elle.

J'avais abordé le sujet, et j'ignorai le regard désapprobateur de Jenny.

Je vis que Lianne était en train de réfléchir.

— Tu es intelligente d'avoir pensé aux chaussures, Daphné. Sir Edward n'y avait pas pensé, lui, j'en suis certaine. N'est-ce pas que Daphné est intelligente, Jenny?

Jenny se raidit.

— Nous ne parlerons pas de ce sujet. Cela ne présage rien de bon.

«Pour qui?» aurais-je voulu argumenter. Pourquoi ne pas discuter ouvertement du mystère, comme tout le monde? Qu'est-ce que ces gens de Padthaway avaient à cacher? Qui tentaient-ils de protéger?

Je ne pense pas que je voulais vraiment connaître les réponses à mes propres questions.

Après le déjeuner, qui se passa agréablement en raison du soleil qui tenait bon et de l'absence de vent, Lianne accepta d'essayer le livre.

— Je vais *essayer* de lire avec toi, Daphné. C'est juste madame T que je ne peux supporter. Je la *déteste*.

— Lili, implora Jenny.

Une Lianne obstinée haussa les épaules.

— Pourquoi devrais-je cacher la vérité ? Je l'ai toujours détestée.

— Mademoiselle Daphné, dit Jenny en me poussant, ne la laissez pas parler de cette façon.

— Mais je la comprends, car nous avons eu notre part de mauvaises gouvernantes. Ma sœur Angela et moi leur donnions des sobriquets. Nous avons eu la gouvernante Marabout Pressée ; Hum-Hum Grognon, qui fredonnait partout où elle allait ; la gouvernante Pain au lait, qui était grosse et aimait la nourriture ; et mademoiselle Torrance, qui n'était pas une mauvaise gouvernante, à bien y penser, mais qui restreignait notre liberté.

— Vous voyez, Jenny !

Lianne applaudit.

— Enfin, *quelqu'un* me comprend ! Mais j'ai bien peur que Daph soit beaucoup trop intelligente pour moi...

Je hochai la tête.

— Savais-tu que lorsque je suis arrivée à l'école des arts d'agrément pour jeunes filles, en France, ils ont eu l'audace de me placer dans la *dernière* classe ? Oui, c'est vrai. Il y avait quatre classes. La première, pour les élitistes, les Françaises brillantes, comme je les appelais ; la deuxième A, pour celles qui étaient capables, mais pas brillantes ; la deuxième B, pour celles qui étaient plutôt inférieures; et enfin, la classe de troisième, la classe des ratées.

Je continuai d'un ton dramatique.

— Après avoir passé un test, mon amie Dodie et moi avons été placées en deuxième B. Je me suis un peu consolée quant au fait de ne pas me retrouver avec les ratées — ou les crapauds, comme Dodie et moi les appelions —, mais c'était *extrêmement* mortifiant.

Écoutant, Lianne me regardait toujours, peu convaincue.

— Moi, je serais parmi les crapauds.

— Non, tu n'y serais pas, dis-je avec fermeté. Maintenant, voici ta leçon, et tu dois très bien t'en souvenir, car je ne la répéterai pas.

Elle se tenait prête, un sourire fantasque sur ses lèvres.

— Les cours n'ont pas d'importance. Ce qui importe, c'est le *choix*. Tu as le choix de progresser ou d'abandonner. Ceux qui abandonnent sont les crapauds.

De minces sourcils défiants s'élevèrent.

— Des *lâches*, dis-je en insistant sur le mot.

L'air de défi s'intensifia, et elle attrapa le livre que je lui avais lancé.

— Maintenant, commence à t'exercer. Concentre-toi sur l'histoire, et non sur les mots, et mets-toi dans la peau de Robinson Crusoé. Enfin, c'est ce que je fais.

La nouveauté d'être un mâle qui s'embarquait dans une grande aventure balaya toutes les inhibitions de Lianne, et nous nous installâmes pour un après-midi divertissant.

Mais mes pieds ne se trouvaient pas avec Robinson Crusoé; ils étaient plutôt avec Victoria et ses chaussures disparues.

Le désir de voir la chambre de Victoria devenait de plus en plus puissant, séduisant, implacable, m'attirant dans cette partie de la maison maintes et maintes fois.

— Le problème, me chuchota Lianne sur le chemin du retour de notre pique-nique, c'est que Trehearn a toujours la clé sur elle. Elle ne porte aucune autre clé, continuellement. Intéressant, n'est-ce pas?

Tout à fait. Pourquoi verrouiller la chambre? Pourquoi porter *cette* clé, et pas les autres? Était-ce Lady Hartley ou David qui lui avait ordonné de garder la chambre fermée à clé?

Je pouvais comprendre l'aspect émotionnel du point de vue de David. S'il l'avait vraiment aimée, il serait terriblement romantique de garder une chambre exactement de la façon dont elle était le jour où elle est partie, mais du point de vue d'un meurtrier, comme c'était intelligent de la tenir fermée aux regards indiscrets!

Sir Edward en avait fini, avec la chambre, n'y ayant soi-disant trouvé rien d'intéressant. Peut-être avait-il laissé passer quelque chose.

— Viens, dit Lianne en me poussant du coude, le ton conspirateur et rempli de malice, je t'emmène à la chambre *interdite*.

— Est-ce Victoria qui avait choisi cette chambre, ou bien ta mère l'avait-elle choisie pour elle?

— C'est mère qui l'a suggérée, dit Lianne en souriant. Je crois que Victoria voulait la chambre de maman, et elle l'avait demandé à David. C'est Davie qui a décidé.

J'imaginais la scène : un homme pris entre deux femmes qui voulaient toutes les deux la meilleure chambre de la maison. Du point de vue de Victoria, elle se croyait en droit en tant que femme de David, tandis que la chambre avait appartenu à Lady Hartley pendant des années.

Avançant le long du corridor venteux, je me mis à la place de Victoria. Si j'étais jeune mariée, je voudrais aussi la chambre de Lady Hartley. J'étais certaine que Victoria avait la même impression, son but en emménageant ici constituant une étape vers l'objectif final d'être la maîtresse de la maison. Comme cela devait avoir mis en colère Lady Hartley!

— Davie a dit que Victoria pouvait plutôt prendre cette chambre-ci. La Chambre du Roi. C'est la meilleure chambre, après celle de maman.

Je regardai la porte de vieux chêne, verrouillée et hors d'atteinte, qui avait sa propre histoire. Je soupçonnai que la clé, lourde et ornée, correspondait à celles du même secteur. Je la voulais. Je voulais voir *sa* chambre.

Madame Trehearn prouva être une gardienne méfiante, nous attrapant là, debout, ses yeux noirs me narguant. «Vous voulez voir la chambre, n'est-ce pas, mademoiselle Daphné? Vous avez toujours voulu la voir. » Ce ne fut pas exprimé, mais je voyais les mots, alors qu'elle pointait son petit menton vers le bas et secouait la clé devant moi.

— Eh bien, vous voulez la voir ?

— A-t-on la permission ? Sir Edward sera-t-il d'accord ? demandai-je, effarouchée.

Madame Trehearn répondit en ouvrant la porte.

Mon cœur battait de plus en plus vite. Il devait y avoir à l'intérieur un indice que la police avait manqué, un indice de ce qui s'était passé en cette nuit tragique.

Lianne entra la première.

— Entre, Daphné. Viens et regarde.

Comme son nom l'indiquait, la Chambre du Roi était une chambre masculine. Elle renfermait un lourd lit à baldaquin qui dominait l'espace, des tapisseries et des peintures équestres qui décoraient les murs, des tapis turcs épais sous nos pieds, et une commode pour dame de l'époque géorgienne ornant le mur du fond et recelant les étranges vestiges de sa propriétaire décédée.

Il restait d'autres traces de la présence de Victoria, y compris une armoire remplie de vêtements et d'accessoires, des chaussures, et un manteau jeté sur le portemanteau. Naturellement curieuse, je touchai chaque élément à mesure que j'explorais, caressant les fins draps de soie de son lit et ses sous-vêtements — les satins, les dentelles —, admirant la subtile élégance se reflétant partout.

Victoria avait un sens aigu du goût et du style, la plus grande partie de la chambre étant propre et ordonnée ;

par contre, une impression de précipitation troublait la paix de la pièce.

De retour à la porte d'entrée où madame Trehearn montait la garde, son visage vide écrasant toute tentative possible de conversation, j'imaginai Victoria la nuit de son décès. Que s'était-il passé? La dispute avec Lord David, entendue par Betsy et Annie, l'altercation à la table au souper, le retour dans sa chambre dans un état émotif; ensuite, elle avait jeté son manteau et ses chaussures, puis lancé son sac à main sur la commode, avant de se précipiter dans sa garde-robe. Arrachant sa robe de soirée, elle s'était changée et avait revêtu sa chemise de nuit.

Sa chemise de nuit. Si elle se sentait bouleversée et en colère et qu'elle avait prévu d'aller faire une promenade, pourquoi mettre sa chemise de nuit?

Même dans un moment erratique où l'on est furieuse, on pourrait toujours arriver à prendre une paire de chaussures. Je pensai à la partie rocailleuse des falaises, pas exactement agréable pour des pieds nus.

— Ton frère est-il revenu ici, Lianne? lui murmurai-je, hors de portée des oreilles de madame Trehearn.

En train de feuilleter un magazine laissé sur l'élégante table de chevet, Lianne ne m'entendit pas.

C'était un magazine de mariage, et je m'approchai, observant le regard étrange sur son visage. L'avais-je imaginé, ou Lianne avait souri?

— La voici, dit-elle, après avoir trouvé la page qu'elle cherchait. Victoria voulait cette robe de mariage, mais une chanteuse d'opéra italienne se l'était appropriée. Elle est entrée dans une rage terrible à ce sujet. Je ne sais pas pourquoi. La robe de mariée qu'elle a commandée comme seçond choix est magnifique. L'as-tu vue?

Je la regardais fixement, consternée. Elle parlait si impitoyablement de la femme qui avait porté l'enfant de son frère et qui allait devenir sa femme.

— Tu la détestais, n'est-ce pas?

Haussant les épaules, Lianne me conduisit à la garde-robe pour voir la robe de mariée.

— Elle n'aimait pas Davie. Elle l'avait piégé avec le bébé, comme dit maman. Et elle voulait son argent. Son argent et son titre.

— N'a-t-elle jamais essayé de te parler de son amour pour David?

Lianne hocha la tête, cherchant complètement à l'arrière de l'armoire pour trouver la robe accrochée là, étrangement blanche et brillante avec une myriade de perles et de cristaux, une charmante robe faite pour une princesse.

— Elle est jolie, n'est-ce pas? dit Lianne en reniflant. On a dû la modifier, car quelque chose n'allait pas, avec cette robe; c'est pourquoi elle s'était rendue à Londres, le mercredi. Du moins, c'est ce qu'elle avait dit.

Mercredi était le jour avant sa mort.

— Penses-tu qu'elle y est allée pour une autre raison?

— Je ne sais pas.

Se rendant peut-être compte qu'elle avait trop parlé, Lianne me laissa regarder la robe. À ce moment, je m'attendais à un coup de sifflet ou à quelque signe de madame Trehearn pour signaler la fin de notre visite de la chambre interdite, mais il ne parut y avoir aucune intrusion, et je m'en sentis vraiment mal à l'aise. Il y avait certainement des comportements étranges, dans cette maison.

Tandis que je fixais la robe une dernière fois, il me vint une vérité irréfutable. Lorsqu'on s'attend à porter une telle robe, on n'a pas l'intention de mourir, peu importe les circonstances ou l'incitation. Elle avait été assassinée, mais comment? Et surtout, pourquoi?

Je commençai par le pourquoi, cherchant un indice, un motif, fouillant dans sa commode à travers les flacons de parfum, me demandant lequel Lord David préférait — le rose, la lavande, la vanille, le jasmin doux ou le lotus.

Tandis que j'étais assise sur la chaise de la coiffeuse où Victoria devait s'être assise, une froideur étrange m'envahit. Les brosses et les peignes, la boîte à bijoux et les autres éléments de la vie personnelle de Victoria m'entouraient, et je me sentais réticente à toucher à ses affaires, comme si c'était Victoria qui me regardait au lieu de madame Trehearn.

La cachette de bijoux de Victoria révélait peu : une collection de perles, de broches, d'épingles à chapeau, de bracelets, de colliers de perles — des tiroirs pleins à craquer d'accessoires variés. Me souvenant de l'endroit où j'avais caché une lettre quand j'étais enfant, je touchai sous la coiffeuse, tout en cherchant de mon pied toute chose qui aurait pu tomber dans ces dernières minutes de précipitation avant sa mort. Rien.

Non, mais un instant… Un atomiseur à parfum avait roulé près de la patte arrière, non loin du mur. Me penchant pour le ramasser, je me coupai presque le doigt sur le verre ambre déchiqueté.

— Qu'est-ce que tu as trouvé ?

— Aïe !

Vérifiant mon doigt, je réinsérai le bouchon.

— C'est seulement un atomiseur à parfum, et le haut est brisé.

— C'est mère qui le lui avait acheté. Je me souviens quand elle le lui avait donné. C'était censé être du parfum exotique de Perse.

Je reniflai le liquide restant, instantanément dégoûtée.

— Il doit avoir tourné ; c'est terrible.

Les yeux fixes de madame Trehearn nous distinguèrent dans le coin.

— Avez-vous trouvé quelque chose ?

— Rien, mentis-je.

Lianne pensa qu'il était amusant de me voir le faire — mentir à propos de quelque chose d'aussi insignifiant. Peut-être que ce n'était pas aussi insignifiant, pensais-je. Ce pourrait être un indice qui permettrait de reconstituer ce qui s'était passé cette nuit-là… Avait-elle lancé l'atomiseur à David ? Ou si elle était pressée, l'avait-elle fait tomber sous sa commode ? Après un coup d'œil furtif à Lianne, je mis l'objet dans ma poche. Comme il avait roulé sous la

commode, je ne croyais pas que quiconque remarque-
rait qu'il manquait.

— Deux minutes, dicta madame Trehearn.

— Oui, oui, dit Lianne en levant les yeux au ciel,
alors que je fouillais de nouveau dans les bijoux de Victoria, ramassant un collier de perles lavande.

J'avais déjà vu ces perles...

— Elle les portait toujours.

Lianne était debout derrière moi.

— Oh, oui, la photographie.

— Elles ne valent pas grand-chose. Viens, nous
ferions mieux d'y aller.

Examinant les perles de plus près, je crus entendre un
léger rire moqueur. Jetant un coup d'œil dans le miroir,
j'imaginai que le visage de Victoria était là, me regardant
avec ses perles.

Je posai les perles. Je m'apprêtais à partir, quand le
fermoir attira mon attention. Ovale, d'une forme inhabituelle, avec une petite pierre rubis coupée en forme
d'étoile à chaque extrémité, il s'ouvrit à mon contact,
pour révéler son secret soigneusement gardé.

À *V... amour, MSR.*

CHAPITRE TRENTE

— Et elle vous a permis de voir la chambre, rien que comme ça ?

Ewe retira la bouilloire du poêle et versa le thé, me posant mille questions à la fois.

— C'est bon de vous avoir ici pour faire changement, dit-elle, moqueuse. Comment s'est passée votre promenade avec monsieur Brown ? C'est un bel homme ! Avec de telles belles manières !

— Vous n'avez pas besoin de me vendre monsieur Brown.

— Oh ?

Elle devint de plus en plus excitée.

— Oui, dis-je en lui souriant, car il ne m'intéresse pas.

Son visage déconfit prit une teinte sinistre.

— C'est ce Lord David, n'est-ce pas ?

— Pour en revenir à madame Trehearn, car le *mystère* m'intéresse plus que les *hommes*, pourquoi croyez-vous qu'elle nous a permis, à Lianne et à moi, d'entrer dans la chambre?

— Parce que vous vous teniez là toutes les deux comme deux petits chiots?

L'explication simple ne me satisfaisait pas.

— Je crois qu'elle sait quelque chose, au sujet de Lianne. Elle nous surveillait toutes les deux comme un faucon, mais Lianne plus encore.

— L'enfant est bizarre. Et malgré ce que dit Jenny Pollock, le père était fou comme un chapelier! Il s'est tiré une balle, vous savez.

Je lui décrivis le reste du pique-nique et le mystère des chaussures disparues de Victoria.

— Facile. Le meurtrier les a, ou il les a cachées.

— Ou peut-être n'en portait-elle aucune, mais je ne le crois pas. C'est une étendue rocailleuse. Non, je laisserais derrière un sac à main, mais pas des chaussures.

— Les perles, c'est encore mieux.

Ewe hocha la tête.

— Je me demande quand même si vous auriez dû voler des choses de sa chambre. Ce faucon de madame T saura ce qui manque.

— Les perles, peut-être, mais certainement pas l'atomiseur. Il avait roulé jusqu'en dessous de sa commode.

— J'ai entendu dire que madame B veut ravoir les affaires de sa fille.

Voilà quelque chose de nouveau pour moi.

— Que ferait-elle avec tous ces glorieux vêtements? Elle n'a pas d'occasions pour les porter.

— Les *vendre*.

Ewe leva les yeux au ciel.

— Ça alors, pour une fille intelligente, vous ne pensez pas à *tout*, n'est-ce pas ?

Ewe avait raison. Les tout petits détails, des bagatelles qu'un esprit frais ou qu'un étranger pouvait voir en un instant, échappaient souvent à mon attention. Étais-je devenue trop proche de l'affaire ? *Devrais-je même être ici, à m'y laisser entraîner ? Devrais-je garder le silence ?* Une chose était certaine : le meurtrier de Victoria se cachait quelque part, et il n'apprécierait pas mon ingérence, en particulier si je tombais sur quelque chose d'important.

— Vous devriez cesser votre chasse.

Ewe lisait dans mes pensées.

— Vous aussi, rétorquai-je. Oh, je *sais* que vous êtes allée quelques fois chez mademoiselle Perony... J'ai vu votre panier, à l'avant.

— Elle est bien élevée et trop discrète à mon goût, dit Ewe. Et elle en sait beaucoup plus sur Victoria Bastion qu'elle ne le dit. Même lorsque Vicky s'est fiancée, elle saluait encore mademoiselle Perony et les autres. Mademoiselle Perony a dit qu'à un moment donné, elle est allée prendre le thé à Padthaway.

Se pourrait-il que mademoiselle Perony, l'institutrice, connaisse la raison des visites de Victoria à Londres ? Probablement pas, si Victoria se rendait dans un endroit *peu respectable*.

— Je vais essayer avec mademoiselle Perony.

Je doutais que j'aie plus de succès qu'Ewe, moi, une simple étrangère qui posait des questions sur une fille de la place, alors qu'Ewe habitait le village depuis de nombreuses années.

— Le meilleur moment pour la voir, c'est après l'école, un mardi ou un jeudi, parce que le mercredi, elle est en congé pour des cours de tricot, et les lundis et vendredis, elle donne des leçons privées.

Je hochai la tête et je m'y rendis en suivant les instructions, sous le prétexte quelconque de prêter un livre à mademoiselle Perony et de lui parler de mes progrès à l'abbaye avec sa cousine Agatha.

Mademoiselle Perony sembla ravie de me voir.

— Vous êtes presque l'une d'entre nous, maintenant, Daphné. Avez-vous prolongé votre séjour à Windemere?

— Oui. Je m'attends à recevoir bientôt une lettre de la maison exigeant mon prompt retour.

— Vos sœurs doivent vous manquer terriblement.

— Mon père, surtout, je crois. Je suis très proche de lui. Puisqu'on parle de père, Connan Bastion a dit que son vrai père avait refusé de le reconnaître comme son fils. Le père vit à Londres, n'est-ce pas?

Mademoiselle Perony enleva ses lunettes.

— Daphné, je ne vous conseille pas de vous associer avec Connan Bastion. Au fond, c'est un bon garçon, mais il est sauvage, comme sa sœur. C'est impossible de les apprivoiser.

Je trouvai l'idée intéressante.

— Je ne connaissais pas Victoria, mais j'imagine qu'elle était si belle, avec une personnalité agencée à cette beauté. Qu'entendez-vous par « sauvage », si je peux me permettre de vous poser cette question ?

Exprimant une profonde réticence à en dire plus, mademoiselle Perony consentit à parler.

— Je sais que vous êtes digne de confiance, Daphné, même si je désapprouve votre implication avec les Hartley.

— Qui soupçonnez-vous ? Lord David ? Mademoiselle Lianne ? Lady Hartley ?

Sa lèvre se mit à trembler, lorsqu'elle entendit le dernier nom.

— Lady Hartley est capable de tout.

— Et d'après vous, Victoria ne s'est pas suicidée ?

— Non.

— Qu'est-ce qui vous rend si certaine ?

Elle baissa les yeux.

— Ce ne serait pas briser une confidence, si elle est morte, n'est-ce pas ? demandai-je.

— Je suppose que non.

— Alors ?

— Elle est venue ici et elle m'a vue, un jour ou deux avant sa mort. Elle a dit qu'elle savait qu'elle allait mourir. Elle était assise là et elle tremblait, la nervosité d'avant le mariage apparente dans chaque repli de son corps. Je lui ai dit qu'il était tout naturel de se sentir nerveuse, avant le grand jour, et elle a alors fait quelque chose de très bizarre.

— Qu'est-ce que c'était ?

— Elle s'est mise à rire. C'était un rire hystérique à travers lequel elle a mentionné sa future belle-mère.

— Lady Hartley?

— Oui. Victoria et elle ne s'étaient jamais entendues. À partir du moment où Lord David l'avait demandée en mariage, Victoria avait toujours craint que sa mère ne les sépare, mais elle a dit que maintenant, Lady Hartley agissait différemment, qu'elle était tellement *attentionnée*, au point même de lui acheter des cadeaux de future jeune mariée, et ainsi de suite.

— Quelle a été votre réponse?

— Je lui ai dit que je croyais que c'était un peu bizarre, mais que naturellement, Lady Hartley n'avait pas d'autre choix que de l'accepter, étant donné que le mariage était proche.

— Du poison, murmurai-je. Lady Hartley l'a empoisonnée avec les cadeaux de future mariée!

— Le baiser de Judas, dit mademoiselle Perony en haussant les épaules, mais on n'a trouvé aucune preuve qui relierait Lady Hartley à quoi que ce soit.

— Victoria a-t-elle parlé de David?

— Oui. Elle a dit qu'elle et David se querellaient à propos de Connan et de l'argent. Connan voulait que son futur beau-frère paie ses dettes de jeu; il l'avait fait auparavant, mais maintenant, il avait refusé.

— Qu'en est-il du père à Londres?

Une ombre passa sur le visage de mademoiselle Perony.

— Je peux me tromper, mais je crois que Connan et Victoria n'ont jamais rencontré leur père. Il a disparu… il y a des années.

— Mais il a parlé d'un père, celui qui a refusé de les reconnaître parce qu'il avait une femme et des enfants à lui.

Mademoiselle Perony hocha la tête.

— Il n'est pas leur père. Je pense que Connan et Victoria aimaient à fantasmer sur le fait d'avoir un père riche. Leur vrai père était tout simplement un lord de l'Amirauté décédé en mer, laissant sa femme enceinte derrière.

— Alors, Connan et Victoria sont jumeaux ?

Mademoiselle Perony me regarda avec étonnement.

— Bien sûr, ils étaient jumeaux. Personne ne vous l'a dit ?

— Non, mais j'aurais dû m'en douter. La ressemblance des yeux...

— Oui, murmura mademoiselle Perony. La beauté est dangereuse. Elle n'a pas été favorable, pour Victoria.

Nous restâmes assises en silence pendant un moment. Je comprenais mademoiselle Perony et les raisons pour lesquelles elle m'avait permis de lui parler. Dès notre toute première conversation, nous avions partagé un amour pour la littérature et pour l'histoire, et un intérêt commun pour l'abbaye de Rothmarten et son trésor. Elle savait qu'elle pouvait me faire confiance, et il était rare qu'elle fasse confiance à quelqu'un. Institutrice solitaire, instruite et intelligente, elle avait de la difficulté à s'adapter à la population villageoise. Elle affichait un air rayonnant en compagnie de monsieur Brown, si je me souvenais bien, et je la taquinai un peu au sujet de ses sentiments pour lui, pour voir si j'avais raison.

J'avais vu juste. Elle rougit.

— Oh, je ne suis rien, pour lui. Je ne suis même pas jolie. Je crois qu'il s'intéresse à vous, Daphné.

— Si vous nous avez vus ensemble en voiture, ce n'était qu'une faveur que je lui avais demandée. Je connais à peine monsieur Brown et je trouve que nous ne nous accordons sur rien. Vous, il vous trouverait ravissante, et vous avez le pouvoir de le capturer.

Un espoir depuis longtemps perdu brilla dans ses yeux indéfinissables.

— Il ne m'a jamais regardée dans le sens romantique des choses. De toute façon, je suis un peu plus âgée que lui.

— Il respecte l'*intelligence*, lui dis-je. Vous n'avez qu'à mettre vos attributs un peu plus en évidence. C'est terrible d'avoir recours à de tels moyens, n'est-ce pas ? Puisque nous ne pouvons pas toutes être aussi belles que Victoria et avoir une brochette de prétendants. Puisque nous parlons de prétendants, elle allait souvent à Londres, n'est-ce pas ? Que faisait-elle, là-bas ?

— Elle servait aux tables dans un cabaret. C'est là qu'elle a rencontré Lord David. Il ne l'avait jamais remarquée, quand il se promenait en voiture à travers le village.

Je hochai la tête, songeant aux perles.

— Y avait-il un autre homme, avant Lord David ? Quelqu'un avec les initiales MSR ?

— MSR, répéta mademoiselle Perony.

Et je dus m'expliquer.

Sans trop entrer dans les détails, je lui racontai que Lianne et moi avions trouvé un collier de perles dans sa chambre et que ces initiales étaient gravées à l'intérieur du fermoir.

— Oui, oui, je me souviens de ces perles. Elles étaient ses préférées et elle les portait, lorsque je suis arrivée à Windemere, il y a sept ans. À l'époque, elle avait seize ans, et tous les garçons du village la regardaient avec convoitise, mais elle n'allait se contenter de rien de moins qu'un homme avec un titre, et elle s'en est tenue à cet objectif. Elle est allée à Londres pour se trouver un mari. Elle-même me l'a dit, mais je ne connais pas de MSR.

— Pourquoi se confiait-elle à vous ?

— Elle aimait me taquiner, mais elle ne s'était jamais vraiment confiée à moi ; maintenant, j'aurais aimé qu'elle l'ait fait. Peut-être alors que sa mort aurait pu être évitée. Je savais que quelque chose la troublait profondément, mais je la voyais rarement, je ne pouvais donc faire quoi que ce soit. Si je l'avais pressée de questions, elle n'aurait probablement pas parlé. Même Connan sait peu de choses.

Lady Hartley et les cadeaux toxiques de jeune future mariée.

De retour dans ma chambre, dans la maison d'Ewe, je déposai sur la table minuscule qui me servait de commode les deux objets que j'avais dérobés.

Deux indices. Les perles et l'atomiseur à parfum brisé. Les perles.

À *V, amour, MSR*.

Qui était MSR ? Un amant, ou un père secret ? Ou peut-être que les initiales ne signifiaient rien du tout. Peut-être qu'elle avait simplement acheté des perles dans une boutique de marchandises d'occasion et que le V initial était une simple coïncidence.

Dissimulant les deux articles dans mes sous-vêtements, je sortis pour une promenade d'après-midi. Ma promenade favorite à Windemere était le petit chemin vers la mer.

Je fis semblant d'être Victoria, et malgré moi, comme un éclair foudroyant, le visage de Lord David plana devant moi, le souvenir de ses lèvres sur les miennes. Nous savions tous les deux ce qui l'avait poussé à m'embrasser ce jour-là dans la bibliothèque, mais je devais admettre que j'avais aimé le baiser, et lui aussi, je le croyais.

— Vous cherchez une nouvelle intrigue policière, ou vous travaillez encore sur l'ancienne ?

C'était monsieur Brown, la seule personne que je ne voulais pas voir aujourd'hui. Malheureuse devant mon épouvantable chance, ma culpabilité et mes cheveux indisciplinés éclaboussés de sel, je souris entre mes dents.

— Vous m'attrapez en train de pêcher dans des eaux interdites.

Souriant, il posa sa canne de pêche en mer et sa boîte à leurres.

— Avez-vous réussi ?

Je crus devoir le lui demander.

— Je réussis toujours.

Soulevant le couvercle de sa boîte, il me montra le poisson qui sautillait encore.

— Il se calmera dans une minute. Miam, une collation avant le souper.

— Vous êtes cruel.

Fermant la boîte, il remonta ses manches retroussées.

— La cruauté prend de nombreuses formes. On pourrait trouver cruel de se promener en voiture avec un homme en deuil. En fait, « cruel » n'est pas le bon mot. *Inapproprié.*

J'ouvris la bouche d'étonnement.

— Votre information est erronée, monsieur Brown. Je n'étais pas seule avec Lord David. Il y avait...

— À cette occasion, nuança-t-il, ses yeux verts me défiant. Pourquoi insistez-vous pour vous associer à un assassin potentiel ? Avez-vous l'intention de suivre l'infortunée Victoria ? Car c'est là, ma chère mademoiselle du Maurier, que cela vous mènera.

— Je crains que vos hypothèses ne soient tout à fait fausses, rétorquai-je.

— Oh, ajouta-t-il, vous *avez* donc fait des progrès, depuis notre dernier rendez-vous. Était-ce Connan... ?

— Rendez-vous, monsieur Brown ? Notre promenade en voiture n'avait rien d'un rendez-vous.

— C'est dommage. J'aime à penser que c'en était un.

Il se tenait là, souriant, intensément amusé.

— Je peux vous recommander une dame, monsieur Brown, si vous êtes en besoin de compagnie féminine. Une demoiselle Perony Osborn.

Ses lèvres tremblèrent.

— Vous êtes méchante. Comment pourrais-je regarder une autre femme, maintenant que vous êtes entrée d'un pas désinvolte dans ma vie?

Je levai les yeux.

— Ou bien c'est Lord David qui est votre principale préoccupation, aujourd'hui? Pauvre garçon. Il a perdu une future mariée, il a besoin d'une autre...

Je sentis mon visage se réchauffer.

— Comment pouvez-vous dire une telle chose!?

Je reculai, furieuse.

— Vous êtes jaloux. C'est votre problème. Vous êtes jaloux de lui, parce que...

Il leva un sourcil.

— Parce que...?

— Parce qu'il a une belle maison et que les femmes sont attirées par lui. Parce que c'*est* un homme bon, en dépit des soupçons des gens de la place.

Je souhaitais qu'il s'en aille. Je souhaitais qu'il ne reste pas là à prononcer des hypothèses injustes et complètement inexactes. J'avais envie de partir sans dire un mot. Cependant, j'allais me retrouver d'une humeur bien pire, si je ne découvrais pas son identité, et, pour être honnête, j'étais intriguée.

— Asseyons-nous ici un instant, hors de la portée du vent, ordonna monsieur Brown.

Trouvant une bande de pelouse à côté d'un rocher en saillie, nous nous assîmes là, avec une vue sur les gorges plus bas. Toujours victime du vent, j'attachai mes cheveux derrière mes oreilles, retirant un brin égaré de ma bouche.

— N'*adorez*-vous pas tout simplement notre Cornwall sauvage?

À ma grande horreur, sifflant et souriant, monsieur Brown commença à vider son poisson.

— Ça ne vous dérange pas, n'est-ce pas? J'économise ainsi du temps.

Je pense qu'il voulait me choquer. Cela l'amusait de le faire. Alors, je démontrai la réaction inverse et, transformant mon dégoût en une indifférence désinvolte, je roulai mes épaules et je m'appuyai contre le rocher.

— Vous avez appelé Cornwall « notre Cornwall », mais vous n'habitez pas ici.

— Je suis un vagabond sans abri, passant d'un taudis à l'autre.

— Ce propriétaire de taudis a-t-il une profession? dis-je en souriant.

— Ah, la bonne vieille profession. Pourquoi ne pas hasarder une hypothèse, mademoiselle la détective?

Il était habillé de façon décontractée — un faux pas de sa part —, lorsqu'il avait été invité chez Ewe; un geste de mépris social plus que d'ignorance, car il parlait bien, signe d'une bonne éducation, et il démontrait une certaine aisance athlétique, de la confiance en lui et une discipline plus qu'ordinaire.

— Militaire… et vous êtes en vacances.

— Très bon, sourit-il. Je n'en attendais pas moins.

— N'allez-vous pas vous présenter convenablement?

Il ramassa son poisson fraîchement éviscéré et s'inclina.

— Major Frederick Arthur Montague Browning, le deuxième, à votre service, mademoiselle du Maurier, dit-il avec un clin d'œil, mais en vacances, c'est toujours monsieur Brown.

Malgré moi, je me mis à rire. Il me rappelait Rudolf Rassendyll dans *Le prisonnier de Zenda*.

— Parfois, il est sage d'aller incognito en vacances, lui dis-je. Malheureusement, je ne pourrai jamais le faire.

— Cela fait partie du prix, lorsqu'on est issu d'une famille célèbre. J'ose dire que Lady Hartley vous a désignée comme sa future belle-fille. Ai-je raison dans cette hypothèse, mademoiselle du Maurier?

— Je suppose que oui, major Browning.

— Est-ce que vous pourriez alors tenir compte d'un petit conseil amical?

Je m'étais préparée à écouter, donc j'attendis, repliant mes mains ensemble sur mes genoux.

— Il n'y a pas suffisamment de preuves pour condamner l'un d'eux pour l'assassinat, à moins que quelque chose se présente. Ma raison de penser du mal de Lord David n'est pas fondée sur des hypothèses oiseuses, mais plutôt sur une connaissance, une connaissance de la folie dans la famille et de son histoire colorée.

Je détestais l'admettre, mais il semblait raisonnable.

— Alors, vous les soupçonnez tous ?

— Chaque membre de la famille Hartley et ses associés.

— Par « associés », vous voulez dire madame Trehearn et monsieur Soames ? Vous savez quelque chose sur Soames, n'est-ce pas ?

Il haussa les épaules.

— Je ne peux pas révéler tous mes secrets, tout comme vous. Vous n'avez rien dit, mais votre visage vous trahit. Vous aussi, vous avez des doutes sur la famille, n'est-ce pas ?

Je réfléchis sur ce qu'il fallait dire. Désireuse de demeurer fidèle à mes nouveaux amis, mais comprenant que je devais partager quelque chose avec lui si je voulais en apprendre davantage sur ses connaissances, je lui mentionnai la chambre de Victoria.

Les commissures de ses lèvres se crispèrent.

— Vous êtes un fin limier, n'est-ce pas ?

— Nous avons trouvé un atomiseur à parfum brisé, dans sa chambre.

J'ignorai son cynisme.

— Ce n'est peut-être rien, mais cela sent mauvais.

— Qui, « nous » ?

— Lianne et moi.

— Lianne et vous, murmura-t-il, songeur. Comment êtes-vous entrées ?

— Madame Trehearn nous l'a permis, juste pour un moment.

— Est-elle restée tout le temps à vous regarder ? Ou à regarder Lianne Hartley ?

Confuse, je répondis affirmativement.

— Pourquoi me demandez-vous cela ?

— Je vous l'ai dit. Tout membre de la famille Hartley ne peut être exclu, et cela comprend mademoiselle Lianne...

— Mais ce n'est qu'une enfant.

— L'âge n'a rien à voir avec la folie.

— Vous croyez qu'elle est folle, n'est-ce pas ?

— J'ai de bonnes raisons de le croire. Pourquoi pensez-vous que Lady Hartley la garde là, sous le contrôle strict de Jenny ?

Je me souvins de la conversation avec Lady Hartley et de ses paroles à propos de Lianne, *une menteuse consommée*. La folie l'avait-elle incitée à empoisonner la future femme de son frère, par jalousie, pour ensuite oublier qu'elle l'avait fait ?

Je me sentis soudainement malade. Les commentaires de Lianne ici et là, le regard intense dans ses yeux, une intensité fixe ; tout cela, peut-être hors de son contrôle, me vint tout à coup à l'esprit.

— Avez-vous trouvé autre chose, dans la chambre ?

Je songeai aux perles lavande lisses, les perles qu'elle portait toujours, les perles qui étaient cachées dans mon tiroir de bas, mais je décidai de garder cette trouvaille pour moi.

— Je dois rentrer, dis-je en regardant ma montre. Il est tard, et j'ai promis à Ewe de l'aider à préparer le dîner.

— Alors, pourquoi ne testez-vous pas votre atomiseur volé ? Ou avez-vous peur ?

— Vous connaissez probablement, par hasard, quelqu'un qui travaille dans un laboratoire de poisons...

— Effectivement.

Il écarta allègrement mon sarcasme.

— Tout ce que vous avez à faire, c'est de me remettre l'objet. En fait, seulement si vous me faites confiance.

Il était en train de me tendre un hameçon.

— Vous êtes le genre d'homme qui connaît toujours quelqu'un, dis-je, moqueuse. Puis-je vous demander ce que vous faites vraiment ici ? Peut-être que je pêche les meurtres, mais je parie que vous êtes à la chasse au trésor de l'abbaye.

Il grimaça.

— Est-ce que je ressemble à un chasseur ?

Il s'arrêta un moment, m'offrant son plus beau sourire.

— Au revoir, monsieur Brown.

— Au revoir, mademoiselle Daphné. Faites attention à ce à quoi vous vous mêlez.

Et sans plus tarder, il prit sa boîte et sa canne, et il disparut.

« Faites attention à ce à quoi vous vous mêlez. »

Il ne me croyait pas capable de résoudre l'énigme. Eh bien, je lui prouverais le contraire. Oui. J'allais lui remettre l'atomiseur, mais seulement après l'avoir fait attendre un peu, pour anéantir son arrogance !

CHAPITRE TRENTE ET UN

Une lettre arriva de la maison. Ewe l'agita vers moi, alors qu'elle était en train de tailler ses roses. Les roses me rappelèrent Ben, le jardinier.

— Le fou ? Il est ici depuis toujours. Il aime observer la vie, ce Ben.

« Il aime observer la vie. » Une vision de Ben aux yeux vides et brillants rôdant dans les jardins la nuit me vint à l'esprit. Avait-il été témoin de la mort de Lord Hartley ? Plus important encore, avait-il aperçu Victoria, la nuit de sa mort ?

Tapotant la lettre entre mes doigts, je m'imaginai son contenu probable. Des directives de la maison me conseillant de quitter Windemere Lane et de revenir au vieux Londres morne. J'avais raison.

L'enveloppe contenait deux lettres, l'une de mon père et l'autre de ma sœur Angela. Je lus d'abord celle de mon père. Fidèle à son style, il l'avait écrite sur le dos morcelé d'une affiche-programme de sa dernière pièce :

Ma chère fille,

ta mère est indignée. Elle exige que tu rentres à la maison. Elle a vu ta photographie dans le journal.

J'ai fait quelques recherches sur la condition des Hartley : le père, fou, s'est tiré une balle ; le fils, distant ; Lady Hartley, liée à plus de scandales qu'on ne peut en compter.

Mais tout cela semble intéressant. Je peux comprendre pourquoi tu nous as échangés pour ta maison cornique près de la mer...

Ton P aimant,
Sir Gérald du Maurier

Je me mis à rire. Il me faisait toujours rire.

Angela, ma sœur aînée, une beauté tout à fait raffinée, avait composé l'ensemble de son message sur du papier à lettres blanc impeccable parfumé à la rose.

Chère Daphné,
Est-ce vraiment des vacances paisibles à la campagne ? P et moi savons que ce n'est pas le cas (voir photo ci-jointe). M est folle d'inquiétude. Elle pense que tu seras la prochaine à tomber de ces périlleuses falaises...

Est-ce un meurtre, tu penses ? Je suis très jalouse, tu sais. Tu devrais m'inviter là-bas. Cette créature, Lord David... hum, ça ne me dérangerait pas de faire enquête sur lui.

Amour, A

P.-S. – Jeanne t'envoie son amour. Elle demeure chez tante May. Je me demande si elle a vu la photo.

On pouvait compter sur Angela pour avoir inclus la photographie. Souriant en considérant sa diligence et le fait qu'elle me connaissait si bien pour savoir que je voudrais me voir dans le journal de la ville, je livrai le verdict. De quoi avais-je l'air? Pas mal, un peu saisie par l'éclair du flash, mais, oh, quelle était cette tache sur mon nez?

J'écartai le journal, ne voulant pas le voir, mais je sentais que je devais le regarder.

Le photographe avait capté à la perfection l'ambiance de la journée des funérailles. La vieille église gothique, la brochette de spectateurs, la famille en deuil, le...

Je regardai de plus près. Non, cela n'était pas possible...

Monsieur Soames était debout à côté du plus jeune garçon Bastion, et ils paraissaient se ressembler de façon inquiétante — la mâchoire large, le front lourd.

Était-ce une coïncidence? Je me rappelai le déni flagrant de Soames... «Non, je ne connaissais personne de sa famille.»

— Hum... laissez-moi voir.

Mettant ses lunettes les plus fortes, Ewe passa en revue la photographie avec minutie.

— Hum... ils se ressemblent, mais c'est peut-être du vieux sang cornique. Nous sommes tous apparentés, si vous remontez assez loin.

Déçue, je soupirai.

— J'ai vu votre personne préférée, hier, Ewe. *Monsieur Brown*. Qui n'est *pas* monsieur Brown.

— Non, dit Ewe avec un sourire insaisissable. C'est quelqu'un de beaucoup plus important. Pourquoi croyez-vous que j'étais tellement excitée de le voir participer à mon dîner ? Pas à cause de mademoiselle Perony !

— Pauvre miss Perony, dis-je, sympathisant. Je l'ai recommandée à votre major Browning. J'ai raconté au major ce que j'avais trouvé dans la chambre de Victoria. Il avait des choses intéressantes à dire sur Lianne Hartley.

— Est-ce qu'il croit qu'*elle* l'a fait ?

La bouche d'Ewe restait ouverte, pendant que je lui transmettais ce qu'il m'avait dit.

— Elle est peut-être devenue jalouse, considéra Ewe à haute voix. Lord David s'occupait d'elle comme d'un bébé. Elle déteste sa mère, donc il est son seul ami, n'est-ce pas ? Et ensuite, il intègre sa future femme dans la maison et il oublie sa sœur, ou ne lui prête pas suffisamment d'attention…

La sonnette retentit.

Je sursautai.

— Je vais aller voir.

— Bonjour, dit Lianne en souriant. Tout comme toi, j'ai marché jusqu'ici. Je voulais te montrer mes dessins.

— Qui est là ? appela Ewe de l'intérieur de la maison.

— Viens, lui dis-je, essayant de calmer le battement de mon cœur devant la surprise de parler de quelqu'un juste avant que cette personne se présente à la porte.

Je conduisis Lianne dans le petit salon, où Ewe faillit renverser sa tasse de thé partout sur sa jupe en nous apercevant.

— Voici Ewe Sinclaire. Ewe Sinclaire, mademoiselle Lianne Hartley.

— C'est vous qui étiez la nourrice de la mère de Daphné, n'est-ce pas ?

— Oui, c'était moi.

Se levant, Ewe sembla soudainement ne pas être à sa place dans sa propre maison. De fortes taches de couleur apparurent sur ses joues de pomme, devant l'intrusion « imprévue ».

Regardant autour d'elle, Lianne hocha la tête.

— J'aime beaucoup ma nourrice, Jenny. Connaissez-vous Jenny ? Un jour, nous devrions organiser une journée entre nourrices. J'aime votre maison, Ewe ! Dois-je vous appeler Ewe ou madame Sinclaire ?

Ewe et moi échangeâmes un coup d'œil. Nous nous sentions toutes les deux coupables, alors que Lianne venait de faire un tel effort pour montrer ses bonnes manières et pour impressionner mon hôtesse.

— Nous aurons du thé, des confitures et des scones, dans le jardin.

Sortant d'un air affairé, Ewe disparut à la cuisine, pendant que je montrais à Lianne la maison et ma chambre, avant de l'emmener à l'extérieur.

— Le journal sur ton lit, est-ce à propos des funérailles, Daphné ?

Elle avait des yeux de lynx. Je ne m'attendais pas à ce qu'elle l'ait remarqué.

— Oui...

— Pourquoi le gardes-tu encore ? Ce sont maintenant de vieilles nouvelles.

De vieilles nouvelles. Oui, en effet. Et l'avertissement de mademoiselle Perony bondit dans mon esprit : « Les

Hartley règnent en maîtres, ici. » Aucun d'entre eux ne semblait le moindrement consterné, devant les souffrances que la mort de Victoria pouvait causer.

— Voici mes dessins, dit Lianne en me les remettant avec fierté. Qu'en penses-tu ?

Examinant les quatre croquis au fusain de Padthaway, je poussai un soupir d'admiration et d'étonnement.

— C'est *toi* qui as fait cela ? C'est beau...

— Tu le penses vraiment ?

Compte tenu de l'absence d'intérêt continuelle et préjudiciable de sa mère, elle aspirait désespérément à l'attention et aux compliments pour ses réalisations.

— Tu es très douée, tu sais. J'en parlerai à ta mère. Ce talent doit être encouragé.

Son visage se rembrunit.

— Tu veux dire, des leçons ?

— Ou un arrêt en Suisse... une semaine ou deux... pour croquer le paysage et dessiner tant que tu en as envie. Ça te paraît une bonne idée ?

Elle semblait presque mélancolique.

— Mère ne sera jamais d'accord. Elle ne me laisse aller nulle part.

Je caressai sa main, alors qu'elle s'affalait à côté de moi.

— Nous travaillerons là-dessus, n'est-ce pas ? Qui d'autre a vu ces images ?

— Davie... et Jenny, bien sûr. Davie m'a encouragée à m'y mettre, mais maman dit que je n'ai pas le bon œil. Tu as vu ses aquarelles. Elles sont parfaites.

Je songeai aux aquarelles du salon vert.

— Je peux comprendre pourquoi ta mère est fière de ses aquarelles, mais la beauté est dans l'œil du spectateur. Je préfère de beaucoup ce que tu fais à ses peintures. Si cette image est caractéristique, il y a du sentiment, dans ton travail. Victoria a-t-elle déjà vu tes croquis ?

Elle fronça les sourcils, et je me demandai si elle avait reçu une réponse similaire de Victoria, un rejet — ou pire, une admiration moqueuse.

— Une fois. J'allais les montrer à Davie, et elle était là. Elle les a à peine regardés.

— Peut-être avait-elle autre chose en tête ?

— Peut-être.

Ce n'était pas beaucoup, mais c'était une indication de son aversion pour Victoria. Je décidai de m'aventurer un peu plus loin.

— Qu'est-il arrivé, ce jour-là... la veille de sa mort ? Je te promets que quoi que tu me dises, je n'en parlerai pas. *Tu es* mon amie, souviens-toi.

Son nez tressaillit, et elle haussa les épaules.

— Elle est allée à Londres pour chercher sa robe. Soames l'a conduite à la gare. Il est aussi allé la chercher.

Donc, elle avait pris le train pour aller chercher sa robe de mariée.

— As-tu pensé que c'était étrange ? Pourquoi n'a-t-elle pas utilisé la voiture ?

— Elle y allait toujours en train. Davie lui disait de prendre la voiture, mais elle disait qu'elle aimait le trajet en train.

Peut-être était-ce Soames qu'elle n'aimait pas, et non pas la voiture.

— Est-elle allée seule?

Lianne fit signe que oui.

— Et elle est revenue plus tard le même après-midi. Je l'ai attrapée en train de crier contre Annie et Betsy pour avoir laissé tomber la boîte de sa robe de mariée.

Quelque chose ne tournait pas rond, pour moi. Pourquoi aller seule à Londres pour aller chercher sa robe de mariée? N'emmènerait-on pas sa mère, une amie ou son fiancé? Où était David? Pourquoi ne l'avait-il pas accompagnée?

— Elle voulait y aller seule. Je l'ai entendue le dire, au petit déjeuner.

— Ton frère a-t-il trouvé que c'était étrange?

— Non.

Eh bien, s'il n'avait pas trouvé ça étrange, moi, je croyais certainement que ça l'était.

— Peut-être avait-elle prévu d'y aller seule pour rencontrer quelqu'un de secret?

Elle haussa de nouveau les épaules, à la recherche d'Ewe.

— Elle est probablement en train de préparer la crème, lui dis-je. Elle est très fière de ses scones.

Lianne hocha la tête et croisa ses bras. Je pouvais m'apercevoir qu'elle trouvait mes questions et ce sujet désagréables.

— Comment était Victoria, quand elle est revenue? Fatiguée? Irritable? Heureuse?

— Certainement pas heureuse.

Un rire léger sortit des lèvres de Lianne. Je suppose qu'elle était de mauvaise humeur.

— Lui as-tu parlé?

— Non, mais je lui ai jeté un coup d'œil, quand elle a crié contre Annie et Betsy. Elle m'a regardée et m'a dit : « Ne me juge pas, enfant. »

— Qu'as-tu répondu?

— Rien. Je me suis retournée et je suis partie.

Je ne la croyais pas. La scène se mit à se dérouler devant moi : la belle-sœur dédaignée rentrant à la maison, ses nerfs à vif, son humeur aggravée par le regard de censure de Lianne.

— Crois-tu qu'elle était allée rencontrer quelqu'un, à Londres? Un homme? Un amant?

— Nous avons un autre visiteur! annonça Ewe en arrivant, apportant serviettes et couverts, suivie de monsieur Brown, qui transportait le thé et le plateau de scones, une lueur malicieuse dans ses yeux.

— Bonjour, mesdames.

Il flotta vers nous, et, n'étant pas habituée à cette version d'un monsieur Brown bien vêtu, qui me rappelait des messieurs qui venaient déjeuner ou dîner à Cumberland Terrace ou à Cannon Hall, je restai bouche bée.

— Mademoiselle Daphné, quelle chance de vous trouver à la maison!

La lueur malicieuse continuait d'étinceler, me rappelant silencieusement mon intention de lui remettre

l'atomiseur. « Quel est votre intérêt pour cette enquête ? »
aurais-je voulu lui demander. Puis, j'écartai cette pensée.

— Comment… ?

Les mots me manquèrent.

— Comment quoi ? Comment un modeste major
comme moi peut-il posséder de tels vêtements, ou comment ai-je réussi à vous attraper à la maison ? La réponse
à la dernière est « un coup de chance » ! Et d'ailleurs, quel
moment idéal pour le thé !

— Idéal, répétai-je, entendant le bruyant bavardage
d'Ewe dans mon oreille.

— Avez-vous déjà rencontré mademoiselle Lianne ?
Mademoiselle Lianne de *Padthaway* ?

— Non, je n'ai pas encore eu ce plaisir, répondit en souriant le major, s'avançant devant moi pour se présenter.

Se courbant devant elle, il se présenta en utilisant une
formule officielle.

— Comme je suis ravie de vous rencontrer, *major*
Browning ! murmura Lianne, son regard conquis
envoyant une charmante rougeur sur son visage.

Je refoulai un gémissement intérieur. Il semblait que
le major avait fait une autre conquête. Il les faisait trop
facilement à mon goût. Troublée, je repris mon siège,
laissant Lianne à ses soins.

Comme je l'avais prévu, le major fut de tout charme
à table, pendant que je versais le thé. Lianne parlait plus
que je ne l'avais jamais vue parler à quiconque, et je
remarquai quelques tentatives du major ici et là pour
s'enquérir de l'ambiance actuelle de Padthaway.

— Lianne me dit que vous allez souvent marcher tôt le matin, dit le major, me suivant sous prétexte de m'aider à laver la vaisselle. Avez-vous réfléchi à mon conseil au sujet du test de substances inconnues ?

— J'y ai pensé. Vous l'aurez bientôt.

— *Maintenant* est un bon moment. L'avez-vous toujours ?

— Bien sûr.

Et lui lançant un tablier, j'allai chercher l'objet dans ma chambre.

Il le glissa dans la poche de son manteau accroché près de la porte.

— Excellent.

— Quel *est* votre intérêt pour ce meurtre, de toute façon ? Étiez-vous l'un de ses amants secrets ?

Son sourire silencieux en fit très peu pour me rendre ma bonne humeur.

— Oh, vous étiez un prétendant *sans* espoir. Comme ça a dû être désagréable pour vous !

— Comme vous vous trompez, mademoiselle du Maurier !

— Vous ne la connaissiez pas, alors ?

Son regard demeura discret.

— En effet, je l'avais vue, en ville. Une femme mystérieuse, belle... On ne pouvait jamais savoir ce qu'elle pensait.

Bien sûr, il l'admirait. Qui ne l'aurait pas fait ?

Lianne entra alors dans la cuisine, faisant courir ses doigts sur le banc avec adoration.

— Oh, j'aime tellement cet endroit! Nous avons un jardin secret, à Padthaway.

Nous convînmes que nous devrions prendre le thé dans le jardin, la prochaine fois, mais son menton tomba tout à coup.

— C'est le projet de mon frère. Ce n'est pas encore terminé.

— Je serais tout de même ravie de le voir, lui dis-je après le départ du major, alors que je l'accompagnais jusque chez elle.

Lianne se retourna pour contempler le village.

— Le major est *tellement* beau, n'est-ce pas? Penses-tu qu'il regarderait un jour une fille comme moi?

Ah, ça alors! Si je n'avais avant que les débuts d'un mal de tête, j'en avais un vrai, maintenant.

— Il a quelque chose de spécial. Il est très charmant, et c'est un *major*. Même maman ne pourrait pas dire non à un major.

Je tentai de lui faire un sourire rassurant.

Soudainement, elle tourna son attention vers moi et se pencha en conspiratrice.

— J'ai une surprise pour toi, mais c'est une surprise *secrète*, juste pour nous deux.

Elle refusa d'en dire plus, son sourire insaisissable persistant jusqu'à ce que nous ayons atteint l'allée.

— Tu viens à l'intérieur prendre une limonade, n'est-ce pas? Nous pouvons prendre la limonade *rose* dans le jardin secret.

Comment pourrais-je refuser?

Étourdies comme deux petites filles, nous pénétrâmes dans le hall d'entrée main dans la main, toutes les deux surprises d'entendre la voix posée de Lady Hartley alors que nous passions devant le salon.

— Que veut dire cette convocation étrange ?

Levant nos sourcils, nous atteignîmes la porte à temps pour la voir se fermer derrière l'ourlet de la robe matinale de Lady Hartley.

Lianne me poussa plus près pour écouter. Je voulus la repousser, mais la curiosité fut plus forte, et nous posâmes toutes les deux nos oreilles contre la porte.

— Il est temps de commencer à agir de façon responsable par rapport à tes actions, Mère. J'ai été patient avec toi assez longtemps, dit Lord David, sa voix égale, basse mais ferme.

— Mes actions.

Lady Hartley se moqua :

— Laquelle t'offense plus particulièrement ?

— Pourquoi ne m'as-tu pas parlé de l'appel de madame Bastion ?

— Ça m'est tout simplement sorti de la tête.

— Que diable, tu as oublié !

Silence, puis un long soupir de David.

— Je lui ai parlé, hier. Elle dit que tu l'as *payée*, pour les vêtements.

— Misérable créature. Je suppose qu'elle veut les récupérer, maintenant. A-t-elle rendu l'argent ? Elle l'a gardé, sans aucun doute. Je voulais garder les vêtements pour Lianne...

— Débarrasse-toi des vêtements, ordonna froidement David.

Estomaquées, Lianne et moi nous regardâmes l'une l'autre. Saisissant ma main, elle m'attira loin de la porte pour courir jusqu'aux jardins.

— C'est ici.

— Qu'est-ce qui est ici ?

Je m'arrêtai pour reprendre mon souffle, songeant encore à la colère dans la voix de Lord David au sujet des vêtements de Victoria. Pourquoi serait-elle si insensible ?

— Qu'est-ce que c'est, de toute façon ?

Je jetai un coup d'œil vers la petite hutte en forme de A.

— C'est le chenil de Jasper.

Baissant la tête pour pénétrer à l'intérieur, Lianne récupéra un petit sac bleu marine.

— Le voici. Le journal. Le journal de Victoria. Je l'ai pris de sa chambre... avant que la police ne le trouve. Il était sous son oreiller.

— Journal de Victoria, murmurai-je, réticente à le prendre de la main de Lianne. En as-tu parlé à quelqu'un ?

Elle hocha la tête.

— Tu es la première, et tu verras pourquoi nous devons garder le secret, quand tu le liras. Je ne veux pas que David ait des ennuis.

— Des ennuis ? répétai-je. Pourquoi aurait-il des ennuis ?

Les mains de Lianne saisirent mes épaules.

— Tu dois me le promettre. Même David n'est pas au courant. S'ils le trouvaient…

Elle frissonna.

— Je te retrouverai ici dans une heure, murmura Lianne, regardant autour d'elle.

Le lui promettant, je me rendis sur les falaises pour le lire. Cela semblait l'endroit le plus approprié pour le faire, compte tenu des circonstances.

Retrouvant la pierre que j'avais partagée avec le *major* Browning, où il ne ventait pas, je m'installai pour lire, souhaitant avoir apporté un chapeau pour me protéger du soleil intense.

Ayant été moi-même propriétaire d'innombrables journaux personnels au fil des années, je fus surprise en touchant le mince livre bleu au charme vieillot, sans fioritures, sauf une petite fleur et un modeste mouron rouge ornant la couverture. C'était le genre de journal qu'on s'attendait à voir appartenir à une jeune fille ; pas à une femme adulte.

La première inscription, datant de dix ans, révélait l'âge du journal.

Cher journal,
Aujourd'hui, j'ai découvert que j'avais un père différent…

CHAPITRE TRENTE-DEUX

Journal de Victoria
Je déteste ce village. J'ai hâte de partir d'ici. Il m'arrive parfois de me glisser discrètement jusqu'à la grande maison et d'observer les Hartley. Ils sont tellement chanceux. J'aimerais pouvoir être des leurs.

Prouvant la théorie de Lady Hartley selon laquelle les roturiers voulaient être des leurs, la fascination de Victoria pour la famille Hartley, illustrée au cours des quelques pages suivantes, se poursuivit jusqu'au début de sa vie de femme.

J'ai vu Lord David, aujourd'hui. Il est passé en voiture, avec ses amis de l'école. Il est devenu très séduisant. Je leur ai fait signe, et ses amis ont sifflé, mais pas Lord David. Il y a une froideur dans ses yeux qui me fait me poser des questions… Je suppose que c'est à cause de toute cette histoire concernant son père. Comment puis-je arriver à me faire remarquer par lui?

Quelques mois plus tard :

Je l'ai vu, aujourd'hui, et il m'a REMARQUÉE! Lord David. Ou David, comme je penserai maintenant à lui. Je n'ai pas été trop impressionnée par ses amis, surtout ce monsieur Cameron. Il m'a suivie à l'arrière. Il m'a fait d'abominables propositions. Je lui ai dit d'aller naviguer dans d'autres eaux. Il n'a pas aimé, mais il a quand même souri.

7 avril

Aujourd'hui, j'ai un rendez-vous avec David. Il va me ramener du cabaret.

Très gentil de sa part.

21 juin

Souper avec Davie, comme je l'appellerai maintenant, puis danse au cabaret... Oh, j'aurai besoin d'autres leçons de mademoiselle Perony, si je veux garder mon homme. Sinon, comment pourrais-je un jour être à l'aise dans leur monde?

Trois semaines plus tard :

Je travaille maintenant à Padthaway.

La situation m'amuse un peu, mais Soames n'aime pas cela. Je crois qu'il est jaloux. Jaloux, jaloux, jaloux, parce que Davie et moi sommes tellement amoureux!

Je suis terriblement heureuse, mais Lady Hartley me fait peur. Parfois, je ne me sens pas très en sécurité, ici... Les murmures des servantes, madame Trehearn qui surveille chacun de mes mouvements. Quelque chose ne va pas, et je ne fais pas confiance à la mère de Davie. Elle n'a pas de cœur, et je jure qu'elle et Soames ont un plan spécial pour ruiner nos fiançailles, car à Londres, j'ai surpris Soames à m'espionner. Pourquoi ne peut-il accepter mon refus ?

22 juillet

J'ai parlé à David, aujourd'hui... au sujet de l'enfant. C'était un choc pour moi aussi, mais je n'aurais pas dû m'inquiéter. Mon Davie est un homme d'honneur, et il m'a demandée en mariage !

Lady Hartley est indignée.

Soames... Je n'arrive pas à lire dans ses pensées. Je pense qu'il savait que cela arriverait. Il est préférable qu'ils se fassent à l'idée, tous les deux. Nous nous marierons le plus tôt possible, pour éviter le scandale.

J'arrivai à la semaine du mariage. Tenant le journal sur mes genoux, je remarquai le changement dans l'écriture, les lettres hachurées et indéfinissables, et j'en lus la raison.

J'ai eu une dispute désastreuse avec Davie, aujourd'hui. Ces terribles rumeurs ! Lancées par tous ceux qui ne souhaitent pas que nous soyons ensemble... Lady Hartley, Soames, et même des amis de Davie. Des lâches. Ils pensent que parce que j'ai travaillé au cabaret, je suis une débauchée. Je ne le suis pas, je te le dis, cher journal. Je me suis gardée pour Lord David, et il le sait. Le pire, c'est qu'aujourd'hui, j'ai vu le doute, dans les yeux de mon Davie. Il n'est pas possible qu'il les croie, n'est-ce pas ?

À propos de l'enfant ? Comment le pourrait-il ?

Je lui ai écrit une lettre. J'espère que cela donnera des résultats.

Puis arriva la dernière page, contenant les dernières inscriptions avant sa mort, des dates non précisées, le papier taché par les larmes, et des inscriptions bizarres ici et là.

Je suis allée à Londres. Je l'ai vu. Ça s'est mieux passé que prévu. Soames est encore jaloux comme un chat. Lady Hartley, le genre soupçonneux. Elle m'a offert un bel atomiseur à parfum et elle s'est excusée de la façon dont elle m'avait traitée par le passé. Oserais-je le croire? Je ne lui fais pas confiance.

Je suis si affreusement fatiguée. J'ai parlé de nouveau hargneusement aux filles et à Lianne. Je ne voulais pas... mais les nerfs, tu sais. Davie en a entendu parler; c'est Lianne qui a dû le lui dire. Il est venu dans ma chambre. Nous avons eu une autre dispute. Ses doutes me dérangent. Il est de la vieille école, il est fier, il déteste qu'on le croie cocu, mais il n'y a aucune raison pour qu'il pense ainsi! Oh, que dois-je faire? Je ne peux pas lui donner la raison pour laquelle je vais à Londres. Je ne peux pas permettre à quoi que ce soit ni à personne de perturber notre mariage, ni même à Connan. Cher Connan, il a toujours besoin d'argent, et il croit maintenant que mon petit ami riche paiera pour tout. Si seulement notre père s'était avéré être celui qu'on croyait! Je ne le pardonnerai jamais à Mère.

Comme si ma journée pouvait empirer! J'ai trop bu, au dîner, mais j'étais en colère... et malade. Presque fiévreuse...

Non... Je ne peux pas me reposer. Je me sens très bizarre...

Je ne sais pas ce que je ferai. Impossible de faire confiance à David. J'ai tellement peur...

Je refermai le journal et je fermai les yeux, laissant son témoignage intime, sa vie, reposer sur mes genoux, en parfaite sécurité. Victoria, la fille que j'avais vue étendue morte sur la plage, reprenait vie dans mon esprit. Je me sentais proche d'elle, aussi près que je pourrais l'être d'une future héroïne et de sa fin tragique.

En rentrant à Padthaway, je croisai Lianne.

— L'as-tu lu ? As-tu vu ?

Je lui tendis le sac avec le journal.

— Il devrait vraiment être remis à Sir Edward, Lianne. Je sais que tu veux protéger ton frère...

— Je vais le détruire, dit Lianne. *Maintenant.*

Elle se mit à courir vers les falaises. Fonçant sur elle, je réussis à l'attraper par la jupe. Perdre le journal pour un caprice me terrifiait, malgré mon désir de rejeter son contenu à cause de David.

— Attendons, suppliai-je entre deux respirations. Je ne t'en ai pas parlé avant, mais j'ai trouvé une lettre que Victoria avait écrite à ton frère et qui était cachée à l'intérieur d'un livre dans la bibliothèque. Il savait que je l'avais trouvée et lue, et quand nous sommes allés à Stall's, l'autre jour, il m'a demandé ce qu'il devrait faire avec la lettre. Je lui ai dit qu'il faudrait la remettre à Sir Edward. Ne vois-tu pas, ma chérie ? Ton frère n'a pas peur, parce qu'il est innocent.

Elle me regarda comme si j'étais folle.

— Pourquoi garder le journal ? Ce n'est pas nécessaire, maintenant.

— Il ne faut pas détruire un objet qui a appartenu à la défunte, Lianne.

Tenant compte de la sagesse de ma suggestion, elle finit par me remettre le journal.

— Alors, tu en fais comme bon te semble. Il suffit que ça ne nuise pas à Davie. Promis ?

Je promis, et nous nous séparâmes ; elle, se dirigeant vers Padthaway, et moi, vers la maison d'Ewe, le journal de Victoria pressé contre moi. Il semblait presque toxique, contre ma peau, et je savais qu'il fallait que je m'en débarrasse. J'abandonnai donc mon chemin en faveur de celui qui menait au château de Mor, vers Sir Edward.

L'air solennel, Sir Edward prit le journal que je lui remettais.

— Merci, mademoiselle du Maurier. Je n'aurais pas pu m'attendre à un tel honneur de la part des Hartley.

— Mademoiselle Lianne ne veut que protéger son frère, lui dis-je. Soyez bon, avec elle.

— Je le ferai, dit Sir Edward en hochant la tête, mais je dois faire mon devoir. Un devoir qui l'emporte sur l'amitié et les propriétaires.

Je vis ses extraordinaires sourcils s'affaisser, puis se relever.

— J'ai un devoir, un pouvoir qui m'est investi par la loi, de faire respecter la justice dans ce comté, et ceci inclut la justice pour Victoria Bastion, peu importe à quel point sa mort peut être gênante pour les Hartley.

Frottant le journal contre son ventre robuste, Sir Edward grogna.

— À mon avis, ce n'est pas un accident. La ricine est un poison, et je ne peux croire que Victoria se soit administré une telle substance. Qu'en pensez-vous?

— Non. Je savais qu'elle voulait vivre, dis-je, songeant à son journal.

Sir Edward hocha la tête, sa douloureuse inquiétude vacillant dans ses globes oculaires. Nous étions debout sur le palier devant la porte de son château, ou, devrais-je dire, le château des Hartley.

— Voulez-vous voir à l'intérieur?

Sir Edward devait avoir remarqué mon regard nostalgique et mes yeux écarquillés, car j'avais entrevu un énorme candélabre et de lourdes tapisseries qui ornaient les épais murs en pierre.

— Il doit être difficile, dis-je, n'étant jamais aussi à l'aise que dans un château ou un monument historique d'une certaine description, de faire enquête sur votre propre propriétaire.

Ignorant mon commentaire, Sir Edward pointa du doigt le salon, la cheminée et les autres pièces du donjon médiéval restauré.

C'est précisément ce à quoi je m'attendais d'un vrai détective, de réserver les détails de l'affaire dans le but d'attraper le tueur. Sans qu'il ait à souffler un seul mot, je compris que l'affaire avait abouti à une impasse.

— Avez-vous lu le journal, mademoiselle Daphné?

— Oui.

— Puis-je vous demander vos impressions ?

— Mes premières impressions... Avant de répondre, permettez-moi de vous demander si Lord David vous a montré une lettre que Victoria lui avait écrite avant sa mort.

— J'ai cette lettre en ma possession.

Je hochai la tête, ravie que David soit un homme de parole. Il lui avait transmis la lettre comme le lui dictait son devoir, tout comme c'était le mien de lui soumettre le journal intime.

— Mes premières impressions sont que Victoria avait un secret. Vous trouverez intéressantes les inscriptions qui parlent de Soames — Soames et sa jalousie.

— Ridgeway Soames, le cuisinier ?

Sir Edward semblait surpris.

— Mais, euh, lui et Lady Hartley...

— ... sont peut-être des amants, mais je crois que Victoria et Soames se connaissaient assez bien, et qu'en l'embauchant à Padthaway, il croyait qu'il aurait une chance avec elle.

— Vous êtes une femme. Vous comprenez les filles mieux qu'un vieil homme comme moi... Croyez-vous qu'elle et Soames étaient amants ? Qu'ils ont continué leur aventure à Padthaway, jusqu'à ce qu'elle l'ait troqué pour Lord David ?

Lui reprenant le journal, je lui indiquai l'inscription correspondante.

— Vous voyez, elle dit qu'elle s'est « gardée » pour Lord David.

— Mais c'est ce que dirait n'importe quelle fille, fit valoir Sir Edward.

— Je la crois. Elle était belle, oui, mais cela ne veut pas dire qu'elle était une dévergondée. Peut-être que beaucoup l'ont jugée cruellement, à tort.

Sir Edward y réfléchit, ses paupières tombantes révélant peu de ce qu'il pensait.

— D'autres réflexions? Mentionne-t-elle Lord David et Lady Hartley?

— Les deux, bien sûr. Lady Hartley lui faisait peur, et il y a aussi la mention de cadeaux de jeune mariée.

— Des cadeaux de jeune mariée?

Incrédule, Sir Edward leva ses grands sourcils.

— Je vous avoue que je suis impatient d'examiner cette nouvelle preuve. Je vous remercie, mademoiselle Daphné.

— C'était tout simplement la bonne chose à faire, lui dis-je.

Et je laissai Sir Edward à ses délibérations, sachant que cette nouvelle preuve signifiait la perte pour toute la famille Hartley.

CHAPITRE TRENTE-TROIS

Un peu parce que je me sentais coupable, je me retrouvai à Padthaway le lendemain matin.

— Mademoiselle Lianne et Lady Hartley sont encore au lit, m'informa madame Trehearn, le regard vide et sans expression comme à l'accoutumée.

— Jenny Pollock ? demandai-je.

— Miss Pollock doit être éveillée, à cette heure. Vous la trouverez...

— Oui, je sais où la trouver, répondis-je avec un sourire.

Je me dirigeai dans la bonne direction, consciente que madame Trehearn suivait chacun de mes mouvements.

Je compris soudain pourquoi Victoria se sentait si mal à l'aise. « Madame Trehearn surveille chacun de mes mouvements. » Si elle surveillait chaque mouvement, songeai-je en marchant le long des couloirs endormis, pourquoi avait-elle choisi de garder le silence ?

Craignait-elle de perdre son emploi, en parlant contre ses employeurs ?

Elle était sans doute au courant de nombreuses choses concernant la maison et ses secrets. C'était normal, pour une bonne gouvernante. Par contre, même si la discrétion jouait souvent un rôle, cela signifiait dans cette affaire d'assurer sa propre préservation. Madame Trehearn entendait bien préserver son illustre poste à Padthaway, autant que Lady Hartley cherchait à conserver sa place comme maîtresse de la maison.

Jenny dit en me voyant :

— Elle est bel et bien revenue, madame B, exigeant de ravoir ses vêtements. En avez-vous entendu parler ?

Nous installant devant une bonne tasse de thé frais, j'avouai que j'avais entendu Lady Hartley et Lord David en train de parler dans le salon.

— C'était plus comme s'ils se disputaient, souffla Jenny. Eh bien, cette fois-ci, elle n'a pas gagné, Lady la Hautaine. Lord Davie a fait acte d'autorité, et les vêtements ont été envoyés à la maison des Bastion.

— Tous ces beaux vêtements, murmurai-je, légèrement déçue. J'imagine qu'ils seront maintenant vendus. Et ces fourrures...

— Lady H n'est pas trop contente, car c'est Davie qui avait payé pour l'ensemble du lot, dit Jenny, enthousiaste. Par contre, je suppose que les vêtements doivent retourner à la mère de la jeune fille, car ils ne conviennent pas à Lady la Hautaine, n'est-ce pas ?

— Vous ne pensez pas qu'elle les voulait pour Lianne ?

Il y eut de la tristesse, sur le visage de Jenny.

— Je ne pense pas que ma Lili aura une saison mondaine. Elle aura de la chance, si un homme gentil arrive et s'occupe d'elle.

— En raison de sa maladie? Celle dont elle a hérité de son père.

— Un mensonge, et tout un mensonge!

Ne prévoyant pas une telle intensité, je balbutiai maladroitement des excuses.

— C'est *elle*, Lady la Hautaine, qui vous a dit cela?

— C'est juste ce que tout le monde dit. Jenny, si je peux me permettre, pourquoi restez-vous ici, si vous détestez tellement Lady Hartley? Je sais qu'il y a David et Lianne...

— C'est plus *mes* bébés que les siens. Elle ne s'est jamais souciée d'eux, alors je reste. Je suis toujours restée. Et je resterai aussi longtemps que ma Lili aura besoin de moi. Tant que je serai nécessaire.

Je regardai ma montre-bracelet.

— Lianne n'a pas l'habitude de dormir tard.

— Elle a fait des cauchemars, la nuit dernière. Elle est venue ici, et je l'ai emmenée à la cuisine, je lui ai préparé un lait chaud, et ensuite je l'ai câlinée jusqu'à ce qu'elle se rendorme.

— Pauvre petite, elle ne m'a jamais parlé de ses cauchemars. Sont-ils...?

Jenny hocha la tête.

— Comment vous sentiriez-vous, si vous aviez vu votre propre père se tirer une balle?

— Très perturbée, répondis-je.

Désireuse d'éviter un nouvel épisode d'anciens souvenirs moroses de Jenny, je lui demandai si elle savait où je pourrais trouver le jardin secret.

Son visage pâlit.

— Qu'avez-vous dit ?

— Le jardin secret. Lianne a dit que c'était un projet de David. Savez-vous où il se trouve ?

Le visage de Jenny devint encore plus pâle.

— Qu'est-ce qu'il y a, Jenny ?

Je l'observai qui haletait devant la fenêtre, regardant son propre petit jardin et les fleurs au-dessous.

— Comment a-t-il pu ? Comment a-t-il pu penser à l'ouvrir ? L'ancienne place ?

J'ignorais s'il fallait garder le silence ou parler. Je décidai de parler, l'interrompant alors qu'elle se parlait à elle-même.

— Pourquoi ? Avez-vous une objection ?

— Je ne peux pas le croire…

— Ce lieu est-il maudit ?

Hochant la tête, Jenny revint à sa nonchalance normale.

— Ah, à l'époque, nous avions l'habitude d'y aller. J'aurais juste aimé que mon Davie m'en parle. Il ne devrait pas avoir de secrets pour Jenny.

Quelque chose dans son regard me dérangeait, et je bondis sur mes pieds pour me diriger vers la porte.

— Je vais y aller, maintenant, Jenny.

— Pourquoi ne m'en a-t-il pas parlé ? Pourquoi n'en a-t-il pas parlé à Jenny ?

Sa voix me suivit jusqu'à l'extérieur, alors que j'essayais de retrouver mon calme.

— Mademoiselle! Est-ce que ça va, mademoiselle? Vous semblez perdue! appela Annie de l'autre côté du couloir.

Je fis un effort conscient pour m'enlever de l'esprit la réaction inquiétante de Jenny.

— Oh, je suis à la recherche du jardin secret de Lord David. J'ai pensé que je pourrais y attendre Lianne. J'ai entendu dire qu'elle avait passé une mauvaise nuit, la nuit dernière.

— Oui, la pauvre. Je peux vous montrer le jardin, si vous voulez, mademoiselle. Ah non.

Son visage se défit.

— Oups. Je ne suis pas censée le savoir. Betsy m'a dit de ne rien dire.

— À propos du jardin? Alors, moi aussi, j'ai un problème, car je viens tout juste d'en parler à Jenny Pollock, et elle ne semblait pas tellement heureuse.

Annie, une âme sœur, sourit.

— Vous êtes en sécurité, mademoiselle, et madame T me flanquera une raclée, si elle sait que je vous ai emmenée là-bas. Quant à Jenny, j'ignore pourquoi elle devrait être fâchée.

— Je pense que c'est parce que Lord David lui a caché le fait.

— Oh.

La bouche d'Annie frémit.

— Eh bien, c'est un homme adulte, maintenant, pas un petit garçon.

— En effet, c'est un adulte.

Je rougis, me souvenant de notre baiser dans la bibliothèque.

— Et j'ai entendu dire qu'il a le béguin pour vous, mademoiselle ! Non pas que je devrais dire une telle chose, si tôt après...

— Victoria.

Je prononçai le nom.

— Annie, il faut que je vous demande quelque chose. Vous savez, quand vous avez entendu cette dispute entre Lord David et Victoria, avez-vous entendu mentionner un nom d'homme ?

Annie réfléchit.

— Lord Davie était tellement en colère, peut-être parce qu'il n'aimait pas ses visites à Londres et l'endroit où elle se rendait, et parce qu'elle ne voulait pas non plus lui dire où elle allait. Deux mules obstinées ensemble, si vous voulez le savoir.

— Vous ne pensez pas vraiment que Victoria avait une liaison avec un autre homme, et qu'elle s'est arrangée pour être enceinte et mettre la faute sur Lord David ?

— Oh, non, mademoiselle ! Il est vrai qu'elle avait le choix parmi tout un lot d'hommes. Même que monsieur Soames est devenu très irritable, quand elle a commencé à sortir avec Lord David, et je suppose qu'elle aimait un peu en faire étalage, mais non, mademoiselle, je pense que le bébé était celui de Lord David, et c'est bien triste, ce qui lui est arrivé.

— Qui a assassiné Victoria, d'après vous, Annie ?

— Si quelqu'un voulait qu'elle ne soit pas dans son chemin, dit-elle en se penchant pour murmurer à mon oreille, je dirais Lady H, mais comme Betsy continue à le dire, c'est préférable que nous n'en parlions pas.

Je suivis ses pas agiles vers les jardins extérieurs, maintenant plus curieuse que jamais au sujet des mystérieux voyages de Victoria à Londres. Qui avait-elle rencontré là-bas, en particulier lors de son dernier voyage? «Je suis allée à Londres. Je l'ai vu. Ça s'est mieux passé que prévu.»

Le soleil caressait mon visage, m'amenant à la paisible sérénité que j'adorais ici, à Padthaway. Comme tout paraissait beau à l'extérieur : un autre après-midi d'été, les pelouses vertes donnant un cadre parfait pour le manoir en pierre, les roses grimpantes sauvages montant sur les murs anciens !

— C'est cette maison, me dis-je à moi-même, jetant un coup d'œil pour entendre le grondement de la mer au loin. C'est cette maison.

Intensément inspirée, je faillis oublier Annie, là, debout, pointant un endroit vers le mur en direction du jardin secret.

— Je crois... je crois que je vais rester ici pendant une minute, Annie. Je vous remercie.

— Je ferai savoir à mademoiselle Lianne que vous êtes ici, mademoiselle.

Je hochai la tête, car j'étais incapable de parler. Toute une histoire était en train de se former dans ma tête. Je me laissai tomber sur le banc en pierre buriné pour contempler la maison. J'imaginai le héros, un être torturé digne des Brontë, un homme âgé avec une maison et une femme décédée. Je l'imaginai en train de broyer du noir, accusé de meurtre, même par ses propres serviteurs muets.

Il entra nonchalamment dans mon rayon de soleil, l'humeur étrangement pensive. Me voyant assise là, le long du mur dans les jardins, il s'efforça de me sourire.

— Vous profitez de la lumière du matin ?

— Lord David !

— Vous semblez surprise. C'est ma maison, vous savez.

— Pardonnez-moi.

Je hochai la tête.

— Je devais rêver.

— Rêver d'un futur roman ?

— Vos jardins sont si beaux, lui dis-je en faisant signe vers les roses le long du mur. Regardez comment elles s'accrochent là, en spirale vers le bas, au milieu de la glycine, avec ces *alliums* en bas, au fond. Ben accomplit certainement un excellent travail... Je suis surprise qu'il parvienne à tout faire seul.

— Oh, il a ses aides.

Son visage s'éclairant à ce compliment sur sa maison, Lord David s'arrêta pour sourire.

— Nous avons un nom, pour eux. Ben et ses joyeux sarcleurs.

Je me mis à rire.

— Le désherbage est une terrible activité, mais je vous envie... propriétaire d'une maison aussi magnifique.

— Vous ne devriez pas nous envier.

Debout sur le chemin, maintenant détendu et gracieux, il voyait sa maison avec de nouveaux yeux. L'excitation juvénile remplaça l'ancienne humeur sombre.

— Ben et moi travaillons sur un jardin secret. Voulez-vous le voir?

Je jetai un regard autour de moi, cherchant Lianne.

— Si vous venez pour voir ma sœur, elle n'est pas encore levée.

— Vous avez entendu parler de ses cauchemars de la nuit dernière? Est-ce parce qu'elle a vu son père mourir?

Je n'aurais peut-être pas dû parler ainsi, car son visage se rembrunit, et le héros broyant du noir revint.

— Il a été difficile pour elle, dit-il, d'être exposée à des terreurs à un si jeune âge.

Nous parlâmes un peu plus du suicide de son père.

— Je n'avais pas vu les signes, j'ai été choqué, comme le reste du monde. À sa propre manière, il semblait toujours heureux... et puis, tout à coup...

Observant son visage ahuri, je me demandais s'il ressentait la même chose à propos de Victoria.

— Lianne a été traitée par quelques médecins, certains désastreux. Elle a une bien meilleure relation avec Jenny. Jenny lui permet de garder son équilibre, mais un jour, elle devra lâcher prise et la laisser trouver son propre chemin.

Je l'arrêtai.

— Avant d'entrer dans le jardin, j'ai une confession à vous faire : Jenny est au courant de l'existence du jardin.

Je vis la lueur d'inquiétude dans ses yeux.

— Pourquoi lui avez-vous caché le secret ? Elle semblait bouleversée que vous ne lui en ayez pas parlé.

— Je voulais lui faire la surprise. Je voulais qu'elle le voie tel qu'il était autrefois, avant le décès de mon père. Nous jouions à l'intérieur, quand nous étions enfants. Jenny était toujours là, elle aussi.

Je hochai la tête, réprimant le désir de le prendre dans mes bras.

— Il est parfois difficile de revenir à un certain endroit. Vous devriez lui parler, d'autant plus que j'ai fait une gaffe. Je suis étonnée de voir que Lianne ne le lui a pas dit. Il semble qu'elle raconte tout à Jenny.

Encore une fois, son visage s'assombrit, et il me demanda de ne plus discuter de Lianne.

« Oh, non, songeai-je, il soupçonne sa propre sœur. »

Mon cœur battait. Lianne... avait-elle trouvé le poison caché quelque part dans la serre, et l'avait-elle placé dans l'atomiseur de Victoria ? Lianne... avait-elle suivi Victoria, alors que celle-ci avançait en trébuchant sur les falaises, afin de s'assurer de sa mort et de sa chute des falaises ? Lianne... y était-elle retournée tôt le lendemain pour aller chercher les chaussures ? Elle avait été la première à voir le corps, et je frissonnai en repensant à cette première journée, revoyant les yeux effrayés de Lianne.

— C'est mon petit projet, murmura Lord David, sa main se glissant à travers les haies pour déverrouiller un levier. La porte est de ce côté.

402

Je ne lui dis pas qu'Annie m'avait déjà indiqué où il se trouvait. Nous frayant un chemin à travers les buissons de lourdes feuilles satinées, nous baissâmes la tête sous la petite porte de chêne dissimulée en forme de dôme.

Une fois à l'intérieur, je laissai échapper un soupir aigu d'émerveillement et d'étonnement. Des murs chargés de toutes sortes de plantes grimpantes servaient à joindre un petit pont comme attrait central, traversant un bassin artificiel et conduisant à un chalet en chaume au toit circulaire dans le coin le plus éloigné.

— C'est magnifique! m'écriai-je.

— Digne d'une restauration, fit écho David. C'est mon père qui l'a créé, mais après son décès, il a été laissé à l'abandon. Il aimait sa place... et moi aussi.

Et comme un enfant, Lord David me prit la main et se mit à courir à travers le pont de l'étang.

— Il y a des poissons, là-dessous; ils se cachent sous les lis.

Je plissai les yeux très fort pour les trouver. Eh oui, un gros poisson rouge orange se glissa entre deux feuilles de nénuphar.

— Vous nourrissez les poissons?

Il hocha la tête, me tirant de là pour me montrer les divers arbustes et les différentes fleurs.

— Mon père a réuni tout cela. C'était sa petite retraite privée. Il venait souvent ici... seul.

Jetant un coup d'œil sur son visage réchauffé par le soleil, je lui demandai s'il avait l'intention de le garder privé.

— J'en suis tenté, mais ce serait égoïste de ma part. Non, une fois qu'il sera terminé, je veux ouvrir toute la maison au public.

— Au public? Quel est le sentiment de votre mère, à ce sujet?

— Elle n'aime pas l'idée, mais elle aimera l'argent qu'il apportera à l'endroit.

Je hochai la tête, même si je ne voyais pas Lady Hartley intéressée par l'idée de personnes se promenant sur son domaine en dépit des bénéfices financiers.

— Le chalet est toujours en ruine, mais un jour, je le réparerai.

Nous entrâmes, passant par-dessus les poutres tombées au milieu de la végétation sauvage qui poussait à l'intérieur. Je touchai le bord d'une vieille poutre.

— Est-ce que ce sera coûteux de le rénover?

— Oui, et ce n'est pas une priorité, pour le moment.

Sa main toucha brièvement la mienne, alors qu'elle était posée sur la poutre.

— Daphné, je sais que je ne devrais pas dire cela, mais je ne peux m'empêcher de penser à vous... depuis ce baiser...

Il détourna les yeux, horrifié, se sentant coupable de voir qu'il pourrait s'attacher de nouveau après si peu de temps.

— C'est juste...

— Non, ce n'est pas juste un baiser. Vous devez me croire, Daphné. Je ne l'ai pas tuée.

— Non, mais votre mère?

Fixant le jardin, il se gratta le bras.

— Oh, bon Dieu, je ne sais pas. J'ignore d'où provenait le poison...

— Madame Trehearn?

— Je le lui ai demandé. Elle jure qu'elle n'en avait pas.

— C'est peut-être ce qu'elle a dit, à vous et à Sir Edward, mais la croyez-vous? Sa loyauté envers vous va-t-elle au-delà de sa loyauté envers votre mère?

Il avait pensé à tout cela; je le voyais creusé dans chaque repli de son visage.

— Je ne sais pas. Je ne veux pas que vous croyiez que...

— ... vous pourriez empoisonner votre fiancée?

CHAPITRE TRENTE-QUATRE

Je voulus alors le lui dire ; je voulais lui parler du journal.

Sa tête rôda dangereusement près de la mienne.

— Me croyez-vous, Daphné ? Je dois le savoir.

— Oui, je vous crois, murmurai-je, fermant les yeux, pendant qu'il tenait mon visage dans sa main.

J'aurais dû l'arrêter. Je savais qu'il fallait que je l'arrête, mais je le laissai découvrir mon visage et je permis à ses doigts de caresser mon bras. Les yeux toujours fermés, je le laissai m'embrasser encore une fois, un baiser si doux et si rempli de désir que j'aurais voulu qu'il dure infiniment.

M'écartant de lui, je tentai de trouver refuge dans une autre partie du jardin. Mon visage encore chaud et rouge, je priai pour que de l'air frais refroidisse mes émotions et mon esprit. Cherchant peut-être à calmer ma détresse et se rendant compte qu'il avait dépassé ses propres limites, il commença à parler des travaux de rénovation qui seraient exécutés dans la maison. Quittant le

jardin, je hochai la tête, écoutant à peine ses plans pour
la tour.

— Le lui as-tu montré? Lui as-tu montré le jardin
secret, Davie?

Je poussai un soupir de soulagement intérieur en voyant
Lianne pourchasser Jasper sur les marches de la terrasse.

— Qu'est-ce que tu en penses?

Tandis que Lianne tourbillonnait autour de nous deux,
la foi qu'elle avait en moi comme sa confidente et amie
me fit mal à l'estomac. Je me sentais malade, malade de la
soupçonner, mais comment avait-elle obtenu le poison?
L'avait-elle fait suivant la directive de sa mère?

L'atomiseur. L'atomiseur détenait toutes les réponses.
Oh, pourquoi, oh, pourquoi l'avais-je confié au major?

— J'ai faim.

Lianne continuait à sautiller autour de nous, jouant
gaiement avec Jasper.

— Daphné peut rester pour le déjeuner, n'est-ce pas,
Davie?

Lord David se racla la gorge.

— Bien sûr qu'elle le peut, si elle le veut.

Attrapant sa sœur par la taille, il sourit, alors qu'elle
riait.

— Comment te sens-tu maintenant, Lili?

Il lui pinça le nez.

— Plus de cauchemars?

— Plus de cauchemars, répondit-elle en lui donnant
une forte accolade, avant de s'éloigner en sautillant pour
aller déjeuner.

— Je devrais vraiment y aller, commençai-je. Ewe m'attend peut-être, et je ne veux pas m'imposer.

— Foutaises, rejeta Lord David, fronçant les sourcils en baissant les yeux vers sa redingote.

— J'irai sans doute me changer pour le déjeuner. Vous connaissez votre chemin jusqu'au salon vert, n'est-ce pas?

— C'est injuste, lui dis-je en souriant. Vous allez vous changer, et moi pas. Ma mère serait horrifiée, si elle me voyait me présenter dans une grande maison habillée de la sorte.

Les yeux admiratifs, il m'examina de la tête aux pieds.

— Je trouve que vous êtes très bien.

Mais pas aussi belle que Victoria, ergotai-je, alors que nous prenions des chemins différents. Comment se sentait-il, maintenant que la chambre avait été nettoyée? Souffrait-il? Ou se sentait-il soulagé?

— Dieu merci, soupira Lady Hartley en me voyant arriver au salon vert. Mon fils a été plutôt irritable, ces derniers temps. Je ne voulais pas subir une autre *tirade*... Qu'est-ce que c'est, Trehearn?

— Vous avez un visiteur, madame la comtesse.

Je me retournai pour voir son visage, à la recherche d'indices. Madame Trehearn devait avoir organisé le nettoyage de la chambre de Victoria. Savait-elle que j'avais pris l'atomiseur à parfum et les perles? Était-elle vraiment une bonne gouvernante? Avalant ma salive avec inquiétude, j'espérai qu'elle en fût une mauvaise.

— Un visiteur! cria Lady Hartley, examinant la carte. Le major Thomas Browning… Je ne crois pas le connaître.

— Oh, moi, oui!

Lianne arracha la carte.

— Dites-lui d'entrer, Trehearn, et s'il n'a pas déjeuné, préparez une autre place, s'il vous plaît.

Étonnée de son comportement, une preuve de son engouement pour lui, je répondis à toutes les questions de Lady Hartley : quand et où nous avions rencontré ce major Browning, et ce que nous savions de lui. Montrant un intérêt quant à ses possibles relations, elle se leva à son arrivée.

— Major Browning, vous êtes le bienvenu.

Madame Trehearn, l'ombre efficace, prépara une autre place pour que notre invité se joigne à nous à la table. Je baissai la tête, le visage flamboyant devant son impudence. Pourquoi passer à la maison si tôt après une rencontre, surtout quand il s'agissait de rendre visite à la famille contre laquelle il m'avait mise en garde ?

— Il *fallait* que je voie votre maison.

Il charma Lady Hartley avec un sourire.

— Après la description que m'avait faite votre fille de son intérieur, j'étais incapable d'attendre un autre moment.

— Je suis heureuse que vous soyez venu, dit Lady Hartley, adoptant rapidement sa personnalité mondaine tout en examinant son beau visage et sa tenue correcte. Nous avons si peu de visiteurs, ici. Bien sûr, vous avez rencontré mademoiselle du Maurier? Son père est très célèbre.

— Oui.

Les yeux du major cherchèrent les miens.

— Et j'avais espéré rencontrer Lord David.

— Mon fils sera bientôt avec nous.

— Alors, j'ai la chance d'avoir à moi seul les trois dames pendant un certain temps.

Je toussai, et le major bondit pour me verser un verre d'eau. En le voyant se détendre sur le canapé face à Lady Hartley, sirotant son cidre et bavardant d'un sujet et d'un autre, je l'aurais tué. Comment osait-il ? Quelles étaient ses intentions ? Se lier d'amitié avec la famille, ou les condamner ? Il n'était certainement pas venu ici pour me voir, mais à la première occasion de me murmurer quelques mots, il le fit.

— J'ai des nouvelles.

Son murmure grossier blessa mon oreille.

— Des nouvelles... sur notre petite expérience.

— Oh.

À ce moment même, Lord David entra dans la pièce, et je me déplaçai vers la table du repas. Emboîtant le pas, le major remarqua le fin linge de maison.

— Fin linge de maison, monsieur ? demandai-je, incrédule.

— David, mon chéri, le major Browning visite la région, m'interrompit Lady Hartley pour faire les présentations.

Les hommes se serrèrent la main, Lord David méfiant, le major enthousiaste.

— C'est l'attrait historique qui m'a amené ici, plaisanta le major pour diminuer la méfiance de Lord David.

Le trésor de l'abbaye est un élément extraordinaire à protéger, mon seigneur.

Lord David ne nota pas la plaisanterie.

— Non, en vérité, je descends chaque année pour
rendre visite à mon oncle.

— Alors, vous auriez dû nous rendre visite avant. En
effet, je n'avais aucune idée que quelqu'un de votre qualité fréquentait Windemere. Qui est votre oncle?

— Un vieux pêcheur solitaire. Il vit dans un... eh
bien, je dirais une *cabane* sur une colline non loin du
château de Mor.

— Intéressant, répondit Lady Hartley d'un air rayonnant, et Lianne rayonna avec elle. Vous êtes toujours le
bienvenu à Padthaway, major.

Ses yeux chatoyèrent vers moi.

— Je vous remercie, madame.

Me dirigeant vers mon siège, je toussai et atteignis
rapidement mon verre d'eau. Le major exprima aussitôt
son inquiétude. Je ne voulais pas qu'il agisse de façon si
amicale avec moi en présence de Lord David. Je levai les
yeux vers Lord David. Celui-ci levait un sourcil d'un air
interrogateur.

— J'ai rencontré le major chez Ewe, dis-je. Mademoiselle Perony, major, l'avez-vous vue récemment? Vous
vous entendiez *si bien* chez Ewe que je croyais...

— Mademoiselle Perony! rigola Lianne. Elle est
vieille et laide.

— Pas laide, *ordinaire*, la corrigea sa mère, offrant au
major un sourire doucereux et coquet.

Je faillis m'étouffer avec ma nourriture. Lady Hartley ne laissait aucun doute sur son intérêt pour le major.

«Un remplacement pour Soames?» me demandai-je.

Le major demeura aussi pour le thé de l'après-midi.

— Voilà une cour intéressante, fit-il remarquer, alors que Lady Hartley glissait son bras sous le sien pour lui montrer la pièce. Je suis très intéressé par ces vases chinois…

Vases chinois! Non, ce qui le rendait curieux, *trop* curieux, c'était l'ensemble de cette affaire. Avait-il un intérêt professionnel? Ou son intérêt était-il purement ordinaire, comme celui d'Ewe Sinclaire et du reste d'entre nous?

Lianne se précipita pour escorter le major vers les vases chinois, soulignant différents autres objets et leur histoire au milieu de sourires et de petits rires coquets occasionnels. Dégoûtée par la scène, j'avais très hâte que tout cela se termine.

Effectivement, tout cela se termina, à un moment déterminé par le major, dois-je souligner. Il m'offrit de me reconduire à la maison, et je n'avais d'autre choix que de l'accompagner, puisque je n'avais pas réussi à penser assez rapidement à une excuse. Marcher jusqu'à la maison n'était pas une option, car il pleuvait, et David avait conservé un sang-froid poli dans ses adieux. Lady Hartley avait été extrêmement chaleureuse, serrant la main du major et nous invitant tous les deux à souper le lendemain. Lianne fit la révérence et sourit.

— Elle agite toujours la main, dit le major, alors que nous descendions l'allée en voiture.

Je jetai un regard en arrière.

— Pourquoi êtes-vous venu à cet endroit ? Vous n'avez aucun sentiment d'amitié envers eux.

— Vous non plus, en soumettant un journal intime comme preuve.

Je devins bouche bée.

— Comment le savez-vous ? Pourquoi Sir Edward vous parle-t-il à vous, et non pas à moi ?

— Parce que je lui ai téléphoné pour lui transmettre les résultats des analyses de l'atomiseur. Il est maintenant en train de faire passer un autre test… pour être sûr, mais vous pouvez être certaine que les événements vont désormais se dérouler assez rapidement.

J'étais assise dans la voiture, figée. Je me sentais glacée et coupable. J'avais trahi mes amis, et je me sentais surtout coupable, après le baiser que Lord David et moi avions échangé dans le jardin secret.

— Les événements ? À cause de l'atomiseur ? Que voulez-vous dire ?

M'ouvrant la porte, il sourit.

— Vous verrez. Je n'ai pas de parapluie. Vous feriez mieux de courir. Je viens vous chercher demain, à dix-huit heures.

— Elle aura l'œil sur lui, prédit Ewe le lendemain. Lady Hartley. Échangeant le paon pour l'aigle.

— Qui est le paon ?

— Votre monsieur Soames, que vous imaginez être lié d'une certaine façon à Vicky.

Travailler à l'extérieur dans le jardin était tout simplement la pause dont j'avais besoin.

Ewe s'arrêta.

— On ne sait jamais. Vous avez peut-être raison. Maintenant que j'y pense, il avait le visage plutôt pincé, à l'enterrement.

Elle s'arrêta pour m'enseigner la façon de tailler l'une de ses précieuses haies.

— Alors, le major s'est lui aussi impliqué, n'est-ce pas? Observez bien. Il y aura une arrestation sous peu. Oh, comme j'aurais aimé lire ce journal! Il devait *déborder* de secrets.

— Je regrette de devoir vous décevoir, mais ce n'était pas ce à quoi je m'attendais. Ces visites à Londres... qui aurait-elle pu aller voir?

— C'est Lady Hartley qui l'a fait, proclama Ewe, plissant les yeux pour regarder au loin. Est-ce que je vois Connan Bastion sur sa bicyclette?

Je regardai au loin.

— Je crois que oui.

Je me levai rapidement pour brosser ma jupe.

— Je vais aller le voir.

— Vous feriez mieux de lui parler du journal, conseilla Ewe.

— Dans un premier temps, je ne voulais pas dire quoi que ce soit, commençai-je une fois qu'il fut arrivé près de moi, expliquant comment le journal et l'atomiseur à parfum étaient arrivés entre mes mains. C'est maintenant Sir Edward qui les a en sa possession, et le major dit qu'il y aura sous peu une arrestation.

Un soulagement déferla sur son visage, un soulagement rempli de reconnaissance.

— Maman sera heureuse. Est-ce que... ? Le feront-ils ?

— Faire quoi ?

— Arrêter les Hartley. Je veux dire, ce sont les *riches* qui se tirent de tout.

— Pas d'avoir assassiné votre sœur.

Je pressai sa main.

Il ne me croyait toujours pas.

— Ils achèteront le juge. Ils vont s'en sortir.

— Non, ils ne s'en sortiront pas, Connan. Ils peuvent payer pour avoir le meilleur avocat, mais si la preuve est suffisante, l'assassin de votre sœur sera traduit en justice.

Ses yeux violets étudièrent mon visage.

— Mademoiselle Daphné, tout cela est grâce à vous. Ce ne serait jamais arrivé, si vous n'étiez pas venue ici.

Je suppose qu'il avait raison, me félicitai-je, mais les perles demeuraient toujours un mystère, alors je demandai à Connan s'il connaissait un MSR. Il me répondit que non, mais il se souvenait de quelque chose au sujet des visites à Londres.

— Elle avait des ennuis avec un type. Elle disait qu'elle avait peur de lui, qu'il essayait de la corrompre. Elle craignait de perdre Lord David.

Se frappant la tête avec son poing, il poussa un grand soupir chagriné.

— Et c'est moi, l'idiot ! Lui mettre de la pression pour payer mes dettes, quand elle...

— ... devait se battre contre quelqu'un d'autre ? Quelqu'un de sinistre ?

— Ouais. Je suppose que oui.

— Savez-vous où elle allait, ou à quel endroit elle rencontrait cette personne ? A-t-elle même mentionné un nom ? *Réfléchissez*, Connan. Pensez à chaque mot qu'elle a dit. Elle devait être bouleversée.

— Elle était en colère contre moi... et contre lui. Non, elle était en colère contre chacun d'entre nous, parce que nous ne la croyions pas, dit-il. J'ignore ce qu'elle voulait dire par là.

— Je pense que je le sais, mais les visites de Londres sont importantes.

— Je peux me tromper, finit-il par dire, mais je pense que parmi ses paroles, il devait y avoir quelque chose comme « Crow », ou « Crowleys ».

— Je vous remercie, Connan.

Il s'éloigna en pédalant, et je continuai à tailler la haie. Le geste de couper et de tailler me fit penser à madame Trehearn.

— Le poison devait se trouver dans la maison, dis-je à Ewe. Madame Trehearn ment pour protéger Lady Hartley. Je me demande si Sir Edward la soupçonne, maintenant...

— Daphné !

Lianne se pencha par-dessus la clôture.

— Je suis venue te chercher.

— Maintenant? Pour le souper? Il est trop tôt, et c'est le major qui vient me chercher.

— Mais maman et moi avons une surprise pour toi. La voiture est ici, maintenant. Peut-elle venir tout de suite, madame Ewe?

Arquant les sourcils, Ewe leva les bras.

— Ça ne dépend pas de moi, pétale.

— Oh, s'il te plaît, Daphné, s'il te plaît. Mère t'attend.

Mais je ne vivais pas sous la domination de Lady Hartley, n'est-ce pas? Pour l'amour de Lianne, j'y allai, mais c'était contre mon gré. Je me doutais que les motivations de Lianne étaient liées à ses sentiments pour le major.

Mes soupçons augmentèrent, lorsque je vis qu'elle affichait toujours un sourire malicieux, en chemin vers la chambre de Lady Hartley. Faisant les cent pas le long des fenêtres ouvertes de sa splendide chambre, sa robe ornée de rubans traînant derrière elle, elle paraissait superbe. Une magnifique meurtrière, froide et non affectée par la brève intrusion de Victoria dans son univers.

— Ah! J'ai un cadeau pour chacune de vous. Pour le gala de ce soir, mesdames, nous devons paraître le mieux possible. Il semble que Victoria avait commandé deux robes pour son trousseau de mariage, et, au lieu de les renvoyer à la couturière, j'ai décidé de les garder. Jenny fera les ajustements appropriés; elle sait coudre, vous savez.

J'ouvris la bouche, horrifiée à l'idée de porter quelque chose ayant appartenu à Victoria.

— Lady Florence, c'est très gentil de votre part, mais je dois...

— Non, vous ne devez pas, Daphné. Je le veux, et si vous êtes inquiète à cause de mon fils, il ne le faut pas. Il n'était pas au courant de l'existence de ces robes, et j'ai pensé que la lavande vous irait très bien.

Lavande.

« Devrais-je aussi porter les perles lavande de Victoria, madame la comtesse ? » songeai-je à lui demander.

— Lianne... pour toi, le vert. Vois à ce que Jenny ajoute un bout de dentelle dans le haut, dit-elle en lançant la robe à sa fille. C'est beaucoup trop échancré pour une jeune fille de ton âge.

Encore enveloppée dans du papier de soie, la robe lavande était étendue sur mes genoux. N'ayant pas d'autre choix que de l'ouvrir maintenant, je le fis, adorant la douce sensation du satin.

— Elle chatoie comme la lune, dit Lady Hartley en souriant, et vous pouvez emprunter mes parures d'améthyste pour la soirée.

Effectuant une razzia sur sa commode, elle déposa aussi la boîte sur mes genoux.

— Maintenant, toutes les deux, en route pour Jenny.

Ainsi écartées, Lianne et moi apportâmes nos trésors respectifs à Jenny.

— Comment te sens-tu, à propos de tout cela ? demandai-je à Lianne en chemin.

« Bizarre » fut sa réponse.

— Moi aussi. Je ne pense pas pouvoir...

— Elle sera en colère, si tu ne le fais pas. Il est préférable de plaire à Mère.

Alors, nous nous pliâmes aux ordres de la comtesse, laissant les doigts agiles de Jenny piquer et faire les ajustements nécessaires. Victoria avait un buste plus fort que le mien ; j'avais une taille plus fine, et la robe était beaucoup trop longue. C'est bizarre, je ne l'avais pas crue si grande, quand je l'avais vue étendue sur la plage.

— Je n'aime pas cela, murmura de nouveau Jenny. Porter les vêtements d'une morte. Ce n'est pas une bonne chose.

— Mais ils n'étaient pas encore vraiment les siens, rappela Lianne pour la cinquième fois. Aucune de nous n'aime cela. Même si...

Elle tourbillonna devant le miroir.

— ... je me sens plutôt jolie, dans le vert.

— Ça fait ressortir tes beaux yeux, dit Jenny, s'adoucissant, mais que va-t-on faire, avec ces cheveux ?

Claquant la langue, elle réfléchit.

— Je crois que tu es assez vieille pour les remonter. Peut-être que mademoiselle Daphné peut t'aider.

— Oh, ne continuez pas à m'appeler mademoiselle Daphné, dis-je en tapotant les épaules de Jenny. Vous me donnez vraiment l'impression d'être vieille.

L'après-midi fut joyeux, à jouer à se déguiser dans la chambre de Jenny, et elle s'excusa d'avoir été «bizarre à propos du jardin» la veille.

— Ça va, Jenny.

Je lui serrai la main.

— Vous n'avez pas à vous excuser.

— J'ai seulement pensé qu'il aurait pu me le dire, c'est tout ; nous avons tous tant de souvenirs, dans ce jardin. Ou Lili.

— Nous ne voulions pas te vexer, dit Lianne pour l'apaiser, en même temps qu'Annie et Betsy arrivaient pour examiner notre apparence finale.

Bien qu'elles aient frappé dans leurs mains et dit « Oh, vous semblez toutes les deux en beauté ! », je me sentais encore mal à l'aise et gênée que Lianne et Lady Hartley aient dérangé mes plans d'effectuer le trajet en voiture avec le major. Je n'osais imaginer ce qu'il penserait de toute cette histoire, et il y avait tellement de questions que j'avais espéré lui poser en chemin.

Lianne tourbillonna, rêvant sans doute au major.

— Devrions-nous descendre, maintenant ?

— Nous vous regarderons aller, dit Jenny en souriant avec fierté.

À mi-chemin dans l'escalier, adoptant la démarche d'une princesse royale sous l'œil amusé de Jenny, Betsy et Annie, Lianne s'arrêta.

— J'ai oublié quelque chose. Je te retrouverai plus tard.

Nous avions décidé de descendre tôt, pour voir l'arrivée du major à partir du salon. Ne voulant pas m'asseoir de peur de froisser ma robe et souhaitant faire une stupéfiante impression tant aux yeux de David qu'à ceux du major, je décidai d'aller voir le tableau *La mariée bienfaisante*.

La peinture brillait là, dans la galerie des portraits, illuminée contre un mur sombre, les lumières du soir touchant à peine son visage. Un visage serein, les yeux foncés, remplis de mystères passionnés inexpliqués, la main délicate de la dame enroulée autour de la corde de la balançoire.

— Inoubliable, n'est-ce pas?

Le murmure me fit sursauter.

Lord David s'approchait de l'autre bout du couloir, un mystérieux sourire sur ses lèvres.

— Vous étiez si absorbée. Je répugnais à vous déranger.

Mon cœur battait la chamade. C'était sa terrible habitude, chaque fois que Lord David entrait dans une pièce.

— Lianne est-elle avec vous?

— Non, dis-je en avalant ma salive, mes sens en éveil notant son avance lente, me souvenant de la sensation de ses bras m'enveloppant, ses lèvres sur les miennes.

Il se mit à rire.

— Alors, vous avez réussi à lui échapper. Un exploit incroyable.

Tandis que j'étais appuyée contre le lambris, je permis à son regard d'évaluer ma robe, priant pour qu'il n'en apprenne jamais l'origine.

— C'est nouveau?

Je hochai la tête.

Il recula pour m'admirer.

— La coupe est parfaite... et je vois que Mère vous a prêté ses améthystes.

— Oui!

Je souris, ma main se levant pour caresser les pierres.

— Elles sont exquises.

— Non, *vous* êtes exquise.

— Mon seigneur !

Maintenant, je l'avais vraiment offensé.

— Je comprends. Vous voulez vous éloigner de moi, parce que vous me soupçonnez.

— Non, nous sommes amis...

— Amis, fit-il écho avec dégoût.

— Plus que des amis, précisai-je, sentant monter la chaleur sur mon visage. C'est pour cette raison que nous devons parler d'elle... de Victoria.

Il hocha la tête, devenant instantanément froid.

— Que voulez-vous savoir ?

Prenant une profonde inspiration, je lui dis ce que j'avais prévu de dire lors de notre prochain tête-à-tête.

— Je suis désolée à propos de Victoria. Je peux imaginer à quel point il doit être difficile de perdre la personne que l'on aime. L'amour de votre vie, mais il faut que je le sache : que s'est-il passé, entre vous deux ?

Fixant droit devant lui, la ligne de sa mâchoire se tendant, Lord David hocha la tête.

— L'ai-je aimée ? J'ignore si je sais ce qu'est l'amour véritable. Elle m'ensorcelait.

Un petit rire bas s'échappa de ses lèvres.

— Elle-même avait l'habitude de se donner le nom de « chose changeante ». Je suppose que c'est ce qu'elle était... changeante.

Je demeurai silencieuse, songeant à son journal. Je ne l'avais pas trouvée changeante, mais je suppose qu'elle s'était peut-être présentée différemment à d'autres.

— Voulez-vous savoir ce qui s'est passé, cette nuit-là ?

Sans attendre ma réponse, il poursuivit, sa voix teintée d'une tristesse amère.

— Tout a commencé entre nous par une aventure sans importance, pas du tout sérieuse — ou du moins, c'est ce que j'avais supposé. Je l'avais vue travailler dans un cabaret, à Londres. Mes amis me l'avaient fait remarquer, et, pour plaisanter, je lui avais demandé un rendez-vous. Elle a accepté, et nous avons fait quelques sorties ensemble — des films, des spectacles, des cabarets, ce genre de choses.

» Je la raccompagnais chez elle, la fin de semaine. C'était devenu notre style de rencontres, pendant un certain temps, un badinage agréable que nous appréciions tous les deux.

Craignant de me retourner pour examiner son profil pensif, je continuai à observer la peinture, mon esprit peignant une image de leur aventure romantique — la couleur, la gaieté, l'excitation.

— Quand cela a-t-il changé ?

— Quand elle est arrivée ici. Elle croyait que c'était une bonne plaisanterie… travailler dans la cuisine. Moi, non.

— Comment a-t-elle obtenu l'emploi ?

— Soames l'a embauchée. Ils se connaissaient depuis l'école, ou quelque chose de semblable. Les deux partageaient une histoire étrange. Je ne pense pas qu'il aimait voir Victoria ici.

— Ou avec vous, murmurai-je. Peut-être était-il amoureux d'elle ?

Je vis que la pensée lui était venue.

— Elle est tombée enceinte?

— Oui.

Il détourna les yeux, le visage sans expression.

— Elle a dit que l'enfant était le mien. Je l'ai crue, mais maintenant, je n'en suis plus aussi certain. Je voulais y croire, mais j'entendais constamment des choses... des rumeurs. Elle me priait de ne pas les écouter. Elle a avoué qu'elle «avait un passé», mais que c'était terminé et que tout ce qui était important pour elle, c'était moi et l'enfant.

J'écoutai toute cette tristesse et toute cette incertitude, souhaitant savoir quoi dire.

— Vous avez fait la chose honorable. Vous alliez l'épouser.

— Oui, j'allais le faire. La nuit où elle...

Il s'arrêta.

— La nuit où elle est *disparue*, nous avions eu une dispute, avant le souper. Je l'ai fait pleurer. Je m'en sentais malheureux, mais j'étais content que nous nous soyons expliqués. Je l'aimais encore, je voulais toujours l'épouser, mais au souper, elle a commencé à me persécuter, faisant valoir comment il était douloureux que sa réputation soit marquée par la malveillance. Elle voulait se faire comprendre, par moi et par ma mère. Ma mère et elle ne s'entendaient pas, mais Victoria n'était pas elle-même, ce soir-là. J'ai cru que son comportement était lié à la consommation d'alcool, au stress par rapport au mariage, à la grossesse et à notre dispute. Je lui ai suggéré d'aller se coucher. Elle s'est levée et m'a lancé son verre de vin. J'ai couru derrière elle, mais elle a fermé la porte et a refusé de me voir. Je ne l'ai pas vue avant le lendemain matin... quand on l'a retrouvée...

Quand *je* l'avais trouvée, ou plutôt quand Lianne et moi l'avions trouvée, ce jour fatidique.

Entendant du bruit dans le couloir, je m'arrêtai pour toucher brièvement son visage.

— Je sais que vous ne l'avez pas tuée, David, mais aussi, je sais qu'elle ne s'est pas suicidée.

— Je sais, murmura-t-il. Ma mère...

Il leva les yeux, hanté, incertain.

— J'ai eu le malheur de lui parler de mes doutes sur l'enfant. Elle avait aussi entendu des histoires. Soames, je suppose.

— Qu'était Soames, pour Victoria? Le savez-vous?

— Un jour, elle l'a appelé son «cousin». Mère était jalouse, jalouse de ma future femme, celle qu'elle n'approuvait pas, lui volant sa place. Je n'aurais pas dû lui parler. Si je m'étais tu, elle n'aurait peut-être pas accompli les gestes qu'elle a accomplis. Même maintenant, elle ne l'admettra pas. «Prouve-le», avait-elle dit, nommant Soames comme étant le coupable parce que Victoria l'avait abandonné. Soames a déposé la ricine dans son souper, ce soir-là...

Le bruit persista.

Il jeta un coup d'œil par-dessus mon épaule.

— Ce doit être Trehearn qui nous cherche. Nous ferions mieux d'y aller.

Ils étaient tous rassemblés dans la salle à manger, chaque visage enregistrant de la surprise, quand David et moi arrivâmes ensemble. Me détachant immédiatement de son bras, j'allai me placer près de Lianne.

Le major bavardait avec Lady Hartley, dont les yeux, je le remarquai, vacillaient constamment vers la porte, comme si elle s'attendait à voir entrer quelqu'un de déplaisant — ou comme si elle le craignait. Quant à moi, le major se contenta d'incliner la tête dans ma direction, ses yeux vifs scrutant ma tenue vestimentaire.

À ma grande surprise, la soirée s'avéra tout à fait agréable. Nous étions seulement nous cinq, nous retirant dans la cour pour le thé et le gâteau alors que Lady Hartley commandait d'autres bouteilles de champagne.

— Que fête-t-on, madame ? demanda le major d'un ton jovial, ne montrant pas la moindre surprise quand madame Trehearn se glissa pour murmurer à l'oreille de la comtesse.

— Quelqu'un nous rend visite ? Qui peut se présenter à une heure *pareille* ?

La question de Lady Heartley retentit dans la maison.

— Sir Edward, dites-vous ? Et il veut *me* voir.

— Oui, madame. De même que Lord David.

— Faites-le entrer, alors.

Revenant à ses invités, Lady Hartley haussa les épaules.

— Je devrai parler à Sir Edward, au sujet de son sens grossier du décorum. On n'arrive pas à une telle heure. Que peut-il vouloir ?

Sir Edward entra, deux policiers derrière lui.

— Pardonnez mon intrusion, madame, mais je suis venu avec un mandat.

— Un mandat ! cria Lady Hartley. Pour qui, je vous prie ? Pour quelles raisons ?

— Pour vous, Lady Hartley. Sur les motifs d'une *preuve circonstancielle* dans l'assassinat de Victoria Bastion.

— Preuve, dit-elle. Quelles sont les preuves ? Si vous avez besoin d'arrêter quelqu'un, arrêtez Soames. Nous savons tous qu'il y avait quelque chose de bizarre, entre lui et Victoria. *Imaginez.* La petite amie du cuisinier décroche le seigneur de la maison ! Comme cela doit agacer l'orgueil de l'homme ! Et il en déborde, vous n'avez qu'à le demander, au village.

— Mais monsieur Soames était à Londres, ce soir-là...

— Il l'a *déposée* à l'avance. Il s'agit d'un cuisinier, et il préparait tous les repas de Victoria. Probablement a-t-il glissé la solution lorsqu'il lui a apporté son thé du matin. Oh, oui, il lui apportait parfois le thé, et je dis que ce dernier jour, il a décidé de se venger ou, plus exactement, de venger sa fierté.

Je levai les yeux vers Lord David. Il se tenait là, regardant sa mère, ses yeux de plus en plus grands d'une minute à l'autre.

— Mère, *s'il te plaît.*

— Je ne vais pas être accusée de quoi que ce soit, car je suis innocente. Bien sûr, je n'aimais pas la jeune fille, elle n'était pas assez bonne pour mon fils, mais je ne l'ai certainement pas empoisonnée.

— Ah!

Sir Edward se frappa le front.

— Il n'y a qu'un seul meurtrier, dans cette pièce, et c'est vous, madame.

— Absurde! Comment croyez-vous que je l'ai tuée? Quelle preuve avez-vous?

— La preuve du poison, de la ricine retrouvée dans un atomiseur à parfum que vous aviez offert à Victoria Bastion. La preuve des propres paroles de Victoria dans son journal, qui vous désignent comme la donatrice de l'objet, et, plus important encore, la peur qu'elle avait de vous. La peur qui lui faisait croire qu'elle allait mourir. La peur qu'elle ne devienne jamais Lady Hartley, parce que vous ne vouliez pas qu'elle le soit!

Je n'avais jamais vu Lady Hartley réduite au silence.

— Je suggère, madame, dit Sir Edward, calme mais ferme, que vous m'accompagniez, maintenant.

Regardant son verre de champagne vide, elle sourit.

— L'atomiseur à parfum...

Son ton sonnait bizarre, fantasque.

— L'atomiseur à parfum, murmura-t-elle de nouveau.

— Des traces de ricine ont été trouvées à l'intérieur de cette bouteille, réitéra Sir Edward. Qui, croyez-vous, l'a mis là, si ce n'est pas vous, madame?

Déconcertée, elle regarda Lianne, moi et David. Je pouvais voir son esprit analyser, se demandant qui avait trouvé l'atomiseur à parfum. Lianne? Moi? David? Trehearn? Annie? Betsy? Qui avait pensé à remettre l'objet à la police?

Son regard s'arrêta sur moi. Elle savait que c'était moi. Ses grands yeux d'araignée restèrent fixés sur moi, alors qu'elle quittait lentement sa chaise et qu'elle suivait Sir Edward par la porte, gardant intact chaque millimètre de sa hauteur royale.

Faisant les cent pas dans la cour pendant le baratin de Sir Edward, Lord David paraissait solennel, choqué et pensif. Peut-être que lui, comme le reste d'entre nous, croyait que Lady Hartley était invincible et au-dessus de la loi.

Se frottant les yeux, Lianne alla vers David.

— Où l'emmènent-ils?

David attira Lianne vers lui. Il ne dit rien, et elle ne posa pas la question de nouveau; au lieu de cela, elle me regarda. Elle savait que j'avais dérobé l'atomiseur et que j'avais remis le journal à Sir Edward.

Elle craignait l'avenir, comme le feraient beaucoup dans le district, sans la régence de Lady Hartley.

— Ne t'inquiète pas, dit David. Elle reviendra.

CHAPITRE TRENTE-CINQ

— De toute façon, qui êtes-vous ? De toute évidence, vous n'êtes pas un simple major.

Me souriant à travers la voiture, le major Browning changea les vitesses.

— Parce que vous m'avez remis l'atomiseur, je vous confierai un petit secret. Je travaille comme agent secret pour Scotland Yard. Quand je ne suis pas en mer...

— Vous ? !

Maintenant, tout commençait à avoir du sens. Sa venue dans la région, son intérêt pour le cas, et son implication dans tous ses détails.

— Les chevaliers de la justice ont pensé que Sir Edward avait besoin d'un peu d'aide, poursuivit-il, amusé par mon incrédulité incessante.

Je me souvins qu'on avait soulevé la possibilité d'ajouter un enquêteur pour faire des recherches sur le cas.

— Je suis toujours un *major*, insista-t-il.

— Et un gentleman, sans aucun doute. Je suppose qu'il n'y a pas d'«oncle», n'est-ce pas ?

— Non.

Il se mit à rire.

— Mais si quelqu'un le demande, George Filligan dira qu'il l'est. En toute vérité, je demeure dans son humble résidence, près de la mer.

Je me tournai vers lui, pendant que nous roulions à travers les grilles ouvertes de Padthaway.

— Vous l'avez planifié, n'est-ce pas ? Vous et Sir Edward.

Il arrêta la voiture et il se tourna vers moi.

— Je vais maintenant faire quelque chose que je ne fais jamais.

— C'est-à-dire ?

— Faire confiance à une femme.

Il éteignit le moteur.

— Oh, dis-je.

— Sur une enquête.

— Et je suis l'exception ?

— Vous l'êtes, mademoiselle du Maurier. Sans vous, Lady Hartley ne nous aurait jamais accompagnés.

— Vous ne pouvez toujours pas la condamner, n'est-ce pas ?

— Elle s'en rendra compte quand viendra le matin, et, non, vous n'avez pas tout à fait raison. Nous serons encore peut-être en mesure de la condamner sans aveux.

— Si vous espérez qu'elle avouera, vous vous trompez.

— Nous verrons.

Il semblait mystérieux.

— Vous avez une stratégie à l'esprit pour l'attraper, n'est-ce pas ?

— Comme vous êtes astucieuse.

Il démarra le moteur.

— Vous feriez mieux de vous mettre au lit, mademoiselle du Maurier. Ce n'est peut-être pas une bonne chose d'être vue dans une voiture garée avec un homme de ma réputation, même si je sais que vous *adorez* être en voiture avec moi.

Il rit en voyant mon visage blême.

— Ou notre bon vieux Lord David est-il votre préféré ?

Ma conversation avec David surgit de nouveau dans mon esprit.

— L'homme n'a pas pu protéger sa propre fiancée de sa mère. Il est faible, poursuivit le major.

— Il n'est *pas* faible, le défendis-je. Il ne savait pas...

— Mais il le soupçonnait. Est-ce ce qu'il vous a dit ? Je sais qu'il vous a parlé. Je peux lire votre visage comme un livre.

Je soupirai, alors que nous atteignions le village et qu'il réduisait la force des phares sur la voiture.

— Oui, il m'a tout raconté.

— Comme il se doit, s'il veut commencer à courtiser une nouvelle femme.

Je le foudroyai du regard.

— Comment pourriez-vous être aussi insensible ?

— Parce que c'est la vérité, n'est-ce pas ? Il vous a embrassée, exact ?

— Non...

— Un conseil d'ami. Ne mentez pas. Votre visage est plus rouge que les roses rouges d'Ewe.

Zut, lui! Il était bien trop astucieux à mon goût.

— Que vous a-t-il dit? Votre Don Juan?

— Il n'est pas mon Don Juan, et je suis beaucoup plus intéressée par l'énigme policière que par les hommes, merci beaucoup. Vous me croyez vraiment aussi superficielle? Si je voulais le protéger, lui et sa famille, pourquoi aurais-je pris la peine de remettre l'atomiseur? Le journal intime? Les perles?

— Quelles perles? Avez-vous aussi trouvé des perles? Quelle autre preuve nous cachez-vous?

Je pris alors conscience que seules Lianne, Ewe et moi étions au courant des perles.

— «À V, amour, MSR», était-il écrit. J'ai demandé à tout le monde s'ils savaient qui est MSR, mais personne ne semble le savoir.

— MSR, répéta-t-il. Que penseriez-vous de Mostyn Summerville Ridgeway, également connu sous le nom Soames, Ridgeway Soames?

— Cousins... oui, dis-je.

Maintenant, ses paroles commençaient à avoir du sens. Sa crainte de Soames faisait allusion à un lien plus grand qu'une amère histoire d'amour. Elle craignait sa jalousie, son besoin de venger son orgueil ou, peut-être, un renversement de leur «plan». Un plan qui consistait à épouser Lord David et à donner naissance à un héritier, pour ensuite s'emparer de Padthaway.

— Des cousins… cela explique comment Victoria a obtenu le poste, et la photo dans le journal — la ressemblance entre le plus jeune garçon Bastion et Soames… J'avais raison.

Le major était amusé.

— Vous devriez travailler pour nous. Vous êtes dotée d'un cerveau extraordinaire, même si un peu… imaginatif. Nous avons interviewé Soames à plusieurs reprises. Depuis qu'ils étaient enfants, Victoria avait toujours promis de l'épouser. Ils ont gardé le secret sur leur relation, à cause de sa propre liaison avec Lady Hartley.

— C'est impossible qu'ils aient été amants. Dans le journal, elle avait écrit qu'elle se gardait pour Lord David.

— Oui, je sais. J'ai aussi lu cette inscription.

— Qu'en dit Soames ?

— Il dit qu'ils ont eu une histoire d'amour, mais qu'il n'était pas allé plus loin que les baisers. Victoria a perdu tout intérêt, et les deux cousins voulaient quelque chose de mieux.

— Quelqu'un de plus riche, vous voulez dire ?

— Tout à fait. Donc, le premier faisait des plans pour Lady Hartley, et l'autre…

— … pour Lord David, murmurai-je. Donc, Lady Hartley avait raison, au sujet de Victoria. C'était une aventurière. Pourtant, son journal dresse un tableau très différent.

— C'était peut-être son plan original, conclut le major. Épouser un homme riche. Ne s'attendant jamais à tomber amoureuse de Lord David, ni à ce qu'il lui demande de l'épouser. Bien entendu, il ne l'aurait pas épousée, sans le bébé.

— Non, je ne le crois pas non plus.

— Comme elle avait à braver la désapprobation de la mère, Victoria savait qu'elle devrait se battre pour sa réputation. Tout était contre elle, malheureusement, et elle a fait des choix peu judicieux ; des choix qui l'ont conduite à sa mort.

— Quels sont ces choix peu judicieux ? Voulez-vous dire les visites secrètes à Londres ? Tout ce qu'elle cachait à Lord David ?

Il hocha la tête.

— On ne devrait pas cacher de secrets à son fiancé. Ça commence mal un mariage.

— Je pense que quelqu'un la soudoyait, et à cause de cela, elle craignait de perdre David. Un homme de son passé, peut-être ?

Il sourit.

— Je pense *vraiment* que je vous recommanderai pour le service. Elle était très prudente dans ses visites à Londres, car je ne peux rien retrouver de plus qu'un hôtel.

— Est-ce que « Crow » ou « Crowleys » vous dit quelque chose ?

— Crowleys ? Oui, oui, en effet. C'est un cabaret ; pas un cabaret pour les dames de bonne réputation.

— Bonne réputation, murmurai-je. La dernière fois que j'ai entendu ce mot, c'était sur les lèvres de Bruce Cameron, à la veillée funèbre. Il dit qu'il avait vu Victoria dans un tel endroit. Probablement que lui aussi voulait dire « Crowleys ».

Stupéfait, il me regarda.

— Où avez-vous entendu parler de Crowleys ?

— De Connan Bastion, dis-je, fière.

— Le démon...

— Certaines personnes préfèrent parler à une femme. Peut-être ai-je posé les bonnes questions à Connan.

— Peut-être puis-je apprendre une chose ou deux de vous, concéda le major.

Je le quittai en me sentant tout à fait bien.

Une note arriva dans la matinée.

Ewe la déposa sous ma porte.

Elle venait du major.

> *Je vais à Londres, aujourd'hui.*
> *Rendez-vous au carrefour à neuf heures.*

Je jetai un coup d'œil sur l'heure. Huit heures et demie. Il me restait une demi-heure pour m'habiller et me trouver à la porte.

Abandonnant toute idée de petit déjeuner, je me préparai, Ewe me regardant avec des yeux de hibou écarquillés.

— Sir Edward l'a fait ! Il l'a vraiment emmenée, et elle est allée avec eux ? Je pensais qu'ils allaient devoir la traîner, pour la sortir, s'exclama Ewe.

Il était difficile d'imaginer que Lady Hartley se fasse traîner où que ce soit.

— Ils la retiendront pour lui poser des questions, jusqu'à ce qu'elle avoue.

— Elle n'avouera pas, souffla Ewe. La preuve n'est-elle pas suffisante ?

— Les seules empreintes digitales sur la bouteille appartiennent à Victoria.

— Alors, elle a fait preuve d'intelligence. Je parie que Trehearn a préparé le mélange.

— Je pense la même chose, dis-je, mais elles ne parleront pas. C'est le mur du silence.

— Pas question de la protéger, maintenant. Ils la détiennent.

Soulagée d'avoir réussi ce qui s'avérait presque impossible — quitter Ewe qui parlait et parlait et me suivait dans l'allée —, j'attendis au carrefour, et à neuf heures quinze, la voiture du major Browning arriva en trombe et s'arrêta.

— Ewe croit que madame Trehearn a préparé le poison, dis-je en montant dans la voiture.

— Bonjour à vous aussi, dit le major, passant en revue ma terne tenue matinale. Pas eu le temps de vous habiller, alors que j'ai fait un tel effort ?

En effet, il resplendissait, fraîchement rasé, dégageant une odeur d'eau de Cologne, vêtu d'un élégant complet gris argenté, et parfaitement coiffé.

— Quoi ? Trop habillé ?

— Allons-nous souper avec la reine ?

Grognant au sujet de mes pantalons de jour ordinaires et de mon chandail noir, je commençai à lisser mes cheveux.

— Pas nécessaire. Le vent les défera.

Il avait raison. Diable! Le seul point en ma faveur, c'était que j'avais pensé à apporter un peigne dans mon sac à main. Et un parapluie. Il m'était arrivé trop souvent récemment de me faire prendre par la pluie.

— Madame Trehearn est la plus étrange créature que j'aie rencontrée, commença le major, souriant à la campagne qui passait devant lui. Oh, Cornwall. Magnifique, n'est-ce pas?

— Nous aurions pu prendre le train.

— Trop bruyant. D'ailleurs, il n'y a rien de mieux qu'un *long* trajet en compagnie aussi enchanteresse.

Il me fit un sourire, et je lui proposai de garder ses yeux sur la route.

— Madame Trehearn?

— J'ai fait tout mon possible pour essayer de lui arracher un sourire. Un froncement de sourcils, *n'importe quoi*! Mais elle possède ce que je n'avais jamais cru pouvoir découvrir : un authentique visage de pierre.

— Alors, elle ferait une parfaite menteuse. Si on ne peut retracer l'origine du poison et que vous n'avez pas d'empreintes digitales, les avocats de Lady Hartley feront rejeter la cause.

— Le journal de Victoria est notre arme la plus puissante, en plus du témoignage des domestiques. Ils étaient tous au courant que Victoria avait reçu le parfum de Lady Hartley.

— Qu'en dit Lady Hartley?

— Rien. Elle refuse de nous parler sans la présence de son avocat, qui, d'après ce que j'ai compris, viendra aujourd'hui à Cornwall à partir de Londres tandis que nous nous y rendons.

C'était tout à fait ce à quoi je m'attendais de la part de Lady Hartley.

— Pourquoi est-elle partie si tranquillement, hier soir?

— Il y a une raison à cela, répondit le major d'un ton évasif.

Il refusa d'en dire plus, et, m'efforçant de m'enlever les cheveux de la bouche, j'interceptai son petit sourire en coin. Il aimait m'inspirer de la défiance autant qu'il aimait rouler vite, affichant ses prouesses à chaque virage et à chaque colline.

— Vous avez été très discrète, au sujet du journal, Daphné. Me cachez-vous aussi quelque chose au sujet de l'abbaye? Ou avez-vous perdu tout intérêt envers l'endroit?

— L'énigme de Victoria est beaucoup plus intéressante. Nous devons découvrir qui elle a rencontré ce jour-là — le mercredi où elle s'est rendue à Londres — et s'il s'agit du même homme qu'elle avait prévu revoir la semaine suivante.

— L'homme du journal?

— «Je l'ai vu. Ça s'est passé mieux que prévu.» Que croyez-vous que cela signifie?

— Je l'ignore, répondit le major, mais nous le découvrirons bientôt.

Naviguant habilement dans le trafic de la ville, il descendit plusieurs rues, avant de garer la voiture devant un vieux bâtiment gris aux longues fenêtres vitrées, aux volets verts et aux balcons antiques.

— C'est un endroit où ont lieu beaucoup d'événements clandestins. Ce n'est pas un endroit pour une dame comme vous, dit-il en sortant de la voiture.

— Ce n'est pas non plus un endroit pour un vrai gentleman, je suppose.

— Je n'ai jamais dit que j'étais un gentleman, répondit-il.

Le cabaret était situé au cinquième étage, en haut d'une volée d'escaliers étroits en colimaçon tellement à pic que je me demandais comment les habitants réussissaient à descendre après leurs extravagances. Un tapis rouge indiquait la dernière volée, conduisant à une paire de doubles portes de bois avec de grandes poignées en forme de tête de lion, où se tenait un gardien au visage sévère.

— Nous n'ouvrons pas avant midi…

Le major lui glissa une carte, et l'homme vêtu de blanc s'écarta.

— Bienvenue chez Crowleys, dit le major en guise d'invitation. Faites un essai avec le barman. Mes tentatives ont échoué, alors c'est à vous de jouer.

J'entrai dans le cabaret au son d'un disque jouant une opérette italienne. Les préposés au nettoyage levèrent les yeux, à notre approche inattendue.

Repérant le serveur qui était en train d'astiquer des verres de cristal, un vieillard ratatiné qui semblait bien au fait de la vie et de ses faiblesses, je m'assis sur un tabouret de bar, un peu timide, un sourire perdu sur mon visage.

— Bonjour. Je sais que ce n'est pas encore ouvert, mais je me demande si vous pourriez m'aider. Une dame avait l'habitude de venir ici, une grande fille superbe avec des cheveux noirs, des yeux violets...

— Victoria Bastion. La jeune fille assassinée.

La franchise laconique me dépaysa.

— Pourquoi, oou-i... Je suis l'une de ses amies... Elle rencontrait quelqu'un, ici, et je dois le contacter. C'est très important.

Le rusé vieillard fit un sourire en coin, son regard vif examinant un major Browning qui se promenait nonchalamment à travers la pièce. Lorsqu'il reconnut le major, son regard étincela et se teinta de prudence ; ses yeux devinrent scrutateurs, et son sourire, méprisant.

— Oh, s'il vous plaît, monsieur.

J'essayai mon appel de demoiselle en détresse.

— Il est urgent que je trouve cet homme. J'ai quelque chose ayant appartenu à Victoria à lui remettre.

Ma comédie sembla mener à de bons résultats, car son regard s'adoucit légèrement.

— L'homme que vous voulez voir vient habituellement ici vers quinze heures... pour son whisky. Vous voulez attendre ?

Il pointa vers un coin salon de forme recourbée.

— Non, mais nous reviendrons. Je vous remercie beaucoup.

Je lui tapotai la main.

— Vous êtes un homme très gentil.

— Bien joué.

Le major siffla, une fois que nous eûmes traversé vers la porte.

— Vos tactiques ont leur charme.

Il me traitait comme une partenaire. J'aimais bien ce traitement, car il m'ouvrait à un nouvel univers, un monde de recherche que je pourrais utiliser dans mon écriture.

— Avez-vous pensé à un endroit où rester pour la nuit ?

Il démarra le moteur et éloigna la voiture du bâtiment avec un sourire.

— Vous pouvez toujours rester avec moi.

— Je vais rester avec ma famille.

— Quelle est votre excuse pour vous précipiter à Londres pour une nuit ?

— Aller chercher ma machine à écrire. Mon père m'en a acheté une nouvelle, lui répondis-je.

Il hocha la tête, satisfait.

— Très bien. En chemin pour le repas du midi, vous pourrez me raconter ce que vous comptez faire avec cette machine à écrire.

— Repas du midi !

— Naturellement, il faut manger.

CHAPITRE TRENTE-SIX

Les lettres écarlates du Crowleys se dressaient devant moi.

Repoussant une mèche de cheveux derrière mon oreille, je m'arrêtai sur le palier et je visualisai l'entrée de Victoria dans le cabaret infâme.

Je m'imaginai que je l'entendais courir dans l'escalier, son pas rapide et léger, déterminé et joyeux, contrairement à mon arrivée laborieuse. Sur le palier, elle s'arrêtait, sa silhouette de rêve se dressant avec grâce dans un petit costume rouge, sa beauté parée d'un chapeau de plumes en forme de losange et d'un collier de perles lavande. Ne contenant qu'un miroir et un bâton de rouge à lèvres, un sac à main rouge perlé dansait à son poignet.

Les portes du Crowleys s'ouvraient, le gardien au visage strict se laissant charmer par elle, tous les yeux attirés par cette beauté mystérieuse qui se déplaçait à travers les salons privés faiblement éclairés. Elle s'avançait nonchalamment, dépassait le bar, jetait un sourire gracieux à un admirateur et se rendait jusqu'au fond, où un homme attendait sous une lampe verte.

Aux côtés du major, je me dirigeai vers cette lampe, où un homme de l'âge de mon père se détendait dans le fauteuil, ses cheveux noirs peignés scindés de gris, la structure de son visage aux proportions fantastiques ayant une allure presque romaine, ses yeux violets sombres, intenses, changeants, des yeux que j'avais déjà aperçus...

— Permettez-moi, siffla le major entre ses dents.

Aucune salutation formelle ou présentation ne s'ensuivit. Réquisitionnant le siège en face de l'homme, le major croisa les jambes d'un air détaché et commanda une boisson. Optant pour l'extrémité de la banquette en face des deux hommes, j'avais du mal à maîtriser ma nervosité. Devant nous, il y avait cet homme, le bourreau inconnu que craignait Victoria. Examinant attentivement son visage, j'eus ma réponse.

— Vous êtes son véritable père, n'est-ce pas?

Le murmure hésitant quitta mes lèvres avant que je ne puisse l'arrêter.

Je n'osai pas regarder le major Browning.

Dépouillé de son anonymat, avant qu'il ait lui-même choisi de révéler son identité, le père de Victoria sourit, un sourire fugace de prudence méfiante.

— Comment le savez-vous?

— Les yeux... C'est moi qui l'ai trouvée sur la plage.

— Je croyais que c'était mademoiselle Hartley qui l'avait trouvée.

— Nous l'avons trouvée ensemble, lui expliquai-je, intrépide, ignorant toute réprimande silencieuse du major.

En dépit de sa théorie, je sentais que c'était ainsi qu'il fallait procéder. Naturellement, ouvertement ; pas de façon militaire.

— Et vous êtes la fille des journaux ; mademoiselle du Maurier, n'est-ce pas ? Permettez-moi de me présenter. Elias Wynne.

Son accent sonnait vaguement gallois, mais je n'en étais pas certaine.

— Je suis attentif à tout ce que fait Lord David, dit Elias avec un clin d'œil, depuis que ma fille s'était fiancée avec lui.

Je songeai à l'incessante recherche de Victoria pour trouver son vrai père, à son besoin de le retrouver. Après avoir réussi, comment s'était-elle sentie ?

Elias fit un petit rire, renforçant l'instinct de méfiance qui grimpait le long de mes bras. Une Victoria vulnérable, ayant fini par trouver son père, voulant désespérément retrouver l'amour et l'affection qui lui avaient manqué tout au long de sa vie, comprenant maintenant pourquoi elle semblait à peine tolérée à la maison. Elle avait dû ouvrir son cœur à l'homme assis devant moi, et l'inviter à partager sa nouvelle vie. Sa nouvelle vie avec Lord David, en tant que Lady Victoria Hartley, maîtresse de Padthaway.

Oh, oui, tout devenait tellement clair, pour moi. L'égoïste satisfaction d'Elias lorsqu'il avait découvert

qu'il était le père d'une fille magnifique — une satisfaction qui s'était transformée en une exultation triom-
phante à l'annonce de ses projets de mariage —, et enfin
son choc devant sa mort; tout cela m'arriva en une
vision déformée.

— Maintenant, vous essayez de faire chanter Lord
David, n'est-ce pas, Elias? Tout comme vous l'aviez fait
avec votre fille.

Avalant son verre de whisky, le major commanda une
nouvelle série de boissons.

— Je voulais connaître ma fille un peu. Où était le
mal? En outre, elle voulait que je reste autour d'elle
pour des raisons de *sécurité*. Elle envisageait de me rencontrer ici, après son mariage. Une preuve qu'elle a été
assassinée.

Je me hérissai à la vision horrible de cette créature se
présentant à Padthaway, se livrant au pillage de la maison, exigeant de voir madame la comtesse et Lord David.
Victoria l'avait-elle vu ainsi, comme il était vraiment? Il
fallait que je le sache.

— Monsieur Wynne, votre fille vous a-t-elle invité à
son mariage?

Maintenant, la vérité commençait à émerger. Il ne
pouvait pas cacher le fait.

— Non, elle ne vous a pas invité, n'est-ce pas?
Elle ne voulait pas de vous dans sa vie. Et lorsque la
tentative de chantage a échoué par la mort de votre
fille, vous avez décidé de faire chanter Lord David.
Avez-vous réussi?

— Si j'ai réussi ? aboya-t-il en riant. Je dirais que j'ai *plus* que réussi, car il a payé une jolie somme, pour que je me taise. Car *je* sais des choses.

— Que savez-vous, Elias ?

Le major remplit le verre de l'homme.

— Je sais qu'elle a été assassinée, purement et simplement. Je l'ai vu de mes propres yeux.

— Menteur. Vous passez votre temps dans une ivresse trop avancée pour jamais même pouvoir trouver votre chemin jusqu'à Padthaway.

Il haussa les épaules.

— Peut-être, mais j'ai reçu une lettre. Une lettre de ma Vicky. Dans cette lettre, elle écrivait qu'il pourrait s'écouler un certain temps, avant qu'elle puisse revoir son père et lui donner un peu d'argent. Je n'ai pas aimé cette note, alors moi, Elias l'ivrogne, si vous voulez m'appeler comme ça, je suis monté dans un train et je suis descendu à Cornwall pour voir ma fille se marier ; c'était mon plan.

— Quand êtes-vous arrivé ?

— Dans la nuit de son assassinat. Car en me rendant à ce lieu grandiose… il était tard, je me suis arrêté au premier pub, j'ai demandé mon chemin, puis j'ai longé la mer jusqu'à l'endroit. Je ne m'attendais pas à voir ma fille sur les falaises, n'est-ce pas ?

Le major et moi échangeâmes un regard incrédule.

— Vous l'avez vue ? Cette nuit ? Vous a-t-elle vue ?

— Non, elle ne m'a pas vue, car elle avait de la compagnie.

Je n'aimais pas la façon dont il avait prononcé le mot « compagnie ».

— Un homme, vous voulez dire?

— Je veux dire, dit-il en plissant les yeux, « ses meurtriers ».

— Meurtriers?

Nous le répétâmes, étonnés.

— C'est ce que j'ai dit et c'est ce que j'ai vu, moi, Elias, avec mes deux yeux à moi... Il y en avait deux — oui, deux. L'un d'eux était mon futur gendre.

— Et l'autre personne que vous avez vue était une fille, n'est-ce pas, Elias? Les avez-vous vus la tuer?

C'était maintenant le major qui posait les questions, car je me sentais trop malade pour le faire. Je revoyais le visage de David. Non, je ne pouvais pas le croire.

— Ils doivent l'avoir fait, car elle était morte sur la plage le lendemain, n'est-ce pas?

— Si Victoria était en difficulté, pourquoi n'êtes-vous pas allé l'aider? Qu'est-il arrivé, Elias?

Elias se tut, maintenant, son visage rougi trahissant son embarras.

— J'ai essayé d'arriver jusqu'à Vicky. J'ai essayé, mais j'avais bu trop de bière et j'ai vomi. J'ai dû m'évanouir, parce que je ne me souviens de rien jusqu'au matin.

— Avez-vous vu Victoria morte?

Il hocha la tête, son visage sombre.

— J'ai vu ses chaussures. Puis, j'ai regardé...

— Et vous avez vu le cadavre, termina le major. Pourquoi alors êtes-vous parti sans rien dire, Elias? Pourquoi ne l'avez-vous pas signalé ? Je pense que je sais pourquoi. Vous pensiez que vous tourneriez la mort de Victoria à votre avantage. Vous pensiez que vous feriez plutôt chanter Lord David pour obtenir un peu plus qu'une jolie somme. Vous vous êtes déjà vendu, Elias, lorsque vous avez mentionné qu'il vous avait payé. Payé pour que vous restiez tranquille ! Un *témoin principal* dans l'assassinat de votre propre fille.

Elias ne sembla pas aimer la dénonciation.

— Que pouvais-je faire, alors ? Elle était morte, alors pourquoi ne pas en tirer de l'argent ?

— Elias, vous n'irez nulle part jusqu'à ce que vous fassiez une déclaration complète, ici et maintenant. J'espère qu'à un certain stade de votre vie, vous regretterez vos actions, car elles sont dépourvues de toute décence.

— Les chaussures sont importantes, dis-je sur le chemin du retour à Cornwall, le lendemain matin.

— Lord David est la prochaine cible, répondit le major, et je vous le laisse, mademoiselle Daphné du Maurier. S'il vous fait confiance, il vous fera des aveux.

Je doutais de sa théorie, autant que je doutais de ma propre capacité à faire face maintenant à la famille, après avoir entendu l'histoire d'Elias.

J'y allai, cependant, n'ayant pas le choix puisque Lianne m'avait appelée.

— Où étais-tu partie ?

Venant tout juste de prendre son bain, Lianne serra sa robe de chambre.

— Tu étais partie toute la journée. Ewe a dit que tu es allée à Londres.

— Oui, je suis allée chercher une machine à écrire.

— Je ne peux pas croire que tu sois allée à Londres sans moi!

Soupirant, je hochai la tête, et je m'assis sur le lit.

— Il est fort possible que tu sois très en colère contre moi. Je m'y suis rendue avec le major. Il m'a demandé d'aller... d'aller voir si nous pourrions en découvrir plus sur l'homme que Victoria disait avoir rencontré dans son journal.

— Donc, tu n'es pas allée chercher une machine à écrire. Tu es allée pour trouver cette personne. Eh bien, as-tu réussi?

Je fis signe que oui.

— Qui est-ce?

— Le père de Victoria.

— Son père...

Le mot semblait étranger, sur ses lèvres.

— C'est bizarre. Je ne croyais pas que Victoria avait un père.

— Ce n'est pas quelqu'un de gentil. Il lui faisait du chantage. Il faut que je parle avec ton frère.

— De quoi faut-il que vous me parliez?

Lord David entra dans la chambre de Lianne, portant un ruban dans sa main.

— J'ai trouvé ceci, sur la terrasse.

— Oh, je te remercie! C'est mon ruban *préféré*. Daphné a été très occupée, Davie. Elle s'est rendue à Londres. Elle a rencontré le père de Victoria.

— Ah oui?

Les yeux de Lord David devinrent soudainement dangereux.

— Oou-i, balbutiai-je. Elias est une personne méchante. Je ne serais pas étonnée qu'il ait tué Victoria.

J'espérais apaiser les soupçons qui apparaissaient de plus en plus sur son visage, mais c'était inutile.

— Il y a une peinture que je veux vous montrer, Daphné. Lianne, tu restes ici, pour le moment.

— Très bien.

Elle sourit de son sourire joyeux, sifflant, tout à fait inconsciente de ma peur.

Nous atteignîmes le haut de l'escalier. Cherchant pour voir si Annie, Betsy ou même madame Trehearn ne se trouvaient pas autour, j'essayai de paraître calme.

— De ce côté, dit Lord David en faisant un geste vers le bas.

— Où allons-nous? dis-je avec une petite voix.

Il ne répondit pas, et je priai pour qu'Annie ou Betsy tourne le coin et me trouve pour me sauver de ce fou.

Je me retrouvai bientôt les yeux fixés sur *La mariée bienfaisante*.

— La mariée perdue, murmura-t-il. Vous avez développé un intérêt très singulier pour ce qui est arrivé à ma fiancée perdue, n'est-ce pas, Daphné?

Je me sentais engourdie. La voix ne ressemblait pas à celle de Lord David. On aurait dit celle d'un étranger.

— Pourquoi n'êtes-vous pas venu me voir avec le journal?

— Vous avez dit que c'était votre mère qui l'avait fait, respirai-je, craignant de le regarder dans les yeux. A-t-elle avoué?

— Avoué?

Il se mit à rire.

— Oui, car elle est partie volontiers avec Sir Edward. Je croyais...

— Elle n'a pas besoin d'avouer, car c'est moi qui ai tué Victoria. Si ce n'est pour me protéger, pourquoi croyez-vous qu'elle est allée en prison?

Je m'arrêtai pour examiner son visage.

— Vous avez cru qu'elle rencontrait un homme à Londres, n'est-ce pas? Un amant? Vous avez également pensé qu'elle et Soames avaient planifié de vous attribuer la paternité d'un bâtard. Est-ce pour cette raison que vous avez choisi de vous débarrasser d'elle avec du poison?

Une lueur d'amusement passa sur son visage.

— Je suis naturellement curieux de voir comment vous avez déduit tout cela. Qu'est-ce qu'Elias vous a vraiment dit?

— Il vous a fait chanter, parce qu'il vous a vu, cette nuit-là, sur les falaises, avec Lianne et Victoria. Qui d'entre vous l'a tuée? Lianne a caché les chaussures, n'est-ce pas? Les chaussures de Victoria.

Poussant un profond soupir qui ressemblait à du regret, il leva les yeux sur la peinture.

— Je terminerai l'histoire que j'ai commencée devant ce tableau. Pour vous, Daphné, pour vous. Je suis un homme, et je ne permettrai pas à ma mère de souffrir pour un crime que j'ai commis.

— Vous avez suivi Victoria à Londres à quelques reprises, n'est-ce pas? Vous l'avez regardée entrer dans le cabaret, pensant qu'elle y rencontrait un amant, le père de son enfant.

— Oui.

Silencieusement, il toucha le visage de la mariée de la peinture avec son doigt.

— Elle était belle, comme une poupée, mais je ne pouvais pas lui faire confiance. Elle ne m'avait pas parlé de Soames, et je l'ai découvert. Son collier est tombé, un jour, et le fermoir s'est ouvert. Elle a juré que Soames et elle n'avaient jamais été amoureux, mais je ne l'ai pas crue.

— Elle était vierge, quand elle est venue à vous. Elle-même le dit dans son journal.

— L'était-elle? murmura-t-il, une pâleur obsédante se glissant dans son visage. Je ne pourrais le dire; nous avions trop bu, la première fois.

— Elle était innocente, continuai-je à affirmer, mais elle aurait dû vous faire confiance. Elle a essayé de tout gérer — Soames, Connan, son beau-père —, mais ses actions n'ont servi qu'à nourrir vos doutes.

Il hocha la tête, un léger sourire apparaissant sur ses lèvres.

— Vous éprouvez des sentiments pour moi, n'est-ce pas, Daphné? Vous justifiez les choses pour moi.

— Je ne peux pas justifier un assassinat, David. C'est pourquoi vous avez écrit vos aveux, n'est-ce pas? Pour libérer votre mère?

Il hocha de nouveau la tête.

— Quand je l'ai vue se sacrifier pour moi si volontairement, je savais que la vérité sortirait. D'ailleurs, je suis fatigué de ces gens qui me saignent. Elias n'est que l'un d'entre eux. La mort ou la prison est un soulagement, pour moi, un havre de paix.

— Que s'est-il passé? Vous avez acheté le poison, ou madame Trehearn l'a préparé pour vous?

— Un de mes amis m'a donné le poison.

— Bruce Cameron?

— Nous étions au cabaret, en train de boire. J'ai commencé à parler, et à la fin de la soirée, le poison s'est retrouvé dans ma poche. Je l'ai apporté à la maison. J'ai vu l'atomiseur à parfum sur sa commode, et je l'ai tout simplement versé à l'intérieur. C'était après la dispute où elle m'avait raillé au sujet du bébé, mais nous nous sommes réconciliés, avant le souper, et je suis allé dans sa chambre pour prendre la bouteille, mais elle avait disparu…

— Vous êtes arrivé trop tard. Elle s'était aspergée avec le poison, son inhalation mortelle s'aggravant pendant le souper.

— Oui.

— Puis, elle s'est enfuie dans sa chambre, ne sachant pas pourquoi elle était malade, croyant peut-être que c'était à cause du bébé et de sa détresse émotionnelle, et elle a décidé d'aller marcher. Elle se sentait envahie par la chaleur, peut-être. Elle a pris ses chaussures et elle est sortie pour se diriger vers les falaises. Pourquoi l'avez-vous suivie? Vous saviez qu'elle allait mourir, n'est-ce pas?

— J'espérais la sauver, mais elle courait si follement. Quand je l'ai rattrapée, elle se tenait là, ses cheveux noirs dans le vent, et elle s'est moquée de moi. «David, pauvre imbécile, disait-elle. Ne vois-tu pas que je veux être seule?» Elle m'a ordonné de partir et elle est restée debout sur le bord de la falaise, regardant par-dessus le bord. «Pourquoi est-ce que je me sens si mal?» répétait-elle. Je lui ai demandé si elle s'était servie de l'atomiseur à parfum. Alors, elle m'a regardée; un regard étrange. J'ai vu que l'idée de poison apparaissait dans ses yeux, et cela l'a tellement surprise qu'elle a trébuché et est tombée. Tombée tout droit vers la mer, et à ce jour, j'ignore si elle avait l'intention de sauter ou si c'était un accident.

— Elle est morte en pensant que c'était votre mère qui l'avait empoisonnée. Pas vous.

— C'est pourquoi je ne permettrai pas à ma mère de souffrir pour le crime. Si j'étais vraiment insensible, je la laisserais à son sort, mais c'est préférable qu'elle revienne et que je sois pendu, car je ne peux échapper à mon destin.

— Quel est ce destin?

— La folie. Tout comme mon père. Allez, maintenant, Daphné. Allez, maintenant, avant que je vous fasse du mal. Annoncez la nouvelle à ma mère... si vous le voulez.

— Je le ferai, promis-je, me hâtant de sortir de la maison.

CHAPITRE TRENTE-SEPT

— La maison de la mort, disait Ewe, répétant le même refrain, après le long silence qui avait suivi la tournure dramatique des événements.

— J'ai entendu dire que Lady Hartley s'était réinstallée comme souveraine à Padthaway, dit mademoiselle Perony. J'ai entendu dire qu'elle avait congédié Soames et madame Trehearn.

— C'est pour elle un nouveau départ. Elle change de serviteurs comme de linge de maison, murmura Ewe.

— Elle fera le deuil de la perte de son fils, chuchota mademoiselle Perony. J'ai encore de la difficulté à croire que Lord David ait pu faire une telle chose. Chaque fois que je le voyais, il paraissait toujours si charmant et si discret. Sera-t-il vraiment pendu pour meurtre, major ?

— Cela dépendra du jury.

— J'ai entendu dire que vous aviez transmis les nouvelles à madame Bastion, continua mademoiselle Perony.

Je pensai aux perles, aux perles que j'avais laissées tomber sur les genoux de madame Bastion. Lorsque le major et moi l'avions quittée, le major ne tarissant pas d'éloges sur mon aide dans l'affaire, elle m'avait remerciée.

Je ne retournai pas à l'abbaye. En entendant les nouvelles de l'arrestation de Lord David, j'avais été convoquée à la maison, et j'étais bien plus heureuse de rentrer chez moi avec cette histoire que d'avoir découvert d'anciens manuscrits.

L'ambiance à Padthaway était celle d'une maison en deuil.

Lady Hartley, Jenny, Betsy, Annie et Lianne compatissaient dans la cour. J'imaginai qu'elles étaient toutes restées dehors pour regarder Lord David se faire emmener pour ne jamais revenir.

Lady Hartley était furieuse contre moi. Elle me reprochait la perte de son fils.

— *Vous.* Tout cela est à cause de vous. Alors que nous avons été si accueillants avec vous, vous vous êtes avérée une vipère, au sein de notre famille.

Dans sa douleur, Lady Hartley s'en était prise à tout le monde, d'où le prompt licenciement de Soames et de madame Trehearn.

En chemin, je passai devant l'étude de madame Trehearn. J'étais désireuse de voir la pièce où l'étrange femme avait passé la plus grande partie de ses journées. À ma grande déception, la chambre était propre et brillait comme un sou neuf, mais le document de gestion de la maison avait été laissé sur la table. Tout en sachant que je ne devais pas le prendre, je fus poussée par une curiosité plus forte.

— Qu'est-ce que vous avez là?

Ewe m'avait attrapée à mon entrée à la maison, le livre sous mon bras.

— Vous vous êtes fait cingler par la comtesse?

— Oui, répondis-je en souriant. Et j'ai emprunté le document de gestion de madame Trehearn. Je vais le lire dans ma chambre.

Je découvris que ce document était rempli de méticuleuses inscriptions, incroyablement détaillées, des affaires du ménage s'étendant sur vingt ans. Des notes sur tout, à partir du prix des œufs jusqu'au nouveau linge de maison.

Feuilletant les pages du début, je tombai sur une inscription encerclée :

21 octobre, 300 £, docteur Castlemaine, Penzance

Il s'agissait d'une inscription particulière, car c'était une bonne somme d'argent, à l'époque, pour consulter un médecin. Était-ce un rendez-vous pour madame Trehearn ou pour quelque autre membre du personnel? Cela devait concerner une affaire domestique, sinon elle n'apparaîtrait pas dans ce livre.

Le cercle soulignait son importance. Aucun autre montant n'avait été encerclé; seulement celui-ci.

Penzance et le docteur Castlemaine… Un autre tour en campagne en perspective, major Browning?

Il me crut folle.

— Peut-être, lui dis-je, mais il me reste deux jours, et que puis-je faire d'autre ? Je ne peux me reposer, maintenant que j'ai pris goût aux énigmes policières.

Il leva un sourcil amusé, devant ma logique.

— J'ai appris à faire confiance à vos instincts. Donc, je vous emmènerai. Êtes-vous prête maintenant ?

Me voyant entrer dans la voiture en mettant le livre sur mes genoux, le major me lança un coup d'œil furtif.

— Alors, qu'avez-vous attrapé là, Sherlock ?

— C'est le document de gestion de madame Trehearn.

Ouvrant le livre sur mes genoux, je parcourus les inscriptions.

— Deux livres pour le sucre… six pour la viande…

— Lecture fascinante.

— C'est celle-ci — « 21 octobre, 300 £, docteur Castlemaine, Penzance ». Il y a environ vingt ans.

— Je ne vois pas vraiment en quoi cela peut être important.

Tellement attentionnée à mon examen approfondi du journal, je ne l'entendis pas.

— Où pensez-vous trouver ce docteur Castlemaine ?

— Je l'ignore.

Écoutant le moteur qui pétaradait, un bruit que je trouvais curieusement apaisant, je me préparai pour le long voyage. Dommage que je n'aie pas pensé à apporter du café et des biscuits. Alerté par la faim, mon estomac gronda, en signe de protestation. Mortifiée, je tournai la tête.

— Ah, la faim rend irritable, et nous ne pouvons permettre à l'esprit de Sherlock de travailler l'estomac vide.

Je suggère que nous fassions une halte dans un charmant village balnéaire.

Une pause paraissait merveilleuse.

— Si cela convient à votre programme, Sherlock.

Je ne pris plus la peine de lever les yeux au ciel, devant ces quolibets à propos de Sherlock. Il semblait déterminé à les utiliser, cela l'amusait, et il faut distraire son pilote, mais je lui lançai un doux sourire.

— Cela me convient parfaitement, *Thomas*.

À mon grand chagrin, il sourit.

— J'aime la façon dont «Thomas» sonne sur vos lèvres... Voulez-vous prendre le volant, plus tard?

Il aimait vraiment me contrarier!

— À moins, bien sûr, que vous *ne sachiez pas* conduire.

— Je sais conduire!

— Excellent. Je savais que j'avais raison dans cette hypothèse.

Pendant trente autres minutes, j'endurai ses hypothèses à propos de mon caractère. Lorsque nous atteignîmes le village, j'avais une faim de loup. Me promettant les meilleurs pâtés et le meilleur café fort de Cornouailles, le major me guida à l'intérieur d'une humble auberge en bordure de la route, très bien isolée, comme je l'avais remarqué à notre arrivée.

— Ne vous inquiétez pas, dit-il en souriant. Si j'avais prévu un enlèvement libertin, j'aurais choisi un meilleur endroit. Je m'y connais singulièrement bien, en la matière, vous le savez.

— J'en suis convaincue.

Pendant que nous attendions pour le petit déjeuner, servi par la femme rondelette d'un charmant agriculteur, je lui reprochai de m'avoir envoyée seule à Padthaway.

— J'ai de la chance. Lord David aurait pu me tuer, moi aussi.

— C'est peu probable.

Il refusait de montrer des remords.

— D'ailleurs, vous êtes une fille débrouillarde. Vous auriez trouvé un moyen de vous échapper.

— Vous n'êtes pas un gentleman, rétorquai-je.

Deux minutes après que nous étions montés dans la voiture et arrivés au prochain carrefour, la pluie commença.

— Cornwall, dit le major en riant, et sa météo capricieuse.

Cornwall et sa météo capricieuse. Padthaway, la maison aux mille mystères, aux saisons changeantes.

— Vous êtes en train de rêver à une autre histoire?

— Juste un mal de tête. Y sommes-nous presque?

— Presque.

Alors que nous entrions dans la ville florissante, une ville animée jadis remplie de pirates, de voleurs et de contrebandiers, la pluie commença à se calmer. L'air à l'extérieur de la voiture était frais, et je frissonnai.

Enlevant le chandail qu'il portait sous sa veste, le major l'enveloppa fermement autour de mes épaules et m'entraîna dans le pub le plus proche, où un feu à ciel ouvert appelait mes membres tremblants et geignards.

— Vous vous assoyez. J'irai me renseigner.

Je souris en guise de remerciement, sensible à l'abondance de bruit autour de moi.

— Eh, vous avez de la chance, aujourd'hui, monsieur. Monsieur Brown, n'est-ce pas? Mon nom est Casper, et j'ai vécu juste au-dessus de ce chic médecin. Il avait plusieurs chambres, toutes des chambres particulières. Moi, je devais employer l'escalier arrière.

— Vous vous souvenez du nom de la rue, Casper?

— Eh, appelez-moi Casp. C'est comme ça que mes amis m'appellent, et je vais vous y emmener, si vous le souhaitez. C'est à quelques pâtés de maisons d'ici.

Marchant le long de rues apparemment sans fin ainsi que de pavés suintants et dangereusement glissants, nous arrivâmes sur le site d'un bâtiment.

Un bâtiment démoli.

Casper lança un juron.

— Je n'en crois pas mes yeux! Il est parti...

Apercevant un homme à cape noire qui se promenait dans la rue, le major nous laissa bouche bée devant le monticule de terre.

— Il n'y a rien à faire ici, dit-il, trahissant un brin de morosité. Des idées, Daphné? Casper?

Alors que Casper grattait sa tête à demi chauve, son haleine fétide explosa.

— Je sais! Madame Tremayne! Si jamais il y a eu une fouineuse, c'est bien elle. Elle connaît les histoires de tout le monde. Elle est ici depuis des siècles.

À peine exagérait-il. Madame Martine Tremayne habitait de l'autre côté de la rue, au numéro cinquante-neuf. Pétillante pour une femme de soixante-douze ans, et plus aiguisée qu'un chardon, elle fit un bref examen de notre trio hétéroclite avec ses yeux ratatinés. Saisissant son balai comme une arme, elle écouta la raison de notre visite.

— Castlemaine, hein ? Vous feriez mieux d'entrer... Non, pas vous, Casper Polwarren. Retournez donc au pub.

Casper Polwarren, soudainement le fier propriétaire d'un billet de cinq livres que lui avait glissé le major, fut plus qu'heureux d'obéir.

Fort heureusement, le rez-de-chaussée de madame Tremayne ne réussissait pas à présenter cette odeur de vieille maison. Il y avait là les reliques anciennes habituelles, plusieurs tables minuscules, des rideaux de dentelle poussiéreux, des cadres de photographies, des coussins de la dernière décennie, ainsi que des meubles usés, mais bien entretenus.

Nous invitant à nous asseoir, elle fila pour aller chercher une coupure de journal. Le major et moi partageâmes un regard amusé. Ewe Sinclaire avait une âme sœur.

— Tenez, lisez cela.

Pelotonnés sur le divan de madame Tremayne, nous examinâmes le visage en blanc et noir d'un homme d'origine européenne, chauve et mince, et le titre en dessous.

MÉDECIN EXPOSÉ
Depuis l'incendie de son immeuble,
de plus amples détails ont émergé concernant
les clients *secrets* du médecin…

— Il les recevait ici, souffla madame Tremayne. Des gens chics qui voulaient se débarrasser de leurs bébés. Ils payaient bien, vous voyez. Nous, les gens ordinaires avec nos nez pleurnicheurs, n'existons même pas, pour les gens comme lui… C'était un cochon arrogant.

— Regardez ici, indiquai-je au major, ils ont imprimé tout son carnet de rendez-vous, la liste de tous les noms.

— C'est pourquoi j'ai gardé la découpure, dit fièrement madame Tremayne. Vous ne vous débarrassez pas de trucs comme ça. Un mineur a trouvé le carnet de rendez-vous sur la rue, à moitié brûlé, en quelque sorte, mais toujours lisible. Il était avide, l'a vendu aux journaux et a perdu son emploi, mais je suis certaine qu'il en a obtenu une bonne somme.

Reconnaissant un ou deux des noms, j'en étais certaine aussi. Certaines inscriptions étaient d'habiles abréviations ou modifications de noms pour dissimuler les identités, mais l'habile docteur Castlemaine avait noté les noms véritables dans une petite colonne sur le côté, directement sous le montant d'argent.

Renâclant en voyant les sommes exorbitantes, le major leva un sourcil.

— Manifestement, je suis dans la mauvaise industrie ! Une clinique lucrative aux proportions scandaleuses.

— Qu'est-il arrivé au médecin ?

— Ha! Il est devenu fou, et ça ne pouvait pas mieux convenir à des hommes de son genre! Il se croyait si intelligent. Vous le trouverez dans la maison de soins infirmiers de Doreen, juste en haut, mais en fait, c'est vraiment une maison de fous pour les timbrés baveux.

— Timbrés baveux.

Souriant devant l'expression familière, je passai mon doigt sur les noms et les dates, jusqu'à ce qu'un nom se détache devant mes yeux, un nom curieux. Hearn!

Hearn pour Trehearn? Je me tournai rapidement vers la note d'à côté — « 300 livres, Jenny Pollock a pris l'enfant mort».

Je dus m'étouffer à moitié, car le major me frappa le dos.

— Vous la connaissez? dit madame Tremayne avec un petit rire.

— Oui, elle était nourrice dans un foyer où j'ai fait un séjour.

— Hum! Elle n'aura pas été la première. Elle a attiré l'attention du seigneur, n'est-ce pas? Envoyée ici pour stopper le scandale?

La découpure tomba sur mes genoux. Jenny Pollock, la jolie nourrice avec les enfants... Jenny et Lord Hartley. Comme une avalanche de diamants, tout se mettait en place. Je me rappelai soudain qu'elle avait pris sa défense : «Il n'était pas fou, ou s'il l'était, c'est elle qui l'avait rendu ainsi. »

Qu'avait dit Lady Hartley de leur discret arrangement? Elle avait ses aventures, et son mari avait les siennes, et cela se déployait parmi les employés, comme c'était souvent le cas dans les maisons importantes. Elle devait avoir fermé les yeux jusqu'à ce que Jenny tombe enceinte!

Une nourrice enceinte devait avoir été une source d'irritation, pour la dame de la maison, surtout si son mari aimait Jenny. Était-ce une possibilité?

— Une simple carte blanche, en quelque sorte, décréta le major, rejetant ma théorie. Le problème se résout avec la suppression hâtive de la marchandise.

Je lui lançai un coup d'œil de reproche.

— Eh bien, c'est vrai. Il n'a pas montré le repentir adéquat. Ce qui est légitime ne doit pas frayer avec ce qui est illégitime, n'est-ce pas?

Un bon point, un point que je trouvais très inquiétant.

— Nous devons retourner à Padthaway.

CHAPITRE TRENTE-HUIT

Le long et sinueux trajet vers Padthaway, le manoir silencieux, me remplit d'un sentiment d'effroi.

Maintenant bouleversée par un autre secret, un secret que la maison avait bien voulu me révéler, j'absorbai les avertissements des rafales, des branches nues parsemées de leurs feuilles, de leurs doigts squelettiques envahissant le chemin.

Puis, un éclat de beauté. Padthaway ornant la prairie. *Mon* Padthaway se tenant là, fier, prêt à me recevoir.

— Voulez-vous que je vous dépose ici ? demanda le major.

— Oui, je dois parler à Jenny seule. Vous vous arrangez pour occuper Lianne.

Il sourit.

— Une agréable occupation… Êtes-vous certaine que vous pouvez gérer cette situation ?

— Oh, s'il vous plaît.

Vexée, je sortis de la voiture avec un accès de colère et je me précipitai vers la maison.

Me rendant à l'entrée l'arrière, je repérai Annie dans le couloir et je lui demandai où se trouvait Jenny.

— Oh, mademoiselle D, la dernière fois que je l'ai vue, elle était dans son jardin.

— Merci, Annie.

En la regardant aller, je songeai qu'il faudrait beaucoup de temps aux serviteurs, pour s'habituer à la place sans la présence de Lord David.

Jamais autant que Jenny.

Je craignais sa réaction.

Mettant de côté sa bêche, elle s'essuya les mains sur son tablier.

— Différent, maintenant que Trehearn n'est plus là. Lady la Hautaine est maintenant en train d'interviewer des maîtres d'hôtel. On a aussi une nouvelle cuisinière. Madame Lockley. Nous l'aimons tous.

— C'est une bonne chose, dis-je en tirant une de ses chaises de jardin.

Tenant compte de l'avertissement du major, dès mon arrivée, j'agis normalement, et je lui parlai de mon récent tour de voiture avec le major.

— Oh, où êtes-vous allés ?

— Penzance.

Elle laissa tomber la pelle.

— Oh, et pourquoi êtes-vous allés là-bas ?

Elle paraissait nerveuse.

— Jenny, ne craignez rien. Je suis au courant, pour le bébé, votre bébé. Celui que le docteur Castlemaine vous a enlevé.

Rougissant en entendant le nom, elle voleta vers la chaise en face de moi.

— S'il vous plaît, parlez-moi, l'implorai-je. Je suis votre amie. Je suis ici pour vous écouter et pour entendre *votre version* de l'histoire.

— Le major est-il au courant?

Je ne pouvais lui mentir.

— Oui, il l'est. Je lui ai demandé si je pouvais vous voir d'abord.

Elle hocha la tête d'un air sombre, acceptant le fait qu'elle devait maintenant divulguer l'histoire qu'elle avait cachée pendant tant d'années.

— J'avais treize ans, quand je suis arrivée dans sa maison, commença-t-elle. J'étais jeune, remplie de rêves stupides. J'étais venue ici pour être la nounou du petit David.

Un tendre sourire pointa sur ses lèvres.

— Quelle douce chose il était…! Il s'est attaché à moi, et moi à lui. Nous étions deux petits pois heureux, vivant dans notre propre monde. Oh, je devais répondre à l'infirmière-chef, mais la plupart du temps, bébé David et moi étions seuls. La mère n'en voulait pas. Elle montrait sa tête de temps en temps, et après avoir entendu le rapport de progrès, elle repartait pour ses fêtes. Elle n'a jamais voulu le prendre dans ses bras.

— Mais le bébé n'a pas souffert, dis-je doucement. Vous lui avez donné beaucoup d'amour.

Son visage s'adoucit.

— Oui, je lui ai donné beaucoup d'amour. De tout mon cœur.

— Je peux vous imaginer tous les deux, dis-je en souriant, le petit David, parfait, et vous, Jenny, jolie fille aux cheveux dorés et aux yeux bleus. Je peux comprendre pourquoi Lord Hartley est tombé amoureux de vous.

Ses yeux se figèrent, à la mention de son nom.

— Parlez-moi de lui, Jenny. Vous traitait-il gentiment?

S'avançant en silence le long de ce tunnel fermé, elle finit par répondre.

— Sa Seigneurie était un homme étrange, mais il aimait visiter la pouponnière. *Il* prenait l'enfant pour jouer avec lui, et le petit l'adorait. Il était malheureux... malheureux avec elle. À l'extérieur, il était différent, mais dans la pouponnière, il était doux comme un agneau.

— Il a commencé à venir plus régulièrement, continuai-je. Vous et lui... dans le jardin secret... une petite famille heureuse.

Un sourire capricieux apparut sur ses lèvres.

— Oui, c'était comme ça, je suppose. Une famille de fantaisie, pour lui.

— Mais ça ne vous dérangeait pas. Vous l'aimiez, et il était bon pour vous.

Elle hocha la tête.

— C'était un amant passionné, mais doux, tellement doux. Jamais il n'a levé un doigt sur moi ni parlé avec méchanceté.

— Mais à l'extérieur, il se comportait différemment.

Obligée d'acquiescer de nouveau, elle se laissa à la beauté de ses souvenirs : l'amour, la bonté, le bonheur.

— Quand Lady Hartley l'a-t-elle su, Jenny?

Sortie par surprise de sa transe, elle se mit à frissonner.

— Nous le lui avons caché. Terry disait qu'il nous fallait faire attention à elle, et c'est ce que nous avons fait... pendant des années. Madame T et l'infirmière-chef étaient au courant. J'allais voir madame T pour mes herbes...

— Mais alors, vous êtes tombée enceinte, *même* avec les herbes de madame T.

— Ouais. Lorsque Sa Seigneurie portait mademoiselle Lianne, j'ai découvert que moi aussi, j'étais enceinte ; j'étais horrifiée. Après toutes ces années...

— Comment Terry a-t-il réagi?

— *Elle* lui a dit qu'il devait me laisser tomber. Elle ne voulait pas de son bâtard dans la maison, mais Terry ne voulait pas renoncer à moi. Il a commencé à être un peu fou. C'est toujours ce qu'il faisait, quand il était troublé. Il *blessait* les gens.

— Mais pas vous, Jenny. Jamais vous.

Une larme roula sur son visage.

— Je n'ai jamais pu lui faire mes adieux. Ils l'ont poussé à se tirer une balle. J'aurais seulement voulu qu'ils me laissent lui faire mes adieux...

— Mais ils ne l'ont pas fait. Tout comme ils ne vous ont pas permis de garder votre enfant. Ils vous ont expédiée à Penzance.

L'horreur de la mémoire verrouillée s'ouvrit avec force.

— Je l'ai fait... pour garder mon emploi. Et si ce n'avait pas été de Lili — bénissez son cœur —, madame m'aurait fait faire mes valises, mais elle ne pouvait pas supporter l'enfant qui hurlait. Personne ne le pouvait. On me l'a laissée. Je la calmais. Seulement moi.

Cela expliquait son lien profond avec Lianne.

— Qu'est-il arrivé à votre bébé, Jenny? Le bébé que vous avez ramené de votre visite chez le docteur Castlemaine?

Des yeux fous m'accueillirent de nouveau, suivis par un sourire curieusement lent, de mauvais augure par nature, étrange, ne ressemblant pas à la Jenny que je connaissais.

— Je voulais la garder. J'ai essayé, mais il était trop tard. *Il* l'avait tuée, et j'ai pris ma petite fille avec moi. Je l'ai placée dans un endroit sûr...

Son regard se tourna lentement vers le jardin d'herbes.

Je frémis.

— Cela a dû être très difficile. Comme vous avez dû haïr madame T et Lady H, pour ce qu'elles vous avaient fait... Vous aviez David et Lianne, mais vous ne pouviez oublier ce qu'ils avaient fait. Le pouviez-vous, Jenny?

— Non!

S'envolant de sa chaise, Jenny saisit mon cou.

— Tout comme je ne peux pas vous pardonner d'avoir fait du mal à mon petit Davie. Il va mourir, mourir, mourir, à cause de vous !

Ses yeux fous obstruant ma vision, je tentai désespérément de desserrer son emprise sur ma gorge. Je ne pouvais pas respirer... et je me sentais nauséeuse, défaillante... étourdie...

Puis, le soulagement ; les grands bras solides du major m'entourant, Lianne restreignant la forcenée Jenny.

— Ça va, Jenny, dit Lianne pour l'apaiser. Daphné a fait ce qu'il fallait faire. Tu m'as toujours dit de faire ce qu'il fallait faire, et c'est Davie qui s'est livré. Tu as perdu ton bébé, mais tu m'as, moi. Ta Lili, toujours.

Jenny hocha la tête, et alors que je regardais Lianne qui la tenait dans ses bras et qui la berçait, j'en vins à comprendre le lien qu'elles partageaient et toute la raison des cauchemars de Lianne. Ayant vu son père se tirer une balle et mourir devant ses yeux, pour voir plus tard David, le frère qu'elle adorait, le frère qu'elle protégerait coûte que coûte, accusé de meurtre.

— Pardonnez-moi.

Jenny me regarda et se leva, un peu gênée par son comportement.

— Je n'ai pas l'habitude...

— Je le sais.

Je lui serrai la main. Elle hocha la tête et disparut à l'intérieur pendant un moment ou deux.

À son retour, elle fit pendiller quelque chose devant le major.

— Je suppose que je n'ai plus besoin de les cacher.

Il y avait, serrés dans sa main, les talons couverts de sable d'une paire de chaussures.

Les chaussures de Victoria.

CHAPITRE TRENTE-NEUF

Jenny le savait. Lianne avait vu David en train de le faire. Cette nuit-là, elle avait suivi son frère vers les falaises. Jenny les avait protégés tous les deux en cachant les chaussures dans sa chambre.

— Tout cela concorde, dit Ewe. J'ai toujours su que le coupable était l'un des Hartley. Je ne savais tout simplement pas lequel.

— Nous devons remercier mademoiselle du Maurier, pour Jenny et l'indice des chaussures, dit le major, inclinant son chapeau vers moi. Personne n'y aurait pensé à deux fois, mais notre mademoiselle fin limier a pensé aux chaussures… et a fait un lien avec la conversation qu'elle avait eue sur la falaise, pendant le piquenique, avec Jenny et Lianne.

— C'est une jeune fille brillante.

Ewe me sourit avec tendresse.

— Même si elle passait son temps à filer, quand elle était censée demeurer avec moi !

— Et les autres indices, dis-je au major d'un ton provocateur. Admettez que vous et Sir Edward étiez perdus. Vous aviez besoin de moi.

— C'est vrai.

C'était un éloge simple et authentique, sans moquerie, et j'avoue que je me sentais aussi plutôt fière.

LA MAISON DE LONDRES, *QUELQUES MOIS PLUS TARD*

Le chemin sombre l'invitait. Elle ne fit pas attention à son état de délabrement, non plus qu'elle voyait ou entendait la tempête qui bouillonnait autour d'elle. Tel était son état d'esprit, alors qu'elle se dirigeait vers sa destination, sachant que c'était la dernière fois…

— Daphné!

Toujours assise, je sursautai et je tapai la dernière phrase. Mon doigt encore en équilibre sur le point final, j'arrachai la page et j'examinai joyeusement ces derniers mots rayonnants.

— Daphné! Es-tu prête? Nous sommes en retard.

Jeanne et Angela grognaient dans le couloir. Indifférente à leurs sollicitations paniquées, je m'habillai en jetant un dernier regard sur la journée triste à l'extérieur. Hamstead, à Londres, ne se comparait pas du tout à mon bien-aimé Cornwall. Il me manquait de voir l'eau, de même que de sentir l'air frais de la mer sur mon visage. Ces bateaux qui ornaient le port me manquaient, et, par-dessus tout, ces terribles journées à Padthaway.

— Tu *ne vas pas* porter cela pour un déjeuner avec Winston Churchill.

Je souris devant le visage impassible d'Angela.

— Je peux certainement le faire, et je le ferai. De toute manière, personne ne me remarquera.

— On fait comme d'habitude, n'est-ce pas ? On s'assoit dans un coin sombre, à prendre des notes sur tout le monde.

— Au moins, ces jours-ci, elle le fait dans sa tête, s'écria Jeanne derrière elle, toujours gaie. Voici ton chapeau, Daph.

Nos parents nous attendaient à l'extérieur, Père présentant son habituelle image fringante, et Mère, gracieuse, consciente de l'heure, et fronçant les sourcils vers moi qui semblais m'être habillée à la hâte.

— Daphné, ma chérie, tu devrais faire plus attention. Je sais qu'il n'y aura pas d'obscur Lord David pour te séduire dans un déjeuner politique.

— On ne sait jamais, dit Angela en souriant, ravie à l'idée de nouvelles relations influentes. Peut-être que ton major Browning apparaîtra. Il semble avoir des amis haut placés.

— Oh, je crois qu'il est loin en mer, fit écho ma mère, baissant la voix jusqu'à un modeste chuchotement, et après cette unique visite à Fowey, nous n'avons jamais entendu parler de lui, n'est-ce pas, très chère Daphné ?

J'aurais voulu qu'elle cesse d'anticiper le manque d'intérêt du major. Cette visite, un simple suivi amical, obligatoire après ces journées d'horreur à Padthaway, l'avait incitée à penser à lui comme à un possible mari pour moi.

— Tu ferais mieux de faire attention, m'avertit Angela, je pourrais prendre intérêt au séduisant major, si tu n'es pas intéressée.

— Le major a promis de m'emmener faire de la voile, à son retour, siffla Jeanne, remplie d'espoir.

— À son retour? se lamenta ma mère. Quand cela se produira-t-il?

Mon père leva les yeux au ciel.

— Vous, les femmes, semblez toujours prêtes à harponner un homme. Peignez un sourire sur votre visage, car nous sommes arrivés.

Le déjeuner avait commencé.

Repérant un saule à l'extérieur du manoir de Sir Winston, je sortis mon cahier de notes de mon réticule. J'avais deux lettres à écrire : une à Ewe, et l'autre à Lianne. Je n'oubliais pas que Lianne avait maintenant besoin d'une amie, d'autant plus que son frère serait probablement pendu pour avoir assassiné Victoria Bastion.

— Bonjour, ma fille.

Je levai les yeux en souriant, pour voir J. M. Barrie s'emparer d'un siège à côté de moi.

— Sommes-nous en camouflage? Je l'espère. Je ne peux tout simplement pas supporter tout ce charabia politique, et toi?

Je l'observai qui en vain essayait de se cacher derrière une feuille palmée, et je me mis à rire. J'adorais oncle Jack, pour son excentricité et son penchant pour les choux de Bruxelles. Je lui dis que je n'avais pas réussi à trouver ses légumes préférés dans la nourriture sur la table, et il me lança un coup d'œil navré.

— Désolée, c'est lamentable... J'ai trouvé un nouveau mot, l'autre jour, oncle Jack. «Lugubre»... pour un sombre et triste personnage, et je connais la personne à qui cela convient tout à fait. Madame Trehearn, sauf que je vais devoir lui attribuer un autre nom, n'est-ce pas?

— Que dirais-tu de Danvers? dit-il, réfléchissant derrière sa branche de palmier, ses doigts écartés par l'horreur.

— Oh, cache-moi, le chancelier est là, et il cherche une signature. Le problème, c'est que je ne peux jamais l'éviter...

Alors, nous campâmes à l'extérieur tous les deux pendant une bonne heure, jusqu'à ce que Père nous trouve et nous ramène à la terre normale. Mère semblait être la plus fâchée, mais, bien sûr, elle fit un sourire charmant à oncle Jack.

J'étais heureuse de retourner au monde de Cornwall.

À la maison de Ferryside, dans ma chambre donnant sur la rivière, mon bureau de travail, les bateaux dans le port...

Mettant de côté la lettre d'Ewe qui racontait toutes les nouvelles locales de Windemere, y compris que Lianne allait bien et qu'elle partageait maintenant l'amour de Jenny pour les monogrammes, je regardai par la fenêtre.

Je songeai à Padthaway. Je pensai à toutes les personnes, à tous les visages, à la longue route sinueuse vers la gracieuse maison, à une madame Trehearn au visage blanc attendant à la porte, aux couloirs menant à l'aile ouest et à cette chambre magnifique, à ce vieux fou de Ben coupant ses haies dans le jardin... et une idée de roman s'alluma en moi, profonde et irrésistible.

Je m'assis pour écrire.

Un bateau dans le port dériva vers moi, son nom insaisissable, sauf la première lettre.

Un monogramme... large, gribouillé, distinctif.

Un monogramme... qui commençait par la lettre R.

NE MANQUEZ PAS LA SUITE

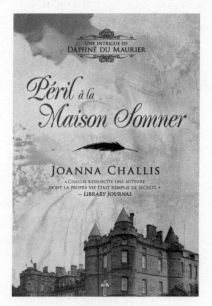

TOME 2

CHAPITRE UN

— Daphné, dépêche-toi ! Nous allons manquer le bateau.

Gribouillant dans mon carnet, je poussai ma chaise pour faire face à une sœur impatiente.

— Angela, plus que toute autre, tu devrais comprendre. J'avais la phrase la plus fabuleuse ! Une déclaration emballante…

— C'est très bien. Maintenant, tu peux t'emballer par la porte.

Soupirant, je jetai un coup d'œil à l'extérieur.

— Il nous reste encore cinq minutes. Le bateau ne partira pas sans nous.

— Oh, *oui* il partira.

Je regardai ma sœur aînée qui sortait de l'auberge avec fracas et je pensai que je ferais mieux de la suivre sans me plaindre.

Courant pour rattraper son pas vif et furieux, je me demandai ce qui l'affligeait. La nourriture ? Le mauvais café à l'auberge ? Peut-être le manque de sommeil ? Je hochai la tête. En vérité, une collègue écrivaine devrait savoir qu'elle ne devait pas troubler une inspiration soudaine.

— Angela ! Attends !

Mais elle n'attendit pas, non plus qu'elle me répondit. Alors que je me hâtais le long de la rampe du bateau, j'admirai son sang-froid et l'expertise de sa tenue.

Nous nous rendions sur une île afin de trouver de l'inspiration pour notre art. Pourquoi avait-elle une expression aussi maussade ?

Ces derniers temps, elle avait été plutôt irritable, mais j'ignorais les raisons de ses humeurs. Haussant les épaules, je montai dans le vieux transbordeur buriné qui se balançait sur les vagues, m'arrêtant pour apprécier les couleurs tourbillonnantes de la mer trouble plus bas. La mer, si mystérieuse et si changeante, m'avait toujours fascinée.

— St. Mary's Island.

Je pointai cette île avec excitation lorsque nous eûmes enfin navigué à travers les vagues rocheuses et que la terre apparut.

Angela ferma brusquement la fenêtre.

— Il pleut. Tu ne vois pas ? Vraiment, Daphné, parfois tu vis vraiment...

— Dans mon propre monde ? Je le sais. Alors ? Qu'est-ce qui te tracasse ? C'est Francis encore ?

Elle renifla.

— Le capitaine Burke peut aller en enfer, ça m'est égal.

— Alors, il ne nous rejoindra pas à la Maison Somner?

— Il ferait mieux de ne pas le faire.

C'était là des nouvelles pour moi, car même si elle ne partageait pas beaucoup de choses avec moi, contrairement à notre sœur cadette, Jeanne, Angela *m'avait confié* que le fringant capitaine, héros de la guerre, lui avait demandé de l'épouser le mois dernier. Angela ne lui avait toujours pas répondu; son retard avait-il ébranlé suffisamment la fierté du capitaine pour qu'il retire sa proposition et qu'il se déplace vers des pâturages plus réceptifs?

Lâchant prise, son humeur butée écourtant la conversation, je me contentai d'examiner mes compagnons de voyage : des familles, des amoureux, des couples, des amis, et des âmes solitaires. Il y avait toute une variété de passagers sur cette traversée en transbordeur en milieu de matinée, toujours une heure achalandée selon Kate Trevalyan. Ou devrais-je dire Lady Kate Trevalyan?

Intriguée à l'idée de rencontrer ce parangon de beauté et de raffinement, j'avais espéré obtenir un peu plus d'information à son sujet et sur tous les autres avec lesquels nous passerions ces journées d'hiver à la Maison Somner, mais ma sœur était demeurée résolument mystérieuse à propos de ses amis.

J'avais attendu notre visite avec impatience. Quelques semaines consacrées à ne rien faire, sinon chercher de l'inspiration. Bien qu'en vérité, partout où j'allais, il semblait que je trouvais de l'inspiration. Au cours de mes dernières vacances, une simple visite à la nounou de ma mère m'avait conduite à l'affaire, désormais célèbre, de Victoria Bastion. «La future mariée morte sur la plage», murmurai-je en direction du vent.

— Qu'est-ce que tu as dit?

— Oh, rien.

Je souris, changeant de sujet.

— Mais j'aimerais en savoir plus sur la Maison Somner. C'est très égoïste de ta part de garder tous les détails pour toi.

Malgré mon indignation, elle refusa de s'exécuter.

— Je ne sais rien, dit-elle en haussant les épaules alors que je lui posais une question après l'autre.

Son comportement m'ennuyait, étant donné que j'avais l'impression que notre voyage servait un objectif particulier, un but qu'elle gardait secret. Il semblait qu'elle avait besoin du support familial, sinon pourquoi m'aurait-elle demandé, à *moi*, sa petite sœur encombrante, de l'accompagner dans une visite à des amis à la Maison Somner? Elle n'avait jamais voulu que j'aie à composer avec ses amis auparavant.

— Ils nous envoient une voiture, dit Angela, complaisante, alors que nous attendions en file pour débarquer du transbordeur. Ils ont dit que nous devons attendre au Three Oaks Inn... oh, regarde, c'est là-bas.

Je me retournai pour regarder le village côtier embrumé.

— Oui, mais nos bagages?

— Oh, oui. Je suppose qu'il nous les faut, n'est-ce pas?

Son esprit était manifestement ailleurs. J'aurais aimé qu'elle se confie à moi, même juste un peu.

Le sourire timide d'Angela avait inspiré les bateliers à transporter nos bagages de l'autre côté de la rue, nous laissant blotties sous mon parapluie. Au moins, j'avais eu la bonne idée d'en apporter un.

Je n'étais jamais allée dans une île aussi éloignée pendant une telle saison. D'habitude, nos voyages incluaient des destinations dont les choix étaient évidents : Paris, Europe, Italie et une croisière sur la Méditerranée, où les îles grecques ensoleillées différaient tellement de nos îles britanniques. Pourtant, je préférais notre île aux bâtiments blancs immaculés de la Grèce entourés d'une mer turquoise toujours calme. Il y avait quelque chose de sauvage et d'indiscipliné dans les profondeurs de Cornouailles, une côte indomptée remplie d'histoires de pirates et de légendes qui remontaient à l'époque du roi Arthur.

De la fenêtre poussiéreuse du Three Oaks, je repérai d'abord les phares clignotants d'une voiture s'approchant dans la rue. Un conducteur téméraire était assis derrière le volant, ignorant consciemment les citadins ordinaires tentant de traverser la rue.

— C'est Max Trevalyan !

Haletant, Angela plissait les yeux.

— Oh mon dieu, il a presque renversé cette femme ! Mais comme c'est gentil. Je ne croyais pas qu'il viendrait nous chercher en personne.

Oui, comme c'était gentil en effet, et c'est pourquoi la moitié de la population s'était arrêtée, même sous la pluie, pour observer la dangereuse et élégante voiture de sport rouge qui s'arrêtait devant l'auberge en klaxonnant frénétiquement.

— Nous ferions mieux de nous dépêcher, dit Angela, en essayant de ramasser ses lourds bagages. On dirait qu'il ne veut pas être obligé d'attendre.

— On pourrait penser que le seigneur du manoir nous aiderait s'il était vraiment un gentleman, rétorquai-je en fronçant les sourcils.

J'étais remplie d'inquiétude à l'idée que nous étions les invitées de ce fou.

Nous réussîmes à tirer nos lourds sacs pendant quelques mètres avant que deux types de la place, assis au bar et conquis par la dramatique de détresse d'Angela, nous libèrent de nos fardeaux.

— Mon doux Seigneur, qu'est-ce que vous avez là-dedans ?! gémit l'un des hommes.

— Des livres, lui répondis-je en souriant. En fait, des livres pour moi et des chaussures pour ma sœur.

Sorti de sa voiture, Lord Max Trevalyan baissa la tête en guise de salut moqueur, alors que les deux hommes déposaient nos malles à l'arrière de la voiture toujours en marche. Les portes furent ensuite immédiatement ouvertes, et nous fûmes autorisées à monter dans l'espace étroit qui restait.

Laissant Angela se joindre à Max à l'avant, je rampai à l'arrière et je saluai à nouveau les pêcheurs, étant donné qu'Angela avait oublié ses manières dans son message d'accueil effervescent à notre hôte criard.

Max Trevalyan ne ressemblait en rien à ce que j'avais imaginé de lui. Dix ans plus jeune que son épouse, il possédait une beauté gamine et espiègle avec des cheveux châtain vif, un front large, des yeux ambre profonds, et un nez légèrement romain.

— Rappelez-moi le nom de votre sœur, dit-il en s'adressant à Angela.

Il accélérait alors sur la voie, manquant de peu une jeune femme sur le point de traverser la rue.

— Zut! Vous croiriez que les gens du coin n'ont rien d'autre chose à faire que de s'avancer devant une voiture qui accélère.

— Sommes-nous en retard pour quelque chose? osai-je dire, bravant le frénétique regard de réprimande d'Angela.

— Oui!

Changeant rapidement de vitesses, Max fit dévier sa voiture dans un fort virage à droite.

— Je suis toujours en retard pour tout. Kate me cassera les pieds!

— Mais vous n'étiez pas en retard, dit Angela pour adoucir l'atmosphère.

Elle voulait ainsi démontrer qu'elle n'avait pas vraiment peur de ses talents de conducteur ou de cette hâte incessante et instable.

— Vous étiez exactement à l'heure!

— L'étais-je?

Jurant en passant devant un chariot chargé qui allait «trop lentement par une centaine de kilomètres», Max devint un peu plus prudent en descendant une route de campagne plus étroite qui menait à des champs dénudés.

— C'est un raccourci, me dit-il, tournant la tête pour me lancer un rapide coup d'œil. Votre sœur est jolie, dit-il à Angela avec un petit rire. Vous plairez aux garçons toutes les deux. Pauvre cousine Bella, elle est beaucoup trop terne.

— Terne et ennuyeuse, aussi ?

Angela sourit, et je fronçai les sourcils devant son manque de décorum.

— *Incroyablement* terne.

Max grimaça à nouveau, passant à une vitesse supérieure.

Entassée à l'arrière avec les coffres, la fine pluie troublant la vitre, et notre chauffeur téméraire continuant sa course folle vers la maison, je n'eus pas vraiment l'occasion de contempler le paysage qui défilait.

— Ce n'est pas loin, Daph. Puis-je vous appeler Daph ?

— Si vous le souhaitez, Lord Trevalyan.

— Ça alors ! Elle parle bien. Je dois me souvenir que vous, Mesdames, êtes les filles de Gérald du Maurier. Au fait, comment va votre père ?

— Très bien, répondis-je.

— Et heureux d'être débarrassé de nous pour quelques semaines, ajouta Angela.

— Alors j'en suis heureux, reprit Max. Et appelez-moi Max, pas Lord T. Je ne peux le supporter. À la guerre, on m'appelait «Firefly Max». Ça me convient.

C'était l'individu le plus étrange que j'aie rencontré depuis longtemps. Trop rapide à mon goût, et un peu déséquilibré, mais je pouvais comprendre pourquoi Lord Max Trevalyan demeurait un favori de ces dames.

— Le château Trevalyan est-il maintenant en ruine, Max?

Il hocha la tête.

— En ruine? C'est une misérable horreur. Je l'aurais fait exploser, mais il y avait Rod. Rod a des plans pour le faire reconstruire.

Riant de l'idée ridicule, il ralentit pour prendre un autre virage et ajouta :

— Rod est mon frère plus vieux et plus sage, sauf que c'est moi l'aîné. N'est-ce pas marrant? De toute façon, c'est le plus raisonnable. Il gère la succession pour moi et pour tous les locataires. C'est très pratique d'avoir Rod.

Évidemment, étant donné que son frère semblait assez insensé pour dilapider la fortune familiale avec ses manières irresponsables.

À en juger par la façon dont il conduisait sa voiture, je ne savais pas à quoi m'attendre de sa maison, la Maison Somner.

— Ce qui est agréable, c'est que nous sommes à l'écart tout en étant près de tout, continua Max.

Il nous expliqua que la maison était située de l'autre côté de l'île, alors qu'il serpentait à travers deux séries de fourches sur la route.

— Surveillez les collines, nous y sommes presque.

Nous passâmes très vite près d'un village aux maisons pittoresques blanchies à la chaux, avec des fermes en exploitation remplies de vaches en train de brouter, conscientes de la bruyante voiture de course qui perturbait le calme de la journée.

— J'espère que vous avez apporté des vêtements chauds, les filles. Il peut faire froid ici, vous savez. On a installé du chauffage, en dépit de Rod qui maugrée contre les dépenses, mais Katie et moi, nous sommes tous les deux partisans du confort. Êtes-vous déjà allée à notre appartement à Londres, Daph ? Désolé, je ne me souviens pas si vous l'avez fait. Je sais qu'Angela est venue une ou deux fois, n'est-ce pas Angela ?

— Oui, répondit Angela, confirmant rapidement.

Levant les yeux vers l'avant, j'attendis pour entrevoir les portes menant à la Maison Somner. Que ce soit pour y rester ou pour visiter, l'exploration des vieilles maisons était mon passe-temps préféré. Des barrières menaient toujours à des endroits intéressants, un refuge au toit de chaume, une maison à étage abandonnée, une ancienne abbaye, des ruines près de la mer... Et maintenant, la Maison Somner. Ayant entendu parler de Lady Kate et de ses relations, j'imaginais que la maison était vieille et grandiose, un manoir de style colonial, comme on en voyait en Afrique ou en Inde à l'époque de l'Empire, mais il n'y avait pas de barrières à la Maison Somner, seulement de vastes champs dénudés et quelques arbres sans feuilles. Dissimulant ma déception, j'attendis qu'une monstrueuse maison moderne émerge de la nudité sombre.

— Un dernier virage.

Max Trevalyan fit s'emballer le moteur avant d'amorcer un brusque virage à droite. Angela haleta, tenant son chapeau pendant que je m'accrochais à mon siège. D'épaisses broussailles brouillèrent ma vision au milieu d'un labyrinthe d'arbres de l'île. À mon grand désarroi, et souriant comme un écolier, Max prenait plaisir à manœuvrer sa voiture à travers le dédale d'arbres épais poussant autour de la propriété.

— Bienvenue dans mon paradis, dit-il enfin.

Il réduisit la vitesse à contrecœur pour grimper tout en douceur la courte allée vers la maison.

Je fus surprise d'apercevoir un paysage sauvage, luxuriant et exotique. Certaines parties semblaient être entretenues — des jardins distincts, une pergola dissimulée et un intriguant labyrinthe de chemins invitants se courbant autour d'une pelouse française et d'un jardin bien entretenus qui se mariaient habilement au terrain existant —, mais la rudesse de l'île ne pouvait être apprivoisée.

— Ce chemin vous conduit à la plage en dix minutes, indiqua-t-il.

— Et les ruines de la tour ? demandai-je, désireuse de mener ma propre exploration.

— Vous ne pouvez y accéder que par la plage. Vous verrez.

La maison avait aussi ses charmes. Certes, elle n'était pas vieille, et j'aurais infiniment préféré quelque chose qui donnait une impression franchement historique, mais elle était adorable ; ses proportions blanches massives et sa façade de style Tudor lui donnaient quelque peu l'apparence d'un manoir, décorée en plus de plusieurs balcons courbes individuels et de myriades de portes françaises et de fenêtres à double vitrage. J'étais avide d'apprendre qui avait conçu la maison, mais Angela me lança un regard meurtrier pour que je mette un frein à ma quête d'informations.

Dès notre arrivée, une femme mince vêtue d'une robe rouge se hâta de sortir par la porte avant. Ouvrant brusquement un grand parapluie, elle descendit les quelques marches, en sautillant sur ses talons hauts, pour nous accueillir.

— Vite ! dit-elle en riant. Avant la tempête.

Laissant Max déverser sans ménagement nos bagages à l'intérieur du salon sombre pendant qu'il hurlait pour « Hugo », Angela et moi étreignîmes Lady Kate.

Lady Kate Trevalyan ne semblait pas avoir 35 ans ; son exubérance juvénile de manière et de voix masquait les petites rides révélatrices autour de sa minuscule bouche souriante et de ses yeux bleu vif en forme d'amande. Immédiatement, je compris son allure. Une beauté pleine de vivacité, d'un genre charmeur plutôt que classique, elle améliorait son image avec un grand savoir-faire : des cheveux blond cendré bouclés, les lèvres et les yeux peints, et une silhouette voluptueuse, charmante dans une mousseline de soie rouge. Je frissonnai. Certainement qu'elle devait avoir froid l'hiver dans ces minces vêtements ?

— Ange, enfin ! J'ai attendu une éternité.

Souriant à profusion, la fossette de sa joue droite envoûtante, Lady Kate nous regardait toutes les deux.

— Et c'est ta sœur. Enfin. Comment vas-tu, Daphné ? Vous avez aimé le trajet ? Je suis si heureuse que vous soyez venues pour l'hiver. C'est tellement ennuyeux ici.

J'ouvris la bouche.

— *Tout* l'hiver ?

Très amusée, Kate regarda Angela.

— Vilaine Ange. Tu ne lui as pas dit.

— Me dire quoi ? Tu as dit seulement quelques semaines...

— Bien, maintenant vous êtes captives, dit Kate en riant de nouveau, car il n'y a plus de bateau après demain soir. Ils ne peuvent traverser dans le mauvais temps, vous comprenez.

Je ne comprenais pas. Je bouillonnais à l'intérieur, et la colère s'éleva sur mon visage.

— Oh mon dieu, dit Kate en se mettant à rire, quel est le problème ?

— Je... je dois retourner, balbutiai-je.

— Pour quoi faire ? As-tu planifié autre chose ? Tes parents t'attendent-ils ? Des amis ? Des rendez-vous ?

— Pas exactement, mais je...

— Ah, je sais ce que c'est. Tu crois que nous sommes incapables de te divertir, mais il ne faut pas t'inquiéter, car j'ai organisé un groupe très vivant. Ils arrivent demain, mais si tu veux retourner sur le bateau, tu peux le faire. C'est ton choix, Daphné.

Tapotant ses longs doigts magnifiques sur ses lèvres, Lady Kate sourit de son sourire enjôleur, ses yeux bleus rayonnant de persuasion.

— Mais tu vas rester. Tu ne pourras résister à l'île ou à l'attrait de la Maison Somner.

L'attrait de la Maison Somner.

La pensée tentatrice me fit monter un escalier courbe recouvert d'une moquette d'un riche bordeaux. Je suivis un bossu que Kate nommait affectueusement Hugo. Kate et Angela se précipitèrent devant, bavardant et riant comme deux écolières qui se retrouvaient après une longue séparation. Montant chaque marche, je savourai le palier, l'intérieur exposé au vent étant très sombre, un contraste par rapport à l'extérieur en bois de placage peint en blanc. Le long du couloir, les fenêtres-caissons avaient été laissées ouvertes. Toutes faisaient face à la mer, et l'atmosphère me rappelait une petite auberge isolée où, à un moment donné, j'avais séjourné pendant une nuit sur la côte ouest de Cornouailles.

Dommage qu'on ne puisse voir l'océan à partir d'ici, comme c'était le cas au Jamieson's Inn, mais l'air frais salin avec son énergie piquante flottait dans la maison, les fenêtres juste assez ouvertes pour empêcher la pluie de ruiner le tapis rouge sous mes pieds.

Je saluai le flair de Lady Kate pour la décoration de la maison et sa sagesse de l'avoir meublée en se servant de l'ancien thème colonial. Des chaises en osier, des terrasses ouvertes, des plantes en pot, des palmiers verts, des artefacts de bois et des peintures tribales étaient exposés partout. Malgré sa construction récente, la maison de deux étages possédait certainement un charme du vieux monde bien à elle.

— Daphné.

Le doigt crochu de Kate se montra à partir de l'une des grandes doubles portes en bois.

— Nous sommes ici, et c'est la chambre que tu partageras avec Angela. J'espère que le partage ne vous dérange pas ? Je n'ai pas eu le temps de préparer les autres chambres, et le souper ce soir sera plutôt lugubre, juste Max et moi. J'ai invité Roderick, mais il préfère sa tour en ruines à Somner.

Je demandai si Rod, le frère de Max, habitait dans la tour.

— Oui, et c'est idiot, dit Kate en faisant un petit rire, parce que c'est vraiment *humide* et très froid, mais il adore cet endroit.

— On dirait que Daphné s'entendra très bien avec Roderick.

Le sourire narquois d'Angela s'élargit alors qu'elle inspectait le contenu de la chambre.

— Je vais vous laisser vous amuser.

Kate fit un petit sourire.

— Vous devrez partager la salle de bain avec cousine Bella, mais vous ne m'en voudrez pas, n'est-ce pas ?

Elle disparut avant que nous puissions répondre, et je m'assis sur le lit qui m'était attribué.

— Non seulement as-tu choisi le meilleur lit, mais tu ne m'as jamais parlé de rester ici tout l'hiver!

Plongée dans son déballage, Angela roula une épaule indifférente.

— Tu peux retourner à la maison si tu veux.

Tournant à moitié sa tête, je captai l'expression tourmentée dans son regard. Elle fut remplacée dès qu'elle sourit en m'offrant le meilleur lit, mais je hochai la tête. Plus je passais de temps ici, plus ma prémonition grandissante se confirmait; ne serait-ce qu'au cours des minutes qui venaient de s'écouler. Angela avait besoin de moi. Pourquoi, je l'ignorais, mais elle avait besoin de moi.

Très vaste, la chambre était équipée de deux portes à volets pleine longueur menant sur notre propre petit balcon privé, les volets offrant simplement plus d'intimité. Deux chaises en osier et une table ornaient le balcon. La brise faisait claquer de façon précaire un petit vase de fleurs fraîches de l'île.

Récupérant les fleurs avant qu'elles ne s'envolent, je saupoudrai le mélange de pétales roses, jaunes et blancs sur nos lits et je déballai mes affaires pour la nuit. Suspendant deux robes, une pour ce soir et une pour le lendemain, je sortis l'essentiel et j'entrepris de trouver la salle de bain.

Formant une étroite bande carrelée, la longue pièce consistait en une baignoire verte avec un robinet en forme de tête de lion qui était flanqué de deux poignées dorées antiques. Un modeste miroir surplombait un évier préhistorique. De petits carreaux blancs et bleus décoraient les murs, ajoutant du caractère à la pièce. Je m'habillai rapidement, connaissant le rituel d'Angela qui avait besoin d'une heure pour se parer.

Bientôt, Kate vint nous chercher pour le dîner.

— Que vous paraissez charmantes! Dommage que vos efforts soient gaspillés, quoique Rod puisse encore venir. La tempête l'emmènera.

— La tempête, Lady Trevalyan?

Sa bouche se durcit, et elle me donna une tape sur le poignet.

— Seulement Kate, s'il te plaît. Nous sommes sur une île et, même à Londres, je déteste tout ce snobisme. Les titres ne veulent rien dire.

— Seulement dans certains cas, rappela Angela, se penchant au-dessus de Kate pour renifler son nouveau parfum.

Descendant le même escalier, nous tournâmes à droite pour entrer dans les principaux quartiers habitables de la maison. Nous entrâmes dans le grand salon ouvert où un feu vif grésillait et se hérissait; la fraîcheur de la journée fut oubliée et nous nous enfonçâmes avec reconnaissance dans les confortables divans inclinables en velours violet foncé avec de longs coussins arrondis de couleur crème.

Une variété de tapis africains réchauffait les planchers froids, les murs exposant des œuvres d'art.

— Vous appartiennent-elles toutes? demandai-je à Kate.

— Oui, répondit-elle d'un air rayonnant. Quel est votre tableau préféré ? Mais choisissez-le avec soin. C'est mon premier test pour tout nouvel arrivant à Somner.

M'affairant à l'agréable tâche, je serpentai autour de la pièce, appréciant chaque peinture pendant qu'Angela et Kate riaient et murmuraient de l'autre côté du salon.

— Satanée effronterie !

S'avançant nonchalamment vers le feu, Max l'alimenta. Trois coups agressifs et trois jurons innommables. Choquée, j'eus un mouvement de recul.

— Chéri, *s'il te plaît.*

Kate rougit.

— Ne jure pas. Que s'est-il passé ?

Lançant un regard meurtrier vers la porte, la mauvaise humeur de Max s'intensifia.

— Demande-le-lui. Tu ne vas pas aimer ça.

Nous regardâmes tous en direction du grand homme aux cheveux bruns qui portait une cape et qui se tenait sur le palier.

— Oh, pour l'amour du ciel, soupira Kate, entre, Roderick. Quel que soit ce tollé, tu *restes* pour le souper. Il n'est pas question de retourner à la tour maintenant en pleine tempête ! D'ailleurs, taquina-t-elle, se glissant vers lui pour planter un baiser fraternel sur sa joue, tu dois rencontrer Daphné et Angela, les sœurs écrivaines dont je t'ai parlé. Là, laisse-moi prendre ta cape.

Angela et moi nous levâmes pour les présentations.

Inclinant la tête pour nous saluer toutes les deux, Roderick Trevalyan ne ressemblait en rien à son frère.

Bien qu'un ou deux ans plus jeune, son expression austère le faisait paraître 20 ans de plus. Ses yeux noirs révélaient peu de chose, un léger intérêt fugitif et une lassitude, peut-être au sujet de son frère. C'était un visage très sombre, pas tout à fait sans beauté.

— Quelles sont les mauvaises nouvelles ? demanda Kate, revenant alors à son affabilité communicative habituelle.

— Il dit que nous allons sous-louer l'appartement à Londres, gronda Max. Pendant un an. Désolé, Katie. On dirait que nous sommes coincés ici.

— Oh.

Un léger froncement de sourcils entacha le front crémeux de Kate.

— Comme c'est horrible. Mais s'il le faut, il le faut.

— Zut ! Je ne veux pas être pris au piège ici !

— Allons souper, mon cher.

Kate sautilla vers la porte.

— Nous en parlerons plus tard. Nous ne voulons pas gâcher la première soirée de Daph et Ange — n'est-ce pas, mon Max adoré ?

Sous son regard apaisant, l'agressivité se dissipa lentement, et Max retrouva sa prévenance habituelle et nous conduisit dans la salle à manger.

Lançant un regard meurtrier à son frère à l'autre bout de la table, Max sortit sa serviette.

— Je suppose que c'est encore une question d'argent. Un an, dis-tu ? Pourquoi ne pouvons-nous pas vendre l'une de ces fermes ?

— Tu sais très bien que nous ne pouvons vendre aucune terre, répondit Roderick, sa voix basse et trompeusement patiente.

— Maudites clauses d'héritage!

Levant son verre, Max sourit et présenta ses excuses aux dames.

— Eh bien, nous n'avons qu'à vous garder ici, n'est-ce pas, Katie?

Il battit des cils vers Kate, qui le regardait avec lassitude et lui tendit la main à travers la table.

— Bien sûr, mon amour. Avec le temps, nous préparerons convenablement les chambres et nous inviterons des gens fascinants qui paient...

— Oh, permettez-nous d'être les premières, insista Angela, me jetant un coup d'œil pour obtenir du soutien. Nos parents adoreront cela.

— Euh, oui, fis-je écho. Vous devez accepter, Monsieur Trevalyan?

— Je crois que c'est une suggestion épouvantable à imposer à des amis invités, Mlle du Maurier, dit Roderick, après un silence lapidaire.

— Bof!

Max leva les yeux au ciel.

— Mais cette fois-ci, Rod, je suppose que tu as raison. C'est impoli, Katie. Non, pas à nos amis. Les prochains. Tu prépares les chambres, et je collecterai *l'argent*. Six mois, et nous serons de retour à Londres.

— Pourvu que tu ne dépenses pas les fonds que tu collectes, osa prévenir Roderick.

— Laissons Rod gérer l'argent, mon chéri, implora Kate avec une tension dans sa voix. Il nous a sauvés plusieurs fois, tu te souviens?

Forcé de le faire, Max céda rapidement à la sagesse de son frère cadet avec une lèvre inférieure contrariée.

— Très cher Rod, nous serions perdus sans lui.

Guérissant la rupture entre les frères, Kate entreprit de raconter comment Roderick gérait habilement toutes leurs affaires, leur ferme, leur propriété, et ce qu'ils possédaient en ville.

L'écoutant, je songeai que Kate manipulait remarquablement bien son mari, mais je sentis aussi bien cette tension dissimulée derrière leurs démonstrations d'affection.

ADA
éditions

www.ada-inc.com
info@ada-inc.com

www.facebook.com/editionsada

www.twitter.com/editionsada